叶兆言中篇小说　卷二

日本鬼子来了

叶兆言

人民文学出版社

图书在版编目(CIP)数据

日本鬼子来了/叶兆言著. —北京:人民文学出版社,2012.7
(叶兆言中篇小说;2)
ISBN 978-7-02-009196-6

Ⅰ. ①日… Ⅱ. ①叶… Ⅲ. ①中篇小说-小说集-中国-当代
Ⅳ. ①I247.5

中国版本图书馆 CIP 数据核字(2012)第 094612 号

责任编辑 宋 强
特约策划 杜 晗
封面插画 阮筠庭
装帧设计 董红红

出版发行 人民文学出版社
社 址 北京市朝内大街 166 号
邮政编码 100705
网 址 http://www.rw-cn.com
印 制 山东新华印刷厂德州厂
经 销 全国新华书店等
字 数 235 千字
开 本 890×1240 毫米 1/32
印 张 11 插页 3
版 次 2012 年 7 月北京第 1 版
印 次 2012 年 7 月第 1 次印刷
书 号 978-7-02-009196-6
定 价 29.00 元

如有印装质量问题,请与本社图书销售中心调换。电话:01065233595

目录

枣树的故事

1

没人知道只是城墙的一个窟窿，粗粗野野一道不规则的裂缝，藏得下这么多人。都想着那不过是道裂缝，隙开着，黑黑的阴影，睡着冬眠的蛇和快饿死的狗。当白脸领着岫云拨开枯草，深伏的黑鸟惊起，蝴蝶乱飞，有着古怪花纹的老鼠嗖嗖游出去，一场围歼匪徒的战斗打响了。

尔勇最担心的，是这该死的城墙窟窿里，另有一条通道。他跟踪白脸已经半年多，整整七个月，二百一十天。

这次该收场了。

结果证明尔勇的担心多余。那鲣鱼嘴似的洞口下面，是个侧卧着的闷葫芦。白脸一生中犯过无数次错误，偏偏这一次要了他的命。鲣鱼的肚皮里是座废弃的军火库，虽然要害部位用钢筋水泥加固，一次致命的爆炸，已经使军火库失了原形。选择这样的洞窟作为藏匿逃避之处，尔勇多年以后回想起来，都觉得曾经辉煌一时的白脸，实在愚不可及。不用说狡猾的狐狸，就是耗子也知道留条退路。

一九五〇年的春天似乎来得早了些。天气像夏天一样干燥。春风拂过，可以听到干枯茅草折断的裂声。岫云身不由已跌进鲣鱼嘴，她的脑袋刚挨着白脸厚实的胸膛，那厚实的胸膛像堵墙倒过来似的猛地把她闪开，噼里啪啦的枪声响成一片，赛过新年的爆竹。

2

岫云是人们称为小家碧玉的那种角色，细皮嫩肉，很招人喜欢。

她的父亲开过一家水果店。当年秦淮河一带，都知道东关头有个筱老板，筱老板有个独生女儿叫岫云。

岫云的祖母堂子里出身，挂牌时虽不曾大红大紫，却碰上了交好运的机会，从良嫁了个阔佬。那阔佬后来做官成了要人，妓女出身的小老婆舍不得丢，便拿出钱来打发小老婆拖油瓶带来的私生子。这私生子就是再后来的筱老板。筱老板十六岁在夫子庙摆摊做生意，生意一时好，一时坏。筱老板不穷也不富。

岫云一看就是老实巴交的人，小小的个，却不瘦。她自己的妈死得早，因此有个后妈张氏。张氏无儿无女，便指望岫云招个好女婿。她娘家开当铺的，挑三拣四最拿手，不是这位不满意，就是那个不称心，拖来拖去，女儿已经十九岁，慢腾腾的依旧不着急。又过了一年，日本人来了。先是新修的店铺被一把火烧了，紧接着税务所的小院里，住了日本兵。

那税务所紧挨着筱老板的家。

税务所自从住了日本兵，时常有花里胡哨的女人出出进进。日本兵似乎有些兔子不吃窝边草的意思，高兴时也拿出些糖果来，哄那巷子里的小孩玩。和平共处了几个月光景，那些憋不住的日本兵，终于动起周围女人的脑筋。

幸好筱老板夫妇防护得紧，岫云足足有几个月没有露过面。那些日本兵先向那些容易捕获的目标下手，跟踪到为他们洗衣服的二嫂家里，像逛妓院一样放肆行乐。他们把糖果分给二嫂的五个儿女吃，并请躺在病榻上的二嫂男人抽日本香烟。一个过路的女孩，从二嫂家门口走过，也许是听见里边吃吃的笑声太响，也许看见孩子们举着花花绿绿的糖果追出来，只是出于好奇心才探了一下头，便被那些日本兵笑着抱进房间，扔在痴痴呆呆斜躺着的二嫂身边。

巷子里的女孩子赶紧忙不迭地找婆家。筱老板夫妇总算明白自己当年过分挑剔，果然是个不可原谅的错误。男人们突然变得紧俏金贵，甚至一班压根没挨过女人边的穷光蛋，也趁火打劫挑肥拣瘦。一时风气大变，女儿多的人家，只要过了十三四岁，有人肯娶便仿佛是天大的恩德。

人都说好运气都是从天上掉下来的。好运气来了，撵都撵不走。好运气也有两条腿，来就是来了，走就是走了。有一天尔汉忽然被领进了岫云家，他跟着李老板，莫名其妙地便坐在人家客厅里吃起茶来。张氏笑容可掬，把个尔汉上上下下辨真假似的看不够，一边看，一边和李老板说笑。李老板曾经是筱老板的伙计，伙计能成老板，手腕上多少有点功夫。张氏看够了尔汉，便是一味地和李老板敷衍。李老板脱离了筱老板自己开店，生意很快做得比筱老板还好，他摆不出财大气粗的派头，嘴里"师娘，师娘"叫个不歇。张氏顿时又年轻了十岁，也顾不上筱老板坐一旁自始至终一声不吭，突然提高了声音叫岫云出来见客。岫云应声而出，慢吞吞地看了大家一眼，挨个地沏了茶回自己闺房。尔汉只觉得她穿了件葱绿色的印度绸单褂，转身进屋时，那屁股又结实又大。这印象至死都留在他的脑子里。

婚事办得匆忙得不像话。那张氏和李老板几乎是把岫云硬塞到了尔汉手里。明知道是捡了个大便宜，但是直到令人难忘的新婚之夜过去，尔汉心头残存的疑惑还是丢不开。他对岫云的清白确信不疑。清白两字，对尔汉却有一种自惭形秽内疚的折磨。

李老板靠做妓女的生意发的财。秦淮河一带的明妓暗娼，很难说谁没有用过李老板店里的东西。所有的妓女都是店里的熟人，所有的伙计不熟识妓女便做不了生意。尔汉十三岁学做生意，十五岁时就领略了女人是怎么回事。他屁颠颠地往妓院送货物，妓院里男男女女都拿下流话吓唬他。一位可以做他母亲的女人终于把他引上床。那是个奶子大得喂得饱五个孩子的女人，她让尔汉脱得就像娘胎里才出来似的，钻进她的大红缎子面的新棉被。她自己慢吞吞地梳洗，又搬了椅子，坐在小尔汉的枕边和他说话。

尔汉所有的积蓄都花在了妓院，他成了个能在妓女身上打滚的好手。好在没有多少钱，他成不了十足的浪荡子。又因为没有多少钱，娶不了女人的尔汉只能往妓院跑。他是个半吊子的浪荡子，整天处在堕落的边缘，想回头却回不了头。娶了岫云以后，他带着新婚的老婆火烧火燎往老家赶。南京的妓院是个大磁场，离得越远越好。

多少年来，岫云一直觉得当年她和尔汉一起返回乡下，是个最大的错误。这个错误是以后一系列悲剧的序幕，错误的开场导致了连续的错误的结束。他们小夫妻根本就不应该离开南京。尔汉为什么要对老丈人唯命是从呢，这样的问题岫云永远想不通。明摆着的事实是，筱老板夫妇已被日本人的荒淫吓破了胆，他们把女儿硬塞给了一个男人，还逼着这男人把女儿带走拉倒。

岫云一共就读了两年书。就是这短短的两年里，她也几乎是门门功课不及格。筱老板虽然就一个女儿，心疼不用说，却从不肯在女儿身上多花一个钱。据说筱老板交给女婿的那笔钱，还是他母亲做妓女时积下的私房钱。没人分析得出筱老板的用意何在。这位一年四季差不多打扮的水果店老板，常常有些事让人捉摸不透。按照一般的情理推论，筱老板不可能把大笔的钱财，毫无理由地交给女婿保管。很可能他觉得女儿是个没用的人，交给她迟早也是落在女婿手里。更可能的是，他对徐娘半老的续弦不放心，这样的女人倒贴起来没有底。

尔汉的家乡是土匪出没的地方。一百年前，这里没一家没出过土匪。都说土匪猖狂的年代，过路江船不留下买路钱便是奇迹。尔汉为了保住老丈人托付的钱财，一到家急忙和弟弟尔勇商量。当时白脸正在这一带招兵买马，大有占山为王之势。作为国都的南京已落倭寇虎口，天下大乱，长江中这一片沙滩和望不断的芦苇，很自然成了落草的好场所。乱世必出英雄，依了尔勇的见解，既然有了笔不算少的钱财，买两支枪回来看家第一要紧。

这一带民风剽悍，许多人家私藏武器，舞枪弄棍算不得什么稀罕事。当尔汉兄弟俩拿着新买回来的两支短枪，比试来比试去的时候，岫云只知道她的心跳比平日快得多，仿佛有一只手在急速地拍她的胸脯。也许女人在这方面的直觉，出乎意料地比男人准确，岫云意识中，这两支七八成新的短枪，准保会惹出祸来。因此白脸手下的人翻箱倒柜，从墙缝里搜出钱财和那两支枪时，岫云有一种果真应验的感觉。正像十年以后，她看着白脸把驳壳枪往怀里一塞产生的奇异恐惧感一样，她突然觉得白脸即将大祸临头。

直到尔汉像条野狗似的被人宰了，岫云还以为自己是在做噩梦。她像在梦魇中一样无声地、又自以为声嘶力竭地哭喊。这时候，弟弟尔勇正在一个极远的地方。幸好是在极远的地方，要不然十年后的复仇，便将是另一个场面。不要说尔汉就一个弟弟，在当时的情况下，就是有十个弟弟也活不了。

自从那钱和两支短枪搜出来，尔汉就没有再说过一句话。他诚惶诚恐地坐在地上，两条腿叉开着，脸上是岫云熟悉的那种表情。白脸骑坐在一条长凳上，冷笑着不停地剔手指甲。或许是在等尔汉求饶，或许是故意拖延时间，以便可以有更多的人围上来看。熟悉白脸的人都知道，只要他冷笑着剔手指甲，十次中有九次准得杀人。

尔汉便是那么默默地坐在那。围观的人越来越多。无数双眼睛都盯着尔汉看。岫云想象不出，在这无数双眼睛中，她自己的一双眼睛，正闪烁着什么样的光芒。冰凉的眼泪一个劲地在睫毛上打转，打转，喉咙口仿佛有只老鼠想爬出来。没人知道尔汉为什么要这么孩子气地坐在地上。说不定这是他最舒服的姿势，死到临头，他不愿意放弃最后的享受。

很可能是夫妻生活太短的缘故，实际上，在岫云的记忆中，尔汉并没有留下太多太深的印象。尔汉只是她的第一个男人，唯一合法的男人，一个被称为风流寡妇的女人名义上已故的丈夫。她印象里最深的是他总喜欢这么叉着腿坐在床上。他不是个能说会道的人，除非谈到他的嫖经。他像讲述别人的经历一样，娓娓如诉地说他和那些妓女打的交道。忏悔的心情下说的似乎都不是忏悔的事。他讲他怎样把钱分成三份，因为他从来都是只拿出三分之一的钱上妓院，他精通少花钱多办事的艺术，虽然说得慢条斯理，他的嫖经栩栩如生。男人那种迫切需要女人的欲望，在不动声色的描述中，具体得仿佛手都能摸得到。在那野猫叫春的日子里，尔汉的老板甚至会赊账拿出钱来，让伙计们去嫖。李老板年纪不大，却算得上是老掉牙的色鬼，他向伙计们免费传授他的下流经验，夸耀他过人的精力，好像能使天下的女人都受孕一样。

岫云红着脸听男人讲他讨厌的过去。即使是死神在她眼前走来走去的时刻，一看到尔汉坐地上那熟悉的姿势，那叉开的两条腿，那种没有表情的表情，岫云便要联想尔汉说过的那些故事。她分不清男人是忏悔，还是无意识的卖弄。尔汉的故事使人不得不有一种疑心，好像不是为了挑逗女人的嫉妒，就是为了煽动她的情欲。这些故事让岫云久久不能平静，常有一种置身于大海波浪中颠簸的感觉。故事里的天地像草原一般的广阔，岫云和尔汉置身骏马上飞奔驰骋，夜色如洗，他们放开缰绳，来来往往，一趟一趟，刚刚返回原地便又重新起程。尔汉是个高明的驭手，岫云不可能因此喜欢自己的男人，也不会为过去的陈年旧事真正记恨。尔汉的过去已铸成铁一般的事实。既然是铁一般的事实，原谅本身就变得无关紧要。原谅是一种奢侈品，一种多余的浪费。岫云生来宽宏大量，岫云原谅一切人一切事。很难想象岫云这样柔情似水的女人，会真正仇恨一个男人，她忠心于每一个喜欢她的男人，甚至杀夫仇人的白脸也不例外。有相当一段时间，她恨不能从白脸身上咬下一块肉来。她也挣扎过，哭喊过，不止一次想到用绳子剪刀洗去耻辱。那天晚上，白脸就仿佛回到自己家中一样随便，径直走进她的房间，极闲散地坐在床沿上，用尔汉一般的眼神注视她。这是种因为简单所以复杂的眼神，没有表情并且无从描述的眼神。多少年后，老乔在另一张床沿上这么坐着，薄薄的眼镜片后面，也是这种眼神。

令人难以置信的是，无论在当年，还是在守寡的漫长岁月中，岫云都是真心地喜欢尔汉故事中的那些女人。这些让男人们意识到自己是男人的女人，一次次引起岫云异样的感情，这感情她永远捉摸不透。尔汉所以能把那些隔年陈芝麻的老故事，没完没了反反复复唠唠叨叨，至少也和岫云乐意听下去有关。对于新婚燕尔的小夫妻，这些该死的故事显然不合适，然而正是在那些近乎猥亵的描述中，岫云知道了小红的轶事。小红的事迹是一串断了线的珠子，零零散散根本连不起来一个完整的故事。岫云只知道小红这样的名字成千上万，成千上万的小红中，有一位年纪不大不小的妓女，身上的梅毒已到了第三期。当尔汉讲好了价钱，一件件脱了衣服，正要上床之际，那叫作小红的女人突然良心发现，坐起来把尔汉推向一边。第三期的梅毒传染起来百发百中，尔汉在虎口边上走了一遭，竟然出乎意料地脱了险。

3

尔勇领着人往洞口冲时，唯一的念头，就是活捉白脸。多少年来，他和白脸交替玩着猫捉老鼠的把戏。这一次尔勇稳操胜券。如果不是为了担心岫云，只要很随便地扔几颗手榴弹，便可以早早结束战斗。他手指紧扣着扳机，随时可以旋风一般地射出复仇的子弹。大丈夫报仇，十年不算晚。尔勇替哥哥报仇正好整十年。枪声噼里啪啦又响了一阵。尔勇为自己的形势感到满意。关起门来打狗，瓮中捉鳖，所有的匪徒都将一网打尽。他甚至有一种落水狗不值一打的得意。

固守城墙窟窿的残兵败将，除了白脸被当场击毙，像条死鱼似的躺在离洞口不远的地方，其余经过无效抵抗，都举了手乖乖地走出来。虽然投降已是第二天中午的事，这帮亡命之徒最终免不了兔子一样胆小，他们沿着斜斜的山坡往下走，惊飞的鸟叫声把他们都吓趴在地上，丧魂落魄。

这些残兵败将，有几个是南京本地的地痞，有几个是国民党军队的溃兵，只有三和尚和立信是白脸的老人马。显赫的日子一去不返，白脸很快便到了孤家寡人的地步。第一阵枪声响过，外头“缴枪不杀”的喊声连成一片，三和尚带头高叫，怪罪白脸把人引了来。“我们临了都会栽在这该死的女人手上，都是什么时候了，你偏要去找这个骚货。”如果不是对白脸还有些残存的畏惧，三和尚很可能一梭子就把岫云撂倒。

三和尚杀人从来不眨眼睛。十年前，三和尚弄死尔汉的时候，他还是个十七岁的毛孩子。虽然嘴上的毛刚长出来，杀人一行显然已经称得上老手。当时围观的人越来越多，白脸骑坐在长板凳上，冷笑着剔手指甲，右脚锃亮的高统皮靴，时而搁地上，时而拎起踩在长凳上面。三和尚拎着把刺刀，从后头悄悄走上去，用刀背在坐地上的尔汉后脑勺，玩似的敲了一记，尔汉如痴如醉，往侧里一歪，倒在地上。

白脸猛地伸手，捞住眼前飞过的一只苍蝇，捏在手心摇了一阵，突然往地上一砸，看苍蝇昏死在地上，笑着说：“三和尚，若是没有刀，你难道还弄不死一个人？”三和尚把刺刀向地上一戳，说：“别说一个，你要我弄死两个，也不怕。”说着，一把拎起尔汉的衣领，举起来，兜脸一拳，手再就势一推，尔汉滚出几步远。

白脸的手下，有的嘘声叫好，有的唆使尔汉和三和尚对打。三和尚得意万分地站定在那，等尔汉从地上爬起来。尔汉好不容易站稳了，眼梢向四下一扫，急步向人群里钻。人群是一堵活动着的墙，他撞得两眼冒金星，临了依旧被三和尚揪到广场中间。也许是明白了自己必死无疑，死神耗子一般地在他血管里穿来钻去，尔汉的眼里忽然流露出极度的恐惧，眼神里闪现出黑夜深处鬼火一样的光。三和尚拍了拍尔汉的肩膀，笑着示意尔汉站稳站好，他自己嘴角极淘气地撇了一下，猛地跳起来，像豹子扑食似的，一个鱼跃扑在尔汉身上，两只手紧紧掐住他的脖子，不让对手有任何喘气机会。尔汉的腿渐渐弯下去，三和尚居高临下，龇着牙咧着嘴，又是掐又是压。由于用力过度，三和尚的脸几乎和尔汉的贴在一起。仅仅是看表情，简直判断不了两人的情形到底是谁的更糟糕。尔汉奋力抵抗，垂死挣扎地想把三和尚的手腕掰开。

就像三和尚后来把岫云掀翻在城墙洞的草垛上一样肆无忌惮，他无论杀人还是玩弄女性，处处都显得粗野气十足。他总是以那种破坏一切的气势，充分自由地发泄着他身上的那股兽性。他的粗野狂暴，恰恰和白脸在这两方面的潇洒娴熟形成黑白分明的强烈对比。这个由可怜寡妇一手拖大的孤儿，从一懂事开始，就露出生性残忍的种种迹象。还是在四五岁，三和尚一次无缘无故发脾气，便用锅铲柄敲落了他妈的门牙。人们很难理解，为什么一位笃信菩萨的寡妇人家，养得出一个恶魔一般的孽障来。他很显然是魔鬼附了身，等他长到十二三岁，已经没有孩子是他打架的对手。没有孩子敢欺负他，也没有他不敢欺负的孩子。他能够很轻松地拧断鸡和鸭的颈子。鸭颈子细而且长，三和尚绞麻花似的向一个方向死拧，然后用力向两侧一拉，几声轻脆的声响，鸭颈子裂成了几截。

尔汉的生命比鸭子强得多，他跪在地上，力图把大拇指挤进掐他脖子的手环之间。有几次尔汉差不多已经成功，他拼命地后仰，再后仰。终于大拇指取得了进展，钩子似的卡住了三和尚的虎口，所有的力都被分解开。这场无声的搏斗不可能持续太久，但是却以电影手法慢镜头的形式，久久贮存在观众的记忆中。人们被眼前的景象吓得惊慌失措，都知道白脸这样的魔鬼招惹不起，况且他是借破坏抗日的罪名杀鸡儆猴。胆小的人悄悄离开了现场，更多的人依然麻木地在看。

三和尚的同伙开始起哄。接二连三的嘘声使三和尚变得十二分暴躁。他突然咬牙切齿地咒骂对手。从尔汉那张僵化了的痛苦的脸上，三和尚看到死神的黑黑的阴影正冲他冷笑。如果不能在最短的时间之内，致尔汉于死地，三和尚便觉得犹如自己被活活掐死一样可耻。这一闪而过的念头，膨胀了三和尚的疯狂，他用全身的重量压向尔汉，嘴里哎呀一声怪叫。

尔汉背朝地和三和尚一块跌地上。三和尚加大了手上的压力，脸上的表情十分狰狞。尔汉因为平躺着地，有了更多的支撑点，对三和尚的反抗卓有成效。呼吸方面的障碍，使尔汉不可能使出最大的劲，不过生命的本能，却宣告了尔汉不会放弃最后的抵抗。两个人都已精疲力竭，明摆的事实是，谁也坚持不了多久。三和尚开始以恶毒的咒骂代替用力，在咒骂的间歇中大声喘气。

尔汉找准了一个机会，竟然鱼跃翻身，把三和尚掀倒在地上。三和尚大失脸面，他孩子气地又骑坐在尔汉身上，又一次被尔汉掀翻在一旁。人群中有了些激动，白脸怪声怪气地叫起好来。两人在场地上辗来滚去，围观的人潮水般地后退，又潮水般地向前拥。

白脸是站在那张长凳上叫好的，他幸灾乐祸地挥着拳头，嘻嘻哈哈。人们清楚地记得，当尔汉被野蛮地杀戮以后，白脸正是冠冕堂皇地站在同一张凳子上，发表了他那通不三不四的所谓演说。从他把杀人当作儿戏的态度上，可以看出他把抗日同样当作儿戏。天下万物都是儿戏。他只知道要钱要枪。枪是立足的本钱，有枪自成王。有了枪，有了人马，天塌下来他管不着。白脸决定杀死尔汉，看起来仿佛只是一时冲动。很显然白脸是奔那两支短枪来的，他不仅知道那枪的型号，而且知道价钱。如果尔汉乖乖地缴出货，很可能会免于一死。白脸最忌恨性格方面的不爽快，尤其不能容忍他的对手苦着脸不说话。私藏武器不是什么大不了的罪过，备几支枪防防盗匪，早在大家的父亲那一辈就成了习惯。问题的关键，在于尔汉私藏武器不肯交出来。白脸自恃一身好功夫，但他更知道枪杆子的厉害。

当时间这匹野马不停蹄向前奔驰一段路程后，人们联系到白脸和岫云的关系，深信不疑地确认是场卑鄙的情杀。虽然真实的情况是白脸连尔汉是否娶亲都不知道，然而岫云毕竟犯了个致命的错误。这个错误足以使她终生蒙上不白之冤。说起来似乎好笑，有那么点喜剧的味道，错误的理由在于岫云哭得太迟。哭这玩意本来是可以招之即来，可惜直到白脸领着人马扬长而去，看热闹的人渐渐散了，她才扑到尔汉尸体上放声大哭。很自然她哭得绝对伤心，年纪轻轻守寡绝不是桩儿戏，她的痛苦明摆着的货真价实，可是人们在施舍同情方面忽然十分吝啬。没人理解她失去丈夫的痛苦。谁也不愿意原谅岫云在尔汉备受折磨的时刻，居然能保持一声不吭的态度。即使是害怕也应该有个极限。大家都为自己不能“路见不平，拔刀相助”的行为害羞。

在反省的后悔中，甚至懦夫也陡然勇敢起来。没人相信岫云当真会吓得像傻子一样。就算是傻子，在类似的情况下，也不可能保持那样的沉默，那样无动于衷。感情这玩意作了奇妙的转移，人们对待尔汉的惨死，从害怕到遗憾惭愧自己不能打抱不平。遗憾和惭愧再向前走一小截路，便只剩下了对岫云的怪罪。

下结论往往非常容易。人人都可能有考据的兴趣，不过多是浅尝辄止。都说当时就是怎么回事，其实根本就没人知道怎么回事。人们根本不会相信，就在三和尚和尔汉扭在一起的时候，从东滚到西，又从西滚到东，白脸站在那张又瘦又细又摇晃的长板凳上，脑子里确是闪过饶恕尔汉的念头。不识时务的尔汉又一次错过了生的机会。就和那两支该死的短枪被搜出以后，尔汉知罪地坐在地上不求饶、没人肯出来打圆场一样，尔汉的运气再次糟到了极点。也许压根就没听见白脸吆喝的“住手”两个字，就算是听见了，尔汉可能也不敢相信自己的耳朵。什么事都太突然。尔汉给人的印象，是处在一种半疯狂的状态，他死死地抓住三和尚的手腕，不肯或者说不敢松手，即使三和尚不再用力的时候也一样。白脸终于一时性起，虽然他和揉在一起的三和尚与尔汉有几丈远，但是人们几乎不敢相信自己的眼睛，没人说得清白脸是怎样从长凳上飞下来，又怎样一个箭步蹿到那两人面前，只见黑色锃亮的皮靴在空中划过一道黑弧线，尔汉的背上已经重重挨了一皮靴。这一脚踢得十分潇洒，尔汉立即全线崩溃，彻底失去抵抗力。三和尚跑出去，拔起先前插在地上的刺刀，回过身，戳棉花胎似的，在尔汉身上乱扎一气。

4

有一位四十年代常在上海小报上发表连载小说的作家，解放后很长一段时间内，闲着无事可干。他落实在一家文化单位工作，拿不算太高的作家薪水，却不写作。虽然他非常怀念自己过去大笔捞稿酬的日子，但是他熟悉的世界和艺术方法，已经远远落后时代的要求。直到有一天，他突然决定以尔勇的素材，写一部电影脚本，创作冲动才像远去的帆船，经过若干年的空白，慢慢地向他漂浮着回来。

这位作家细眉大眼，生得极风流的样子。他翻阅了大量无效的资料，卡片做得像一包包香烟。幸好他是那种被称为常有信心的人，主意既定，便不犹豫，火烧火燎地向领导打了报告。又告别了妻儿老小，另置了一副行李铺盖，带着本蓝封面的笔记本，一头扎下去蹲点，和尔勇在一起足足体验了一年的生活。一年三百六十五天，他老婆怨天怨地，人瘦了一圈。

尔勇此时已是镇派出所的所长。和过去的岁月相比，这位曾差一点被日本人捉住，几次被白脸追杀的传奇人物，正悄悄开始发胖。他远不是作家设想中的那副模样。只要翻阅一下解放前的旧报纸，人们就会发现这位作家同志心目中的男子汉，常常高大英俊。他在这方面的趣味，和几十年后中国大多数女人的要求不谋而合。尔勇的身材，显而易见地比一般人矮了些。脸是黑的，额头又方又正，略有些前倾。他不是位喜欢说话的人，作家一开始便碰到困难，对这样的人进行采访，毫无疑问吃力不讨好。

最初的会面是在办公室。尔勇对一位声称要在他身边待一年的作家疑虑重重。那本蓝封面的笔记本，爬满了蝌蚪一样的文字，似乎要把尔勇的一言一行，统统记录在案。这样的谈话说不出的别扭，而且充满戒意。办公室设在一间阴暗的北屋里，外面正下着冰凉的雨。一架老式的手摇电话机躺在办公桌上打瞌睡，尔勇无话可说的时候，专心致志地看那手摇的把手，有时干脆伸出手去瞎摇几下。在他身后的墙壁上，钉着好几寸长的钉子，钉子头上用旧报纸缠了缠，挂着尔勇使用的驳壳枪。

作家脑海中酝酿的电影序幕，是从尔勇给哥哥尔汉报仇开始。银幕上最初出现的，应该是那把用来复仇的刀。那刀在月光下闪着寒光。考虑到究竟选择什么造型的刀，作家绞尽脑汁煞费心机。现实生活中，尔勇刺杀白脸，用的就是那种割茅草的镰刀，极平常的样式，长长的木把，不过刀背处略厚一些。这样的镰刀用来杀人多少有点煞风景，尤其是要通过电影银幕，以艺术的形式再现在人的眼前。作家曾有过用菜刀代替镰刀的意思，立即遭到尔勇有力的反对。尔勇说：“什么菜刀剪刀的，都是女人用的玩意。”虽然作家拐弯抹角，试图以“贺龙两把菜刀闹革命”的故事说服尔勇，尔勇却把作家的故事驳得一钱不值。“革命，拎着脑袋干出来的事，就两把菜刀，你当是玩呀？你们这些写东西的！”

在作家的电影脚本里，尔勇用的是深山老林中的砍柴的砍刀。因为电影最终没有拍摄这回事，尔勇也弄不清那把作家视为好看而且实用的砍刀，到底什么模样。月色朦胧，电影上的尔勇默默走在乡间路上。忽然传来潺潺的流水声，尔勇赤着脚从浅溪中走过，蹲在一块大石头边，霍霍地磨起刀来。磨刀声中音乐起，字幕出现。月牙从阴云里露出些面孔，银白色的光射向越磨越亮的砍刀。

早在五十年代，作家就运用了八十年代使观众哗然的现代派技巧，砍刀的闪光中乱跳过一系列蒙太奇镜头。尔勇消失在月色中。黑暗，黑暗。连续的黑暗。黑暗中出现了白脸那张淫邪的脸，丑而且恶。他单独潜进村庄搞女人的细节，已被改作由两个保镖护着，醉醺醺闯进一家地主大院。一个妖冶放荡的女人举着风灯走过来。一扇能看见黑影子的窗户。两个越来越贴近的男女剪影。灯灭了，那种听不清又故意是给人听的下流声音。

作家曾翻过当年缉捕白脸的档案。没人知道白脸的正式来历，种种传说都未必靠得住。有人说白脸本来就是土匪出身，一度招过安，本性难移，便又逃到这一带来重操旧业。有人则说白脸是大户人家的子弟，正规军人，只是吃了败仗，无颜回去重见江东父老，才流落在这儿来做草头王。大家一致能肯定的，不过他是北方人，说话极动听，有一身好功夫，而且人长得漂亮。他是靠打抗日旗号起家的，在这之前，他只是凭他那身耍起来好看的武功，为镇上的一家米号做保镖。

档案对白脸的性格作了较多的描述，其中特别强调的有两点，这就是凶残和好色。白脸杀人无数，糟蹋女人也无数。和作家最初设想大相径庭的地方，是白脸很有一套勾引女人的办法。他和他的手下不一样，从来不会无论见着什么样的女人，都公狗似的翘起尾巴。白脸糟蹋起女人来也保持着绅士风度。他搞女人的目的，不仅为了肉体的占有，而且包括了心灵的征服。在他横行乡里的日子里，他是一方的皇帝，尽管没有三宫六院的形式，却实在有三宫六院的内容。

确切说，那是个月白风清之夜。白脸去会的那个女人，当年还不能算妖冶放荡。白脸看中的女人肯定不会难看这点毋庸置疑。是白脸使这个良家闺女变成人们眼里的坏女人。这个家境颇宽裕的小家碧玉，所有的美好梦想都在一个瞬间，让白脸的无耻下作扯得粉碎。就像岫云和其他女人有过的经历一样，这姑娘在把自己的美梦重新编织在白脸身上之前，也想到过寻死觅活。“如果不是为了我那可怜的爸爸妈妈，我早就跳了长江。”她不止一次这么对人说，对毫不相干的人说，甚至在后来和白脸打得火热的日子里，也一样唠唠叨叨。她爸爸妈妈人前人后感到脸红，他们只好说：“好好的闺女，落到白脸那号乌龟王八蛋手里，就成了这种下流种子，你又有什么办法?”两位老人对白脸深恶痛绝，渐渐对独养女儿也少了些感情。

这姑娘对于白脸，从害怕到盼望他来，又从盼望发展到想做压寨夫人。有那么不长的一段时间，就算白脸这种风月场上的老手，也确实让她搞得神魂颠倒。如果尔勇砍的第一刀再偏左一些，姑娘准保当场送命。锋利的镰刀把姑娘高耸的右乳房，从顶端向心窝斜拉了一下，像剖桔子似的一分为二，并且当场斩断了根肋骨。白脸死到临头，才突然意识到大门洞开，是个多了不得的冒险。当尔勇发现自己袭击错了，举刀重新向白脸砍过去时，白脸往里侧一滚，就势站在床板上。尔勇一刀扑空，紧接着横扫一记，就听见一声惨叫，刀锋剁进白脸的大腿。尔勇的镰刀还没有拔下来，白脸已经抓住了镰刀柄。两人僵持了一会，都想把唯一的兵器抢到手上。

尔勇有一身蛮力气，加上报仇心切，势在置白脸于死地。白脸见夺不下刀来，猛地一松手，尔勇向后面跌去，他自己侧身一跃，那床哗啦一声坍了。白脸和姑娘一起滚在地上。黑暗中光听见姑娘痛苦的呻吟，尔勇举刀摸索过去，不提防白脸捞起衣服，接二连三地乱扔过来，其中一件衣服突然和刀绞在一起。尔勇用左手去扯那件衣服，白脸趁机夺门而出，后背上轻轻擦了一镰刀。值得一提的是，慌乱中白脸竟没有忘了抢条裤子在手上，虽然这是姑娘的裤衩，白脸却用它在尔勇脸上狠狠抽了一下。尔勇顿时眼冒金星，白的雾飘来飘去，分不清东西南北。月光下，白脸赤裸着身体，无心恋战，白色幽灵一般落荒而逃。

那姑娘在尔勇一镰刀之下，活送了半条命。白脸从此和她一刀两分开，断了往来。姑娘后半世的命运，实在说不上一点点好。没人敢娶跟白脸好过的女人。她在只有人恨、没有人爱的环境中又活了十几年。在白脸又和别的什么女人好上的日子里，也许只有这姑娘一个人，真心地吃醋和痛苦。当白脸恶贯满盈，被一排子弹拦腰扫过，像堵墙似的瘫倒在山坡上的消息传来，小小的江心岛屿无不欢欣鼓舞。孩子们奔走相告，爆竹声一阵又一阵。只有姑娘独自一个表情悲伤，关起房门来尽情哭泣。总算她收起了去南京收尸的念头。人们看见在很长一段时间内，她头上都戴着白花。女人傻起来常常没有底，即使大家眼里的坏女人也一样。

作家采访尔勇的那一年，姑娘坟上的青草勉强遮住黄土。她是一年前的春天死的，就葬在她母亲的坟旁边，尔勇带作家去拜访过姑娘的老父亲，而且在那间尔勇和白脸厮打过的房间里喝了茶。门前是一排杂七杂八的树，其中那株柳树最大，风拂着柳丝，树枝中有鸟儿在叫。尔勇喝了一气茶，笑着对作家说，他和白脸之间的较量，总是不肯轻易结束。“多少次了，不是我差一点弄死他，就是他差一点弄死我。我们多少次，真是差一点。实说了，当年他死了，真死了，我就这么站在他尸首旁边，都有些不放心，真不相信他就死了。死有时好难，有时又太容易。”

花一年的时间体验所谓生活，对于作家这位机灵的人来说，不仅绰绰有余，而且简直有些奢侈。体验生活对于五十年代的文人，是个含糊不得的字眼。事实上，我们这位作家常常闲着无事可做。在一个与世颇隔膜的江心小岛屿上，作家品尝到了做仙人的寂寞。小镇上虽有个刷了绿漆的邮筒，但是作家已有半年收不到妻子的来信。派出所的工作算不上繁忙，偶尔有些什么事情，也用不到作家插手。那本蓝封面的笔记本似乎再没什么可记，作家就在上面打电影脚本的底稿。小镇上有所极小的小学，作家和小学的女教师总算还谈得来。可惜女教师的男人太喜欢吃醋，动不动就瞪眼睛，常弄得作家十分尴尬。

一年之内，唯一有所改变的，是尔勇和作家的关系，尔勇平时乐意住在派出所，很少回家过夜，两位有老婆的单身汉，渐渐话多起来。这一带有一种土酿的酒，用大碗喝，就着价钱极贱的荸荠红水菱，很有种雅俗共赏的味道。尔勇与电影脚本里的主人公，相去越来越远，有时听作家谈构思，一会儿无动于衷，一会儿入了迷，好歹和自己毫无关系。尔勇自己真实的经历，已经让七荤八素的艺术处理折腾得稀里糊涂。时间不顾一切地向前走着，尔勇不免有真假难辨的疑惑。

尔勇家在小镇的另一头，依然是那栋冷清的老房子。有四个孩子，都是一惹就哇哇叫的小千金。那年头计划生育自然谈不上。作家觉得尔勇不乐意住回去，和害怕凑满五朵金花大大有关。既然尔勇的老婆晋芳五六年能养四个女儿，没有任何理由相信第五个就一定是小子。作家曾经有意无意地，似笑非笑向尔勇暗示避孕套这个标志现代文明的玩意，但是尔勇笑而不语，显然羞于把它当桩事。

到了中秋之夜，作家第一次去尔勇家喝酒赏月。前一天晋芳就亲自来请，第二天又差大女儿娟娟来喊。尔勇说："既是叫我们回去，就去，如果不是你在这，这什么倒头的节，我是不想过的。"

菜并没有做多少，有自己制的月饼。那土酿的米酒不觉喝了小半坛。作家解放前在上海小报上写小说，素以健笔与善饮著称，一时有连载小说中李白之誉。这一次棋逢对手，作家尝到了土造酒后劲的厉害。醉眼蒙眬之际，作家听尔勇对往事侃侃而谈。

"我哥，那时候，就死在这。当年那血，从这，直流到那枣树底下，就是那——你真不知道，那兔崽子，那杂种捅了我哥多少刀，你根本想不出来。"尔勇取了块月饼，示意作家自己动手，掰了一小块，塞在嘴里慢慢嚼。他小时候，哥哥尔汉弄了两棵小枣树苗来，种好了天天浇水，哄尔勇说这枣树也是兄弟俩。那其中的一棵枣树当年就死了，剩下的一棵已经高大成材，只是水土不服，结的枣子总甜不了。

夜凉如水，枣树坚硬枝干的阴影，重重投在门前发白的空地上。尔勇又说起他哥哥死了以后的种种事。当嫂嫂岫云如何如何痛苦的话题刚刚展开，晋芳便发起脾气。岫云无疑是晋芳不愿听到的人，如果不是尔勇一连串地喝斥，晋芳难听的话可以像小河一样流出来。好好的中秋佳节大有被糟蹋的可能，晋芳赌气而去，四个千金中有两个被打得哇哇直叫。作家因为喝了酒，也不觉着这场面尴尬，朦朦胧胧地觉得这团圆的日子，能叫老婆恶恶地骂一顿也好。他太太是那种小资情调极重的人，看的都是浪漫派的小说，作家无端地有些不放心，后悔不该弄什么电影脚本。晋芳又赌着气走出来，人跛得似乎更厉害，嘴里只是说："凭什么，我一提到她，你就急?"尔勇笑着叹气，说给作家听："明明是我一提，她就跳起来，你说这女人是不是倒打一耙?"大家听了，都笑，尔勇笑着又说："为了这家，县公安局几次调我，我都没去，你和她有什么道理可讲。"晋芳说："要去县里，你去好了，我不拦你。"尔勇叹气说："你何苦，她好歹也是我们嫂子，这么不容她干什么?"

"干什么?"晋芳双手叉腰，冷笑着说，"她是你嫂子。我们可不敢有这种下流的嫂子。"

作家回到住处便大吐一场。然后倒头睡觉，半夜里又起来吐了几次，搞得一房间臭味。他告辞时，尔勇曾提出和他一起回去，作家那时候已有些站不稳，满脸堆笑，嘴里却说："这是什么话，什么话?一年里有几个中秋节，我老婆叫不在这儿，那是没办法!"一路东倒西歪，拖着自己的影子，过了两次极窄的木板桥，竟没有掉到河沟里去。

这天晚上，作家没有梦到老婆。他梦见那株枣树，坚硬的树枝把他从酣梦中戳醒。

5

尔勇几次想和作家谈谈岫云的事。

作家对这个话题，始终不是太用心。

作家后来和岫云见过几次面，都是偶然的原因。

有一件事，尔勇从未对人提起过。这段往事实在窝囊，想到就难受。那一年，他刺杀白脸功亏一篑，多少算报了些仇，连夜带着寡嫂岫云奔南京。他们搭了条江船，溯水而上，一路仍摆脱不了惊慌。船上干活的伙计，都当这两人是夫妻，让他们住在一个舱里，江上时不时遇上日本人的巡逻艇。好不容易快到南京，那船叫日本宪兵扣住了不许开，又活活地耽搁了一天一夜。

不过是一年多的工夫，变化巨大，岫云简直是有隔世之感。尔勇初到南京，第一次领略都市的繁华，痴痴地跟着痴痴的岫云，眼睛不时向四下匆匆乱扫。眼前都是陌生人，没人注意到他们从哪儿来，更没人理会他们往哪里去。岫云已是极虚弱的人，拖着两条注了铅水的腿，走得失了信心。幸好途中遇到了黄包车，岫云上前要下来，还了价，直奔东关头。

没想到岫云的父亲筱老板半年前就死了。继母张氏无处报丧，从兄弟那儿过继了个儿子，一个半傻不傻、见人不是笑就是瞪眼睛的小伙子。尔勇没见过筱老板的模样，看着寡嫂痛失慈父，心头跟着发酸。他因为避着白脸的缘故，一时不便回乡，原计划在南京躲藏一阵，现在这家里没有个像样的男人，倒有些进退为难。他曾经听嫂子说过这位张氏的厉害。

没想到张氏极爽快地留下他们。筱老板很可能没留下什么钱来，那张氏总是不知不觉地哭穷。岫云好歹也是又惯又宠长大的，本不是那种有心机的人。如今父亲死了，张氏肯收留已是天大的面子。嫁出去的女儿泼出去的水，更何况还领了个不相干的小叔子来。岫云极识相地拿出钱来贴补家用，张氏口是心非地得了钱，却不会见好就收，从此哭穷更急，连个喘气的节奏都舍不得给。

尔勇第一次有了寄人篱下的感觉，他深悔没有一举成功砍死白脸，反落得自己失了退路，有家不能回。打掉了牙往肚里咽，人穷有时只得乖乖志短，他由岫云陪着，去找尔汉当年的老板李老板。李老板这一年生意兴旺，财气大粗，两只牛眼珠子在岫云胸前滚来滚去，满口地答应。尔勇在李老板那干了不到半个月，那李老板借机来看了岫云七八次。岫云的后母是过来人，肚子里点了一千瓦的大灯泡，早已见惯了这类把戏，找机会当着众人的面，什么话都挑明了说："筱老板生前也没什么对你不到的地方，你那贼肚子里装着什么坏水，当我不知道?"李老板忙不迭赔笑脸，嘴里师娘长师娘短叫个不歇，又说了东家当年的种种好处，但是他那师娘依然竖着脸，不等李老板唠叨完，破口骂道："你个贼杂种，你的娘我们担当不起，少来灌你娘的迷魂汤。当年吃我耳光的日子忘了？实说了，这家里放着老少两代寡妇，你少来。若是你这家伙想换换口味，先回去把你那黄脸婆离了，再来明媒正娶，若论想占便宜吃点什么，你试试看!"

李老板好大没趣走了，第二天便找尔勇碴子。尔勇正憋着一团火，三句话没说完，操起拳头就往下砸，揍得李老板鼻血喷涌而出，流得一下巴一胸口。店里其他的伙计捂着嘴一旁看笑话，等尔勇住了手，才一个个上前假装拉架。李老板不比年轻时的气势，嘴里还不服软，骂尔勇是杀人犯，没必要在这抖威风，杀头掉脑袋的日子在后头呢。尔勇也懒得和他斗嘴，取了衣物，和管账的算了工钱，扬长而去。途中经过一家酒店，那女招待用极好看的眼睛勾他进去，尔勇有心赌气进去喝一通酒，立在门口犹豫了再三，又径自去了。

尔勇回家满心不痛快，岫云深悔推荐他去李老板那儿做事。本想借说李老板几句，给尔勇消消气，没料到反惹起尔勇一团火，跺着脚骂道："我哥当年怎么会跟这样的畜生做事，依着我，早揍得他屎出来，亏你还有性子和他来往。"岫云有口难辩，又不知道怎样安慰尔勇，只得呆呆地陪小叔子傻坐。她明知道李老板和后母张氏有一手，那筱老板生前也有所察觉，她让尔勇去李老板处谋事，多多少少，有意无意的是想利用这种关系，没想到背了石臼做戏，吃力不讨好，偏偏弄巧成拙，几头都得罪了人。岫云又抱定了家丑不外扬的宗旨，事情的原委不便细说，因此除了陪坐叹气，还是陪坐叹气。

依着岫云的劝说，尔勇将半个月的工钱，如数交给了张氏。张氏客气了一通，让尔勇看了三天的好脸色。第四天刚刚到，那脸色又和先前的一样，硬邦邦地直竖在那里，叫人都不忍心看。尔勇真心真意地想搬出去住，一来找不到房子，二来即使暂时找到了，也付不起定钱。咬着牙一日三次地出去找工作做，找来找去，有几次还是岫云陪着，没活干仍旧没活干。不得已日日去外秦淮河码头背米，那是桩吃苦的差事，尔勇虽然庄稼人出身，有一股子牛力气，常常也累得半死。回到家中，一身的臭汗都不想靠近人。

尔勇想搬出去住的一个重要原因，实在是住的地方别扭。他和岫云几乎是睡在一间屋子里，中间虽隔了一道极薄的夹墙，那门洞虚设却没有门。拉半截布做门帘，里外都看得见人的脚走来走去。两边的声音听得清清楚楚。尔勇常常被岫云夜里起来用马桶的声音弄醒，岫云则时时听见外间竹榻叽叽嘎嘎，知道尔勇翻来覆去睡不着。

事实果然如预料的一样，张氏安排他们这么住别有用心。按理由，尔勇完全可以住到她过继的儿子房间。那小伙子近二十岁模样，一副受虐待的苦脸相，除了见他为张氏捶腿捶腰，总不见他做过一桩什么正经事。他住的是厢房，算不了大，但再放一张床绰绰有余。尔勇几次三番地想向张氏提出来，搬到她那过继的儿子房间去住，话到嘴边，终究说不出。俗话说，身正不怕影子歪，好藕不怕沾泥，张氏既然觉得安排他们这么住没关系，他提出异议反倒坐实了心虚。何况客随主便，他寄寓人荫下，有个落脚点就不错，哪来的挑三拣四的道理。再说这事也应该由岫云提起来合适，不管怎么说她管张氏叫妈，尔勇如果贸然说了，张氏说不定会疑心岫云对他多情。自己清白了，害得岫云无辜受累，这种事尔勇不能做。

尔勇一门心思地想搬出去住。世上的事偏偏不让人称心，他越是想搬出去，越搬不出去。背米的工钱本来微乎其微，他因为一日三餐吃在外面，加上重体力消耗把个胃弄成无底洞，吃多少都不嫌饱，剩下的钱交给张氏，连买个笑脸都不够。岫云的那点私房钱早已贴干净，尔勇拼死拼活的血汗钱，用张氏的话来说，单单岫云一个人吃饭也不够。话难听时，啰里啰嗦地说米贵柴贵，又说如今的房子什么价，若是租给人住，不知要得多少多少钱。

岫云的日子也不好过，她一个小鸟依人的性情，小时有筱老板宠着，嫁了人总以为丈夫是靠山。丈夫横死，回娘家是不得已的事，明摆着后母张氏一日更比一日不容她，岫云有机会和尔勇说心里话，言谈中大有如果不是为了躲白脸的报复，真不如回乡下好。她的意思，是尔勇继续留在南京，她独自回去，嘴上这么说了几次，想到当真一个回去，无论是在路上，还是住乡下家里，心里都有些怕。

张氏有打麻将牌的嗜好，向来是在邻居任家雀战，输赢不大，日日晚上要过几圈瘾。自从任家新娶了媳妇，张氏便把牌桌移到自家来，就放在尔勇睡觉的地方。时常三缺一，岫云只好作陪。她难得打，手是生的，脑筋迟钝，又不好意思太顶真，因此只见输，不见赢。尔勇白天里背米差不多散了骨架，到晚上又不能早早睡，硬头皮到张氏那过继的儿子处串门，先还受欢迎，让他翻翻陈年旧月的报纸，渐渐地不客气了，把他晾在一边，小伙子自己倒头睡觉，呼噜声吵得人心烦。

尔勇一生的不得意，一生的窝囊，一生的晦气和别扭，都集中在这不长的一小段时间。他有时想想，真不如索性回到乡下，和白脸拼个你死我活来得痛快。月有阴晴圆缺，尔勇坐在小天井里，头顶上一块极小的天，听着屋内哗啦啦的麻将声，女人之间有一句无一句的闲扯，他心头不由动起了各色各样的念头，其中一个最重要最干脆的想法，就是寻死不如闯祸，索性豁出去，天下之大，总有容人处。

那天注定有事。千年难得轮到岫云赢了些钱，偏偏输家是张氏。张氏原不是有牌品的人，桌面上就横怪竖怨，说岫云存心不给她牌吃，散了伙嘴里还是没完没了。岫云只好当没听见，打完牌，照例是嗑了一地的瓜子壳，她一边极麻利地扫着地，一边随口说道："今天总算赢了个瓜子钱。"没想到张氏突然变脸，冷笑说："我听出姑娘话里头的意思了，该不是嫌我总吃了你的瓜子吧。幸好还有好几张嘴一起动呢，要不然我们担当不起！"岫云连忙赔笑说："娘也真会多心，别人家都是一颗心，偏娘多生了一个。女儿买些瓜子孝敬你老人家嘛，也是应该的。”

张氏说：“少变着法子骂人，我原是两颗心的，你当心才是。”

岫云做出受委屈的样子，似笑非笑说：“娘，你看，叫你不多心，还是多心。”说了，扫帚又在扫过的地上，做掸的动作。张氏看在眼里，嘴角抿着，越发的不高兴。

岫云又说：“譬如今天一分钱也没赢，我全买瓜子来吃，怎么样？”

张氏脸上极难看地冷笑着，不说话。岫云一时窘在那儿，下不了台，硬着头皮十分亲热地又叫了声娘，没想到硬僵僵地得了这么一句：“哟，好姑娘，你那娘，我们做不起，饶了我们吧！”岫云听了，红着脸说：“娘怎么这样说话？”

“什么这样说话那样说话，”张氏看着尔勇板着脸走进来，知道所有的话已经都落在他耳朵里，不示弱地瞪了他一眼，“我在自己家里，想怎么说话还不行？”

尔勇一肚子火憋在心里，赌气对岫云说：“赶明天别打牌，输也不是，赢也不是，这倒头的麻将牌，有什么好打的。”张氏一听这话，双手把定了腰，眼睛使劲斜着，只见白不见黑，说：“乖乖，好大的口气，是嫌我占了你的房间搓了几圈麻将，心里不痛快是不是？我告诉你，这没办法，我又没请你住这！”尔勇热血直往脸上冲，也硬僵僵地还了一句：“你呀别凶，我一找到房子就搬，当我想赖在你这儿不成？”张氏冷笑说：“阿弥陀佛，早走早好，我烧着香求你快找房子呢！”

岫云在一旁急得没主意，一边替尔勇赔不是，一边暗暗拉扯尔勇，让他别做声。张氏又看在眼里，就跟得了什么把柄似的，胸有成竹地暗暗窃笑。尔勇早看不惯张氏的嚣张，自言自语嘀咕道："别见着我嫂子人老实，就尽拣软的捏。"

张氏立即声高起来，指着岫云对尔勇说："哎哟，我还不晓得呢，你这位嫂子老实在什么地方，说给我们听听。说呀——"她这一声高，惊动了四下乡邻，有推门出来，立在小院里听的，也有直接过来劝架的，那张氏却更来了劲，声音更高，措辞更刻薄。尔勇说，有理不在声高。张氏偏大声叫喊："我凭什么不声高，我又没做什么见不得人的事。"

尔勇恶声说："你把话说说清楚，谁做了见不得人的事了？"

张氏说："我哪敢，哪敢说你，说你们，水牛吃了萤火虫，肚子里雪亮，谁做了什么事，还不自己明白。我说你们杀人啦？我说你们小叔子偷嫂子，嫂子偷小叔子啦？乖乖，幸好没说，说了还不知怎么不得了呢！"

岫云气得乱打摆子，抽泣着想说什么，却没有词儿，依然是拉着尔勇，不让他冲到张氏面前去。张氏别有用心地向观战的人使眼色，嘴角也是那种别有用心的微笑。尔勇忍耐到了极限，撒起乡下人的粗野来，嘴里恶声骂着，一把推开岫云，捞起张小板凳便向张氏扔过去。劝架的见动了真格，赶快把张氏拉走。张氏脸吓白了一阵，回到自己房里，嘴皮又厉害十倍，话自然更难听。那些邻居听得有味不肯走，附和着说、笑。对尔勇和岫云的关系，人们本来就有些疑心，加上张氏一贯人前背后有意渲染，早存着不过就是那么回事的想法。秦淮河边的人家，向来对男女之事看得穿，想得开。岫云是那种有姿色的女人，既然委屈做了寡妇，人们想象中她就不应该太安分。而且小叔子死赖在寡嫂家里，瓜田李下，多少有些罪过。黄泥巴掉到裤裆里，不是屎也是屎。

这一夜，没人知道他们什么时候睡的觉。张氏出了口恶气，极容易地进了梦乡。外面月朗星稀，从小窗户往外面看，只觉得十分的亮。尔勇和岫云都睡不着。没有声响，除了里间和外间的人，在床上尽量轻轻辗转过的窸窣声。没有梦的世界，都在等天亮，都在想这地方不能再待了，都有种解脱的感觉。

6

白脸的报复，来得缓慢而凶猛。这中间隔着很长时间。很长的时间内，又有过一个白脸和尔勇携手合作的很短时间。报复既在命中注定，就有避免不开的意味。从一开始，尔勇就知道他和白脸之间，只能是你死我活。你死我活是唯一结局，迟早而已。

很显然，白脸的疯狂报复，和尔汉当年的被杀毫无关系。事实上白脸杀人如麻，根本不把杀个把人当回事。对于他来说，不知道什么叫陈年旧账，杀了就是杀了，没有后果可言，人一死，所谓一了百了。甚至尔勇当年刺死他，他也是至死不曾明白过。他这人的脾气，竟是懒得去想究竟谁想谋害他。他觉得他谁都可以杀，因此，谁都可以反过来杀掉他。当年他拎着女人的花裤衩落荒而逃，说不出的狼狈。正因为威风扫地，所以很少乐意重温这种旧事。大难不死，本是桩感激不尽的买卖，白脸一辈子出生入死，也就不当回事。

那群如狼似虎的人向尔勇家扑过来时，已经入了共产党的尔勇早就得到消息躲开。那一段时间，白色恐怖甚嚣尘上，尔勇肯定不会待在家里。这一点也恰恰是白脸的预料。他领着手下，气势汹汹，就像当年他高擎抗日旗号一样。这次的招牌是清乡剿共，他从来没把尔勇放在眼里过，捉不捉住尔勇他无所谓，他只不过要向人们证实，即使是日本人来了，他白脸仍然是白脸，仍然是这江心小岛的主人。他靠抗日起家，随着日本人势力的增长，又极识相地变不抗日来保本。

那时候，尔勇在共产党队伍里干了已两年。自从尔汉惨死，尔勇没有一天真正意义上忘却报仇。虽然他和白脸一度处于同一战壕，共同的抗日主张化敌为友，但是尔勇从来不忘你死我活的唯一结局。尔勇最大的过错，仍然是他的运气还不够好。机会像手指缝里的水一样流过去。死里逃生，在尔勇和白脸漫长的较量中，早有了特殊默契的含义。往后的岁月，短暂而漫长，最终的结局到来之前，他们彼此不止一次死里逃生。

晋芳在强敌面前，表现得英勇过人。也许觉得尔勇并不在危险之中，也许根本就没想到危险，她大喊大叫，不停地跳脚。好男难与女敌，白脸的手下一时有些手足无措。转眼间，尔勇家被翻箱倒柜，鸡犬不宁。凡是能打碎的东西都砸了，三和尚扛起晋芳陪嫁时带来的一面大方镜，跑到外间，当着众人的面，死劲地摔下去，碎镜片顿时飞了一地。随着那“哐咣”一声巨响，晋芳连续几个碎步，跑到了三和尚身边，拉着他的衣服要拼命。三和尚连打带踢，偏偏晋芳死扯住了不放。白脸的手下便笑着说：“三和尚，这女人看上你了，瞧她，对你多有那个感情!”说完，极放肆地哈哈大笑。笑声刺激了三和尚，加上他脸上又叫晋芳狠抓了一把，一时性起，把晋芳掀倒在地上，抓起她一只左脚，绞麻花似的转，又乱踏晋芳的下身，嘴里歇斯底里地叫着：“我让你凶，让你再凶!”晋芳硬是不讨饶，手乱动，嘴上还是骂，人已经滚了一身泥。

晋芳的一条腿，就是这一次让打瘸的。她痛得满地滚，骂不绝口。她的不屈不挠的抵抗，早让三和尚火冒三丈。不过像三和尚这样的悍匪，对付晋芳这样手无寸铁的弱女子，同伙面前有失身份。白脸的队伍正在壮大，三和尚已充当了小头目这类的角色。晋芳忽然一声惨叫，三和尚触电一般地撒了手。经过短暂的沉寂，晋芳嚎啕大哭，侧躺在地上，翻不了身。三和尚一边往回走，一边嬉笑着说：“碰到这样的女人最丧气，缠着你不放，竟一点办法都没有。”同伙中有一个跟着说笑：“这还不算麻烦，你若是在床上碰到这么一位，嗨，那才叫糟呢!”

晋芳大哭了一阵，转成了抽泣。她家里原养着头小母狗，禁不起这帮土匪强盗乱打，早跑到一边去了，这会又来到晋芳身边，东闻闻西嗅嗅。白脸在一旁看着，慢腾腾地摸出手枪来，上了膛，走近了，指着小母狗的脑袋，一扣扳机，小母狗向前一蹿，瘫在地上变成了一团死肉。晋芳着实受了些惊吓，睁大了眼睛看白脸，人往后缩。白脸重新瞄了瞄准星，举起来对着晋芳，又笑着把枪收了，懒洋洋地说：“你男人回来，这就是下场。”脚伸出去，踩在僵硬的木棍一般的狗腿上，踯了踯。

和尔汉的被杀大不一样，这一次几乎没什么看客。太平镇上的人似乎对太平失了信心。有杀人的，自然有被杀的人。人既然处在杀或被杀之外，本能地躲得极远，从窗洞里，从不为人知的墙角处，从细细窄窄的门缝，有几双眼睛匆匆扫了几下，一切都归于太平，寂静得恰如什么事也不曾发生。

如果岫云知道白脸那帮人正在说笑什么，她吃了豹子胆，也不会去照应晋芳。显而易见，她的莽撞行动愚蠢至极。那边早有人找了锅来，重新架在灶上，点火煮水。擅长杀狗之徒，在枣树上插上匕首，把狗挂上去，双手十分麻利地剥起皮，就听见“哗哗”的声音，转眼间那瘦骨嶙峋的鲜红色的身体，脱了皮袄，全然暴露在人面前。晋芳躺在地上，十分惊恐地望着眼前的一切，那一双手在狗身上熟练地忙乱，血污撒尿似的往下滴，忽快忽慢。一股又腥又臊的臭味迅速蔓延开，像一阵浓雾直逼过来，压得人喘不过气。

晋芳的腿一定断了，要不便是骨头上有道很深的裂纹。她试着向前爬，刚一动，慌忙惨叫一声。叫声引起白脸一伙的哈哈大笑。三和尚笑着对那正用刀剖开狗肚、把肚肠子拉出来抖在地上的同伙说：“你小子老喊不碰女人，今儿这不是现成的吗，喏，头儿在这，我算替他答应了，怎么样？就算今儿为弟兄们忙得辛苦，慰劳慰劳。”那杀狗的当真停下手来，看什么似的对晋芳上下打量一番，回转过脑袋，笑着对三和尚说：“你小子一肚子坏水，我的事，用不着你忙。你又不是没那玩意，说得倒好听，你替头儿答应了，乖乖隆里咚，好大的口气！我们干脆以后都听三和尚的算了。”说完，正待进一步去折腾那狗，眼珠子突然定在那儿，直了。

岫云就在这不合时宜的情况下，很不识相地出现。她根本没有预测到自身将会有的危险，她根本顾不上什么危险。一刹那间，她觉得前面躺的就是她那血肉模糊的丈夫，身上全是窟窿全是眼儿全是洞。那个被称作勇气的东西，一旦贸然来到岫云这样怯弱的女人身上，所有的问题便变得更麻烦，更不可收拾。她眼前只有晋芳这个人，这个躺在地上折了腿的、一向对她充满敌意和戒备心的女人，她冲她缓慢地走过去，心头洋溢一种她不明白而人们誉之为崇高的情绪。

所有的眼神都射向岫云，甚至那条倒挂在树上剥了皮的狗眼睛，也痴痴地盯着岫云看。时间突然之间静止，岫云上上下下叫那些男人的眼珠子射得千疮百孔。她身上的衣服已在幻觉中消逝，赤裸裸地按照男人们的想法，活生生地出现在男人们面前。白脸以他在鉴赏女人方面的挑剔，一眼就看到了岫云的过人之处。他还没来得及喘气，没来得及眨眼，便叫眼前的尤物迷住了。

晋芳正好和岫云形成了鲜明对比。一个女人的粗糙，更有力地衬出另一个女人的细腻。乡下女人典型的黝黑皮肤，让那些乡巴佬出身的土匪强盗，第一次领悟到城市女人的种种好处。晋芳依旧一摊泥似的瘫在地上。岫云缓慢坚定地走了过去。从那死狗身上散发出来的腥臊臭味，陡然无踪无影。白脸侧过脸去，打听岫云的来由。岫云小心翼翼，庄严地走到晋芳身边，竭尽全力想把她扶起来，但是扶不动。白脸示意两个人过去帮忙，立刻有两个人屁颠颠站起来，屁颠颠地走到站着和躺着的两个女人身旁，迟疑了一下，弯下腰，在晋芳的惨叫声中，把晋芳抬起来，送回家放在凌乱的床板上。岫云默默跟着，脚步发颤，仿佛走在云里雾里。

这以后，岫云足足忙了一整天。先是帮晋芳擦洗，洗完了，再收拾房间。屋里糟蹋得不成个样子。马桶被砸向墙壁，里面的污秽淌了一地。墙上的一张年画，绝大部分已在地上，剩下的一小块，猪耳朵似的竖在那里。外间狗肉煮熟的气味，和着房间里的恶臭，熏得岫云一阵一阵想吐。房间收拾完，一切安排妥当，外头白脸领着人大呼小叫去了，剩下些狗骨头和汤在锅里。

这一夜，岫云就住晋芳屋里。晋芳一夜呻吟，使得妯娌之间的隔阂，短时间地消失殆尽。岫云很晚才在晋芳脚头睡下，迷迷糊糊记得自家大门都没有关。她太累，懒附带有些怕，合上眼睛想休息一下，不料竟睡着了。第二天抽空回去，那大门已经虚掩上了，她因此怀疑起自己的记性，进屋拿了些东西，又去照顾晋芳。那晋芳腿还是疼，还是动不了，到晚上又有留岫云的意思。岫云一口答应，借口回去收拾，让晋芳先睡。

就算岫云知道白脸正在她房间等候她，她依然逃脱不了白脸的手心。白脸只有看不上的女人，却没有弄不上手的女人。妯娌间暂时的和好，岫云心头十分愉快，她暗暗哼着一首未出嫁时常唱的歌，极轻松地推开门，在老地方摸到了煤油灯，划了火柴。她并不知道自己回来干什么，只是觉得应该回来一下。

白脸正坐在床沿上冲她笑，摇曳的灯光增添了他脸上的光彩。疑惑比吃惊更先来到岫云心头，她先怀疑，然后才是害怕。白脸的笑那么平静，岫云一开始都吃不透他的用意，她只是出于本能地向门口跑去，但是白脸比她快了半步。门外一片黑暗，白脸倚在大门口，仍然先前那样地笑，岫云房间的那盏煤油灯还点在那，看得见墙上的黑影跳动。

岫云立刻全线崩溃，她的脚仿佛陷进了泥沼，并且越陷越深。白脸突然背过脸去，大步走过门前的空地，到了那株枣树下面，掏出家伙撒尿。岫云只看到一道白色的曲线，源源不断地浇向树根。尔汉当年也常在同一个地方做同一件事。白脸又慢慢走过来，脸上还是那种漫不经心的笑，就像回自己家一样。

7

多少年以后，尔勇拜访在南京做保姆的岫云的时候，实际上她已经和老乔那个上了。老乔叫乔发品，人都叫他老乔。用人们常说的话，他们早勾搭上了。尔勇看在眼里，心中不愿意这么想。

尔勇去，正是岫云坐床上，穿着城里人的短裤，哄老乔女儿睡觉的时间。很可能当时岫云也迷迷糊糊地睡着，隐隐听见门外有人敲门，爬起来，开了门，尔勇已站在小院子里。

尔勇来南京参加一个治安方面的会议。通过公安局的熟人，尔勇很轻易就找到了岫云的地址。像岫云这样的女人，只有公安局才能找得到。听尔勇说他想去见见她，公安局的熟人不免吃惊，总觉得去见一个在局里挂了号的女人，多多少少有些冒昧，起码也是不合适。尔勇说："她好歹还是我嫂子，按礼上说，我也该看看她。就不知道那家人家怎么样？"公安局的熟人说："我们具体也不太清楚，反正夫妻俩都是干部，那女的好像一直不在家，这女人——你嫂子在那，主要是带小孩。"

恰好是梅雨季节，出门时，公安局的熟人让尔勇穿他的雨衣，尔勇嫌闷热，取了把旧纸伞，没料到有一阵无一阵的雨忽然大起来，那纸伞上不止一处破洞，半边身体都淋湿了。地方不算难找，要寻的那条街道，问了几次便在眼前，只是门牌上的号码有些绕人。敲了半天的门，没人应，尔勇索性一推，人进了院子。

岫云几年不见，人似乎又胖了些，那两条极白的大腿匆匆在眼前晃过，忙不迭地找裤子穿。尔勇十分自然地看着岫云，岁月磨炼了人的意志，他已由当年过度的腼腆，变得恰到好处的成熟。等岫云慌乱套上长裤，又草草地把头发掸了掸，尔勇才正式开始说话。他一直觉得自己不善言辞，这是典型的乡巴佬的遗憾，因此，他轻易不说什么话，简单的敷衍之后，便望着岫云微笑。

这几年是个空白。岫云不由得两颊发热，羞愧地低下头来，就像那年白脸被打死后，她随那些举了手的匪徒，从尔勇面前走过时一样，岫云想自己实在无脸面对尔勇。她觉得自己不可饶恕，罪在不赦，而尔勇流露出来的那种善意的微笑，自然而然地显得过分宽容。对于岫云来说，那熟悉的善意宽容的微笑，同时又是十分残忍。它勾起她难以忘怀并且最不想回忆起的旧事。

尔勇自己捡了一张椅子坐下。在岫云眼里，人胖了些总是好事，她对尔勇的腰身注视了一会，又重复那句："真想不到你会来。"

尔勇笑着说："几次想来看嫂子，你的地方不好找，要不然，要不然早来了。"

岫云想问，尔勇又是怎么会问到这个地方来的，话到嘴边，又没问。她知道尔勇在公安局做事，一起做保姆的人常说，像她这样身份不明白的人，躲到天边去也瞒不了公安局。她因为自己和白脸的关系，真想一辈子也不要再见到尔勇。

“嫂子这一向还好吧，”尔勇抓了抓叫雨淋湿的头发，继续笑着说，“看看气色，也还不错，听说这家一家——”

岫云突然脸一红，低着头说：“你别叫我嫂子了，”她想说，“我没脸做，我——不配。”心里一阵绞疼，眼睛已经酸了，连忙极做作地笑出来。

尔勇怔了一怔，有些吃不透：“嫂子这话什么意思?”又说，“我是一直没把自家嫂子当外人，除非嫂子——，”一抬头，看见岫云眼泪刷刷流下来，话到嘴边说不下去。

岫云流了一会眼泪，心里头倒痛快了许多，她看着尔勇不言语地坐在那里，嘴里忍不住又说了声：“真想不到你会来!”尔勇不由笑着说：“嫂子老说这句话，该不是不欢迎我来吧?”岫云听了，情不自禁地说：“不要说你亲自来，只你还能想到一点嫂子，我就感激死了。”说了，破涕为笑，转身去拿脸盆毛巾，让尔勇擦把热水脸，又叫他把半湿的衣服脱了，连声问他凉不凉。这情景仿佛又回到了当年在南京的避难。岫云找了个大白搪瓷缸，放了些白糖，冲开水给尔勇喝。

两人显然都想把中间有过的不愉快的事回避掉，因此都只谈眼前的事。岫云与过去相比，老了许多，已是个十足的妇道人家。虽然脸上也会一闪而过那种羞答答的神情，但是那种少女时代的余韵，犹如人临死之前的回光返照，更容易引出人的一段辛酸来。尔勇喝着白糖甜水，心里是另一种滋味。哥哥尔汉死得太惨太早，他做弟弟的，却没能保护好寡嫂。

老乔的女儿在床上翻了个身，说着梦话又睡。这是个三岁左右的孩子，看上去十分白皙。岫云笑着跑过去，坐在床沿上，一边拍哄早已不做声的小孩，一边回过头来，说："这孩子，人不大，睡着了老做梦。"

尔勇的原意，是看看岫云就走。治安会议已经结束，他打算明后天回太平镇。没想到临了留下吃了饭，还住了一夜。男主人老乔是个极好客的热心肠，见了尔勇，倒像是认识了许多年一样。他在一个机关工作，是个科长之类的干部。人十分潇洒，除了眼睛略小一些，算得上是个美男子。尔勇第一次发现，男人里头，也有皮肤和女人一样细腻的人。老乔比尔勇高出了一个头，因此说起话来有些居高临下。他是个话多的人，一说了，就没有完。

岫云做了两样拿手菜，又上街上剁了盐水鸭和三毛钱的猪头肉。老乔新开了瓶白酒，取了两个极小的酒盅，嘴里十分热闹地要尔勇不客气。尔勇不客气地坐了，心里暗笑那酒盅半爿鸡蛋壳似的太小，太精致。岫云哄孩子吃饭，嘴里哄着，耳朵里听两个男人说话。老乔口若悬河，说到有趣处，岫云便抿嘴一笑。这笑里面有种种含义，尔勇没法不往心上去。

老乔的女儿，本来是送幼儿园的，偏偏老要生病。她母亲一年半载地在外头工作，官做得比男人都大，已经是副县长。岫云来了以后，小女儿身体渐渐好了，和医院绝了缘，老乔因此逢人必夸岫云。夸完了岫云，老乔又和尔勇讲他解放前怎样参加地下工作，讲得十分惊险，尔勇听了，又信又不信。

"我们这些人参加革命，老实说，老实说和你们不一样，"老乔喝了两盅酒，示意自己酒量已到了极限，又示意尔勇尽情喝，"喝，这酒，能喝掉，我最高兴。你知道，为什么说我们不一样呢？你想，你们是苦大仇深，为了自身的解放，才投身于革命工作的。我们呢，我们不一样，你想，你只要想想我们是什么出身。像我和我爱人，都出身于剥削家庭，我们参加革命，那是背叛家庭。为了人类的解放，我们背叛了家庭。”

老乔的女儿似懂非懂地听着，一个极小的孩子脸上已有了些大人的表情，尔勇觉得非常有趣。岫云总是在偷偷地注意他，他不得不做出十分认真听讲的样子。老乔说：“像我这样的家庭，那还算不了什么，你知道我爱人，我是说我爱人她家，当年有半个县城都是她家的。半个县!”

“半个县?”尔勇吃一惊，想象不出半个县有多大。

“可不是半个县，”老乔拎起酒瓶，给尔勇斟满了，喊着，“来，你能喝，看得出来，一口一杯，喝完，干掉!”尔勇生性贪杯，喝酒是爽快脾气，艺高人胆大，一气喝了大半瓶。老乔说，留一点没意思，于是喝个精光。

那老乔最佩服能喝酒的人，佩服之余，又嫉妒尔勇当真喝了这么多酒。尔勇脸微红，话也多了几句。趁尔勇去上厕所，老乔便向岫云说他已经醉了。岫云连忙留心，果然觉得尔勇走路似乎摇晃，而且多多少少有一些垂头丧气。外面又下起大雨来，尔勇要告辞，老乔和岫云执意不让他走。

尔勇也奇怪自己竟然会住下来。老乔和岫云都以为他醉了，他也不愿意强辩，索性由他们说去。两个人背着他做了几次眼色，只当他酒后糊涂，不知道他一肚子算盘珠，心里全有数。岫云倒了水，伺候他和老乔洗了脸，又洗了脚，又说了会话。大家睡觉。岫云和小孩睡一间屋，哄睡着了小孩，又从床上下来，听见老乔还在那边大声说笑，一眼瞥见尔勇的衣服孤单单地挂在那，情不自禁上前摸了摸，还是湿的。尔勇和老乔睡一张床，说了大半夜话。他有些后悔不该来看什么嫂子，他已经没有嫂子了，心头有的只是一种厌恶和疲倦。究竟厌恶谁他说不清。天亮时他才迷迷糊糊睡着，在梦中，他第一次梦到了早死的谢司令。

8

谢司令是无锡人，家乡口音极重。尔勇最初给他当警卫员时，常常为听岔了音，闹出笑话来。司令部的警卫员，平时闲着开玩笑，便是模拟谢司令的腔调。谢司令十十足足一副书生模样，原先是县中学的校长，地下党。抗战爆发，领了一群人在这一带打游击，队伍发展得很快。尔勇投身革命，最想不通的一件事，就是收编白脸的人马。多少年过去了，尔勇仍然觉得谢司令当年棋错一着。

自从刺杀白脸不成，尔勇第一次和白脸见面，是白脸接受改编后一个月。那时候日本人已经注意到了这个孤立的岛屿，几次和白脸发生冲突。那白脸手下一帮乌合之众，先不把日本兵放在眼里，仗着地头熟，小打小敲了几次。等到正式接触，叫机关枪压住了一扫，一个个顿时傻了眼，溃不成军。幸好谢司令带了人马赶来接应，白脸才在绝境中，有了条活路。

白脸因此躲着不敢见人，谢司令派人和他谈判，谈妥了，封白脸为第四小队队长。当谢司令领着尔勇到白脸那里视察时，白脸已经恢复了元气，乌合之众依然凑拢起来。

谢司令自然要用共产党的一套，对白脸的队伍进行改造。但是大敌当前，许多事情事实上也顾不过来。谢司令约法三章，白脸一口答应，高声说谢司令既是他白脸的救命恩人，不要说约法三章，就是成百上千条意见，也不敢说个“不”字。

白脸在谢司令面前装足了孙子。尔勇再次眼睁睁地失去送白脸归天的机会。他和谢司令在白脸的大本营住了三天，干掉白脸可说是唾手可得。那天晚上，白脸和谢司令谈了许久，临走，谢司令嘱咐尔勇送他一程。

这是尔勇和白脸之间，唯一的一次正面交往。他们俩你死我活，追过来，杀过去，实际上的面对面并不多。这次机会失之太可惜。虽然尔勇只是个普通警卫员，白脸却放下小队长的架子对他百般敷衍。那是个星光之夜，细细的月牙儿尖刀一般地戳在天上。微风吹过，庄稼沙沙响。青蛙叫着，仿佛在叫“报仇，报仇”。乡间小路忽宽忽窄，白脸一会和他并排，一会又走在他前面。第一次刺杀白脸失误的阴影重现在尔勇心头，他发誓这一次务必要干得出色些。头一枪当然是打脑袋，然后可以从容地打完其他子弹。或许以匕首更好，不声不响从后面扑上去，干净利落，也捅他个千疮百孔。天下之大，何处不可以抗日，只是，只是这么做有些对不起谢司令。犹豫这玩意一出现，尔勇到手的机会便没了踪影。

白脸的手下突然从路边冒出来。他们和尔勇打着招呼，然后拥着白脸扬长而去。

多少年后，时过境迁，轮到尔勇领着人缉拿白脸。白脸已经穷途末路，丧家之犬似的到处乱奔。如果不是为了一网打尽，尔勇早把白脸抓获归案。大约有半个月，白脸的一举一动，始终处在尔勇的严密监视之下。这是猫和耗子一起玩的游戏。甚至尔勇也觉得这结局，太可笑太可悲。恶有恶报，白脸杀了他的哥哥，奸了他的嫂子，又打断了他老婆的一条腿，当三和尚被押回原籍公审时，整个太平镇的人，都为不能亲眼看见枪毙白脸感到遗憾。三和尚剃光了脑袋壳，让开花子弹打成一摊稀泥，血浆喷出去多远。相比之下，白脸的死实在有些太便宜。

谢司令直到临死，才认清白脸的真面目。死到临头，一切都变得太晚，太无济于事。谢司令生前威名远扬，死后又树碑立传，但是他的遇害太惨，太不明不白，太叫人心碎。想不到英雄一世，日本人听到名字就头疼和胆寒，却毫不值得地死于白脸的暗算。那时候长江南岸的新四军，或是挥师西撤，或是渡江北上。日本人为了疏通长江下游的航运，调集了重兵围打这孤立无援的岛屿。

已经有情报证明，白脸和日本人进行了接触。如果谢司令当机立断，运用优势兵力，在日本人大举进攻之前，迅速解决白脸，历史便明摆着是另外一个面貌。可是谢司令又轻犯了英雄脾气，他领着尔勇直闯到白脸那里，找到了白脸儿子一般地教训。谢司令的轻率吓得白脸手足无措，对于送上门的肥肉却不敢下手，他小心翼翼地向谢司令赌咒发誓，又把日本人恶骂一通。白脸过分的表演并不高明，尔勇第一眼就看穿了他的把戏。当时已是剑拔弩张，白脸的手下都把手按在枪柄上，千钧一发，十万火急，但是谢司令依然大声叫喊，全不把这帮土匪放在眼里。

谢司令从白脸那里回来，立即着手准备和日本人的决战。他决定诱敌深入，来一个反包围。他万万没有想到，既然白脸已经决心背叛，他的决战方案便失去了意义。在最后关键的一刹那间，谢司令表现得书生气十足。他为了换取白脸的信任，不是把他调去打头阵，而是让他作为预备队。

当白脸领着手下从背后扑过来，谢司令的人马全垮了。暗箭难防，这种偷袭太出乎意料，司令部十多个人几乎被如数活捉。日本人坐山观虎斗，事后凭一张空头委任状，极轻松地拿下了梦寐以求的地盘。这场交易也注定了日后白脸对日本人的背叛。在抗战结束前夕，用的差不多是一样的偷袭手段，白脸的手下把捉住的日本人杀得一个不剩。

谢司令的队伍，因为群龙无首，相约到苏北和主力部队会师。做了阶下囚的谢司令，依然不失英雄本色，对白脸骂不绝口，又鼓动白脸的手下奋起抗日。白脸说："谢司令，我这么做，也是不得已。你是我的救命恩人，我哪敢背信弃义，谁若是敢碰你一根毛，我先揭了他的皮，你信不信?"谢司令只是蔑视地冷笑，不愿和白脸对话。白脸又说："若论为人，谢司令，我要是不佩服你，我就是这地上的砖头。有人劝我把你交给日本人，真是太看轻我白脸了。谢司令什么人？我能这么做……胡说八道。我白脸就是白脸，不是黑脸。这几个弟兄，我留下了。你谢司令，我派弟兄送你走。你放心，我白脸也还数得上条汉子，你的性命安全，包在兄弟我身上。"说完了，冷笑着看自己的手指甲，剔了一下，又剔了一下。

尔勇过后才知道谢司令怎么死的，不过大家早就意识到了他必死无疑。谢司令昂首挺胸离开的时候，任何人都可以从他脸上看到异常的光芒，那光芒叫人激动，更叫人害怕。白脸毕恭毕敬目送谢司令离去，然后懒洋洋地回过头来，懒洋洋地看着剩下的几个人，懒洋洋地想着，又懒洋洋说："你们怎么办？不比人家谢司令，对我大恩大德，你们呢？"没人回答，尔勇想到了死，感觉中死近得仿佛一抬手就可以触摸到。

"我不为难你们，想回家的，滚他妈蛋，回家抱老婆养儿子去，不想回家的，跟老子干，老子正他妈缺人呢，我亏不了你们的，跟我干，比跟着谢司令有味，不信你们问他们。"白脸手点出去，顿时有人笑着答："我们这儿可没什么规矩，你若干好了，见着漂亮的娘儿们，扑上去就是了，没人管。"白脸听了，笑着骂："放你娘的狗屁。"

谢司令让两个匪徒押上一条小船，小船向江心驶去。江水滔滔，风很大，谢司令想立在船头上，两匪徒不允许，非要他坐在船中间。忽然，站在谢司令身后的一个匪徒，举起事先准备好的麻袋，猛地往谢司令身上一套，另一个匪徒急忙捆住谢司令的手和脚，又绑上两块大石头。绑好之后，大石头往江心一扔，就势轻轻一拨，一代英豪谢司令便永远沉入江底。那麻袋很快就浮了上来，两匪徒静对着毫无动静的江水看了一会，摇船而去。

9

解放后，追捕白脸，起先由县公安局负责，紧接着上升到省局直接部署。尔勇自始至终处在第一线。事实上，早在大军渡江前夕，白脸便没了踪影。他手下的队伍，让尔勇率领的挺进支队，打得落花流水。多少年来，自从尔勇从白脸手里脱身之后，自从他又回到太平镇一带为谢司令报仇，白脸一直处在追杀尔勇的位置上。这个位置的颠倒显然来之不易。尔勇不止一次陷入绝境，又不止一次死里逃生。多少次，尔勇被迫离岛远去。但是他总是重整旗鼓，不屈不挠，一有可能，就再次回到老地方和白脸较量，即使在极短的时间内又告失败。

追捕白脸，一开始就断了线索。有人说他已经逃往浙西，有人却说他在安徽大别山。没人相信白脸会赖在太平镇上不肯走，更没人想到他就藏在尔勇身边，躲在他嫂子岫云的房间里。虽然这日子极短，却是尔勇和白脸生死搏斗，最末了一次死里逃生。当南京市局发现了白脸的线索，尔勇火急火燎赶到南京，从隐匿的地方，看着白脸和岫云同出同进，尔勇如同五雷轰顶，根本都不敢相信自己的眼睛。

白脸成了太平镇的主人以后，他和岫云的关系早已不是什么瞒人的秘密。寡妇风流已是桩不可饶恕的罪过，何况她勾搭的是杀夫仇人。除了尔勇有自己的看法之外，岫云处在万人唾骂的地位。没人相信岫云曾有过强烈的反抗，甚至白脸的手下也为她的顺从感到生气。多少年以后，白脸像条狗似的死在离城墙洞不远的地方，三和尚拎包袱一般把岫云扔在草垛上，一边动手撕她的衣服，一边恶骂她给男人带来的不幸。外面枪声吵得让人心乱，尔勇正领着人在喊缴枪不杀，三和尚处在那种绝对的疯狂之中，他光着下身在城墙洞里跑来跑去，手里提着枪管冒热气的驳壳枪，不时地伏在洞口，朝外头没目标地乱打一气。

岫云左边脸颊上有几颗痣，看相的都说不是吉相。筱老板就一个爱女，心肝宝贝地疼着，家里一有灾难，忍不住要看女儿脸上的痣。那痣是黑的，排成一个三角形。痣的黑，衬出了皮肤的白。皮肤的白，更显得那痣的黑颜色黑得瘆人。岫云三岁时死了妈，岫云自小就多病，岫云注定了要吃苦，注定了要遭罪，注定了一生的恩恩怨怨。

当年看着岫云从那城墙洞里衣衫不整走出来的人，都记得她那种淡漠的表情。那是一种不成表情的表情。头发是乱的，眼圈发黑，目中无人没有知觉地向前走，甚至对站在显要位置的尔勇都没看一眼。尔勇注视着她默默从眼前走过，先是看她的正面，然后是侧影，最后是越来越远的背影。

那只是具行尸走肉。被称作为生命的那个玩意，对岫云来说，已经失去全部意义。自从白脸留下的那个罪恶之夜，岫云便算彻底完了蛋。那天晚上，岫云的一去不返，使得刚刚缓和的妯娌关系又恢复水火。白脸留下一场永远做不完的噩梦。晋芳躺在床上，对岫云痛苦无望的呼唤，渐渐只能在岫云的想象中才能听见。没人知道晋芳腿断了最初的几天是怎么熬过来的。

想象中的岫云早死过许多次。没人能够理解她心灵经过的不平凡历程。她从来没有死心塌地地爱过白脸，她所做的不过是对命运的一个顺从。很难想象，像她这样的懦弱女子，凭一把绣花用的剪刀，就能置白脸这样的悍匪于死地。也许老天爷压根不愿意成全她，也许老天爷压根不赞成那些本来不大可能的可能性，反正在岫云胸揣剪刀，心敲鼓一般乱跳的一周里，白脸连影子也没有出现过。除了让人送来一小箱女人用品之外，白脸似乎对岫云并没有多大兴趣。他向来不把已经到手的女人当回事，即使是岫云这样看来很不错的女人。他是寻花问柳的高手，在岫云鼓足了勇气，准备用剪刀对付他的同时，他早又在动别的女人的脑筋。

白脸在这个孤单单的岛屿上的霸业，有一段时期仿佛很牢固。日、蒋、汪三方面的人都和他有来往。他一改土匪习气，把司令部扎在太平镇上，正正经经地摆出统治者的模样来。他甚至扮演过清官这样的角色，凡是被抢劫过的老百姓，被强奸过的妇女，只要有胆量告状，白脸便严惩一二以树威信。为了解决弟兄们的那个问题，白脸亲自到扬州去挑了几个妓女回来，太平镇第一次有了妓院和露天的唱戏舞台，良家妇女的安全似乎有了些保障，戏班子零零落落来了几次，看的人真不少。

这太平镇说大不大，说小又不小。它形状如蜘蛛，中间极密集的一团，有好几条腿延伸出去。南北两条细腿上，各住着一位美人。南美人青春年少，只有十六七岁，正做着压寨夫人的美梦。北美人是白脸一个手下的婆娘，三十岁光景，一身肉摸不到骨头。一段时间内，白脸把爱情平均地用在这两位女人身上。常常可以看到白脸携着南美人从街上招摇走过，那北美人只好在床上暗下功夫，弄得白脸神魂颠倒，然后再找尽偏心一类的字眼，向白脸发嗲撒娇。北美人收拾起男人来另有一种门道。她丈夫相貌堂堂，活像《水浒》中的打虎英雄武松，难得他有一身力气，却一贯不吃醋。知道内情的人都晓得他怕的不是白脸，而是怕他那妖精一般的媳妇。

白脸迷上岫云明显是在日本人完蛋之后。虽然还都的南京政府没与他过分顶真，但是做过汉奸的罪名并非轻易就可以抹掉。如果不是共产党势力一天天增大，老蒋苦于打内战，他这支半兵半匪的队伍，早让人家开了刀。时过境迁，南美人怀了胎坐了月子，难了一回产，从此花容失色。北美人又毕竟是人家的老婆，相好归相好，天下没有不散的筵席。白脸已经走下坡路。走下坡路的白脸又一次看上岫云。

那天自然是偶然相逢，冤家路窄这种旧小说中迂腐的套话用不上，人都处在太平镇上，碰碰面从来不稀罕。偏偏这次相遇非同一般。对于岫云来说，时间的流逝，甚至仇恨也变得模糊。她记得是这个人让她成了寡妇，又是这个人毁了她的贞节。她知道自己最应该恨的无疑就是这个人。但是，就连岫云自己也不曾意识到，她最恨的，是白脸根本不把她当回事。白脸的风流韵事一直是太平镇上公开的笑话，人们背后没完没了地说南美人北美人。世上或许没有什么比玩弄女人、又不把女人放在眼里，更伤女人的心。白脸那种无动于衷，仿佛根本不乐意认识她的态度，在岫云胸中引起莫名怒火，这怒火熊熊燃烧，使她不仅仇恨白脸，同时也仇恨什么南美人北美人。

大约岫云狠狠瞪了一眼，反正白脸突然停步，目不转睛看岫云，脸上是想不通的表情。也许他一时想不起面前的女人是谁，也许正因为想起这个女人是谁，白脸好像做错事的孩子一样尴尬起来。岫云已从他身边擦肩而过，这么不可一世的土匪头子，正在走下坡路的魔王，看着岫云离去的背影发怔。岫云走着，忍不住地想回头，背后却有双眼睛知道白脸准盯着她看，脚步一阵乱，人已经拐了弯。

白脸和岫云的下流关系，第一个知道的是晋芳。没几天就闹得太平镇风风雨雨。大家对这种关系的前因后果毫无兴趣。岫云的声誉顿时跌落千丈。北美人调唆南美人大闹一场，这位因为憔悴而不再美丽的失宠姑娘，披头散发有失体统地赶了来，当众扇了岫云两耳光，又揪住了胸口要拼命。作为更不幸的女人，岫云一次又一次出尽洋相。她越来越糟糕，无可救药。没人想得通到底怎么一回事，甚至她自己也百思不解。以一个床上的男人来说，白脸丝毫不比尔汉出色。这种比较常让岫云充满负罪之感。但是也许正因为有了负罪感的缘故，白脸的邪恶反显得和她般配。是白脸把她毁了，因此唯有在一种毁灭的状态中，岫云才能得到心灵深处的满足。岫云很快喜欢上了白脸温文尔雅的粗话，喜欢他那种把人不当人，或是把她当作下流女人的态度。女人的一切弱点，仿佛都体现在她一个人身上。她无疑成了那号嫁鸡随鸡、嫁狗随狗、嫁了石头抱着走的女子。作为女人，尤其处境不好的女人，她需要男人的保护，哪怕是坏男人也一样。她已经被钉在耻辱架上，除了自暴自弃，别无出路。没人知道路遇的戏剧场面，没人去管那么多闲事，谁也不知道多少年前，还有岫云受辱这一幕。

天才知道白脸怔在那里想什么。岫云从他身边走过的时候，简直就感受到大地在颤抖。事实上，当岫云拐弯之际，白脸就向前极机械地追了两步，又突然停下来，继续怔在那里看岫云的背影。看起来仅仅是凭直觉，岫云便知道白脸一定会来，她似乎早晚都要落入白脸的手心，一回家慌忙把门闩了，又徒劳无益地搬了张八仙桌把门顶住。那天晚上天仿佛黑得迟了些，周围的猫无缘无故一起乱叫。没有月亮，也没有云，只有满天星星毫不相干瞎眨眼睛。岫云微弱的反抗有点滑稽而且多余，门闩和八仙桌也只能摆摆样子。白脸说得理直气壮，“是我让你做了寡妇，就应该还是我让你不守寡。”他既然能够落草做土匪，破门入民宅便明摆着的轻而易举。

10

我深感自己这篇小说写不完的恐惧。事实上添油加醋，已经使我大为不安。我怀疑自己这样编故事，于己于人都将无益，自己绞尽脑汁吃力不讨好，别人还可能无情地戳穿西洋景。现成的故事已让我糟蹋得面目全非。当我拿着以上篇幅去见岫云的时候，我突然产生了瞒着她的念头，虽然我答应要把她的一生编写成小说，并因为这样的许诺骗得她一次次说真话。我和岫云非亲非故。为了给自己的创作不得不做些理直气壮的广告，我只能说我和岫云这个人关系非同一般。我和她死去的儿子同年同月生，也许就凭这一点，她对我就有种特殊的感情。一旦提到那些难以启齿的事，她总是重复着这句话："你和我儿子一样，我什么都告诉你。"

我的确骗取了她相当的感情。那时候，我和她一起在一个街道办的小厂做工人，她徐娘已老，孤身一人，住在夫子庙一带的矮房子里。她属于那种有暴露狂的女人，你只要耐心地和她坐一起，等她抽完了两支香烟，咂着干巴巴的嘴唇，你便可以源源不断听到关于她自己的故事。她的故事在街道小厂里算不了什么机密。实际上，她的为人和我以上的描写，有着明显的格格不入。她在自己叙述的故事里再造了一个人，而这个人又被我自讨苦吃加工一番。润色这玩意有时是桩好事，并且必不可少，有时却比坏事还要糟。只要一桩小事，便可以说明她性格中我故意漏写的一面。一次，几个男女学徒坐在电扇旁边，听她讲日本人在南京时的旧事。刘师傅突然进来，极轻薄地说了几句什么，小眼睛眯成一条缝。岫云脸一板，大喊："小姑娘们你们出去。小伙子，你们给我守着门。”正当几个女学徒红着脸往外走的时候，她又喊，人已经站了起来，叉着腰，“来呀，姓刘的，谁含糊了不是人!”

自从我有了做作家的痴想以后，她对我便刮目相看。有一段时间之内，我是她那间简陋小屋里唯一的客人。当时她已经退休，闲着无事，在繁华地带照看停放的自行车。我陪着她在成排的自行车旁边坐过好几天，一次又一次套她的话，一遍一遍核对细节，并想从她那证实我自以为是的种种猜想。我们的关系特殊到了快被人非议的地步，我甚至陪她回到那个孤单的江心小岛，见到了我小说中所写到的还活着的人。

很难说清我最初打算写这么一篇小说的动因是什么。我打着写小说的幌子，自我感觉良好，探听到了许多常人不易打听到的隐私。毫无疑问，我掌握了一打根本没有办法写进小说的细节。我最深刻的体会就是，如果想按期把什么小说写完，唯一的办法是忘记眼前的活人。但是要想忘记岫云这样一个已经老了的女人，忘掉她叙述往事时的音容相貌，又怎么可能是桩容易事。

岫云在谈到她勾引老乔的时候，总是十二分从容。勾引这个词绝非我的杜撰，她不止一次向我说道：“我就不信把他勾引不过来。”她在老乔家做了将近六年的保姆，六年之中，有五年他们常常像夫妻一样在一张床上睡觉。“刚开始，刚开始都是他来找我，黑黑地就摸了来了，后来因为老要把小孩弄醒，我就去找他。”她说到这类事情，最让人吃惊的是她的坦率，木匠推刨子，直来直去，“有个小孩要添不少麻烦。老乔那女儿，胆小得不知道像什么，醒过来只要一个人，就死哭。”

按照她的说法，老乔事实上绝对的正派人。捉弄这样的老实人，岫云常常感到后悔。她的意思似乎是，自己反正是个堕落的人，拉着老乔一起往下流的坑里跳，实在有些不应该。“要怪也该怪他那个女人，那女人，成年整月地不回家，真是一点也不为男人想想。你反正也是结过婚的人了，你知道有老婆，偏让他一个人的滋味。”她的叙述中没有老乔的一句坏话。如果借用旁人的眼睛，老乔抵赖不掉的是那种忘恩负义的家伙，但是，但是她总小心翼翼地避开这个意思。她故事中的老乔永远是个老实巴交唯命是从的男人。

堕落这玩意最大的坏处，或者说一个不太小的好处，就是给下一次堕落提供信心上的借口。也许这就是我们说的破罐子破摔的意思。老年岫云的暴露癖是否和她一生的屈辱有关。令人费解的是，她只乐于暴露那些一般人难于说出口的东西。在她冷冰冰不动声色的叙述中，说故事的和听故事的之间，仿佛隔了层薄薄的窗纸。幸好这层窗纸掩盖了人的羞耻之心，然而有时候依然使人坐立不安。记忆中有这么一天，好像也下着雨，人有一种到处都是湿润的感觉，我去那间简陋的小屋核对白脸死后的时间问题。街面上有男人女人在吵架。我第一次知道有老红这么一个女人。老红是岫云做保姆时期的朋友，在一个办药厂的资本家家中做事。解放前干过私娼，想来总是叫小红吧，解放后经过一番改造，进一家手工业社做工，不久又当了保姆。岫云曾给我看过一张她们俩合拍的照片，那是一张发黄的历史文献一样的照片，照片上的老红显然不及岫云漂亮，小眼睛，嘴又厚又大，是副傻样。照片的左下角印有公私合营的照相馆落款，字有些模糊，很可能当时就没有印好。

“那个什么资本家，还是什么红色资本家呢。红色，其实狗屁，老红叫不检举他，要不然，坐牢都够的。”我从岫云那儿知道了老红和老板的淫乱关系，她说起这类事来多少有点津津有味，“那资本家老婆，可怜哪是什么太太，男人眼里狗屎一堆，叫治得服服帖帖，活是一团面泥，想怎么捏，就怎么捏，哪敢对男人说一个‘不’字。”岫云不止一次说到老红常当着女主人的面，和资本家上床做夫妻。“那男人不要看吃这药，吃那药，他那是毛病，不这样，就不行。你懂不懂，就不行。”

依我的傻想法，岫云的叙述中夹了一大堆不实之辞。也许她只是为了引人注意，才有意说一些她自以为男人喜欢听的故事。人们往往喜欢掩盖见不得人的东西，一旦这种东西掩盖不住，便索性把丑玩意都兜底抖出来。我甚至怀疑老红的作为，就是岫云自己的事。如果仅仅就凭一张发黄的照片，我竟然相信一个女人说另一个女人的事全是真话，那我一定傻得没有药能治。虽然我的人生经验还到不了什么了不得的程度，还辨不出什么真假，然而我起码懂得了什么叫怀疑。每当我从岫云那狭小的房间走出来，一走上熙熙攘攘的夫子庙大街，看着毫不相干的人热热闹闹地说笑，我便想到岫云一个人可能会有的孤独。按说人老了万念俱灰，凡事都会收了心，但人们只要看到今日之岫云的不肯安分，自然而然地会想到她当年勾引老乔时的魅力。

我想象中老乔最吃不消的，很可能就是岫云一次又一次冷冰冰地谈她的屈辱。她不止一次提到老乔深深同情她的遭遇，“他起先只是同情我，他可怜我，老说我这人怎么怎么不幸。”看来他们的缘分，最早不过是同情和被同情。凡有暴露狂的人，往往都是为了获得人之同情那玩意，虽然弄不好效果适得其反。而喜欢同情别人的人，却很容易借了同情的名目，大意失荆州，无意中干了和同情丝毫不相干的事。“他一次又一次地要我讲我经过的那些事，”这话同时还可以理解成岫云存心这么做，因为她紧接着便说，“我知道他要听什么，是呀，我什么事都不瞒他。不瞒，既然他想知道，我就把什么都告诉了他。”

在最初的一段日子里，他们各自似乎都有自己永恒不变的谈话主题。老乔总是谈他当年怎样从事学生运动，岫云则几次三番地描述那些和她发生过关系的男人。不过，三和尚这个人从来不曾向老乔提起过。她告诉我，出于一种莫名其妙的目的，她甚至编了个和小叔子通奸的故事。这个谎言一度老让她问心有愧，“我给老乔造成了一个印象，什么样的男人我都拒绝不了。我喜欢看他那副发急的腔调，红着脸，红着眼睛，一只脚在地上划来划去，然后突然抬起头来，偷偷地盯着你看，就这样。”

我对老乔的印象始终好不了。坦白说，我真不乐意在我的蹩脚小说中，描述岫云那种自以为是的胜利者心情。令人难以理解之处，在于她仿佛根本就不知道仇恨这回事。对于她来说，对于那些和她发生联系的男人，不提到或者干脆不想他们，就算作是惩罚。

终于有一天，常见的谈话快结束时，老乔要岫云等一会到他房间里去一趟。“我知道，一去准会发生那种事，整整一天，他都跟丢了魂一样。”岫云好不容易把小丫头哄睡着，去洗了脸，洗了脚，大约还抹了点雪花膏，然后信心百倍地去见老乔。“他吓了我一跳，他吓了我一跳，”她反复说着，眼睛里闪着狡黠的笑，“我们说了一会话，他就吓了我一跳。”这一次老乔十分狼狈，没想到岫云毫不含糊地拒绝了他。作为一个偷鸡摸狗的男人，老乔最初的表现最多是小学生水平。他用的是中世纪的方法，错把岫云当作贵妇人一样来求欢做爱。霎时间，岫云不知所措，老乔方寸全乱，僵了几分钟，岫云突然落荒而去。

岫云以十分欢快的心情和我一起进入回忆。虽然过了许多许多年，老乔的大出洋相，仍然足以引得她大笑不止。“第二天他一本正经把我找去认错，就跟干了坏事的小孩子一样。他支支吾吾，舌头抽了筋似的，什么话都说不清楚。”我忘不了岫云说这话时，露出了粉红色的牙床，不知什么原因让她卸掉了镶着的假牙，牙齿间过大的缝隙使她有几个音发得非常怪，我仿佛听见是另一个人在说话。“他一有机会就认错，那几天，那几天他天天是一张闯了祸的脸。他像骂别人似的拼命骂自己。”岫云说隔了没几天正好老乔夫人回来，副县长回省城开会，匆匆几天过去，依然风尘仆仆的样子。“那女人哪会把男人放在眼里。成天也不知怎么个忙法，老乔屁颠颠地跟出跟进，老是那张认罪和真心悔过的脸。真的，我就担心老乔那人会向老婆认错，他那人做得出来。吃饭的时候，他老可怜巴巴看看我，又可怜巴巴地看看她。那几天，那女人身上正好来女人的那东西，我真想不通，她拣这样的日子回家，到底有什么意思。真是的。”

11

岫云的儿子和我同年同月，她总是随口说道：“你就和我儿子一样。”令人猜不透的，是她很少向我说关于她儿子的事。“我家勇勇如果不死，不也正是像你这么大吗?”她反反复复这几句话。我见到勇勇最清楚的一张照片，是在太平镇，那是个七八岁的小男孩子，腰里束着帆布制的儿童腰带，别一支玩具手枪，傻傻地冲看照片的人笑。

另一张照片是抱在晋芳手上，仍然是七八岁的模样，脸紧贴着晋芳，似乎对拍照片有些紧张，又仿佛有些不耐烦。这张焦距不准又皱又黄的照片，要附带着许多说明才能弄清楚。

晋芳向我说起这张照片的来龙去脉是后来的事，她最初给我的印象，是对勇勇毫无兴趣。她喋喋不休说她的一个女婿，一个邻近村子里土生土长做生意发了财的小伙子。当知道我的月薪还不如她女婿一天赚的钱，晋芳带着可怜而又可笑的表情看着我，叹了叹气，好半天才说了一句话：

“念大学啊，作孽!”

她的女婿在县城里炒瓜子，极便宜地买进来，炒熟了，并非太贵地卖出去，不当回事地就发了财。晋芳无疑地已是个老太太形象，白的脸黑的皱纹，却不像岫云说的那般难看。她的跛脚迫使她慢吞吞地走路，路走得慢反而有了沉着的感觉。很快我意识到她存心避开谈勇勇，因为事实上一谈到勇勇，她便不可能不滔滔不绝。

“真是的，我真是只缺个肚子装装他了。勇勇自到了我手里，到了我手里，唉，自己亲生的儿子又怎么样了，真是只缺个肚子——”

晋芳没完没了地大谈勇勇，证实了岫云所说的晋芳抢走了她儿子绝非虚言。那种被岫云一再提到的晋芳强烈的嫉妒心，突然活生生地出现在我面前。“她觉得我想抢走她男人，便拼命地抢我儿子。”在晋芳叙述的勇勇的故事里，我对岫云所描绘的晋芳有了新的认识。真的东西和假的玩意有机地纠缠在一起，真是一片绿茵茵的草地，假是草地上那几朵美丽的黄花。我第一次产生了这么个不雅的担心，如果世界上当真没有假的玩意，该是一桩多么煞风景的事。

据岫云说，当年所以要把两岁的勇勇送到乡下，实在出于无奈。无奈在晋芳嘴里却成了借口，她毫不客气地攻击岫云："什么没办法，不知道又遇上了什么相好的了，她熬得住？可怜两岁不到的娃儿，瘦得哪像个人样，我说了你也不会相信，那娃儿要不是我来带，真，早死了。"

那时候晋芳正怀着第五个女儿，岫云捧着勇勇跪在她面前，垂着脑袋不肯起来。晋芳听见岫云说："他婶子，你只当抱了个儿子，儿子归你，我月月寄钱回来，——我给你磕头，求你了。"勇勇忽然大哭，晋芳只觉得肚子里猛地一动，慌忙说："磕头这玩意，我们消受不了的，娃儿留不留，总得问问我家男人，你怎么不去问他？你去求他呀！"

晋芳承认自己当初收下勇勇，是盼望着自己能够借光生个儿子。她生第四个女儿时，婴儿哇哇地哭着，就意识到自己下一胎还得是千金。勇勇给她带来了希望。她信心十足地抚摸着肚子，那种越来越滚圆的感觉，改善了她和勇勇的关系。"那娃儿，命里注定是我的儿子，"晋芳抽出一块又皱又脏的手绢，在眼角处揉着说，"我自己那五个娃儿，哪个不喜欢他。她们自己打来吵去，一天到晚不肯安生的，就是都护着他，都护着他。他那时候，你知道，人已经多大的了，常说，常说就是二妈妈好，我不到南京去，我不要南京妈妈，就是要和二妈妈在一起嘛。”晋芳突然一噎，喊了声“我的娃儿呀”，把我撂在一旁，独自哭开了，哭了一会，向我摆摆手，表示她不想再说下去。

勇勇第一次回南京，是开始要念小学。晋芳似乎没有理由继续拖住他不放。当岫云兴冲冲来领儿子时，晋芳正正经经大病一场。电动玩具汽车在地上嘟嘟开着，勇勇哭着闹着不肯走，人走了多远哭声闹声依然传回来。母子间的陌生感是岫云终生的遗憾，她千方百计地讨好儿子，但是为时已晚，儿子的心永远给了第二个妈妈。有时候勇勇一个人坐在那发怔，任岫云千呼万唤不开口，问急了，只说：“我想二妈妈。”半年后，晋芳收到一封勇勇几个月前写的信，就那么歪歪倒倒的几个字，读了叫人心碎：

我想二妈妈，要回家，二妈妈，快来。

勇勇人瘦了许多，眼睛更大更黑，在学校里念书成绩差得不像话，邻里街坊的又一味欺负他，三天两头被打得鼻青脸肿。岫云已经整个地失去信心，接二连三地和邻居吵架，把心境弄得十二分的坏。换回了个母老虎的声名，儿子却还是不即不离。晋芳没花太大的气力就把勇勇接走了。看着儿子大喜望外扑向晋芳，看着儿子小鸟依人一般地随晋芳而去，岫云忍不住咬牙切齿，挤出了一句恨透的话：“既然死去了，你再也不要回来好了！”

我虽然只在太平镇住了两天，短短的两天，足以使我想象出勇勇是个什么样的角色。这个和我同岁却又早逝的青年人，这个束着帆布带别着玩具手枪的孩子，已经部分地改变了晋芳在我小说中的形象。

人们总是自以为是，自以为这样，自以为那样。我发现晋芳完全游离于我构思的小说框架之外，她根本不进入我设想的情节的圈套。当我再一次回到她身边，琢磨着就勇勇这个小插曲，说些劝慰之类的废话，晋芳依然在和我谈勇勇的地方垂泪。我敢说她是真正的伤心。那块又脏又皱的手绢，抹去了我脑海中试图涌现出的每一个词。在这种场合里，什么样的话都是装腔作势。晋芳自顾自地哭泣着，根本无视其他人的存在。我默默地陪她站了好半天，直到外面岫云叫我，才趁机应声跑出去。

晚饭不是预料中的那般丰盛。尔勇的酒量还是那么豪爽。我看不出他和别的派出所所长有什么区别，尽管事实上我并不熟悉什么派出所所长，而尔勇也离休多年。他总是冷眼看着你，让人家十分尴尬。我吃不准自己是陪他喝酒好，还是不喝酒好。晚上看电视时，大家坐在黑地里，屏幕上乒乒乓乓在打枪，我脑子一热，忽然想到关于尔勇的电影脚本。也许我的提问不合时宜，也许他压根就讨厌我知道得太多，冷了好半天场，尔勇才说："我们那时候，哪是这样，真笑话！"

晚饭期间，晋芳那位万元户的女婿来转了转。他果然有了发财的气派，从口袋里掏出"三五"牌香烟，请我和他的老丈人抽。临走，回过头来，从口袋里掏出另一包"三五"烟，连同原先的那半包，都留在茶几上，笑着出门。

我被安排在勇勇过去住的小厢房里，睡的床和床头的小桌据说也是勇勇的遗物。有一段时间内，我简直就不知道岫云躲到哪里去了。我和晋芳坐在床沿上，没完没了地说着话。当然，总是她在说，我在听。晋芳告诉我，如果勇勇不死，便没有那位能寻钱的女婿。"什么事命中注定了，真叫一点点办法都没有。我们家小五子，和勇勇那娃儿，用你们城里人的话，青梅竹马，真叫是，唉!”

小五子是位漂亮的乡下姑娘。仅仅是凭照片，我发现自己就有爱上她的可能性。当小厢房只剩下我一个人时，灯色昏黄，我久久注视着墙上挂的六寸小镜框，心头有一种说不出的滋味。小五子圆圆的脸，圆圆的眼睛，又粗又短两条辫子。幸福也许就是那么回事，近时一抬手便摸得到，远了，就好比气枪打飞机，不知道差多少多少。我望着镜框中的小五子笑，她正对着我笑，笑了一会，掀开被子坐在床上，后背一靠结实，那种称为疲倦感的玩意，毫不客气地向我直扑过来。我的结结实实的梦，不止一次叫江面上的汽笛声撞破，那凄凉的呜呜声，不能不让人联想到沙漠上的狼嚎。我从未见过真正的沙漠，动物园里见到的狼又太像狗。狼和狗一样总有些讨厌。我想象中的狼应该是江轮的一般大，钢一般的牙，那嚎叫铿锵有力，绝不输于汽笛。它极孤独地来来去去，漂亮而且潇洒。月光下的江面波光闪闪，江轮一般大有着钢一般牙的灰狼在梦中轻轻走过，又轻轻走回来。

12

勇勇直到十五岁，才开始做城里人的梦。城里人的梦五光十色。乡下人勇勇忽然开了窍，觉得当年死活要赖在乡下，大错特错。高中他是上不了的，初中生的字写得比小学生还要糟糕。一年里总有几封信写给岫云，内容都是催她快把他的户口调上去。岫云也不知道儿子调不回来的关键是什么。居委会不肯开证明，派出所也不相信她有这么个亲生儿子。所有的人都是对私生子的父亲更有兴趣。既然岫云在这方面守口如瓶，任何具有考古癖的人便有理由将她拒之门外。

勇勇死的时候是二十二岁，再过三天就是他的生日。说起来真有些可惜。调回南京已经接近事实，勇勇做好了一切走的准备。他对未婚妻小五子信誓旦旦，又许诺日后一定把晋芳接到南京去住。万事俱备，只欠一纸调令。

太平镇虽然是镇，毕竟有残存的田园风格。稀稀落落的树木，白墙黑瓦的矮房子。三五缕炊烟，鸡鸭，牛羊，猫和狗，滚了一身泥的猪，都在街上走。出了镇，满眼大块小块的农田，一道小溪绕来绕去。秋雨过后，江风徐徐吹来，麦苗青青。等调令的日子让人心烦意乱。等调令的日子长得像失恋之夜无尽的懊恼和相思。勇勇一干活就觉得没劲，一日的农忙下来，带着小五子走在田野上。夕阳残照，勇勇领着未婚妻，田埂上一前一后。红红的太阳血一般的热烈，血一般热烈的红太阳点缀了勇勇的城里人的梦。

勇勇迎着太阳撒尿，哗哗地洒出去。小五子离他远远的，背朝着他。紫红色的酱油汤一般的尿滴在翠绿的麦田里，勇勇有一种湿漉漉凉飕飕的感觉。红红的太阳一动不动，勇勇站在那一动不动。小五子笑着迟疑着朝他走过来，走过来。

医生的诊断是必须手术摘除一个腰子。这诊断有些莫名其妙，而且蛮不讲理。那血始终滴滴答答和尿一起淌出来，勇勇在县医院输了血，风尘仆仆赶南京，火烧火燎找医院。手术并不是想象中那么长，一位年轻医生捧着个饭盆走出来，用镊子钳起摘除下来的血淋淋的肾脏，给等在门外的亲属看。小五子冲上去，又急忙退下来，在一旁呕开了，岫云和晋芳一肚子话，想问却不敢开口，可怜兮兮地看着年轻医生，看着白底上印着小红字的大口罩，看着大口罩上那双没表情的眼睛。隔了半天，那大口罩里咕哝出轻描淡写的四个字：“手术不错。”

三个人轮流侍候勇勇。小五子年轻，日日夜夜陪。大病房的病友很快相互熟悉，照例出主意的出主意，提建议的提建议，热心的还用自己的公费医疗证，领了药给勇勇吃。感谢的话不知说了多少，终于到出院的日子。借来了一辆三轮货车，搁一张躺椅，把勇勇拉回岫云那间简陋的小屋。勇勇躺在吱吱嘎嘎的小铁床上，瞪着眼看三个女人忙来忙去，都围着他转，心头免不了极难受。难受也不愿意挂在脸上，那表情让人捉摸不透。只有小五子一个人敢当着他面哭，默默坐床沿上，捉住了未婚夫的手，泪珠一滴一滴往下落。小床正冲着两扇对开的玻璃窗，窗外是个没有树的小院子。转眼已是三九严寒，天阴了好几天，悄悄地下起雪。雪大大小小，小小大大，积了厚厚一层。雪后初晴，强烈的阳光折射进来，小屋子里亮得刺眼。门前的炉子上煎着药，热气嗤嗤向上冒，岫云和晋芳一前一后走进来，一个弯腰去揭那药罐的盖，一个就那么站在那，对着小五子和勇勇出神。小五子擦了擦眼角，打开床头的收音机，却是现代器乐伴奏的黄梅戏《天仙配》。

病中的日子特别长。太阳升起来，屋檐上的冰凌慢吞吞地滴水。天天就这么滴着，慢条斯理的，一滴一滴，仿佛永远滴不完。勇勇有时也想，人如果老是这么生病，老是这么让人侍候着，又有多好。他的尿中总是有那种红红的血丝。去问医生，都说手术过后这样，也不能算不正常。

岫云忽然决定去找老乔。她的决定令人欢欣鼓舞。春天的气息立刻降临，甚至沉闷的小房间也有了笑声回荡。时过境迁，老乔的官已做得有几分大。他唯一的女儿在一家不大不小的医院当干部，年轻而且有为。多少年来，岫云第一次向人提起老乔这个人。她让别人吃了一惊，自己也吓了一跳。她的一生实在乱七八糟。乱七八糟的一生中，又究竟有几桩是清晰的，连她自己也弄不清楚。

岫云到老乔的单位去找他。坐在大的皮沙发里，秘书极不当回事地送了茶，又极不当回事地去了，她一时无话可说。一张大得放得下两张世界地图的办公桌，仿佛把她和老乔隔得更远。老乔忽然笑着走过来，那熟悉的手势扬了扬，请她喝茶。她喝着茶，心定了定，把准备要说的话都说了。没有人进来打扰。老乔脸上总是十二分尴尬的笑，他不愿意让岫云觉得他很为难，不声不响地听着，听完了吧嗒吧嗒地抽烟，又把半截香烟在烟灰缸里戳来戳去。

最后，最后他答应去看看勇勇。

老乔在勇勇房间里坐了一会。勇勇觉得那时间短得就像蚊子叮了一下。小五子忙不迭地烧开水，水开了，用一把勺子搅拌了一下，将三个鲜鸡蛋磕入旋转的水中，鸡蛋浮起来后，细心地撇去浮沫，盛在碗里加上糖，端给老乔吃。老乔笑着客气了一下，站起来告辞。他极留恋地对小屋打量一番，对勇勇点点头，让他好好养病。

出了院子门，老乔回过头来，只有岫云一个人送他。他叹了口气，说："勇勇都这么大了，"从兜里摸出四百块钱，交给岫云，说是给勇勇随便买些什么。老乔的太太年轻时从来不理家政，渐入老境，反而养成了锱铢必较的脾气。这四百块钱来之不易，老乔想了几句话，安慰着岫云，说有机会可以再拿些钱来。他的遗憾是医疗方面无能为力，他女儿的那个医院没什么名气，甚至泌尿科都没有，他自己看病，向来是干部门诊，跑了去就能看。岫云说不出的失望，看着老乔为难和苦恼的模样，不忍心逼他，跟在他后面走走停停，忽然想到似的说："勇勇顶替，基本上就算定下来，在我们厂，炊事员，烧烧饭。花了好多力气。"老乔一怔，说："噢，蛮好，蛮好。"

勇勇的病好好坏坏，一直起不了床。大家的情绪都围着那痰盂罐子转。一时尿清了，便喜形于色，于是有了说笑。一时尿里见了红色，都愁眉苦脸，说什么话皆小心翼翼。时间拖拖沓沓过去了，勇勇的病情终于严重起来。吃辛吃苦地去医院看，医生一脸的不高兴，埋怨勇勇不该这不该那，又怪罪家属麻痹大意，不及时将病人送医院。医院的病人不知怎么的会那么多，勇勇的病小医院治不了，大医院住不进。

这一年的春天也是来得特别早。时髦的女人争先恐后穿了裙。那小五子耐不了小屋的寂寞，换了洗干净的出客衣服，梳了头，在附近找电影院看电影。虽不是第一次来南京，对外边世界上任何一桩事却都有兴趣。她担心勇勇久卧着太无聊，把马路上的新闻说给他听，又极认真地讲电影里的故事。影片里的情节往往相似，讲着讲着，这个故事就和那个故事串在一块。勇勇似懂非懂地听，有时候兴致非常好，有时候也发脾气。有时候，听着听着，人睡着了。

晋芳和小五子轮番劝岫云去找老乔。明知道未必有用，都当作最后的希望。妯娌间又有了口角之争，老乔也成了挨骂的攻击对象。有一天，因为没有第三个人在旁边，勇勇说："就不能再去找找他？妈，他那么大的官，”说了，挤出一句话，“妈，你就我这么一个儿子，我——”

岫云第二次也是最后一次找老乔，正下着春天的细雨，空气湿漉漉沉甸甸，挤得出水，压得人心烦。仍然还是过去的门牌号码，远远地望过去，一切都旧了些。她没有贸然敲门，却远远站在那，举着伞，十分犹豫。一切就像预料中那样精确。老乔和夫人果然打着伞迎面过来，步伐悠闲，节拍合标准的慢。很显然，老乔已经看见岫云。当那伞与伞擦边而过，当那伞下的人本能地重心向外移，岫云的心口突然抽紧起来。她觉得老乔一定会停下步，扬起熟悉的手势。等老乔走过去了，又无望地觉得他可能会回过头来。那黑的雨伞忠实地保护着主人，钢丝骨架锃锃发亮，黑伞下老乔夫妇挨得更近更紧。眼见着到了门口，老乔让夫人照应伞，掏出钥匙来，门不重不轻地关上了。雨依然自顾自地下，岫云举伞的手有些酸。她想象中的自己已经跟进院子，登堂入室，名正言顺。多少年前，白脸被击毙在荒凉的山坡上，四脚朝天躺着，岫云衣衫不整地从城墙洞里走出来。她当年确实就是这么走的，每走一步，人便有飘然欲仙的感觉。白脸死了，岫云最实在的感觉，是他依然拖着她东躲西藏。永远的东躲西藏。儿子是她最后的骄傲，如今这最后的骄傲也将烟消云散。老乔的家就在眼前。岫云步履蹒跚，走向那熟悉的碰上和涂了漆的木门。她像读一本书似的，注视着木门的漆纹，注视着门牌上的阿拉伯数字，无形的手指戳向门铃的红揿钮。她知道自己很快就要转过身去，毫无知觉地往回走，无论哪条都是回那破旧简陋的小屋。儿子勇勇还躺在小床上，小铁床一翻身吱吱嘎嘎直叫。等候在门口的一定是小五子，穿着出客的衣服，新洗了脸，抹了零拷的凤凰珍珠霜，远远地迎过来，迎过来。

最后一班难民车

第一章

父亲他们到达那家小客店时，天刚刚亮了一会。小客店的老板正靠着门前一株樟树打瞌睡。潘师母站在那儿叫了几声，走过去拉醒处在云里雾中的老板，用苏州腔软声软语问道："先生，车子有哇，火车啥辰光来?"老板醒了，慌忙站起来，想了想，连声说："有，有有，请——"打了个很漫长的哈欠，指了指小客店，"好好，先住下来，歇口气。"

空空的小车站其实只一截水泥站台，一道铁栅栏，小客店是铁路边唯一的建筑物。潘师母又问了一句："火车啥辰光来呀?"她踮起脚，往西边望过去，"住倒是用勿着，歇歇嘛，蛮好蛮好。倪师母，走，进去再说。喂，阿福，勿要立着勿动，帮帮忙，拿行李。"

潘先生和祖父与抬轿子的轿夫吵了起来。祖父忿忿地说："国难当头，你们怎么可以乘机敲竹杠呢?"潘先生把祖父推到一边，拎了拎袖子，对轿夫的领头说："这一路吃辛吃苦，加两个小费是可以的，不过我们只是教书匠，又赶上逃难，这——"潘先生的几句话感人之至，几个轿夫突然异口同声叫道："四十五元，少一点也不行的，不行的。"

"原来说好十五元，凭什么一下子翻了两倍?"祖父气得直跺脚，"你们总该讲点道理。"

潘先生又一次推开祖父，低声说："穷山恶水出刁民，跟他们吵是浪费力气，我来，我来对付。你去问问火车什么时候来。"他胸有成竹地咳了一声，慢吞吞说，“出门在外，和为贵，我们有事好商量嘛。”

“商量个屁，”轿夫中面目最凶的一位瞪着眼睛说，“都把你们送到了，我们要敲竹杠，早就在半路上跟你们要钱，你们他妈的又能怎么样？说好话没用。十五元，真正寻开心，兵荒马乱的，弄不好就抓了壮丁，就十五元，那不行，说什么也不行。”

“十五元是原来说好的。”潘先生依然赔着笑脸。

“说好个屁，谁答应你了？”

潘先生笑着指指那年老的轿夫。面目最凶的那位叫道：“你给他十五元好了，反正我没答应。”潘先生脸上一阵红一阵白，连续指着几位轿夫：“你，你，还有你，不都是说好十五元的，明明是你们赖账，怎么反过来强词夺理怪别人。”

“谁他妈的强词夺理？你们坐了轿子还想不给钱？”

祖父气得在一旁插不上嘴。潘师母和祖母各自忙着照顾自己的孩子。小客店的老板将两位太太领进客房，安慰说：“先住下来，住下来，不要急。”老板告诉两位太太，说火车在天亮前就开走了，又说司机每次来，都讲明是最后一班车，已经好几天，天天都说最后一班难民车。“车子总会有的，只要小日本不是真的来了，总会有车的。难民这么多，这么多，不派车子来行吗？”说到难民多，老板解释道，“你们不要看看现在人少，一会就客满了，到时候走廊上屋檐下堂屋里都是人，你们来早了好，早了好。”客店外面，潘先生和轿夫讨价还价不可开交，阿福冲了出去，捋了捋袖子便要打架。潘先生连忙劝，轿夫那边也不想打架，年老的轿夫向潘先生说好话作解释。隔着窗户望出去，祖母说："还是你们潘先生能说会道，不像我们家那位，除了发急，连吵架都不会吵。"潘师母望着窗外说："哎呀，能说会道有啥用，还是倪先生好，教书教得好，又能写文章赚稿费贴补家用。这帮乡下人，实在是勿讲道理，说好了十五只洋，真正没有办法。"

父亲和潘先生家的二官三官在客店内客店外窜来窜去。一会看自己家大人和轿夫吵架，一会又对小店墙壁上挂的绑着干电池的手摇电话机产生极大兴趣。最让他们觉得吃惊的是客店老板不停地打哈欠打瞌睡，他笑着对他们说了句什么，话刚说完，便把头抵在墙上，呼呼地打起呼噜。他这举动仿佛是在和孩子们开玩笑。打了一阵呼噜，老板猛地惊醒，非常抱歉似的对父亲他们笑笑，摇摇晃晃向客店外走去。潘先生如同见了救兵，过来一把拉住老板不肯丢，连声说："老板，你评评理，这帮抬轿子的，光天化日之下，如何这么不讲理！说好十五元一顶轿子，说好的。"

"站长，从六码头到这，如今是什么年头，就十五元，那怎么行。站长你说句公道话。"那帮轿夫显然和老板熟悉，年老的一位轿夫向老板赔笑，一头一脸的巴结，明摆着是希望老板站在他们一边。

"君子一言，驷马难追，"潘先生预感到老板有些靠不住，先声夺人地叫道，"敲竹杠也不是这么敲的，告诉你们，我和你们的马县长是熟人，我这还有他给我的名片，你们不信？"说着，果真从口袋里掏出一叠名片。

"如今这年头，你搬出个县长来吓唬谁？"面目最凶的那位轿夫脸上露出全不在乎的神情，"他县长当真能管这屁大的事？吓唬谁——"

"就吓唬你们。"阿福年轻好胜而且喜欢斗嘴。

其他几位轿夫有点害怕，互相对看了几眼。老板打了个哈欠，头一垂，又快要睡着。年老的一位连忙叫："站长，莫睡莫睡，抽筒烟，抽筒烟。"

老板又是猛地惊醒，笑着说："不碍事，不碍事。"一连串的哈欠，总算把眼睛睁开，"唉，大家出门在外，有话好说，有话好说。六码头到这，十五元，不低了，不低了。"

"站长，我们有老有小，怎能和你比，你是不在乎钱财的，我们，有老有小，一张张嘴都等着吃饭，我们怎能和你比？"

"十五元，不低了，不低了。"

很长时间没开口的祖父终于又一次气急败坏："说好十五元的嘛，说话就得算数。你们这样，和强盗土匪有什么区别？"

"就是强盗土匪么。"阿福要紧帮腔。

"谁是强盗土匪？"

"就是强盗土匪。"

"有话好说，有话好说。"

潘先生再一次将祖父往一边推，做了个手势叫阿福别说话，扬了扬手中的那一大叠名片，说："兵荒马乱，你们赚几个钱也不容易。辛苦一趟，适当地给你们加一些，完全可以，但是，狮子大开口不行，这不行。"

"那你说加多少——"

老板迷迷糊糊又要睡着，他硬打起精神，口齿不清地说："出门在外，有话好说，有话好说。"

第二章

父亲那一年只有十岁。小客店老板留给他最深刻的印象，便是不停地打哈欠要睡觉。多少年以后，当我也是个十岁的孩子时，父亲第一次向我提到了这位老板。“那时候，我就像你现在这么大，老板呢，他得的是一种最奇怪的毛病。”这毛病的特点，就是人不可克制地老想睡觉。十岁的父亲在当时还不知道这是一种病，他只是觉得好玩觉得滑稽。小客店的老板大约四十多岁，异乎寻常的肥胖，面颊没有规范地向两边铺开，过多的肉往旁边挤往下垂，滚圆的脑袋活像一只特大的文旦。父亲想起那白白光光文旦似的脑袋坐在那算账的样子就要笑。那是一幅非常滑稽有趣的图画，老板坐在正对着店门的账桌前，一只手按在翻开的红格子账簿上，另一只手的拇指和食指捏着一粒算盘球，静止在那一动不动，一条口水从他肥厚的右嘴角挂下来，跌落在账桌上。

父亲他们到达小客店一个多小时以后，逃难的人开始源源不断地拥来。天知道那所谓的最后一班难民车什么时候才能进站。难民纷纷往小客店里挤，很快所有的房间床位都被占据。刚刚十岁的父亲在极短的时间内便和他一般大的孩子们打得火热。因为对一位漂亮的小女孩过分亲热，父亲的举动引起了潘先生家的二官的妒忌。潘先生家的二官有一双机灵的大眼睛，她比父亲大两岁，逃难途中，一直以父亲的保护人自居。当父亲决定要将自己的一支铅笔刀送给漂亮的小女孩时，潘先生家的二官立即提出严重警告，警告的内容是，如果父亲要奉献出讨好的礼物，他必须先退还潘师母赠给他的玩具手枪。

“还就还，有什么了不起的。”父亲勃然大怒，一阵风地跑进小客店，从书包里掏出小手枪，风风火火往外走。大人们正在房间里商量着什么，潘师母看父亲一脸不高兴的样子，笑着问他怎么了。父亲说：“小手枪还给你好了，有什么了不起的。”祖母大声喝斥父亲，潘师母笑着说：“勿要紧，勿要紧，小人不开心，蹲在一道，总归要吵的，歇一歇就好。”父亲回转身体，小手枪往潘师母腿上一放，往门外奔，奔了没几步，又退回来，蹲下，抱起老黑猫，带几分得意地慢慢往外走。大人们看见他那腔调，又好气，又好笑。

小客店门前难民的小孩越来越多。父亲抱着老黑猫，很傲慢地走过去，故意不看潘先生家的二官，走到那漂亮的小女孩面前，卖弄说：“这是老黑猫，才乖呢，它就听我的话。”老黑猫的岁数几乎和父亲一样大，很肥胖，有那么点老态龙钟。它和父亲是最好的朋友，这次逃难，为了带不带老黑猫一起走，父亲狠狠地哭闹了几次。祖母说，这是逃难，性命攸关，活人都顾不过来，哪有时间照顾这猫。父亲说，老黑猫最乖了，它根本就不要人照顾。又是哭，又是闹。临了，祖父说，好了，你别哭，也别闹，带就带吧，在路上跑了活该。出门的第一天，老黑猫就差点失踪。为了防止老黑猫再次逃脱，祖父想了个好办法，这就是在老黑猫的脖子上系一根绳子，像狗那样牵着。

“这是猫，又不是狗，”漂亮的小女孩提出了疑问。

“可是它比狗还听话。”

“真的?”漂亮的小女孩似信非信。

“老黑猫，摇摇尾巴，”父亲向它发布命令，“把尾巴竖起来！”

老黑猫的表现太让父亲失望，那一大群孩子虎视眈眈的注视足以使它惶恐不安，它一个劲地想往路边的林子里跑，父亲不得不一次次拉紧绳子。“老黑猫你怎么了？真讨厌。”一个崭新的念头突然出现在他脑海里，他神秘兮兮凑到漂亮的小女孩的耳边，轻声说：“老黑猫一定是发现了林子里有老鼠，它一定是发现了老鼠。”

“老鼠？”

“对，是老鼠。”

漂亮的小女孩直往后退：“我讨厌老鼠，讨厌老鼠。”

“我们一起去林子里玩？”

“不！”漂亮的小女孩变得很愤怒，“我讨厌老鼠！”

父亲一时不知所措，他不明白什么地方出了差错。旁观的孩子们都在看笑话，潘先生家的二官幸灾乐祸。父亲赌气说：“不去拉倒，我自己一个人去，有什么了不起的。”说着，牵着猫，一本正经地往林子里去。

林子并不远，就在路边。父亲还没有走到林子里，潘先生家的三官喊住了父亲，表示愿意和他一起去林子里玩。三官比父亲小两岁，对父亲能有只老黑猫羡慕不已。他顾不上姐姐的警告，像兔子似的撒腿向父亲跑过去，跑到父亲身边，回过头来，招呼姐姐一起去玩。

“三官，不许去，”潘先生家二官摆出做姐姐的派头，“我非告诉姆妈不可，你当心一点好了。”

“阿姐，一起去嘛。”三官可怜巴巴哀求。

“你回来不回来？”做姐姐的话里充满威胁。

“二官阿姐，”父亲从内心里也不愿一个人到林子里去玩，放弃原则地讨好说，“我们一起去玩不好吗？一起去，好不好？”

“林子里有什么好玩的？”潘先生家的二官有些动心，她是位极要强的小姑娘，父亲带有讨饶意味的邀请已经给了她足够的面子，“有什么好玩的，当心碰到坏人。”嘴上这么说，人却向父亲他们走去。她的行动，带动了一大批难民的孩子，大呼小叫，一起向林子里拥去。只留下那位漂亮的小女孩在原地站着，孤零零的，一副遭遗弃的样子。

林子中的世界，对于一群逃难的城市孩子来说，有种说不出的新鲜。是深秋，满地落叶，厚厚的一层，踩上去软软的，像地毯，像是走在一张铺着好多层棉花胎的大床上。阳光灿烂，树枝上的叶子已经落得差不多，一阵阵秋风吹过，稀稀拉拉的残叶似鸟一样飞到地上。老黑猫在孩子们的吵闹声中有些慌张，害得父亲不时地要拉紧套在它脖子上的绳子。一只野兔引起了孩子们的激情，一片声地喊打，好一派混乱。潘先生家的三官在树根上绊了个大跟头，显然是摔疼了，试探着咧咧嘴，想哭，终于硬忍住，很勇敢地咬咬牙，跟在那帮孩子后面，发狂地拼命奔跑。

第三章

最后一班难民车迟迟没来，陆续赶到的难民急剧增加。都是从东面过来的难民，几天前，这里只是浙赣路上极不起眼的一个四等小站，而现在已经成了这条铁路东头的终点站。西边来的列车开到这里，掉转方向，重又往西开去。仿佛到此就是到了后方的尽头，到了和平的尽头，到了生命的尽头。司机每次都绘声绘色地警告，说小日本说打过来就打过来，说小日本的种种厉害，说再也不会有火车过来了，说让难民死了心吧，说傻等也没用。

越来越多的难民将小客店像饺子馅似的裹在当中，都用东边过来的口音交谈，上海话苏州话杭州话绍兴话宁波话，组成了一首吴方言会话的交响曲。时局显然太糟糕，失败离得太近，迫在眉睫，胜利又太遥远，远得和大家毫不搭界。会话的主题永远是失败，是什么什么地方被炸了，什么地方又告失陷，烧了多少房子，奸了多少妇人。

上海人和杭州人抬起杠来，都笑对方没见识。上海人说："我们是真没必要逃难，东洋人只是和中国人打，其实只要往租界里一躲，准保一点点事也没有，小日本再凶，见了美国赤佬，到底还是有点畏惧。"

杭州人挖苦说："蛮好蛮好，现在回上海还来得及。"

于是一来一去地说刻薄话，越说越油滑，越说越来劲。临了，杭州人先觉悟，自嘲说："算了算了，有啥好争的，逃难在外，今日不知明日事，自家到底还能不能活也不知道，省点气力倒是真的。万一这最后一班难民车真不来，这么多人聚在这，就等着吃炸弹吧。”

“吃炸弹？炸弹贵着呢，小日本在飞机上看得清清爽爽，都是老百姓，炸弹那么贵，你请它炸都不肯炸的。”

“又要说胡话了，杭州人当时怎么说，说杭州每年香火无量，西湖底里全是香火，这样的佛地肯定有菩萨保佑，结果呢，结果呢？”

“小日本才不管呢，”难民中有一位是从上海南站搭火车逃出来的，以亲身经历现身说法，“我们那车，连顶上都坐满了人，开出去不多久，就碰上飞机，机关枪啪啪地就是打，炸弹乱扔，人不断地从火车上掉下去，唉，实在是捡了条性命。”

正说着，突然响起了飞机声，难民顿时惊慌失措，大人招呼小孩，小孩喊爸爸妈妈，乱成一片。在林子里玩的小孩哭喊着往小客店这边奔，这边的难民一边摇手，一边往林子里逃。父亲和潘先生家的二官三官在混乱中，害怕被人冲散，连忙按照事先的吩咐，紧紧拉起手来，声嘶力竭呼爹叫娘。

“二官，三官，立在那勿动，勿动！”

潘师母的声音又尖又高，父亲他们略微感到一些心安，人群在他们周围波浪似的涌过来涌过去，他们手拉手，站在那不敢动，虽然看不见父母，因为知道潘师母就在附近，已不是太慌，一声比一声高地报告自己在什么地方。飞机飞得极低地在空中盘旋了一会，然后翻身升高，向西面飞去。这时候，潘师母和祖母还有阿福已经到了父亲他们身边，大家抱成一团。潘师母连声埋怨，说叫你们不要乱跑不要乱跑，又怪罪阿福没看好孩子们。阿福不服气，气鼓鼓地站一边不吭声。祖母说：“没事就好，没事就好。”

人群中又是一阵骚动，“打炮了，打炮了。”有人叫道。

“看，快看，飞机又过来了。”人们注意到不远处我军的高炮阵地正在开火，先前飞过去的那架日本飞机又仓皇往回飞。藏在林子里的难民仍然有些害怕，然而由于感到解恨，不免胆子大起来，蠢蠢欲动指手画脚。阿福触电一般地冲出林子，追在飞机后面，手臂乱挥，高声大骂。难民中也有人醒悟过来，想明白地说：“这是小日本的侦察机，用不到怕它。报纸上说过的，不是轰炸机，不会扔炸弹。”

飞机转眼就没了影子，难民开始三三两两走出林子，往小客店去。小客店老板坐在樟树下美美地打瞌睡，肥胖的身躯顶着文旦似的脑袋，摆着奇特的姿势，有节奏地微微摇晃，口水从他右嘴角挂下来，在胸前荡来荡去，越荡越长。“老板真正好胃口，好胃口，睡得这么香!”难民中有人羡慕得不行，感叹道：“花竹幽窗午梦长，此中与世暂相忘。老板这一觉睡得好，睡得值，既免了担惊受怕，又养了精神。所谓养生秘诀，善睡居先，睡能养气，睡能还精，睡能健脾益胃坚骨壮筋。老板真是高人。”

惊醒过来的老板有几分不好意思，喃喃说：“也不知怎么就得了这毛病，老是要睡，老要睡，真没办法，没有办法。”

“哎呀呀，能睡最好，刚刚真要是来了小日本的轰炸机，啪嗒啪嗒落下炸弹，就这么在美梦中糊里糊涂死了，倒是很好的善终，省得做逃难的难民了，东躲西藏，也不知还能活几天。”

“说笑话，说笑话，”老板红着脸，硬憋着不打哈欠，他那睡不醒又想掩饰什么的样子，使人很容易联想到犯错误的小学生，“老要睡老要睡，这毛病没办法，实在是没办法。四宝，四宝呢，该弄些吃的了，唉，人呢，都什么时候了，又乱跑。”

四宝是小客店的伙计，也不过十三四岁，这会趁乱溜出去玩了。老板一声比一声高地喊着，喊了半天，急得胖脑门上全是汗。这时候，不知从哪钻出来一位妇人，四十岁光景，模样长得极不错，站在老板身后，笑着不吭声，然后突然用本地话大吼一声，吓了老板一跳。“站长，怎么啦?”在妇人的咯咯大笑中，老板如释重负松了一口气，求援说：“谢天谢地，赶快烧些吃的吧，都什么时候了，今天白天是不会有车，不会再有了，先赶快烧些水。”说了，仿佛补回什么损失似的，恶狠狠地打了个特大号的大哈欠。

老板的话引起一阵新的骚动，难民还在不断地拥来，小小的水泥站台上挤满了人。站台上挤着的都是后来的难民。先来的难民和老板已经熟悉，选出了几位代表，缠着老板，求他往前面的车站挂个电话。

“不会有车来了，不会来了。”老板又一次被困意席卷，“要来，也是晚上，来也是晚上，这次恐怕真不会来了。这种时候，电话打过去，也不会有人接的。”老板在难民的拥护下，走到绑着干电池的手摇电话机面前，呼噜呼噜摇了一会手柄，肥胖的脑袋不堪沉重地下垂着，拿起话筒，听了一会，又是笑又是打哈欠，把话筒举起来，让大家听那里面的铃声。大家屏住呼吸，那铃声很低，但是大家硬是都听见了。

铃声不住地响：滴铃铃……滴铃铃……

围在那守候消息的难民从聚精会神到渐渐失望。

“不会接的，不会有人接的，”老板忍着困意，安慰说.“说是这么说，没车了，没车了，也说不定还会再来一趟车，反正急也没用。”

“怎么不急，老板，这拖儿带女的，怎么能不急。”

“那是，那是。”老板的眼皮已经搭上，人站在那摇摇晃晃，手哆嗦着要去挂电话。

“老板，别挂，别挂。喂，再挂一个过去。”

老板终于睡着，微微打鼾，一条白花花的口水挂在右嘴角荡秋千。

“别睡，别睡呀，老板，再挂个电话么。”

“没、没睡着——”老板停止了摇晃，胖得不能再胖的脸上似乎难为情地笑了笑，抬起袖子管一撂，抹掉口水，“没睡着，我这是有病，嘿嘿，是病，不碍事的。”他又一次呼噜呼噜摇电话的手柄，话筒里再次响起滴铃铃的铃声。

“人他妈都死绝了，哪还会有人接呀！”难民中有人骂出声来。

“别挂，老板别挂。”

老板把话筒递给站在边上的人，摇摇晃晃要睡。

“老板，别睡，别睡，说会话，歇一会再挂好了。”

“不碍事，不碍事，我，我，没睡着。”

拥护着老板的难民开始找话说。老板那模样长得善，大家很乐意和他开玩笑。“老板这么要睡，躺在女人身上时，是不是也说睡着就睡着?”

“刚刚那女人好漂亮，弄不好就是老板老婆哩。”

“喂，”一个又瘦又黑的难民大声将老板吵醒，“老板，老板，那女人是不是你老婆?”

“老婆？什么老婆，”老板笑得很腼腆，“不瞎说，不瞎说，嘿嘿嘿。”

“嗨，这老板，一说到女人就来精神了。”

“不瞎说，不瞎说。”

“老板别急，老板别急么。”

“不是急，不是急，吴大嫂可是清清白白的寡妇。不瞎说，不瞎说，不能这么说的，人家是清清白白。”

难民中有人要老板再挂电话，有人准备走，有人却继续说笑。这时候，忽然传来了火车的汽笛声，大家赶紧奔出去。

第四章

父亲常常向我提起最后一班难民车的故事。尽管他那时只是个勉强十岁的孩子，存在着许多记忆上的误区。这是个不断被他重复的故事。我从十岁左右开始第一次和这故事打交道，时至今日，我的女儿已经七岁，父亲一不留心便会老调重弹，情不自禁地回想起当年的情景。“爷爷，你说的那最后一班什么车的，后来到底有没有来呢?”甚至我的女儿也对这故事产生了奇异的兴趣，“要是那什么车不来，又会怎么样呢?”父亲笑着回答：“怎么样？嘿嘿嘿，那可真的不得了。”两鬓已经发白的父亲一本正经地看着他的孙女儿。“怎么不得了呢?”我的女儿想不明白这道理，也不想想明白，她只是对提问题有偏爱，“可你说的那个要睡觉的人，他为什么老要睡觉？我知道这是病，可为什么要得这病呢?”

女儿思索的问题恰恰和父亲当年的想法相仿佛，事实上，他当时就用类似的提问纠缠过祖母。十岁的父亲牵着老黑猫在难民群中走来走去，丝毫也没意识到处境的危险。逃难的难民构成了一个太热闹的场面，到处议论纷纷人心惶惶。当一群难民拥护着老板去挂电话时，另一群难民正围着那位吴大嫂问个没完。吴大嫂是老板的小伙计四宝的母亲，住在附近的小村子上，这一阵子因为难民蜂拥而来，她天天过来帮忙。

“车子会来的，天天都说再也没车了，可结果呢，早点晚点还是来了车，除非小日本真来了，要不然，要不然，总会有车的。”吴大嫂烧了一大锅水，围了她转的都是些等热水的妇道人家。“四宝，再加两把柴就行了。哎，你刚刚又跑哪去了？”

红红的炉火映在四宝脸上。“没去什么地方呀，”他用火钳在炉膛里拨了拨，“我不是一直在的吗？”

“在个屁！”吴大嫂往地上啐了一口，“你的魂才在呢，又死哪去了？”

四宝不服气地叽里咕噜，坐在那挤眉弄眼做鬼脸。吴大嫂掀起锅盖看看，水刚滚，热气直冒。围着的妇人们赶紧往各自的容器里舀水，不一会便到了锅底，铁勺子刮得直响。于是加上冷水再烧。“刚刚老板是真急了，哇哇哇叫，人又是那么胖，急得那样子真滑稽。”还在那守候开水的妇人笑着说。

“人家站长是老实人，到了这一步，也叫是没办法。”吴大嫂无事可做，用抹布在灶头上抹了抹，“这娃儿实在是没有教的，讨厌得很呢。”

一口大锅只管烧开水，来取开水的人换了一批又一批。难民中有做生意出身的，感叹道：“究竟是乡下人淳朴，现成的钱不赚，这一锅一锅的开水，收个柴火钱也不为过。难得有这样的赚钱机会，竟然没想到。”吴大嫂说：“你们这真是得了便宜卖乖，谁说没想到赚钱，这阵子难民多，我们村上人做了煎饼来卖，哪个不曾小小地发了一笔。我倒是也想收点钱的，可人家站长不让。说了，这年头，从难民那榨钱，亏心的。”

“亏心个屁，”在那烧火的四宝插嘴说，“老胖子脑筋有毛病。”

“你才有毛病呢！”

母子俩斗起嘴来，吴大嫂突然大怒，要冲过来实施暴力。等着开水的难民连忙拉开，四宝将火钳往炉膛里一摔，嚷着说：“不烧了，不烧了，看你怎么办?”吴大嫂又一次跳起来，嘴里咆哮着向儿子冲过去。难民连哄带劝，两头说好话。“这位大嫂，息怒息怒，小孩子嘛，算了，算了。”“小兄弟，你也息怒，哎呀，看不出，你人不大，脾气可真不小。”

四宝恨得咬牙说：“老胖子有什么好的，你老帮着他?”

吴大嫂因为有人拉着，也恨得咬牙切齿，冷笑说：“就是好么，老娘还准备让他做你后爹呢。你邪呀，邪呀，越邪，老娘我越是要这样做。”

众难民听了都忍不住笑。四宝仿佛被击中了要害，顿时变成哑巴。炉火红红地映着他那张尚未成年的孩子脸。吴大嫂却来了劲，索性敞开来说个痛快：“寡妇门前是非多，你闹好了，老娘要不在乎起来，什么都不在乎的。也不撒泡尿照照，人家站长人善，人善好欺，马善好骑，你就当真不知天高地厚起来。不是我存心说叫自已难堪的话，人家站长过去也是有头有脸的人，比你那死去的老子强多了。”正说着，水又开了，难民蜂拥而上，满满一锅水一抢而光。再加水，再烧，四宝一脸不高兴和痛苦，手中的火钳不安分地乱动，乒乒乓乓戳着锅底。“你作死呀，锅底戳通了，要赔的。”吴大嫂叫着，“真是在作死——”炉膛里又是“乓”的一声，难民们一起笑着说：“小兄弟当心一点，锅真要戳通了，不得了。”

“你们不要说，不要说，越说他越来劲，”吴大嫂叹了一口气，笑着说，“他这是急了，小孩子心重，他就怕我给他找个后爹。”

"你找就是了!"

"你不好好地听话，我少不得给你找个后爹呢。"

"老胖子有什么好的?"

"又有什么不好的?"

"要是好，他老婆也不会跟别人跑了。像猪似的，成天睡觉。猪!"

"你别瞎讲，"吴大嫂赶紧不让他再讲下去，"小孩子，懂个屁，他老婆跟别人跑，是他老婆不好。"好像是为了挽回影响，吴大嫂一口气说了半天，"人家站长原先吃铁路饭的，又是站长，要不是得了这什么瞌睡病，要不是得这病，哪会到这一步。也是命不好，什么病不能得，非要得这稀奇古怪八辈子也不曾听过的怪病。成天就要睡觉，铁路上的营生，差了一分半秒便出错，成天要睡觉怎么行，好，给撤了下来，从卖票的一直降到当勤杂工。到后来，勤杂工都不能当了，给了几个钱的抚恤金，请出了铁路局。真是幸亏了他那帮同事，他那帮同事讲义气，大家凑份子，盖了这小客店，也不图赚钱，将就着能过日子就行。四宝，你在干什么，快烧火呀，烧旺一点。"吴大嫂揭开锅盖，看了看锅里的水，大声对儿子叫道，"烧呀，小畜生。"

第五章

突然而来的火车汽笛声使难民们无比激动。“车来了，哎呀，车来了！”迅猛异常地引起一连串的反应，难民们慌乱地叫这个，唤那个，扶老的，搀小的，掮箱，提篮，扛着铺盖卷，冲锋陷阵似的直奔站台。

火车过来了，哐啷哐啷惊天动地，然而只是一个空空的火车头，车头上坐着大概一个班的工兵，大团大团的热气直往站台上扑。

“怎么回事？怎么回事？”大失所望的难民口呆目瞪，“怎么，就一个车头，就一个光光的车头？”

火车头拖着长音缓缓停住，已冲出站台一大截，难民情不自禁拥过去。工兵纷纷往下跳，围过来的难民太多，有一位工兵无处落脚，站在车头上对下面的难民大叫：“让开，让开！”难民依然源源不断地拥过来，一位青年军官见势不妙，翻身重上火车头，挥了挥手，大声说道：“乡亲们，对不起了，我们公务在身，请让开一条路，小日本的军队马上就要开过来，我们必须把前面那座桥给炸了，对不起，请让开一条路。”

原来这是一个前来执行炸桥任务的工兵班，奋力往外挤，好不容易挤出难民圈，重新整理了一下队伍，喊着齐整的口令，向前走去。那桥离小客店只有一百多米，桥下是一道三十米宽的河床。形势显然到了非常严峻的关头，炸桥这种极端行为毫无疑义地证实日本兵真要到了。骚动不安的恐惧情绪立刻在难民中传染开来，大家互相询问又互相解释互相猜疑，你挤我，我撞你，走投无路。往不同方向去的难民形成一个旋转的怪圈，有的难民失望地回小客店，有的难民却乘机冲上站台。几个难民爬上了火车头，一遍遍颠倒反复地询问早就不耐烦的司机。

“没车了，没车了，”两司机中有一个满脸络腮胡子，相貌长得颇有些滑稽，用劲挥了挥手，撵一个越爬越高的小男孩下车，“下去，下去，掉下去摔死你。没车了，早就说没车了，谁让你们在这等的，不是白浪费时间吗？”

“大师傅大师傅，真没车了？”

“没车了！你们到底要我说多少遍？喜欢他妈的白等，我有什么办法，再等下去，小日本就真他妈来了，等吧。”

“不能见死不管吧？”

“谁管，谁他妈管？小刘，你在这看着，我去喝口水。”有络腮胡子的司机一推车门，跳下火车头，“到哪都是铺天盖地的难民，管，管得了吗？”他仿佛帝王一样，神气十足往前走，一大帮难民垂头丧气地跟着他。“站长呢，又睡着了？”还没到小客店，司机哇啦哇啦大叫，看得出他和老板非常熟悉，“真是的，这几天老他妈这么多难民，也没个了结。哎，站长，又碰上一场好梦是不是？”

“来了，我说你还会来吧，”老板困意蒙眬地走出来，止不住又哈欠连天，“歇一会就走？”

“歇一会。他妈的得好好歇一会。”

“怎么还有这么多难民？”老板感到奇怪地问，面前的几张面孔已看熟，明摆着什么地方出了差错，“你们怎么都没挤上火车？”

司机笑着说：“又睡糊涂了不是？嘿嘿，吴大嫂呢？”

“老娘在这呢，”吴大嫂风风火火地出现在小客店门口，笑容可掬，“又是你个龟儿子，怎么，说是只来了个火车头？”

一边围着的难民一个个睁大眼睛，等待着下文。有络腮胡子的司机有些嫌烦地对四处瞪了瞪，叹气说：“大兵的差事，那还能不屁颠颠的，这地方反正是不太妙，说打过来就打过来。这怎么还有这么多难民，都什么时候了？真他妈见鬼。”

“既是这样，赶快再派班车来呀。”

“是啊，赶快再派辆车，”难民七嘴八舌，近乎哀求，“派辆车过来吧！”

“站长，倒真是好本事，就这么站在那，又睡着了。”有络腮胡子的司机笑着，脸突然又挂下来，对难民说：“不会有车了，早就说不会有车了，你们不相信，不相信又有什么办法？说多少遍也不管用，你们就这么白白地等着好了。喜欢白等，又有什么办法！”

老板睡眼惺忪地睁开眼睛，犯了什么错误似的解释说：“我说了，我说了，最后一班难民车不会来了，不会来了。”

“最后一班难民车？”有络腮胡子的司机仿佛第一次听到这词，“什么叫最后一班难民车？根本就没有车了。象山上的大炮都在撤了，马上这边的桥也要炸，老实告诉你们，弄不好这一段铁路还得撤掉呢。你们非不相信，要等下去呀，等吧，等死吧！”

难民中一阵强烈的骚动，愤怒的情绪在激增。有络腮胡子的司机在老板肩头拍了一记，拉着他和吴大嫂一同走进小客店。

“铁路上不能这样将我们置于死地不管。”

“这么个前不靠村、后不着店的鬼地方，都是拖儿带女有一大家累赘的难民，最后一班难民车真不来，那可真是死路一条了。”

“怕死哎，开火车的一个个都怕死，小日本还没来呢，就不管我们了！”

“挂电话，再挂电话过去。”

“挂电话有屁用，这会怕是连委员长的手谕都不管用了。”

难民们自发地讨论起来，形势严峻刻不容缓，必须商量出一个对难民有利的对策。唇枪舌剑，很自然就是一场漫无节制的乱吵。一向能说会道的潘先生一头大汗，他提出的每项建议都遭到驳斥，人多嘴杂，谁都不肯听谁的话。讨论了半天，所有的话都是白说。东面的难民三三两两地还在过来，都得从那桥上过，过桥时，看见工兵正安装炸药，免不了大为庆幸。“火车什么时候能来?”新到的难民一加入这边的难民阵营，兴冲冲问着，“真正是好危险，再来迟一步，那桥轰的一声炸了，就困在河对岸，差一点，差一点。喂，火车什么时候来呀?”

没人愿意回答，新来的难民不厌其烦四处询问。小客店里那架绑着干电池的电话又开始滴铃铃滴铃铃响个不停。难民的孩子们顾不上大人的警告，都跑到河边看炸桥的工兵忙乱。“哎呀，日本兵来了，”一个半大不小的孩子指着河对岸，大叫起来，“那边是日本兵。”

好一场混乱，好一阵紧张。果然有一支全副武装的队伍开过来，压得极低的钢盔闪闪发亮。“别紧张，别紧张，是自己人，”河对岸的一位工兵连连挥手，“自己人，是自己人。”全副武装的队伍在河对岸停了下来，从队伍中跑出来一位当官的，走到桥上，和正在桥上指挥安装炸药的青年军官互相敬礼，然后指手画脚说了一会，回头走向自己的队伍，简短地说了几句什么，队伍立刻一分为二，一部分人跑步过桥，一部分原地散开，持枪卧倒，处于一种警戒状态。准备炸桥的工兵继续忙乱。不一会，大批的人马过来了，神色都有些紧张，排着队噼里啪啦跑步过桥。小客店那面的难民禁不住好奇，恐惧已过去，胆子陡然大起来，纷纷到河边上看热闹。谁也想不到河对岸竟然有那么多自己的队伍，刚走完了一批，过不了一会，又是一批。

"河那边有这么多自己的队伍，我们还有什么好怕的?"

过桥的队伍有的马不停蹄继续往前赶，有的却停下来休息。在一批接一批的队伍之间，还夹着零零碎碎携老扶幼的难民。小客店周围一阵非常的热闹。休息的队伍派人进小客店要水，向吴大嫂问路，同时发出这样的质问："这儿怎么还有这么多的难民，难道不知道日本鬼子就要来了?"匆匆走过的队伍给难民一种末日即将来临的感觉。非常的热闹持续了大约一个小时，负责炸桥任务的工兵已经将炸药安装好，只要一通上电流便算大功告成。那位青年军官领着勤务兵走进小客店挂电话，吭哧吭哧摇半天，没人接。"小日本还没到呢，一个个就不知死哪儿去了。"勤务兵气得想掼电话。青年军官自言自语说，"这国家怎么能不亡，怎能不亡？亡了也是该应!"

"倪师母，"青年军官领着勤务兵众目睽睽之下往外走的时候，那勤务兵见了祖母大叫起来，"倪师母!"

祖母怔了怔，想不起来面前这位小战士是谁。"我是吕辉呀，倪师母，不认识我了?"勤务兵满脸见了熟人的喜悦，"倪先生呢?"祖母明白是遇到了祖父的学生，连忙叫祖父过来。祖父没想到在这能遇上自己的学生，免不了大喜望外。叫吕辉的勤务兵殷勤地向青年军官介绍。青年军官听了介绍，对祖父敬了个礼，想不通地说：“你们到现在还困在这?”

祖父无可奈何耸耸肩膀，一阵无可奈何听天由命的苦笑。在一旁的难民怀着一线希望围上来，纷纷打听最后一班难民车究竟会不会来。青年军官看着越来越多的难民，情不自禁地往后退，“倪先生，到五点钟，”青年军官抬起手腕看看表，非常抱歉地说，“五点钟一到，我们就要炸桥了。”

“炸桥?”

青年军官慢慢地有些为难地点了点头。

第六章

那桥在五点钟准时被炸，轰的一声，一大团浓烟，飞沙走石顿时像雨点般落下来，稀里哗啦响半天。最后过桥的是那瞎子艺人，由一位十岁左右的小女孩牵着，颤颤悠悠跌跌绊绊，一根细细的竹竿在地上点来点去。大家的注意力都在那架着铁轨的桥上。青年军官抬起手腕看表，看了一会，又抬起头，挥手示意小女孩快一点。小女孩挽着瞎子艺人总算晃悠悠地过了桥，勤务兵跑上前，拉着他们往隐蔽处躲。青年军官再次看表，表情严肃，周围的人在万分紧张的气氛中，仿佛都听到了指针的滴答声。五点钟终于到了，青年军官叹了口气，果断地摆了摆手，猛地转身，在剧烈的爆炸声中，头也不回地走向小客店。

青年军官站在小客店门口打算抽烟，一根接一根地划火柴。勤务兵扯足了嗓门道："准备出发——"

有络腮胡子的司机从火车头上探出脑袋，前后望望，连续拉了几下汽笛。难民中顿时又有些骚动不安。"长官，不能丢下我们不管呀!"一个女人尖尖地叫着，"你们不能走，长官，要走，带着我们一起走。"乱哄哄一阵响应，大家都明白说了也没用。

前来炸桥的工兵陆续爬上车，勤务兵也上了车，大家都对正抽着香烟的青年军官看。青年军官焦躁不安地猛吸了两口烟，走向火车头，伸出手，拉着车上人的手腕，脚一蹬，蹿了上去。人还没站稳，不耐烦地说："开车，快开车吧。"眼睛看着下面的难民，愁眉苦脸垂头丧气。混乱的难民试图挡路，叽叽喳喳大为愤怒。勤务兵突然尖声对祖父叫道："倪先生，倪先生，赶快离开这吧，困在这死路一条!"大团大团的蒸汽喷了出来，刺耳的汽笛又一次拉响，大地在颤动在打摆子一般地发抖。"让开!"站在车头部位的工兵挥了挥枪，对堵在铁轨上的难民喝道："不想活了？让开!"

铁轨的敲击声渐渐弱了下来，载着工兵的火车头越来越远越来越小，终于没了影子。人声沸腾怨气冲天，一种彻底遭遗弃的绝望笼罩在难民心头。人们对小客店那架手摇电话机已经失去了信心，虽然不断地还有人在摇它，但是几乎所有的人心里都明白，最后一班难民车不会再来了。根本就没有最后一班难民车，硬等下去明摆着是死路一条。天正在黑下来，很快就是伸手不见五指的黑夜，拖儿带女扶老携幼的难民茫茫黑夜又能往何处去?

"不要急，不要急，"小客店老板疲惫不堪的声音范围极小地在难民圈中移来移去，"车子不来也没什么，今天晚上好好歇歇，明天一早赶路，好好歇歇，明天一早好赶路。"

不少心急的难民开始收拾行李，打算沿着铁路线连夜西行。人心惶惶，一会一个主意。一对夫妻因为意见不合大吵起来，小孩子叽里哇啦鬼哭狼嚎。潘师母把几个孩子招在身边，神色恐慌地和潘先生低声商量。商量了一会，潘师母对祖母说："碰着这样不巧的事，真正触霉头，哪哼办?"潘先生嘀咕道："大家一起逃难，当然一起走了，你瞎想什么?"

"这最后一班车也许真不会来了，"祖母说，"我们一起出来，当然一起行动。"

潘师母连声叫“是格”，又不停地说明大家一起走，互相都有照应。“今朝夜里走，勿来格，勿来格。”潘先生的老大没带出来，二官三官勉强自己能走，四官三岁，五官两岁，连夜赶显然不行。

“喂，倪先生，”祖母心里极烦地对祖父说，“天塌下来好像和你也没关系似的，瞧你们父子俩，一个牵着老黑猫东走西逛，一个呢，只要有空，抱着书就不肯丢。”

“我现在又没有在看书，急有什么用，有什么用?”

“你也拿拿主意呀。”

“我看这最后一班难民车是不会来了，”祖父苦笑着说，“急有什么用？我也急，我比你还急呢。”

“难怪你不看书呢，总算也知道急了，真看不出。”祖母也是苦笑。

潘先生夫妇就怕祖父他们提出连夜走的话题。难民一旦走动了头，便止不住，大家都怕留下来不安全。东边似乎传来了隐隐的炮声。

“好在我们还有地方住，就这么个小客店，不少难民看来、看来只好宿露了。这一夜的露水寒气够受的。”潘先生多少带些庆幸。

天已经黑下来。依然还有不少难民，小客店挤得满满的。吴大嫂回去了，她的儿子四宝烧了一天水，这会继续在烧。等热水的难民排起了长队，喋喋不休正研究明天怎么办。小客店老板拖着肥胖的身躯一个劲地和瞌睡作斗争，哈欠不断口水不断。“天亮了，沿着铁路走过去，向西，向西走，没关系的，桥都炸了，小日本过不来的。”困意蒙眬的老板到处安慰人，举着一盏洋油灯，老给人一种就要跌倒的感觉。洋油灯芯裹着浓重的黑烟，吐出暗红的火焰，忽高忽低飘移不定。

“老板，当心摔着!”

“不碍事，不碍事。”

“当心一些，老板，当心!”

“不碍事——”老板右手将洋油灯举起来，刚超过头顶，左手还没来得及抬起来稳住油灯，人却睡着了，晃悠悠晃悠悠也不跌倒。一团一团忽明忽暗的灯影跳来跳去，口水终于从肥厚的嘴唇上挂下来。

“喂，喂喂!”

“嗨，老板，老板!”

天越来越黑，渐渐走向夜的深处。小客店老板醒了又睡，睡了又醒。“大家放心睡好了，不碍事的，车子来，我叫大家，放心睡好了。”他拖着肥胖的身体，磕磕绊绊，走到瞎子艺人旁边，“小姑娘，赶快睡吧，不碍事的，不碍事。”小女孩瘦瘦的脸上一双又黑又亮的大眼睛，一动不动地注视着老板哈欠连天的神态。

“往西边去，西边去，不是说小日本要来了吗?”瞎子艺人漠然说道。

难民中响起叽叽喳喳的声音，瞎子艺人聚精会神侧耳聆听。

“最后一班难民车不会来了?”瞎子艺人冲老板站着的方向问了一声，伸手去摸放在他身边的一把二胡，抓住了，拎起来调了调弦，弓猛地一抖，拉出几个音来，又打算把二胡放好。

“不碍事，不碍事，”老板突然好像睡意全无，兴致勃勃地说，“随便来它些什么好了，不碍事的。”

叽叽嘎嘎的二胡声招来了四个穿黑衣服的土匪。这地方太偏僻，土匪多如牛毛。来的这几位还算客气，气势汹汹地不过是要收些保护费，按人头缴钱，少一分一厘也不行。折腾了半天，总算心满意足开路。太平了没一会，又不知从哪冒出来几个溃败下来的伤兵，怨气冲天理直气壮地骂人。伤兵比土匪更难对付，不仅要钱，而且要人。带头的那位一眼就看中了阿福，又点了几位身强力壮的小伙子，不由分辩硬要带走。一大帮难民苦苦哀求，好话说尽，赔不完的笑脸。老板又开始困意袭扰地打哈欠，晃着文旦似的脑袋向伤员求情。带头的那位伤兵，掏出盒子炮，往桌上一掼，大声叫道："有话好说，好说个屁！老子抗日流血，老子——"

老板实在忍受不住瞌睡的袭击，脸上残留着赔笑的表情，人已经睡着了，站在那摇摇晃晃非常滑稽。

"见他妈鬼，喂，喂喂！"

"这老板搞的什么鬼名堂？"

"走，走他妈的，你们在这等死吧。"

老板又醒了，连连声明："不碍事，不碍事，我，我没睡着，没——"伤兵已扬长而去，小客店里又像垂死一样压抑。大家习惯了老板一会睡一会醒的憨态，见怪不怪，都瞪着眼睛看他，毫无表情。"你们都睡好了，万一车子来，我叫你们，放心睡觉好了，我，我去站上等着，我去等。"

"你去，不怕路上睡着，掉进沟里去？"

"不碍事，不碍事的。"

老板右手用力朝后一摆，不知从哪摸出一个手电筒，蹒跚地走出店门。风从敞开的店门中拥进来，吹得客堂中央的油灯跌跌撞撞岌岌可危。没人想到老板真的会去等火车，事实上，从一开始，老板就不相信会有最后一班难民车。甚至难民自己也不再相信。这是一个四万万同胞面临生死存亡的年头。生死存亡，谁知道第二天会是怎么一回事。有位难民走到门口，将不曾关严的门关关好，苦笑着说：“这么大的风，老板站在风里面，也不知能不能照样睡觉。车真是来了，他要能醒倒好了。”

“去叫他回来算了，等也是白等。”

“是呀，谁去叫一下。”

瞎子艺人拉起了二胡，阴森森慢悠悠是一首悲哀的曲子。一曲未完，有难民叫道：“别拉了，吵死了。人还没死呢，这调子实在让人受不了。”小女孩拉了拉瞎子艺人的袖子，示意他别拉了。瞎子艺人脸上的表情十分麻木，非常固执地将曲子演奏完。

“拉吧，反正也没事，就让他拉吧，这样的夜晚，谁还睡得着？”

“有什么好听的，吵死了。”

“瞎子，拉一首好听一点的。”

二胡声又响起来，又是一首悲哀的曲子，阴森森慢悠悠令人心碎。

最后一班难民车天亮时出人意料地来了。那是一场真正的混乱。时间一分一秒在令人心灰意懒的等待中流逝。小小的客店掀起一阵强烈的骚动，慌乱愤怒焦急喜悦同情甚至幸灾乐祸，各种情感都放在一口锅里煮着。难民们或先或后挤出小客店，冲向站台，箱子篮子铺盖卷在人头上跳动。没有几节车厢，人多得仿佛能把车厢挤裂。终于都上去了，父亲在混乱中没有忘记抱紧老黑猫，潘先生潘师母裹紧了四官五官，二官三官紧紧拉住父母的衣襟，大呼小叫声嘶力竭。祖母说：这么乱，那老板也不知哪去了？父亲说，他看到了老板。患瞌睡病的老板给父亲留下了太深的最后印象，这最后印象永难磨灭。大家都往站台上冲挤，只有老板一个人朝反方向运动，想到小客店里去。他人太胖，一头一脸的笨拙和窝囊，身不由已地在人流中挣扎，要往前，却老是后退，脸上的表情都快哭了。天刚刚亮，最后一班难民车缓缓启动。在哐啷哐啷的节奏中，潘师母忽然想到，他们一行人连小客店的房钱都忘了付，忍不住激动万分地用苏州话大叫起来。

日本鬼子来了

使用《日本鬼子来了》这个标题是一种剽窃行为。这是已故作家方之拟定要写的一篇小说，时间可以退回到十年以前。那时候我正在大学里念中文系，成天读世界名著，啃现代派小说，感觉良好，自信得像个人似的。方之是我父亲老朋友中的老朋友，虽然后来名重一时，害得好多小说家写评论，然而当时却是他最潦倒的日子。他刚从下放的农村回来，没一个合适的地方住，全家人挤在另外一位作家的一间不能算小的厨房里。厨房里能放两张床，住了三代人。那篇后来给方之赢来声誉、并荣获全国短篇小说奖的《内奸》，曾连续遭到两家退稿。作家面临的双重困难毫不含糊地出现在方之面前。想写，没地方写，生存环境不允许。写好了，没地方发表，不合时宜。记得方之曾经非常想不开地问我："你为什么不写小说呢?"

"我为什么要写呢?"

"难道你就不想当个作家?"

"中国根本就没什么作家。"

"那也不一定，"方之不服气地嘀咕了一句，说谁谁谁不就是作家，还有谁谁谁，"你的眼界也太高了，中国有中国的特殊情况——"

"哼!"

"哼?"

时过境迁，每当我回忆起当时的情景，便感到一种深深的歉意。我曾经不止一次当面取笑过方之。按照我糊涂的想法，是作家就应该有一大堆作品，应该有选集或者全集，必须获得世界性的影响。我的想法让方之狼狈不堪，他常常像犯了错误的小学生一样不吭声。明摆着他根本不服气，却又找不出任何有力的话来反驳。在父亲的老朋友中，方之是唯一一位极力鼓励我写作的长辈。鼓励这词甚至也不够确切，事实上他简直就是引诱或者干脆说哄我写作。他聚精会神听我瞎说八道，做出很有兴趣的样子，然后点头说："这很好，很好，你干吗不把它写下来？写下来，对，把它写下来。"

《日本鬼子来了》这名字我听方之说了无数遍。这只是他无数个唠唠叨叨的故事中的一个小故事。他当时像个临产的孕妇，一肚子小说要写，找不到一个略为太平一些的小窝下蛋。方之的故事生来就是一篇极好的小说。他像流浪汉一样到处乱窜，用没休止的闲聊打发时间。小说写不出来，于是不厌其烦地出卖故事，为自己还未写的小说做广告。"这可以写小说，可以写！"他老是孩子气地这么说，兴致勃勃理直气壮。人瘦得像晒干的虾仁，嘴角上残留着唾沫星星，酒瓶底一般的眼镜片把眼珠都凸大了，眼珠子乌黑，颧骨更高，一口烟牙。我起码听方之说过一打的短篇小说的构思，因为不是在动笔写，他只能反反复复讲，讲得多了，听了都腻味。

我曾经打算在方之逝世十周年之际，写一篇纪念文章，糊里糊涂地便错过了时间。方之说过的那些故事像天上飞过的白鸽，常常在我的脑海里留下一道道一划而过的影子。早已消逝的往事，仿佛是卡在眼睛里的沙子，它使得过去变得模糊，让我止不住地流泪，让我感到内疚，同样也感到亲切。时至今日，我想到方之想写不能写的情景，心头就堵得慌，就别扭得想说句什么粗话。别人的不幸是我们体会自己幸福的源泉。当我躲在小书房里安心写作，去参加那些白吃白玩的笔会，向编辑抱怨稿酬太低，在大学的课堂上对文学青年振振有辞的时候，方之脸上出现过的苦难的阴影，常常令我感到不安和难堪。说老实话，没必要给作家那么优厚的待遇，作家贱得很，条件太好了，有时反而写不出。作家只要让他有机会凑合着写就行，给作家个机会这条件并不高。问题是只要给他一个机会。

驱使方之要写《日本鬼子来了》的直接动机是因为一番感叹。记得那天他气喘吁吁跑到我们家，恨得咬牙切齿地说："不像话，真妈妈的不像话！"与任何一位不拘小节的作家一样，方之的语言生动却不够文明，"乖乖，真是日本鬼子来了，比什么红头文件都管用。"他显得非常的激动，红着脸，就像刚和谁吵过架一样。"那一大堆垃圾，臭了一夏天，电话打了不知多少，求了多少人，贴了多少布告，都没用，没用。这下好了，说是日本人要来了，乖乖，一个个屁颠颠，忙得鼻青脸肿。活见妈妈的鬼！"方之那时候在市文联挂职，有地方上班，没地方写东西，晃膀子不甘心，便把全部精力投入到正要创刊的《青春》杂志上面。和各式各样的衙门打交道，远非方之所擅长，他到处碰壁到处看人脸色。在机关前面的广场上是一大堆人为的垃圾，起先只是一小摊树叶，后来不知谁偷偷倒了一板车垃圾，紧接着你也糟蹋我也糟蹋大家糟蹋，越堆越多越堆越来劲。夏天里新添了西瓜皮，南风吹过，一阵阵臭味扑鼻。方之为办杂志奔走得七荤八素，回到机关里就拿这一堆垃圾出气。他有一张啰啰嗦嗦喋喋不休的碎嘴，那段时间只要和他待在一起，没人不听过他对那堆垃圾的愤怒控诉。"实在是不像话，天天那么臭，都快把人熏死了。"谁也不肯过问垃圾的事，牢骚大家发，那垃圾像小山一样逐渐升高。高到一定程度，也不知谁贴出了一张布告，明令严禁再倒垃圾。隔了一段时间，又贴出了一张布告，偷倒垃圾者予以重金罚款。垃圾依然悄悄增长，烈日炎炎，臭味疯狂得让人喘不过气来。

我无心把方之没写的小说写出来，虽然我知道他打算写什么，并且知道他打算怎么写。可以写的东西实在太多，我没必要打着方之的招牌混稿费。今年元旦，我去乡下参加表妹的婚礼，婚礼热闹非凡，好多人喝醉了酒。醉得最凶的是新郎，挨桌喝过来，艺高人胆大，一碰杯一仰头，叫声“好”，挪地方再喝。第三道热菜刚上来的时候，便有一位率先喝醉酒的，理直气壮地非要往桌子底下钻。喜宴上有人喝醉了才热闹。于是起哄逼着新娘子唱歌，新娘子不肯唱，众人就嚷着要罚酒。

“罚就罚，大不了也喝醉了。”身着一套粉红西装裙的表妹仰起脖子，一饮而尽，向全桌的来宾照杯。新娘的气势吓退了打算把她灌醉的念头。新郎新娘都喝醉了，闹新房便失去意义。

闹完新房已是半夜。我们毫无睡意，移坐到堂屋开始吹牛。新郎躺在灶间的地上一会儿吐，一会儿呼呼大睡。新房里就剩下新娘和我的另一位也快出嫁的表妹。在堂屋里坐了大约半小时，两位表妹出来，要我们相帮着将醉成一摊稀泥的新郎抬进新房。新郎总算相信自己醉了，连连向大家表示歉意，大着舌头说了没几句，哇的一声又作呕吐状。我们笑着重回堂屋谈天说地，继续吹牛，继续刚刚说过的主题。主讲是我的三舅。三舅一向话多，喝足了酒，更是大摆龙门阵。话题不知不觉落到了几十年前，那时候正好是三舅出生的年头，日本鬼子来了，三舅向我们大谈日本鬼子当年怎么样怎么样，绘声绘色，仿佛亲眼目睹。谈日本鬼子免不了谈他们如何烧杀奸淫，新郎的爷爷就是死在日本鬼子的刀下，话出有因，说起来便没完没了。事实上，正是这次随意的谈话，让我产生了写这篇小说的念头。

1

新郎的爷爷和我们家沾着些远亲。日本鬼子来的那一年，这一带因为离著名的黄山要塞炮台太近，外公外婆便领着全家逃难，纯粹是瞎逃。一家老小拖儿带女，好不容易逃到二十里路外的亲戚家，小日本捷足先登，早在两天前就占领了这个小镇。于是赶紧往回走，走在半道上，碰到迎面过来的难民，都说舅舅他们的村子也有了日本兵，端着好长好长的枪，上着闪闪发亮的刺刀，看着谁不顺眼就开枪就捅刺刀。大家都吓得半死，顿时没了主意。乡下人逃难也跟赶集一样，乱哄哄地都往一处去，这边过来的人说那边不能去，那边过来的人说这边不能去，结果大家像掐了头的苍蝇原地打转转，不知道往哪去是好。这时候，新郎的爷爷提了一个建议，与其到处乱转，倒不如附近找一个小村子避避。村子一定要小，村子小了，日本鬼子就不会去。新郎的爷爷那时候还年轻，大家都叫他白毛阿四，是个剃头的，平日里挑着剃头担子到处转，乡下人眼里公认的见多识广。

“白毛阿四，村子小了，就不碍事？”

“那当然，”白毛阿四极有信心地说，“小日本既然要来，你们想，那还不找大点的村子，村子越大，就——”

“乡下人又没什么东西，小日本来干什么?”

“干什么？乡下人不藏金子，不藏银子，没听说小日本最喜欢花姑娘小媳妇，千里迢迢赶来，就为了这个。”

“就为这?”

“信不信由你们，我白毛阿四也是听别人说的。你们不相信，干吗还要逃出来?”

临了，这一路人马近三十号人，都躲到了张家村。张家村极小，不过十户人家。村上有一非常俏的小媳妇，据说是白毛阿四的相好。一行人去了，就在俏媳妇家住下。当时正赶上深秋，天说黑就黑，稻子已经收了，俏媳妇家的堂屋铺了一地稻草，拿出自己带的铺盖，大家倒头就睡觉。因为有心事，睡是睡了，却睡不着。小孩子新换了地方，觉得新鲜，黑灯瞎火又打又闹。大人不许他们闹，就排着队要撒尿，这个刚去过，那个又要去，去了再回来告状，检举揭发谁谁只是出去玩了一圈，并不曾撒尿。

“尿了。”

“没尿!”

“就是尿了。”

“就是没尿!”

大人开始恶狠狠地骂，小孩子的声音低了下来，叽里咕嘟不肯善罢甘休，继续压低了嗓子斗嘴，斗着斗着，声音又高起来，大人于是再一次恶声大骂，不仅骂，而且动手打，黑咕隆咚一拳打下去，捶得哇哇乱叫。

那时候的乡下人都兴抽潮州出产的烟叶，用一根细细长长的竹根做成的旱烟袋，抽起来吧嗒吧嗒地响。到了半夜，小孩子都睡着了，妇道人家悄悄地和男人说话，既怕又着急，连声问这样怎么办，那样又怎么办。男人们本来就没睡着，索性坐起来抽烟。夜深人静，远处狗突然叫开了，俏媳妇家的那条黄狗也跟着试探地叫了一声，喉咙里打了个嗝噎住。

“白毛阿四，小日本自己有老婆，干吗还要跑到我们这来?”黑暗中有个男人的声音问道。

“哎呀，这种事情怎么说得清。”

“你不是说什么‘吃在中国’，什么什么在哪国，什么什么又在哪国，讨老婆呢，要在日本。日本老婆才叫好呢。不是你说的吗?”

“日本老婆是好，人长得不一定漂亮，但皮肤好，要不，上海的有钱人有学问的人，都娶日本老婆，”白毛阿四一明一暗地吸着旱烟，忍不住感叹，“日本老婆听话，听得不得了。”

“你怎么知道，好像你娶过日本老婆似的?”白毛阿四的老婆惠芳身怀六甲，不服气地问男人，“说得跟真的一样，就你会瞎说。”

“好好好，我瞎说，我瞎说。”

惠芳说：“当然是瞎说。哎呀，什么日本女人好，说穿了说透了，男人都一样。癞痢头儿子，自家的好；老婆呢，当然别人的好。”

都觉得这话似乎说到了点子上，大家都笑，男人笑，女人也笑。

到了天亮，收拾着爬起来，不知道下一步该怎么办。张家村也有出去逃难的，回来都说，四处都是小日本，端着上了刺刀的长枪守在路口，见着形迹可疑的人，便说是支那兵，拉到路边就是枪毙。又说某某村的两个姑娘遭强奸，小的那个刚刚十一岁，硬是活活地给作践死了。本来就非常害怕的内心，仿佛在火上又浇上了一瓢油，叽叽喳喳乱成一片嚷成一片。“早晓得这样，倒不如死守在家里，不逃难的好。现在才叫倒霉呢，有家不能回，到处都是小日本，走又不敢走，怎么办?”于是互相怪罪互相埋怨，妻子怪丈夫，恼羞成怒的丈夫恶声恶气骂老婆。闹得不可开交，俏媳妇出来打圆场：“不要吵了，有什么好吵的。将就着先住下，避避风头，急什么，我又没有撵你们走。”

乡下人逃难，带了铺盖，背着米。说住下就住下，天天老办法睡觉，自己动手烧饭。白毛阿四忙里偷闲，悄悄和俏媳妇相会了两次，两次都躲在猪圈。第二次相会正好被二舅撞见，二舅那一年才九岁，一个人在猪圈外玩，猛听见猪圈里有人在呻吟，轻手轻脚掩过去，从门缝里看见白毛阿四和俏媳妇半截身子发亮，草堆上滚过来滚过去。二舅被狠狠地吓了一跳，似是而非明白了些什么，又什么也不明白，想走开，又更想看。一直看到两人慌乱地穿上衣服，白毛阿四鬼鬼祟祟走出来，门吱的叫了一声，二舅才想到要逃走。要逃走已经来不及，白毛阿四一把捞住了二舅，又是威胁又是哄骗。

二舅讨饶说，他什么也没有看到，什么也不知道。

白毛阿四说：“好好好，没看到最好，不知道最好。”

俏媳妇气鼓鼓走出来，看见二舅，脸上转了极好看的笑容，口口声声夸二舅是好孩子。

二舅说：“我没看到，我不知道。”

俏媳妇狠狠地瞪了白毛阿四一眼。

白毛阿四笑着又说：“没看到最好，最好，不知道也好。”

俏媳妇又狠狠瞪了白毛阿四一眼，埋怨说：“你还笑，笑，死鬼，真不是东西!”说了，笑着摸了摸二舅的头。

二舅直到几十年以后才把他看见的事说出来。事情的发展永远出人预料，二舅怎么也不会想到白毛阿四会死得那么快，而他的儿子到临了，却和自己成了儿女亲家。对于一个有心计的九岁男孩来说，二舅不可能把他看到的场面描述给别人听。事实上，是白毛阿四自己将这件事捅了出去。除了他那位身怀六甲的老婆蒙在鼓里，早在第一次得手之后，白毛阿四便向外公吹过他的艳遇。外公吃惊和羡慕之余，又赶紧转告给别人。白毛阿四生得眉清目秀，个子适中，喜欢哼几句小调，平日里挑着剃头担走东串西，到处调情到处播种。在张家村避难的头几天中，看得出那个俏媳妇完全被白毛阿四迷惑住。这是位绝对压得住丈夫的女人，大胆有余谨慎不足，她不知道事情已败露，不停地找借口来看大家，问这问那。

白毛阿四的遇难太突然。虽然日本鬼子来了，死人的事经常能听说，但是活生生亲眼目睹，也就白毛阿四这一桩。外公他们在俏媳妇家住了四天，带的米很快要吃完。本来以为小日本会像洪水，汹涌澎湃而来，蝗虫似的扫过去便算完结。谁知道几天过去了，小日本根本不像立刻要走的样子。人都生着嘴，要吃要喝，于是几个男人在一起商量，天塌下来，也得回去背些米来。张家村离外公家不过五里多路，站在张家村的高岗上，看得见外公村头的那棵大树。白天回去，怕碰上日本兵。反正地形熟悉，趁着天黑，偷偷地摸回去，未必就真会有事。

说干就干，当天晚上，白毛阿四和外公加上另外两个男人，神不知鬼不晓回家取米。去时非常顺利，一路平安。几个人老鼠似的钻进村子，匆匆装了几口袋米，在村头的大树下重新集合。白毛阿四甚至没忘了抓上一大把烟叶，按捺不住大功告成的得意，兴冲冲轻声哼起小调。村上显然来过日本兵，人都跑光了，静悄悄什么声音都听不见。大树上贴着一张布告，天黑看不清，白毛阿四随手将它撕下来，说是带回去看。外公有些害怕，连声说不能撕不能撕。白毛阿四说："没鸡巴事，撕了又怎么样?"

问题就出在这张布告上。走到半路上，白毛阿四心血来潮，非要点上火看看那布告上说些什么。几个人都劝，黑地里猛然有火光，非引来小日本不可。"没鸡巴事，小日本早睡觉了。"白毛阿四当时有些莫名其妙的兴奋，骨头轻得没有四两重，"在炳兴的眼皮底下，我连他老婆都敢睡了，我白毛阿四还怕了谁?"炳兴是俏媳妇的男人，白毛阿四浑身上下洋溢着让别人做了王八的痛快，说着说着便划上了火柴。一根火柴不够，再换一根，终于将那日本兵贴的布告看明白。"说没鸡巴事，就没鸡巴事，哪来的小日本?"

去张家村必须过一条河，几个人背着米，兴冲冲刚到桥边，便听见哗啦啦拉枪栓的声音，知道不妙，撒腿就想跑。跑了没几步，迎面也有人端着枪逼过来，嘴里骂骂咧咧，一听就知道是非常生气。

"嗨，嗨嗨!"朝天就是一枪。

几个人腿上都发软，不敢再跑，抱着脑袋蹲地上直打哆嗦。日本兵咆哮着围了上来，说不来中国话，咿里哇啦乱叫，叫了一会，便往桥边押送，过桥，走到一座房子前面，从房子里叫出一个会讲日本话的汉奸。汉奸手上提着一盏风灯，举高了，照了照抓来的这几个人，不当回事地说：“老百姓，老百姓的干活。”叽里呱啦说了几句日本话，劝日本兵把他们放了。

“老百——姓?”日本兵将信将疑，大着舌头说道。

几个人被押进了房间，一个面目极凶的日本兵杀气腾腾挨个打量他们，突然大声叫道：“支那兵，支那兵!”手指指着外公，又指指白毛阿四。

那个汉奸笑着摇摇头，不住地摆手。

“支那兵，支那兵!”面目极凶的日本兵发疯似的大叫。

外公他们吓得屁滚尿流，话也讲不出来，无所适从，可怜巴巴地看着那汉奸，指望他能帮着说些什么。那汉奸一脸得意，眼睛故意看着别处，不吭声。白毛阿四连声说我们是老百姓老百姓，外公他们也跟着唯唯诺诺。

“支那兵，支那兵!”面目极凶的日本兵依然大叫，连连摇头。

汉奸显然也不会几句日本话，结结巴巴附带做手势，向日本兵解释，说不过是逃难在外的难民，又从口袋里抓了一把米，用手指点着，笑着说：“支那兵，他们的不敢，胆子的小，”伸出小手指，用大拇指捏着小手指顶端，“老百姓，胆子的小，支那兵，不敢的不敢。”

外公他们一边哆嗦一边乱点头。面目极凶的日本兵让汉奸高举风灯，走到白毛阿四面前，瞪着眼睛看了一会，抓住他的手，摸摸手上是否有老茧，又盯着白毛阿四的头发研究。白毛阿四的头上有一道戴礼帽压出来的箍，正是这道帽子压出来的箍成了白毛阿四的催命符。面目极凶的日本兵像发现破绽或是抓住什么把柄，激动非常地大喊大叫：“你的！老百——姓，不，不不，你，支那兵的。”不由分辩，将白毛阿四往边上一推，再研究下一位，“嗯，嗯嗯，老百姓，开路!”

接下来的一位是外公，面目极凶的日本兵在他脖子上发现一道伤疤，那是小时候爬树摔下来叫树桩戳的。“你的！支那兵。”同样不由分辩，往边上一推。剩下最后一个，面目极凶的日本兵马马虎虎看了看，说：“开路，你的开——路。”

外公他们一共四个人，两个受到特赦的，千谢万谢撒腿就要跑，那汉奸吆喝着叫住，让他们把自己的米带走。这两人于是更受宠若惊，抓起米袋，又是千谢万谢，扬长而去。外公和白毛阿四留在小房间里，急得直跺脚，苦苦哀求声泪俱下。“天地良心，我们实在是老百姓呀。”白毛阿四跳到那汉奸面前，又赌咒又发誓。

“跟我说没用，我他妈又没说你们是什么人，皇军说你们是什么，你们就是什么吧。”

“哎呀，千真万确，我们都是种庄稼的乡下人。”

“先生，你帮着给说几句。”

“是呀是呀，这日本人的话，我们又听不懂，我们的话，他们又听不懂，先生，先生你无论如何帮帮忙。我们记着你的大恩大德。”

“别价别价，老子为日本人做事，你们不背地里骂我，不骂我是汉奸就算大恩大德。别给我说好话，说了也没用。”

日本兵只留下一个看守他们。其他的不知是去睡觉，还是去干别的什么，都走了。外公和白毛阿四又试图向留守的日本兵求情，小日本把枪一横，恶狠狠地叫了一声，吓得他们不敢再吭声。两人缩回到角落里，一肚子委屈，既恨又怕，轻声地嘀咕了一句什么，那日本兵又大叫起来，手上端着的枪连续不断地作挑刺动作。

就这样一直到了天亮，那汉奸领着几个日本兵再次走进小屋。面目极凶的日本兵恶狠狠要外公和白毛阿四出去。出去以后，留在屋子里的日本兵咿里哇啦不知在说什么，其中一个老是怪声怪气地大笑，笑得刺耳并且怵人。外公和白毛阿四被带到桥头，指定站在那不许动。小屋里咿里哇啦还在说笑。白毛阿四突然深深鞠了一躬，也不管日本兵懂不懂，大声说："我们不是支那兵，支那兵的不是。"

面目极凶的日本兵仿佛就会这句话，斩钉截铁："支那兵支那兵。"

汉奸和其他的日本兵从小屋里走了出来。面目极凶的日本兵又一次注视白毛阿四头发上那道让帽子压出来的箍，表情严肃而且愤怒，向几位走近的同伴招招手，指着白毛阿四的脑袋，说了一连串日本话。

"你的！"面目极凶的日本兵冲外公摆摆手，示意他过去。外公不明白为什么，脸吓得发青，迟疑着不敢动。"你的！"面目极凶的日本兵继续摆手，直到外公胆战心惊到他面前为止。他看了看外公脖子上的那道伤疤，让别的日本兵也来看。几个日本兵都围了过来，盯着外公的脖子研究。研究了一番，一个个都摇起头来。"你的！"面目极凶的日本兵脸上显得很不耐烦，手一挥，"开路，开路开路。"

外公几乎不相信自己的耳朵，呆呆地瞪着眼睛。幸亏那汉奸提醒，骂道："吓傻了是不是，还不快滚！"

"好，好，"外公又是鞠躬又是道谢，回过头看白毛阿四，总以为会一起放他们走。白毛阿四也不明白自己应该怎么样，表情极度尴尬，想笑不敢笑，又不敢不笑。

“你的!”面目极凶的日本兵咬牙切齿，说的话就像射出去的子弹，“支那兵!”

那个汉奸又一次提醒外公：“你他妈还不快滚?”

外公像小孩一样，撒腿就往桥对面跑，一口气跑过桥，沿着河堤跑了一大截，停下来喘气，回头再看，桥头那边，几个日本兵已经将白毛阿四围起来，挥拳踢脚，就听见他一声声惨叫，叫救命。外公看傻了眼，人钉在那不知怎么办才好。白毛阿四的惨叫突然停了，那几个日本兵只顾认认真真实施暴力，那汉奸站在那看热闹，无意中抬头，看见了外公，挥手叫外公快走。他的举动引起一个日本兵的注意，日本兵看了看外公，转身去拿靠在桥栏杆上的步枪，一边拉枪栓，一边向外公瞄准。外公知道不妙，再一次撒腿就跑，跑了两步，就势往旁边的田里一滚。“啪——”的一声，子弹呼啸而过。河堤高，外公猫着腰，连滚带爬，一口气跑回张家村。

张家村上也乱成了一锅粥。先回去的两个人报告了外公和白毛阿四被抓的消息，白毛阿四老婆惠芳顿时急哭了起来，她只是刚结婚一年多的小媳妇，连声问一起逃难的白毛阿四母亲：“娘，娘，会不会有事，会不会有事?”外婆也急得不得了，她知道外公嘴笨，不像白毛阿四那么会说，万一说漏了嘴，惹恼了日本兵非吃大苦头不可。商量了半天，依然拿不出一个好办法。想派人去求情，一来没人敢去，二来也怕自身难保，去了便被扣下来。当外公跌跌撞撞出现在大家眼里的时候，张家村的村头上已经聚集了不少人，伸头踮脚尽可能把脖子拉长。惠芳看到奔过来的就外公一个人，眼前一阵黑，啊的一声，差点昏过去，张了半天嘴没哭出声音来。外公脸上一阵发青一阵发红，最后白成了一张纸，惊魂不定地重复说："哎呀呀，真是捡了条命。"

大家让外公快说快说，急不可待的眼睛都一动不动注视着他。"要死，要死，真是捡了条命，"外公喘足了气，依然带着十分恐怖说，"真正叫捡了一条命，那子弹啪的一声就从耳朵边过去了，一条命真是白捡到的。"

"白毛阿四怎么样了?"外婆心里一块石头落地，看到一边的惠芳急得说不出话，既是关心又非常严肃地问道，"你快说呀，唉，惠芳都快急死了，到底怎么样?"

外公连连摆摆手，一连串地说："不得了不得了。"

"怎么不得了，你快说呀?"

外公一边跺脚，一边诉说经历，说到白毛阿四惨叫着突然又不再有声音的时候，惠芳忍不住大声哭起来。外婆对外公说，"你是不是真看清楚了，不要瞎说，不要吓人。"外公说："要死，这种事，我也会瞎说?"惠芳越哭越厉害，大家连忙劝，都说你肚子里有小孩，别哭坏了身子。那俏媳妇更是好说歹劝，把惠芳劝到自己房间，让她在床上躺下来。"别哭了，别哭了，不会有事的，唉，也是我不好，要是再劝劝就好了，其实嘛，天长日久地我供应不起，十天半月避避风头，这点点米又算什么？不过，白毛阿四家的，"俏媳妇不厌其烦继续安慰惠芳，"你放心好了，白毛阿四鬼得很，不会有事的。"

"都已经出了事，叫他不要去，不要去，非要去。要饿死，大家一起饿死好了，非要去。"惠芳哭着说，说了一会再哭。外婆和那俏媳妇只好轮番好言相劝。劝了一会，抽身走出去，问大家商量得怎么样了。大家说：能怎么样，小日本又不讲什么道理，白毛阿四没事最好，真要是有事，那也没办法。现在是小日本狠，要你死就是死，要你活就是活。

一直到中午，依然不见白毛阿四回来。外公偷偷地对外婆说：怎么可能会回来，叫几个日本兵那么个揍法，不死也丢了半条命。惠芳闹着要去桥头那面去看看男人，众人死拉着她不让去。小日本到处找花姑娘小媳妇，无论如何也不能亲自送上门。白毛阿四的母亲也跟着闹，她是一双三寸金莲，又上了把年纪，走路东倒西歪，非要去看儿子不可。“我反正老了，一张老×，小日本要×，就让他×好了，你们怕，我不怕，我反正快死了。”

众人拦不住，心里都觉得反正得有人出面，惠芳不能去，别人毕竟不是一家人，帮忙可以，做好事不能是去送死，老太太非要去，就让她去好了，好歹是自己家的事，怨不到别人。这一去，又是大半天，好像一块石头扔在水里，一阵波澜以后，重新回到死气沉沉的平静。村头老是聚着一大帮人，一种新的恐惧在小小的张家村上骚动，本村的老百姓突然开窍，意识到外来的难民可能会给他们带来麻烦。事实上已经出了麻烦，如果老太太跑到日本兵那儿去大哭大闹，临了，引狼入室，将小日本带到张家村来，这才是一场真正的灾难呢。逃难明摆着不是个好的选择，到处都是日本人，出门在外，吃住都不便，远不如躲在家里好。

终于见到有人走过来，也是逃难的难民，拖儿带女一大家子。来人必定要走过日本兵把守的那座桥，居然有人能够活生生地走过来，这边等候的人非常吃惊，迎上去问个不歇。

“怎么没有小日本，乖乖，都拿着枪，说着说着，就把那玩意戳过来，”来人中当家的那一位像见了什么大场面似的，眉飞色舞描述着，“哇哇哇说的话都听不懂，竖鼻子瞪眼睛，实在是怕人。”

“没事就好，没事就好，没事就好。”

“总算没事，”那语调中充满庆幸，“到处都是小日本，早知道如此，根本就不应该往外逃，往哪逃呀，小日本到处都是，坏到了骨子里，你要走过的路口，嗨，凡是必经之路，肯定就有他们的人。”

“小日本难道就不为难你们?”

“有什么好为难的，不是到处都贴着布告吗，让老百姓全部回家。”

“小日本又不是人，他们的话怎么能听。”

“那是，可不回家又怎么办？管他呢，反正硬着头皮闯，好在离家也不远了，多少道关都过来了，要死也死在家里。”

“看没看到一个老太太？她到桥那面去了，一去就没回来。”

“老太太?”

“是老太太，去找她的儿子的，去了好半天了，也不见回来。”

“哎呀呀，”从桥那面过来的当家人惊慌失措地叫道，“要了命，老太太是你们这儿的人，真要了命！她的儿子说是支那兵，叫小日本戳了好几刀，眼看着就要断气，老太太正在那哭死哭活呢。”

这下子热闹了，外公他们议论纷纷，张家村的人也七嘴八舌，已经有人去给惠芳报信，惠芳发疯似的从床上跳起来，哭喊着往村头冲。外婆和俏媳妇一边一个，紧紧拉住她不敢丢手。“你们放开我，放开我，”惠芳声嘶力竭地叫着，“为什么不让我去，为什么呀!”外婆说："你一个妇道人家，就是去了，又能怎么样？"

桥那边过来的难民继续往前赶路，走之前，看着哭成一团的惠芳，对周围的人说："到了这一步，你们还不赶快派人去接，去把老太太和小伙子一起接回来。人都快死了，小日本还能怎么样？"

外公拍了拍脑门，说："要么借块门板，我们去两个人，将白毛阿四抬回来。"惠芳一听这话，扑通一声，跪在外公面前，也不说什么，捣蒜一般连连磕头。外公受不起，慌忙说："哎哟，白毛阿四家的，你快起来。"外婆心里也怕，想出来阻止外公，又知道外公最好面子，他打算出头露面的时候，越劝越来劲，只好在一边不吭声。外公叹气说："怎么办呢，说到怕，谁不怕呀，可事到如今，先把白毛阿四抬回来再说。"大家都不说话，一个个耷拉着脑袋，垂头丧气，都吃了哑药。惠芳依然跪在那不肯起来，外公拉了好几次，发狠说："光我一个人去总不行，总得找块门板抬吧！"俏媳妇在旁边终于忍无可忍，对自己男人说："哎呀，不要烦了，炳兴，你去吧。"

结果外公和俏媳妇的男人炳兴将白毛阿四抬了回来，一起去的还有惠芳，见了白毛阿四，她抱住那还在汩汩往外流血的身体嚎啕大哭。桥头的日本兵就剩下两个人，走过来，做手势要外公他们赶快把人抬走。白毛阿四的母亲总算盼到人来，两只手对地上捶着，嘴里大哭大骂。那日本兵也知道是在骂自己，反正不懂，拿老太太也没办法，一个劲挥手示意，撵鸭子似的赶他们走。白毛阿四身上一共被戳了九刀，有三刀在屁股上，大腿上两刀，小肚子上两刀，两侧的腰际各一刀。往门板上抬的时候，白毛阿四痛得哇哇大叫："哎——哟，疼死我了，×死小日本的祖宗八代，索性戳死了我倒好，哎哟，哎哟!”一路上免不了颠簸，白毛阿四一路哼着，时不时地突然大声惨叫。白毛阿四的母亲一双小脚，走不快，由惠芳搀着，走着哭着骂着。

白毛阿四被抬到张家村以后，又一次昏死过去。都是乡下人，第一次遇到这样的事，不知如何是好。俏媳妇脸上露出了为难的神色，看样子白毛阿四是不行了，让一个外人死在自己的家里终归尴尬。这里离家不过四五里路，白毛阿四昏迷中吵着说，即使死，也得死在家里。死在外面做孤魂野鬼毕竟太惨了些。反正已有了一次冒险经历，再说也不可能老赖在张家村不走，事已至此，大家商量了一会，得出的结论是干脆回家。于是说走就走，趁着天还早，拖儿带女一大群人，继续用门板抬着白毛阿四，浩浩荡荡地上路。过那座桥时，守在那的两位日本兵只顾自己讲话，都懒得对过来的这队人看上一眼。大家因为心里非常害怕，没想到事情会这么容易这么简单，都有一种上当受骗的感觉。回到村子上，躲出去避难的乡邻也正在一家两家地归来，见了面，说起所见所闻叹不完的气。好在还没有像白毛阿四那样叫小日本戳几刀，从心底里又免不了有些庆幸。

2

白毛阿四三天以后咽了气。关于他的死有许多种说法。我在外婆家念过三年小学，白毛阿四的故事，早在我是小学生的时候，就听说过几种不同版本的叙述。其中最为人津津乐道的有两种。一是白毛阿四被小日本捅了九刀以后，如果他躺在那装死，便有生还的可能。并不是所有的日本鬼子都滥杀无辜，白毛阿四身上那九刀，事实上都是那个面目极凶的日本兵所为。当面目极凶的日本兵拔出小刀子向白毛阿四扎过去之际，甚至有两个日本兵出来阻挡。这两个日本兵参与了对白毛阿四的拳打脚踢，显然他们觉得对一个手无寸铁的小小老百姓，动刀子稍稍有些过分。那是把极短的小刀子，和我们今天的水果刀相仿佛，面目极凶的日本兵用它在白毛阿四身上扎来扎去，其目的似乎并不是想杀人，纯粹是一种发泄，一种带有游戏性质的恶作剧。白毛阿四跌倒在地，蜷伏着痛苦呻吟，几个日本兵像拖什么似的拉着面目极凶的日本兵就走。

那些刀伤可能都不太深不太严重。日本兵重新回到小屋，依然咿里哇啦乱喊乱叫。白毛阿四挣扎着爬了起来，步履蹒跚地向桥头走去。眼看着就要上桥，面目极凶的日本兵从小屋里追出来，像个淘气的大孩子跟在后面嗷嗷乱叫。白毛阿四试着跑了几步，知道自己有伤不可能跑快，回过身来，一步步往后退。没能抱着面目极凶的小日本一起往河里跳这桩憾事使白毛阿四死不瞑目。当白毛阿四脑海里最初出现这念头时，痛苦不堪的脸上竟然憋出了笑容。突如其来的笑容使得面目极凶的小日本在扑过去的一刹那间，显得非常惊惶和拿不定主意。他像一辆全速行驶的汽车一样，一个急刹车，动作僵硬地停在白毛阿四的面前。

白毛阿四用一个非常准确的右出拳，重重地捶在面目极凶的小日本的腮帮上。这一拳有力无比，凝聚了一个剃头匠的全部手劲和全部仇恨。面目极凶的小日本失去了控制地朝后倒退，一屁股跌坐在地上。

其他的小日本都跑出来了，使劲拍手哈哈大笑。面目极凶的小日本从地上爬起来，朝手心里吐了口唾沫，对白毛阿四招招手，摆出了击拳的架势。相持了一会，白毛阿四又一次感到害怕，迟疑着往后退。白毛阿四的后退或者是给了对方进攻的勇气，或者是激怒了对方，面目极凶的小日本嚎叫着，触电一般地跳起，开足了马力冲向白毛阿四，不费事地将其打翻在地。白毛阿四身子中间那一截早已血迹斑斑，咬着牙不吭声，再次忍受暴力。面目极凶的小日本仿佛面对一个没有生命的面粉口袋，拳打脚踢全无反应，于是索性站在白毛阿四身上，用劲蹬，蹲下去，站起来，站起来，蹲下去。

白毛阿四的送命和这蹲下去站起来的折腾分不开。多少年来，谈起白毛阿四的惨死，外婆村上的人都说，白毛阿四在那关键时刻不躺下来装死，实在蠢到了底。身上已经戳了九刀，再受到挤压，不死也得死。另一桩乐意被大家提起的是，白毛阿四被抬回家以后，遇到的最大的障碍是撒不出尿来。连续三天撒不出，男人的那玩意肿得像门炮，晃悠悠地翘在那，各式各样的办法都想到了，能找到的偏方一一试过，任何效果也没有。眼睁睁地看着白毛阿四就要活活憋死，因此有人提议用嘴吸吸试试看。

外公亲眼目睹了惠芳用嘴含着白毛阿四的那玩意拼命吮吸的情景。惠芳挺着大肚子，弯腰极不方便，吸着吸着，便侧过头来，喘粗气，喘了一会，再接着吸，吸到后来，恶心地直吐，吐得脸发青。这情景给外公留下太深刻太可怕的印象。深刻可怕的印象感染了外婆村上所有的人，事到如今时到如今，老一辈的人早死得差不多，但是通过口头描述，村子上的任何一个人都记忆犹新。我不止一次听人谈到过这件事，听外公谈过，听外婆谈过，听舅舅们谈过，也听和我平辈的表亲谈过。作为见证人的外公已经死了许多年，我至今仍然能记住外公向我讲故事时的吃惊表情。外公向我描述了白毛阿四临死前的恐怖，他用颤抖的声音说道："真要吓死人，真正吓死了人。"外公说，白毛阿四在半昏迷的状态下，突然坐了起来，从惠芳嘴里，用力拔出那玩意，两只手紧紧捧着，张大了嘴，呼哧呼哧喘气，"啊"的一声惨叫，血和尿喷溅而出，一直射到对面的墙上。

值得挂一笔的是，白毛阿四老婆惠芳在当时吃尽了苦头。婆婆一双小脚，除了哭哭和骂骂，什么实质性的忙都帮不上。出去避难的乡亲陆陆续续全回来了，知道了消息，来问问看看便算了事，没办法过多指望。惠芳最害怕的是去镇上配药，到处都是日本兵，为了白毛阿四又不能不去。从外婆家去镇上有八里路，沿途要过几个哨卡。兵荒马乱之际，单身女人在外行走，其危险不难设想。大家都觉得惠芳平安无事是桩奇迹，然而同时又对这奇迹深表怀疑。有人曾看见惠芳在白毛阿四遇刺的桥头，被几个日本兵押进小屋检查。尽管惠芳告诉外婆，说那日本兵检查时，只是摸了摸她已经滚圆起来的肚子，后来又承认有个日本兵摸了她的下身，最终还是手下留情地将她放了。但是随着时间的流逝，人们越来越倾向于惠芳并非完好如初。惠芳的姿色在村子上数一数二，在她含辛茹苦几十年守寡的岁月里，村上不知多少男人做梦也想和她睡上一觉。残暴的日本兵既然能杀害白毛阿四，放过惠芳这样的漂亮女人就显得有些不可思议。事实证明，在日本鬼子横行霸道的日子，中国有大量的孕妇惨遭蹂躏。

惠芳冒着生命危险为丈夫配药，给镇上药店老板的儿子留下了永不磨灭的印象。年仅十六岁的药店少爷绍卿透过惠芳蓬头垢面的外表，看到了他一生中所能见到的最美好的女人。在后来的日子里，子承父业，少爷也成了老板，绍卿常常借故去看望惠芳。很荒唐的是，混得在当地也算得上一尊人物的绍卿竟然迷上了比他大了好多岁的惠芳。惠芳的遗腹子有个什么病，只要略微通知一下，他马上就屁颠颠地赶到。虽然绍卿根本算不上是个好医生，可他给惠芳以及给惠芳的乡邻治病从来不收钱。有过无数次的极好机会，而且可以说是十拿九稳，绍卿却有效地克制住了欲念。他对惠芳的忠心耿耿一直持续了三十年，这三十年里他尽可能地照顾了惠芳。唯一的一次出错是在三十年以后，那时候绍卿成了大队里的赤脚医生，在一次为惠芳的小孙子看过病以后，光天化日之下，他竟然厚颜无耻地向惠芳发出了求爱的信号。他的突然袭击狠狠地吓了已经过了更年期的惠芳一大跳。在惠芳仿佛遇到强盗似的呼救之前，绍卿已像公狗一样扑到了惠芳身上。这是一场男人出丑或出男人丑的闹剧。闻讯赶来的村上人将绍卿一顿死揍，然后送到大队部关押起来。绍卿几十年经营的英名毁于一旦，到处遭人耻笑，回到家里，也无脸面对老婆儿女，从此郁郁寡欢有了心病，不到三年便一命呜呼。

3

日本鬼子来了，的确留下不少故事。这类故事常常被人津津乐道。外婆家是我度过童年中最重要一段生活的地方，我对这地方有一种别样的感情。我忘不了夏日在场上乘凉的情景。一日劳累下来，在晒得发烫的场上泼上井水。雾一样的蒸汽像无数个小人似的跳着舞，然后搬长凳，铺上门板，端了锅和碗，盛好一碗又一碗粥，就着自家腌制的萝卜条，大口大口地吃。江风徐徐吹来，各式各样的小虫子叫个不歇。那年头还没通上电，天一黑，便在堂屋里点上油灯，大木盆里倒上水，敞着前后门，全家老少挨个洗澡，井然有序，先当家的男主人，然后孩子，然后女人然后老太太。洗完澡，一个个再往铺着的门板上钻，各人捡个位置，或坐或躺，或听故事或讲故事。晴空万里，满天星星，要不就是一块极大极圆的月亮，像假的一样。

关于日本鬼子的故事，所以能给我留下深刻的印象，道理也许与暴力和色情最能给人以刺激相仿佛。下流故事向来是纳凉小晚会的重要主题，劳累一天的农民正好借此调节疲惫不堪的身心。把下流故事喻为农家乐显然有点犯忌，不过将太高雅的故事拿到夏日农村纳凉的门板上去，至少是有些不合适有些愚蠢。我承认，一旦我打定主意做个小说家，打算靠笔杆子谋生之初，我的脑子里便涌现出那些在夏日门板上听到的故事。我感兴趣的是这些口头流传的故事中骚动着的生命力，同时也感叹这些故事具备的一吐为快的机动性。夏日门板上的故事可长可短，想说就说，不想说就不说。由此很容易想到方之故事中包含的悲哀。在夏日农家的纳凉晚会上，仰望着满天星星，想谈什么便谈什么，百无禁忌。信口说故事的乡下人绝不会像方之那样，想写写不了，写了又发表不了。方之的苦恼对于或坐或躺在门板上说故事的人来说，简直就是一种没必要的奢侈品。想当作家的人都排除不了会有方之的苦恼，没地方写作，没时间写作，有了地方有了时间，面对雪白的稿纸，又为结构烦神，为语言操心，为人称为时态为叙述角度绞尽脑汁。黔驴技穷的小说家和处于说故事的自由王国的乡下人比起来，真是天上地上。

多少年来，我一直想把外婆村上流传的和日本鬼子有关的故事写下来。第一个就是白毛阿四的故事。第二个故事虽然精彩，但是这故事很容易给人一种似曾相识的味道，因此还没动笔写，就已经感到了兴味索然。吃别人嚼过的馍馍毕竟太没意思。在这里不妨只写出故事梗概，供乐意知道这类故事的人当作参考。故事的情节说穿了很简单。离外婆家不远有个叫张家岗的村子，和张家村同姓同宗，只隔了两道小河。有名日本兵跑到张家岗去做坏事，遇上一个女人拼死抵抗。在搏斗中，女人失手将日本兵撞昏了过去。这时候，女人的丈夫正好回来，受了污辱和委屈的女人便失声痛哭。愤怒的丈夫一不做二不休，拎起地上放着的女人裤带，在手腕上绕了绕，套在日本兵的脖子上，三下五下就把他给勒死了。勒死了小日本自然是死罪，那丈夫和女人还算是有心人，等到天黑，剥掉了小日本的外衣，扛到野地里去埋了。日本兵少了人，四处寻找，终于发现尸体，于是调兵遣将，将村子团团围住，血洗张家岗，不分男女老少统统枪毙。

那丈夫是这场大屠杀唯一的幸存者。当日本鬼子将张家岗团团围住，骑着马围着村子绕圆圈，村民们依然还蒙在鼓里的时候，那丈夫便跳入河中，藏身于已经枯萎的茭白丛中。日本兵将绵羊一般的村民押到村头的空地上，由一个汉奸问话。军犬找到了被杀日本兵的外衣，嗅出了清除得不是太干净的血迹。那女人被怕死的村民指认出来，立刻被剥去衣服，拖进附近的房间。大约隔了半个小时，几乎昏过去的女人又一次拖到众人面前，赤条条的扔在地上。日本兵从人群中拉出两个男人，逼其脱裤子，干那只有畜生才肯干的下作事。两个男人不服从，当场刺刀挑死。再拉出来三个，也是不服从，也当场挑死。只是一眨眼工夫，便死了十个男人。这时候，人群中被拖出来的是一个快四十岁的光棍，他看着地上赤条条的女人，深深叹了口气，麻木不仁同时痛苦万分地解开了自己的裤带。

那汉奸后来曾被带上军事法庭作证。在这次惨无人道的屠杀中，共有一百零九人遇难。所有的房子都被烧毁，张家岗这个小村子从此不复存在。我在农村念小学时，三舅曾带我去过那个还能见到一些残迹的废墟。多少年过去了，这地方仍然荒凉无比，阴森森飘浮着鬼气。我是在夏日的门板上知道这故事的。说故事的是我外婆。记得那一天星光灿烂，正说着牛郎织女的故事，忽然走了题，话锋一转，说起了小日本血洗张家岗这件事。“一张×，害死了多少人，真是作孽!”外婆提起日本鬼子，总是咬牙切齿，但又免不了一种过来人的得意，“那天晚上，小日本放火烧张家岗，噼里啪啦烧了半夜，南边的天都是红的。到后来，小日本骑着马，就从乌龟桥那面过去，马蹄声啪啪啪地响，再后来，就没有声音了。那马蹄声，真是啪啪啪啪地响。”

血洗张家岗的那支部队很快就被调走。据说这只是一支由朝鲜亡国奴组成的雇佣军，根本算不上正宗的日本兵。在侵华日军里，被称为“高丽棒子”的朝鲜兵，在老百姓心目中真是比日本鬼子还日本鬼子。新来的一支部队就驻扎在江边的渡口上。此外，在外婆村子西面不远的方村上驻了半个班的日本兵。血洗了张家岗，老百姓胆子更小，光天化日之下，便有日本鬼子跑到村子上来找花姑娘。那时候，村头的大树上老是有人在那守候，远远地看见小日本从方村出来，赶紧报警，于是大姑娘小媳妇火速找地方躲起来。小日本进了村，也不逼着男人硬交出花姑娘来，有时竟然夹着舌头说：“花姑娘的不怕。”

自然也有放松警惕的时候。有一天，爬在树上放哨的人发现两名日本兵仿佛从地上钻出来似的，突然出现在大树底下，咿里哇啦用日本话商量着什么，商量了一会，挥手让树上的人下来，并用手指按了按嘴唇，示意树上的人不许声张。因为太突然了，村子里甚至都来不及混乱。当时外婆和阿庆嫂正在阿庆家的屋檐下缝补过新年穿的衣服，一边晒太阳，一边聊天。两个日本兵笑着向她们走过去，把外婆和阿庆嫂吓得半死。

“花姑娘，不怕的不怕。”

外婆和阿庆嫂想站起来，可是手足无措，好像叫什么东西给捆住了一样，动弹不得。两日本兵中年纪大的一个走到阿庆嫂面前，色迷迷笑着摸了摸她的脸。阿庆嫂大叫一声，引得那日本兵哈哈大笑。另一个日本兵看上去简直就像孩子，也学着年纪大的日本兵的样子，伸手摸外婆的脸。外婆好像触了电，用力将他一推，小日本兵没防备，一下子退出去多远。年纪大的日本兵扬手给了外婆一个耳光，凶恶无比地取下背着的长枪，子弹上膛，举起来对着外婆。瞄了一会，又把枪转向阿庆嫂，神气十足地做鬼脸。

似乎用不着多说什么，阿庆嫂小孩子一样地被吓哭了。年纪大的日本兵晃了晃手中的枪，指指房间，押着阿庆嫂往屋子里去。恰巧这时阿庆赶到了，扑过来想求情，被日本兵的一枪托差点打昏过去。阿庆是村上有名的老实人，挣扎着爬起来，看着自己的老婆被赶进卧房，又跌坐在地上，恨得用拳头捶地，忍气吞声流眼泪。剩下的那个小日本兵也取了枪，半真半假地威胁外婆。外婆做好了死的准备，抱着头闭上眼睛，一声不吭。多少年以后，外婆重提旧事，仿佛又一次身临其境。“我干脆不看，闭上眼睛，当时我想，死就死吧，叫小日本睡过了，活着也跟死一样。你外公那脾气，哪是老婆能让人家睡的人？我当时就怕你外公在场，他要在，白丢了条命不算，说不定还要害得一村的人倒霉呢。”

那小日本拿外婆毫无办法，便走过来硬拉。拉一下，外婆哇地大叫一声。最后小日本也急了，举起枪托朝外婆身上砸，砸是砸了，也不是太用力。砸了一会，再弯下腰来拉外婆，外婆依然死赖着不肯动。小日本就硬拖，再砸，再拖，无可奈何。正僵持着，年纪大的日本兵已经干完了坏事，欢欢喜喜地走出来，用日本话说了句什么，显然是讥笑他的同伴没有用。小日本兵大怒，向后跳出去两步，也哗啦啦子弹上膛，然后郑重其事地举起来，向外婆瞄准。

死到临头的外婆反而胆子大起来，她突然睁大眼睛，一动不动看着小日本兵。年纪大的日本兵张开手跑过去，笑嘻嘻用自己的身体挡住了不让开枪，嘴里一边笑，一边咿里哇啦说什么。小日本兵很是生气的样子，竖鼻子瞪眼睛骂骂咧咧。已经围了不少看热闹的村民，都是老态龙钟的老人家和不懂事的小孩子。一个老太太迈着蹒跚的步伐，端了一张长凳，向外婆走过去，凳子朝下一放，示意外婆坐下来。我母亲那时候还是一个刚刚四五岁的小姑娘，她从孩子堆里钻出来，燕子似的扑向外婆。送长凳给外婆的老太太一把抓住我母亲，不由分说便往外拖，头也不回地将我母亲送回家。

我母亲无数次地谈到外婆的勇敢，虽然事实上她根本就没看到后来的精彩场面。外婆意识到自己必死无疑，从内心深处只盼着事情快些结束。那张长凳帮了她极大的忙，“我那时脚也软了，幸好有张凳子，”外婆一屁股坐在凳子上，再次闭上眼睛等着世界末日的到来，“反正是死了，我想反正活不成，就这样闭上眼睛等吧，死等活等，也听不到枪响，我就又睁开眼睛，那年纪大的日本兵向我走了过来，伸出拇指，龇牙咧嘴地笑着，笑得特别难看。”冬日暖融融的阳光扑头盖脸地泼在外婆脸上，周围的世界有一种过分的明亮。小日本兵动作僵硬举着枪，孩子气地将脸憋得通红。年纪大的日本兵低下头来，看见墙上映着外婆的阴影，想了想，忽然拍手大笑，咿里哇啦说了几句，对小日本兵指了指阴影中外婆的头部，表情严肃地做了个射击的手势。

小日本兵果然微转身体，将枪指向墙上黑黑的阴影，瞄了一会，咬着牙，一勾扳机，清脆的一声响，子弹头深深地钻进了墙里面。没人记得小日本兵当时开了多少枪，像炸小炮仗似的，啪，啪，啪，围观的人都不敢看，用手捂耳朵，一个小孩子怪声怪气地哭起来。尽管面对面，就在自己的眼睛面前，外婆甚至不明白小日本兵只是冲着她的影子射击。“想不到死这么容易，我当时只觉得，只觉得，这样死倒蛮好，一点点都不疼。”两个日本兵扬长而去，大家连忙喊人，七手八脚将外婆抬回家。过分的紧张使得外婆很长一段时间内，老是保持着端坐在长凳上的姿势。她已经明白自己仍然活着，但是对事情这么就算结束难免半信半疑。这是一次非凡的经历，外婆因此成了传奇般的人物。

和外婆多少年来深受赞誉对比，受了污辱的阿庆嫂却背着耻辱的十字架过了一辈子。和日本兵睡过觉这一事实想让人忘记的确不容易。最痛苦不堪的应该算是她男人阿庆，这个村上出了名的老实人，除了负气发狠大口喝凉水，找不到别的更好的发泄途径。做一个老实无用的人真是倒霉透顶。阿庆嫂寻死觅活，哭闹了两天，人瘦了一大圈，索性躺在床上生病。一个儿子刚刚三岁，也是能哭能闹，专门忙中添乱。阿庆要同时照顾老婆儿子，家里出了见不得人的事，也不好意思请乡邻来帮忙。怎么说自己也是个大男人，怕见熟面孔，出门取烧火的柴，得先从门缝里看看有没有人，然后鬼一般地掩出去，匆匆抢了一捆柴赶紧回来。去自家地里挑菜，天不黑不敢行动，而且一定是后门进出。三岁的儿子阿狗在家里憋得难受，偷空便溜出去，玩着玩着忘了回家，或者被别的孩子欺负，哇啦哇啦在外面哭，阿庆只得在心里着急，要不就是站在大门口求什么似的，苦苦哀求儿子回家。

阿庆的小儿子几十年以后，成了外婆村上的首富。二舅的大儿子曾经非常羡慕地告诉我说，阿庆家老二的儿子在一夜之间，输了一万多块人民币。“问题是，人家输得起，一万多就一万多，有什么了不起。”没人知道他们是怎么发财的，反正楼房拆了盖，盖了再拆，倒腾了好几次。“省长也不过住他们家那房子，厨房厕所抽水马桶，哪样没有？说是还要装空调呢。”二舅的大儿子讲到阿庆家的老二，就忍不住眉飞色舞。正像几十年前阿庆家的不幸吸引了大家的注意力一样，如今阿庆家的老二更加引人注目招人眼红。“去年过年，阿庆家老二在堂屋里挂了一张存折，五万元的，说是准备做好事，随便输给谁，让人家盖房子去。结果呢，一村子的人都去了，大家合计好了，都想赢钱，结果，哼，想发财，穷得快，弄到最后，还是阿庆家老二独赢，龟儿子门槛实在太精。要不人家都说，中国人再精，精不过日本人。我跟你说，阿庆家老二肯定是日本鬼子的种。”

说阿庆家的小儿子是日本人的种实在没有道理。谁都可以看明白，阿庆家的老大老二活脱是一个模子里浇出来的，他们纯粹是一种型号的产品。阿庆嫂遭污辱的时候，起码已有了两个月的身孕，外婆清楚地记得，阿庆嫂是在大热天到来前坐的月子。那年的夏天特别热，显然是已经爱上阿庆嫂的日本兵，像乡下人一样穿着短裤，赤着膊，坐在阿庆家后门口的竹园里吹口琴。阿庆的大儿子坐在一旁，认认真真地听着，听腻了，便去抢那日本兵手上的口琴。刚刚坐完月子的阿庆嫂在后门口给小儿子喂奶。老一辈的人都忘不了这样的情景。这情景不可思议，这情景又确确实实不容置疑。那个年纪大的日本兵第二次到外婆村上来，距离第一次来做坏事大约一星期。这一次是一个人，穿着中国人的长衫，贼一样偷偷地溜进阿庆家。有幸看见他的只是村上的几个孩子，当时孩子们正在场上做游戏，远远地望着一个陌生人从阿庆家出来，走近了，笑着在一个孩子头上摸了摸，掏了一把糖散发给大家。陌生人走了以后，孩子们才想起来他穿着翻毛皮鞋，打着绑腿，光是笑不肯说话，显然是日本鬼子。

随着阿庆嫂的肚子一天天鼓起来，年纪大的日本兵终于成了阿庆嫂家的常客。那日本兵的名字叫三良，黄鼠狼给鸡拜年，自然不会安什么好心。三良看上去是快四十岁的人，两只眼睛分得极开，天生了一脸贼样。明摆着他对阿庆嫂产生了一种特殊的情感。在桃花盛开的日子里，外婆村上的人又一次从远处偷看到让大家开始吃惊的一幕。

人们看见套着长衫的三良，手里拎一大包东西，又一次贼头贼脑走进阿庆家。阿庆家安静得就像什么事也没发生一样，听不见三良咿里哇啦的咋呼，也听不见阿庆嫂的哭闹，甚至阿庆三岁的宝贝儿子也无声无息。人们奔走相告，胆大的悄悄聚在阿庆家周围，无数只眼睛往阿庆家看。终于听到了三良咿里哇啦的说话声，又听见阿庆嫂用哭声训斥儿子，紧接着是三良放肆的哈哈大笑。到了中午时分，阿庆家升起了炊烟，人们看见阿庆迟疑着出现在门口，对四处望了望，耷拉着脑袋，走出去，从柴堆上抽了一捆柴便往回跑。村上有许多人都看到了三良坐在阿庆家的堂屋里吃饭，堂而皇之地坐在那，吃得喷香，不时怪声怪气傻笑。就他一个人坐在那，吃着吃着，弯过身来，对阿庆的儿子说了句什么。阿庆的儿子便笑着往里跑，隔了一会，又笑着跑出来，坐门槛上，一颗接一颗地剥糖吃。

三良吃了饭就走，他似乎知道有人在偷偷地看他，一路出来，满脸得意。顽皮的小孩子看他过来并不躲闪，眼睛滴溜滴溜转。看看三良的面部表情，再看看他那长衫下面的翻毛皮鞋和绑腿。

“糖，糖。”一个孩子开始叫了一声，其他的孩子跟着起哄。

“糖，糖的。”三良在口袋里摸摸，龇牙咧嘴笑笑，摇摇手。

“糖，糖，糖糖，糖糖糖。”

一直到三良出了村口，孩子们仍然跟在后面乱叫。

成了阿庆家常客的三良给大家留下了喜怒无常的印象。刚开始，他老是偷偷摸摸在军装上套了长衫钻进阿庆家。阿庆嫂的肚子越来越大，为了躲避三良的纠缠，她见了三良，便借机会跑出去，躲在隔壁人家。三良于是死皮赖脸不肯走。村上的小孩子守在门口的场上，就等着他出来发糖吃。

“糖的没有，没有，”有时候，等得不耐烦的三良会冲到场上，中国话夹着日本话大发雷霆，“糖的。没有，开路的开路!”

喜怒无常的三良在一段时间内是大家的笑柄。我不止一次听外婆说过，说那叫三良的日本兵太没出息。“就知道做那件事，×到了，一脸的高兴，看到小孩子就说‘咪西，咪西’，×不到，一张面孔凶得要吃人，龇牙咧嘴瞪眼睛。”外婆说，有一次大失所望的三良从场上走过，满脸发青眼神发直，一条已经认识他的狗摇着尾巴向他讨好，他拔出匕首就在狗的屁股上扎了一刀。在那样的日子里，谁惹了三良只好自认倒霉。村西头的福宝在三良高兴的时候，曾经得到过他的一副白手套，然而下一次又在村头遇上，三良却逼着福宝立刻交出白手套。他像一个翻脸不认人的大孩子一样，十分执著地跟到福宝家去取手套。福宝诚惶诚恐从箱子底里翻着手套，三良在一旁火冒三丈暴跳如雷。当吓得屁滚尿流的福宝依依不舍地将手套交到三良手上时，三良甩手给他两记耳光，并且附带着狠狠地踹了一脚。这一脚踹得福宝死去活来，以至于藏在厢房的阿梅冲出来喊救命。阿梅是福宝的女儿，今年刚刚十岁，剃了男孩头，整个地男孩子打扮。她一哭，露出了女孩子的真面目。“你的，花姑娘?”三良充满疑问地看着阿梅。

福宝快七十岁的母亲连滚带爬跌出来，她好不容易站稳了，喘着气，一边解开阿梅胸前的纽扣，一边向三良解释。她十分吃力地告诉三良，阿梅只是一个乳臭未干还没发育的小女孩。为了证实自己的话千真万确，福宝娘捏了捏阿梅瘪瘪的小奶子，做手势请三良过目。三良不太明白福宝娘的意思，瞪大着眼睛看着老太太，福宝也过来帮腔，两人结结巴巴，口水直往三良的脸上溅。三良总算有点醒悟，慢慢地套上手套，斜着眼睛看了看阿梅，猛地转身，朝福宝脸上就是一记漂亮的左勾拳。

这一记漂亮的左勾拳使得福宝的脸肿了一个多月。一个多月以后，外婆村上已经没什么人再见三良害怕。很显然，三良只喜欢一个女人，这个女人就是阿庆嫂。福宝是村上的屠夫，逢年过节，杀猪宰羊都要请他。那记漂亮的左勾拳是他所能忍受的最后极限。当三良扬长而去的时候，福宝拍了拍阿梅的后脑勺，庆幸地说："躲得好好的，干吗要跑出来。"毫无疑问，如果三良像对阿庆嫂一样，将十岁的阿梅往床上按的话，一向只知道杀猪宰羊的福宝，就得被迫尝尝杀人的滋味。小日本血洗张家岗的暴行使得老百姓不得不乖乖地忍让，正是在这个意义上，十岁的小女孩阿梅差一点害得整个村庄遭殃。三良一次次像贼似的溜到村上来，一次次造成紧张混乱。大姑娘小媳妇东躲西藏，终于一点点地胆子变大起来。三良就驻扎在西边的方村上，实在是太近了，所谓一抬腿人就到了，要想躲也是防不胜防。

阿庆嫂在和外婆变成冤家死对头之前，私下里曾谈过许多关于三良的秘密。天知道她是通过什么办法了解到了三良的身世。她告诉外婆，说三良是日本北方的一个店老板，有一儿一女。"刚开始，他来我们家，自然没好事，到后来，我的身子越来越大，他来，也不过是看看我，陪阿狗玩玩。"阿庆嫂总是力图要把她和三良的性行为次数减少到最低点，"他在中国没有家，就把我这当做自己的家了。也不知为什么，他特别喜欢阿狗，比阿狗的老子阿庆还要喜欢哩。"这一点似乎不用解释，因为大家有目共睹。当桃花落尽，桃树上结满纽扣一般的小桃子时，作为日本鬼子的三良，在大家的印象中，已经离万恶不赦的恶魔有很大的一段距离。孩子们见了他，便追在后面讨糖吃，大姑娘小媳妇单独见了他，依然还有些残存的本能的怕，但是谁也不会再犯傻躲起来。大家对他的敌意越来越少，事实上他的存在并不对村上的其他人构成什么威胁，尽管他的面目可憎，甚至笑起来也怪模怪样，然而他的所作所为，充其量只是阿庆嫂的一个公开的情人。

“那婊子实在是有本事，”外婆提起阿庆嫂就有一种刻骨的仇恨，“小日本后来也叫她治得服服帖帖，叫他干什么，就乖乖地干什么。”多少年以后，外公早已过世，我已经由少年变成青年，在一次和三舅的闲谈中，我了解到了外婆和阿庆嫂不可调和的矛盾焦点所在。我第一次知道了外公和阿庆嫂之间有过一段偷鸡摸狗的往事。难怪外婆喋喋不休大骂阿庆嫂的时候，一向能说会道的外公总是一声不吭。难怪有一次我看见外公像跑错门似的从阿庆嫂家钻出来，孩子气地傻笑，已是老太婆的阿庆嫂追在后面，笑着大骂老不死老不死。“有什么稀奇的，那玩意别人也不是没有，哼，男人顶没出息，越是不值钱，就越喜欢。”外婆关于阿庆嫂的故事永远是在咒骂声中开始，然后再在咒骂声中结束。“最作孽是阿庆，该到了这样的老婆，真是命里注定要倒霉。那个叫三良的日本人想想实在滑稽，农忙里，他还屁颠颠地跑去帮忙，你们没看见他蹲在地里插秧的腔调，一头一脸的都是泥，看看都好笑。那骚货，整治起男人来，倒真有一套。”

我曾经看见一张照片，照片上是一群神色看上去非常紧张的孩子。其中那位表情和哭一样的是我的二舅。这是二舅有生以来的第一张照片，虽然已经发黄发灰，经过提示，依然能辨认出二舅当年的风采。照片出自三良的手艺，强烈的阳光下黑是黑白是白。拍摄这张照片的时候，驻扎在方村的日本兵早就换了地方。那时候，中央军新四军还有和土匪差不多的游击队常常袭击日本兵，小股的日本兵纷纷集中，轻易不敢出来。游击队和土匪差不多的说法一直让我感到不安，但是当地的老百姓全都这么说。最出名的两支游击队是白脸和陶和尚的队伍，关于他们的故事，向来是夏日纳凉晚会上的重要话题。杀几个日本兵对游击队来说就跟玩一样，正因为如此，三良跑去和阿庆嫂相会便有了冒险的意味。

二舅向我解释了他在拍照时为什么紧张的缘故。他告诉我，当时挤了一大帮孩子，叽叽喳喳吵个不歇。三良不停地挥手，哗里哇啦叫大家围着阿狗赶快站好。孩子们不知道照相机是什么玩意，当三良翻开皮套，举起闪闪发光的照相机向大家瞄准的时候，二舅率先害怕起来。“我们吓死了，以为那是枪，一个个都突然吓傻了，也不敢跑，都用手抱着脑袋捂眼睛。三良急了，大叫，他越叫，我们越怕。”三良的长相很凶，又不会说中国话，板起脸来一顿乱叫，把大家吓得够呛一点都不奇怪。一个孩子竟然吓哭了，三良忿忿地跑上前，将吓哭的小孩子抱起来，重新回到拍照的位置，像树木桩似的，气鼓鼓地用力往地下一插，再一次举起照相机。

自从调防离开方村以后，三良每次来都是骑一辆自行车。乡间路不好走，他经常摔得浑身是泥。从阿庆嫂坐月子开始，三良每次来，都用网线袋装着罐头奶粉和点灯用的洋油。是一辆极破的自行车，丁零当啷从场上过，全村都听得见。大家都有那么一点点羡慕，不眼红。阿庆嫂坐完了月子，脸色逐渐红润，她属于那种小巧精致的女人，虽然生过两个小孩，看上去依然年轻依然带着几分孩子气。三良和她在一起，简直就像父女。阿庆家后门口是一片竹园，竹园边上是一条河，阿庆嫂在河边的码头上洗衣服，用木杵捶，拎起来在河里抖，三良常搬着椅子坐竹园里，一门心思看阿庆嫂干活，要不就是哄阿狗玩，教阿狗说日本话。躲在河边的码头上，磨蹭着不离开，是阿庆嫂对付三良最有效的办法之一。只有在大白天三良才能感到安全，到了晚上，广阔的乡村便是游击队的天下，因此刚过中午，三良就必须考虑上路。

三良的故事连头带尾大约持续了两年。除了照相这一桩新鲜事物之外，另一桩让人议论纷纷未曾见识过的新闻，就是用来避孕的橡皮套。对于距离今日五十多年的乡下人来说，避孕的橡皮套仅仅是能想象到也太好玩太滑稽。凡提到三良和阿庆嫂故事的人，一定不会忘了顺便提一提可笑的"橡皮套套"。最初知道避孕套秘密的仍然是外婆，当时她们无话不谈亲密无间，她们讨论各式各样的细节，探讨一个个为什么和怎么办，并同时作出种种猜测。这层薄薄的橡皮套一度甚至成了阿庆嫂解嘲的遮羞布。"我对阿庆说，我有什么办法，真正滑稽，我又不情愿。你板起了面孔做什么，你狠，你跟三良狠呀！"她显然不止一次和外婆提到那橡皮套，她告诉了外婆，外婆又告诉了我们。外婆学着阿庆嫂的腔调，向我们描述如何处理已经使用过的避孕套。她告诉我们，说是每次用完了，都要像洗袜子一样翻过来，洗干净了，晾晾干，再放在晒得极干的面粉里。

我曾经见过一条消息，说侵华日军为了防止性病的蔓延，广泛地使用避孕套。对这样的消息我自始至终持怀疑态度，依照我的傻想法，人的兽性在发作时，理性的东西往往不起作用，起作用的也许只是我们的恶本能。在读研究生的时候，我突然对现代史产生了浓厚的兴趣。一段时间内，我没日没夜地翻阅现代史资料，浏览能见到的各种民国档案。出乎意外的是，我竟然见到了这么一段记载。在因为汉奸罪被绳之以法的名单中，我发现早被处决的一名罪犯，所罗列的罪行里最严重的一条，就是利用自己的橡胶厂，为侵华日军生产了大量的避孕套。他的十恶不赦的罪名是为日本鬼子蹂躏中国妇女提供了工具。在抗战爆发前夕，他不过是一文不名的小老板，到抗战结束，他的资本雄厚得足以垄断华东数省甚至可以打入南洋。这条记载令人哭笑不得，我不知道外婆一再提到的那种“橡皮套套”，是否就是这位被国民政府枪毙的汉奸资本家提供的产品。不过有一点起码可以被证实，无论是阿庆嫂还是作为转述人的外婆，她们说的话都是真的。

关于阿庆的故事似乎已到了不得不说的地步。作为一个小说家，叙述阿庆的故事，我总感到心头一种说不出的别扭。阿庆年纪极轻的时候就死了，人一死，再好的故事也应该随之结束。我想象中的阿庆，就其相貌和性格，大约和鲁迅《祝福》中的贺老六差不多，老实善良勤劳却不算勇敢。他应该是那种典型的江南农民，抽抽潮州烟叶，喝喝自制的米酒，有钱小赌赌，没钱则看别人赌。安居乐业，不想发财，不存害人之心，白天干活，夜里搂着老婆睡觉，只求平平淡淡安安稳稳。都说阿庆实际上是活活气死的，那三良一次次地来，来了免不了纠缠，纠缠了半天总算走了，走了以后，阿庆嫂不是哭就是闹。

我敢说阿庆一定无数次地打算将三良杀了，刚开始是不敢，到后来却是不忍心。没人愿意做王八乌龟，虽然事实是他只能做王八和乌龟。当三良骑着破旧的自行车，丁零当啷从村上走过，村上的人目光盯着车上挂着的网袋时，阿庆最遗憾的就是，不能像变魔术似的将自己变没有。这真是命中注定的一场劫难。三良笑嘻嘻不怀好意向他家走来，阿庆嫂电击一样站在原地动弹不得，阿狗不管三七二十一向三良扑过去。真是命中注定的劫难。阿庆脸色阴沉地看看老婆，看看儿子，看看那位不敢正眼瞅自己的三良。命中注定的劫难仿佛天上掉下来的石头，正好落在阿庆头上。阿庆敢怒不敢言，敢怒不敢言的阿庆只能脸色阴沉地看着三良。三良讨好地安置好自行车，从口袋摸出一块糖来，塞在阿狗手上，故作轻松地拍拍阿狗的脑袋，然后慢腾腾把绕在车把手上的网袋取下来，有意无意看阿庆嫂一眼，拎着网袋便往客厅里走。

村上的人早就偷偷观察到了，一切都看在眼里。从那破烂不堪的自行车滚进村子，到丁零当啷地再滚出去，不知多少双眼睛拭目以待。人们早就注意到了，一旦三良龇牙咧嘴笑着消失在阿庆家的门框里时，阿庆不是扛锄头去自家地里干活，便是搬张椅子坐后门口竹园里，耷拉着脑袋用旱烟袋吧嗒吧嗒潮州烟叶。阿庆家有时静悄悄听不到一点声音，有时是小阿狗在叽叽喳喳吵闹，有时是阿庆嫂哇啦哇啦用土话骂人，三良通常一声不吭，偶尔走到后门口，对竹园里的阿庆瞅上一眼，立刻像贼似的没了影子。接下来便是哄阿狗出去玩，有时非常容易，有时也会遇上麻烦。那小阿狗虽然一窍不通，但他死赖在家里，却足以让别人左右为难。有时三良和阿庆嫂已经进了房间，还没到一分钟，阿狗就在门板上重重地捶起来，咚咚咚好像敲鼓伴奏，咚咚咚仿佛出了什么大事。阿庆嫂终于充满屈辱地从房间里出来，含怨带愤甚至几分赌气地在堂屋里洗那罪恶的“橡皮套套”，洗完了，挂在后门口用竹梢制作的简易衣架上。将湿漉漉的“橡皮套套”挂在后门口，是阿庆夫妇之间未曾约定好的默契信号。这以后，便可以听到三良咿里哇啦带有讨好和心满意足的说笑。有时候，得意忘形的三良拎着毛巾去河边洗洗嘴脸，然后面带歉意走进竹园，毛巾往肩膀上一甩，从口袋里掏出香烟，递给阿庆。一般情况下，阿庆都是坚决不抽三良的香烟，当然偶尔也有例外。老一辈的见证人中，有许多人亲眼见到三良吧嗒吧嗒地抽阿庆的旱烟袋，一边抽，一边一本正经地研究那烟袋的构造和原理。

我所以说阿庆像鲁迅笔下的人物，主要原因就是他也和贺老六一样死于伤寒。也是都快好了，因为吃了一碗冷饭，引起复发，一命呜呼，说断气就断气。阿庆的悲剧在于他想死时没死，不想死时无奈地死了。人都有一死，这么死，太冤枉太窝囊太让人感到难受。为阿庆送葬，是外婆村上有史以来最壮观的场面。全村人都去了，浩浩荡荡拥着孤儿寡母，有人流眼泪，没人引颈嚎啕大哭。这是大家记忆里，唯一的一次听不见唱歌似的嚎丧的葬礼，队伍缓缓行进，全村人都沉浸在深深的悲哀之中。阴沉沉的天气，时不时下几滴雨，一阵阵冷风吹过来吹过去。

阿庆嫂在阿庆死后几年中，一直为阿庆守孝，她的打扮故意带着几分很浓重的鬼气，让人无端地便感到一种恐怖。包括阿庆留下的两个儿子，长年累月都穿白布做成的衣服，阴森森的，一家三口无声无息，凑合着活，像三个白色的幽灵。很长时间内，没人敢上阿庆嫂家串门。日本鬼子三良来过两次，第一次是在阿庆死后的当天，阿庆直挺挺躺在门板上，请来的木匠正在赶制棺材，三良非常尴尬地走进堂屋，进退两难，站在阿庆的尸体面前无所适从。无数愤怒的目光像子弹一样射向三良，即使一向见了三良就扑过去的小阿狗，也仿佛突然懂事的大孩子，两眼炯炯有神极不友好地瞪着三良。场上正吭哧吭哧刨着棺材板，叮叮咚咚敲着。人来人往川流不歇，几个男人远远地看着三良，嘴里议论着什么。阿庆嫂突然掀开罩在阿庆脸上的白布，歇斯底里喊道："阿庆，你不是死不瞑目吗，他来了，这畜生来了，你再看他一眼，看他一眼，让他也不得好死！"三良毕恭毕敬地上前一步，伸手去抹阿庆不曾闭上的眼睛，抹了几次，阿庆的眼睛依然含恨望天，木木地瞪在那不肯合拢。"你滚走，你滚走。你干吗不死不滚走？"阿庆嫂做出要向三良扑过去的样子，三良吓得连连后退，猛地立正，深深鞠了一躬，掉头就跑。

三良第二次也是最后一次来，是在一个月以后。他骑着那辆丁零当啷的破自行车，再次像贼似的一直插进了阿庆家后门的竹园。正是中午时分，村子上静静的听不到人声。三良将自行车放倒，蹑手蹑脚从后门进了阿庆家。阿庆家顿时响起乒乒乓乓的撞击声。紧接着是阿庆嫂冲出后门，像白颜色燕子一般飞向河边的石码头。"你过来，你敢过来，我就跳下去，我死给你看。"阿庆嫂站在石码头上破口大骂，不住地跺脚，连续不断往地上往河里吐唾沫。三良慢慢走过来，仿佛是被主人狠狠揍过的一条狗，可怜兮兮耷拉着脑袋，站在河边不敢过去。明摆着他已经知道阿庆嫂是在骂谁，看热闹的观众在不远处渐渐聚集，人头攒动，胆大的孩子正试探着走近。

“我死给你看，我死给你看。”阿庆嫂猛地转身，要往河里跳。

三良一个箭步跑上前，一把搂住阿庆嫂，嘴里咿里哇啦乱叫。阿庆嫂用力挣脱，挣脱不开。三良突然大吼一声，将阿庆嫂朝河水的反方向推出去，拼命跺脚做手势，然后弯下腰来，近乎哀求地深深鞠了一躬。阿庆嫂冲了过去，一把抓住三良的两只肩膀，用力一推，三良一个朝天跤，被掀翻在河里。河水溅得很高，三良扑腾扑腾拍打着水，好不容易在齐腰深的河里立住脚跟，用手抹了抹脸上的水珠，受够委屈似的看看阿庆嫂，狼狈不堪地往岸上爬。爬上岸，湿漉漉落汤鸡一样站在那，好像是插在岸边的一片大树叶，好像一下子老了几十岁，深深地叹了口气，再一次绝望地看着阿庆嫂发傻，发了一会傻，用力抖了抖身上的水，转身向竹园走去，推出了自行车，十分仓促地跳上车，摇摇摆摆丁零当啷一路骑出去。

4

据说方之有篇一万七千字的小说，修修改改，前后共写了十七万字草稿。对于写作的刻苦精神来说，方之堪称一代作家的典范。十年前，方之病入膏肓离死只剩下几步路，破格住进高干病房。在病榻上，他读了我一篇发表在自办的民间刊物上的小说，有气无力夸了我几句以后，语重心长地叹气说：“你的小说好冷，没热情，也没有希望，一点点希望也没有。”方之当时并不知道自己已经身患绝症，也体会不到我去看他意味送别的凄凉。我一边笑，泪水一边在眼眶里打转，用自己听上去都别扭的语调说："谁说我没希望，我不过时常没有信心。信心这玩意太奢侈太昂贵，我养不起。信心是太漂亮的女孩，太漂亮了，因此和我绝对无缘。"

"小说的结尾要有力，要像欧·亨利一样，"方之强打起精神，开始给我上课，突然注意到了我的坐立不安，"你的眼睛怎么了，是有沙子？唉，小说的结尾一定要好，要让人忘不了，要……你反正是刚开始写小说，以后你就会明白，你会明白的。你怎么了，怎么眼泪直往下掉？"

第二天方之就死了。这真是个永远让人忘不掉的结尾。方之死后，我父亲将老朋友的遗作收集成书，汇编成一本不过三十万字的全集。一个从高中时就渴望当作家的作家，一个五十年代初期就发表作品并且小有成就的作家，一个长期拿作家薪水享受国家干部待遇的作家，一个长年累月用心体验生活认认真真在小本子上记来记去的作家，一个当过右派下放过农村不止一次接受过批判的作家，曲曲折折凄凄惨惨窝窝囊囊的一生，所有的心血就是一本三十万字记载着时代的错误，或者说错误地记载了时代的全集。

坦白地说，我对奉为文学圭臬的欧·亨利式的结尾有一种生理上的厌恶。我讨厌那种人为的做作，那种凌驾在读者之上的近乎卖弄的纯技巧操作。出乎意料之外，又在情理之中，实在是一种掉了牙的老生常谈。我非常羡慕夏日农民夜晚纳凉时的闲谈，那是一种最自然的表达和接受，想说就说，要停就停，有话则长无话则短。好的小说从来就不是靠一个花里胡哨的结尾取胜，好小说事实上在读者读到一半时就可以确定，坏小说也是如此。小说读了一半，甚至只是读了个开头，像弃妇一样被无情地扔一边的情况太多。正因为如此，我对读这篇小说的读者，能耐心读到以上一些文字的同志，表示最诚挚的感谢。能把小说家写出来的小说读完，便算是给了大面子。要是我们不明白今天的小说并没有多少人在阅读的事实，辛辛苦苦装腔作势写出来的小说实际上已让读者感到厌烦，我们就一定是蠢得不可救药。

我打算用一个道听途说的故事，当作手头这篇正在写的小说的结尾。故事的主角是个年逾七十的老人。老人的故事可以写一本书，我不过是借用了他晚年的一段遭遇。这位老人称得上是抗日英雄，是当年国民党派遣十万军队远征缅甸时幸存下来的老兵。在两年血火交并的角逐中，为争夺丛林争夺道路争夺生存，中国远征军遗尸累万，惨绝人寰，最后以缅北的收复和中印公路的开通而告结束。中国远征军的胜利是盟军会师东京的先声，而从缅北重新打通的国际通道，则被誉为通往东京的胜利之路。老人的战友大都埋在了缅甸幽暗潮湿的丛林中，风雨侵蚀岁月消磨，成片的坟丘早就无影无踪，只有一望无际的罂粟花火一样地燃烧。

作为一名久经沙场的老兵，出生入死，能活下来就是一桩奇迹。老人所在的部队，能征善战，日本鬼子听到便胆战心惊。然而威名远扬的这支队伍却不是共产党的对手。老人和日本人打仗，攻无不克战无不胜，和共产党作战第一次正面交锋就做了俘虏。几十年的思想改造，老人狠狠吃了些苦头，蹲大狱，劳改，三年自然灾害时差点饿死，临了落实政策，终于成了县的政协委员。他对自己的不幸遭遇虽然有些感叹，但是自始至终对于输给共产党心服口服。老人耿耿于怀的是日本鬼子，尽管过去了近半个世纪，他想到了长眠在缅甸丛林中战友的亡灵，内心深处情不自禁就发出一阵阵颤抖。那野兽出没的洪荒莽林里安息的鬼魂，经常在风雨交加的夜晚，悄悄拜访老人的梦境。在一次出人意料的遭遇战中，老人率领的一个班几分钟内有九名战士罹难。这场遭遇战起因于老人的一个错误决定，本来已经顺利地完成任务，他看了看地图，心血来潮突然打算找条近路。这个错误的决定使老人终生后悔和内疚。

老人的战友不是死在战场上，便剩下这么几条出路：一是留在大陆，或者起义或者当俘虏；一是去台湾，或者继续留在军界服务，或者退役经商经营农场。留在军界的官做得都不小，经商的也有几位发了财。老人最要好的一个哥们，在印度蓝姆伽兵营接受美军训练时，他们一直是搭档，如今却在台湾成了什么总经理，钱多得让人说不清，在美国在南朝鲜在日本都有资产。老人的哥们姓马，是回民，当年一起作战时，都叫他马大。马大发了财，忘不了生死与共的弟兄，大陆台湾通邮以后，写了信过来向他问候。老人几十年来不曾给人写过信，满肚子的话到了笔端便不成句子，于是让儿子复信。儿子复了信，马大再回信，再复信，再回再复，信越写越长，最后竟然谈起生意来。儿子平时谈吐中，一口一个马总经理，一口一个我爸爸的哥们。

老人的老伴吃辛吃苦，就留下了一个儿子，儿子尚未成年就先走了一步。因为老子的历史问题，苦吃多了，儿子锻炼得十分能干，改革开放，儿子成了很有些时髦的农民企业家，自己盖了比县长还阔气的小楼房，成天西装笔挺，喝国产名酒，抽外国香烟。老人不明白儿子怎么靠写写信就做成了生意，反正儿子的名气一天天大起来，三天两头捐钱赞助，不止一次在电视台露面亮相。通过马总经理的接洽，儿子和日本商人建立了业务联系，信上谈得很投机，日本商人乐意投资，投资前，决定先来考察考察投资环境。日本商人也是老兵，也在缅甸打过仗，时过境迁，借考察之际，打算和老人好好叙叙旧。

这事在儿子看来顺理成章，然而老人却勃然大怒。儿子说："真正滑稽，共产党让你吃了这么多苦，不记仇，跟小日本是打仗，打仗有什么办法，真是死脑筋，不开窍。"老人说："你懂个屁。"儿子不敢还嘴说你懂个屁。这几十年来，老人在外面像羊，一头一脸犯错误认罪的样子，在家却是狼，骂老婆打儿子，习惯成了自然。儿子大了，已经是有头有脸的一尊人物，不能再打，老人警告说；这日本鬼子最不是东西，老子跟他们打了八年，还不知道怎么回事？儿子说：那是过去，现在是做生意。老人说：做生意，你那几个钱非让小日本给骗走不可，小日本那门槛，让你占便宜？儿子说：嗨，跟你真说不清，是人家给我们钱。老人不相信地说：给你钱？小日本吃错了药，小日本是傻子，你不卖国，他们能白给你钱？

日商来考察的日期一天天接近，儿子和老人怎么也谈不到一起去，越谈越僵越没有商量余地。老人说："废话浪费唾沫，小日本真要来，我骂他一顿，请他滚蛋，就算是最客气的待遇，不信你试试看。"儿子知道老人脾气倔，说到做到。秀才碰到兵，有理讲不清，惹不起躲得起，于是玩了个小花招，日商来考察的日子到了，儿子谎称县政协开会，请乡镇企业的公关小姐陪同，在县里天鹅宾馆开了房间，让老人住下。老人当了政协委员，就对开会有兴趣，兴冲冲住下了，连续两天没动静，到了第二天晚上，便向到他房间来看他的公关小姐咨询。公关小姐说："哎呀，真不巧，县长到省里开会去了。"

"县长开会去了？"老人非常失望地叹了口气，"那会还开不开？"

“开，当然开了。”

“开就好，开就好，什么时候开?”

“就开，县长一回来就开。”

这期间正好接近春节，天鹅宾馆空得不能再空，不小的餐厅里就老人一个人在那吃饭。有一次，吃了晚饭，老人很寂寞地问服务员，去省里开会的县长回来没回来。“县长去省里开会了?”服务员不知道老人和县长是什么关系，敷衍说，“时间长不了，长不了的，县长县长，一县之长，那还不是一开完会就回来。”老人说：“那是，那是，政协正等着开会呢。”服务员眼睛瞪多大的，说：“政协又要开会了?”老人笑着说：“也好久没开了。”

又过了两天，依然没有动静。宾馆里空荡荡的，仿佛就只有老人一个人，长长的过道上见不到人，宽大的餐厅里没有其他顾客。老人寂寞无比，好像迷路的小孩子，又好像是走进了一片沙漠，除了不停地看电视里的连续剧，不知干什么才好。服务员来打扫房间，觉得老人神秘不可测，起先是老人问她县长回来没有，很快便是服务员反过来问老人。“嗨，这县长怎么还不回来?”服务员狡黠地问道，偷眼看垂头丧气僵坐在那的老人。习惯性便秘正无情地折磨着老人，因为换了居处，老人已经连续几天没有大便。一泡屎憋在屁眼里，犹豫着不肯出来。老人的心情坏到了极点，神魂颠倒，脸色发青。这天晚上，老人孤零零地坐那看电视剧，看到一半，想喝水，起身去倒，热水瓶里偏偏没有水了，便去服务台换热水。服务台没人，老人自己走进服务台后面的开水间，取了一瓶热水，然后回房间。只是一眨眼的工夫，老人发现电视节目已换了频道，变成了他最不要看的一部外国电视剧。显然有人到他房里来过，老人注意到他的床上放着一堆女人衣服，一眼就可以看出来是公关小姐的。公关小姐也许来告诉他明天就要开会了，老人顿时有一种终于要解脱的轻松，将电视节目换到自己原先看的那个频道。这是一部冗长得让人厌烦的连续剧，老人一边心不在焉地看电视，一边猜想公关小姐究竟跑哪去了。

公关小姐赤条条地从浴室里出来，老人最初的反应是自己仿佛又回到了缅北战场。就好像是那场突如其来的遭遇战，全副武装的日本鬼子猛然出现在他们面前，大家都非常慌乱不知所措。赤条条的公关小姐像全副武装的日本鬼子一样瞪大眼睛，像一幅画似的静止在那纹丝不动。老人几乎也回到了当年的临战状态，心头擂鼓一般捶着，却训练有素地尽量保持冷静和克制。公关小姐嘶哑地叫了一声，仓皇逃进浴室。浴室门重重地关上了，嘭地一声，把老人撞回到了现实之中。白晃晃明亮刺眼叫人发怵的公关小姐的玉体像突然出现时一样突然消失。老人活了一大把年纪，赤身裸体的女人这还是第一次开眼界。和他患难一世的老伴，连上马桶都背着他，她是那种进了女浴室，见了赤条条的女人挤在一道，都吓得不肯脱衣服的旧式妇女。老人不能不感到一种令他难堪的荒唐。电视里的连续剧还在演下去，老人记得公关小姐逃回浴室前，仍然出自本能地看了一眼电视。老人意识到自己太老了，老得连女人在他面前害羞都顾不上。

老人心猿意马地看着电视。公关小姐总算磨磨蹭蹭出来，用一把大红的塑料梳子梳头发。老人看了她一眼，想问县长回来了没有，又想问到底什么时候开会，一赌气，什么话也不愿意说。公关小姐也无话可说，一边梳头，一边看电视，一边偷眼瞄老人。接下来很长一段时间内没人说话。老人丝毫没有意识到自己走错了房间，他纯属赌气地看着电视，全心全意等公关小姐说完话滚蛋。两人都为对方死赖着不走恼火生气。公关小姐因为这天晚上有人来相会，拿出拉业务的手段，笑着开始搭讪，暗示老人可以早点休息。老人更加生气，想你这么个大活人在我房间里，我怎么睡觉。时间就这么拖下去，公关小姐的相好前来相会时，电视里已开始重播新闻。老人注意到县长在为本县新建的一家商场剪彩。年轻有为的县长满脸笑容，接过漂亮的公关小姐递给他的剪刀，咔嚓一声，剪断了系着彩球的飘带。

这也许是老人一生中最不高兴的夜晚，他终于明白是自己走错了房间。公关小姐的相好不信任地注视他的表情，深深伤害了老人的自尊心。老人气鼓鼓地回到自己房间，在心里大骂儿子。电视新闻里县长和蔼的笑容使老人恍然大悟。明摆着他是一场骗局中的受骗者，是儿子设置的陷阱中的猎物，整整一夜老人都无法入眠。他一下子想明白了许多事。儿子为了那该死的日本鬼子的贷款，真所谓用心良苦。老人恨得拼命喝水，又一次次起来撒尿。那泡因为便秘而积累的屎，像堵在屁眼里淘气的小孩，一拱一拱，开玩笑似的，光让老人难受，怎么用力怎么哄它，就是顽强地不肯出来。这一夜把老人害苦了，老人咬牙切齿恨之入骨。第二天，天刚刚亮，老人捶开了公关小姐的房门，充满怨恨和愤怒地看着睡眼惺忪的公关小姐，本来是想质问县长到底回来没有，政协到底开不开会，没料到脱口而出的却是一句：

“那该死的日本鬼子，到底滚了没有？”

1991 年 2 月 25 日

夜来香

第一章

1

荀洪元傻站在巨大的黄桷树下。据说这是一棵仙树，层层叠叠，挂着许多匾额。没人知道神仙什么时候开始附在了树上，小城的人有病有灾，求子求财，都喜欢到这树跟前来磕头烧香。挂在最高处的一块匾额最大，薄而鲜艳的红纱绸，由顶上正中分开，八字向两边披挂下来，风一吹，飘飘荡荡。匾上写着“诚则灵”三个字，金光闪闪，抬头盯着那字看，不一会就会觉得耀眼，脑袋昏晕。

荀洪元这刻正望着“诚则灵”三个字发呆，他摸了摸掖在怀里的集邮册，向黄桷树祷告，他希望自己今天会有好运气，保佑他能找到好的邮票。

一架小日本的侦察机飞得很低地向西北方向掠过去，警报声和飞机螺旋桨的轰鸣声几乎同时响起。荀洪元将目光从“诚则灵”上收回来，去找那架正从头顶上飞过的侦察机，他看见了飞机上红红的膏药旗徽，对它挥了挥自己的小拳头，然后扭头往学校走去。

小城的人对警报似乎已经习惯。即使是小日本的飞机那么低地从头顶上过去，大家也不过是抬起头来，对它看上几眼而已。几个月前，小日本的轰炸机曾在小城的东城门口，扔过一颗炸弹，正好落在城墙角上，将城墙都炸坍了，大家惊慌了一阵，很快也就把这事给忘了。这是大后方一座不设防的小城，小得实在没什么袭击的意义，人们相信小日本的侦察机早看明白了，他们肯定知道该把炸弹往更有价值的地方扔。

黄桷树边上放着一块巨大的黑板，早在荀洪元跟着自己母亲逃难来到小城之前，这块黑板就竖在那了。荀洪元忘不了他来小城的第一印象，那天他们从船上下来，沿着黄昏的街道走着，突然看见了黑板上用粉笔书写着几个醒目的字：十月二十七日武汉失陷。

小城没有报纸，成都的报纸，隔一天用汽车送来，来自陪都重庆的报纸，却要隔五六天才能到。民众教育机关，都靠从无线电听消息，随时书写在黑板上，向大众传布外界的重大新闻。荀洪元刚来小城的时候，黑板前总是拥挤着一群人，只要一有新的消息写在上面，人们顿时群情激愤奔走相告。好消息常常带有虚构的成分，坏消息却句句属实，终于人们的神情由惶惶然，变得木木然，黑板上的内容不断在变，老百姓习惯成自然，也无所谓了。

小城只有一条平坦的马路，由石灰水泥和黏土混合而成，不宽不窄，两旁栽着既不高大又不粗壮的泡桐。为了不影响架得不是太高的电线，泡桐的枝桠全部经过了修剪，修剪得别别扭扭。街道上绝没有奔驰的汽车，偶尔会有几辆人力车和自行车，行人尽可以在街当中大摇大摆来来去去。街两旁都是中式房屋，或是平房，或是一楼一底，或居家，或店面，店铺大的，也能占三四个门面。

狮子山是小城的制高点，山上有一个宝塔，小日本的飞机只要一从机场起飞，防空人员便在宝塔上的竹竿顶端，挂上一个全城都能看到的大红球。

小城的老百姓对狮子山宝塔上挂起大红球已经不再感到恐怖。

2

荀洪元要去图书馆，必须经过学校的操场，必须经过体育老师家。体育老师姓殷，又黑又高又粗壮，看上去像一只大黑熊。他不仅教体育，而且兼管着学校里简陋的图书馆和仓库，同时还是学校的童子军教官。荀洪元每次去图书馆，目的不是为了借书，而是为了从图书馆后墙上的一扇窗户，爬到隔壁一家书库里去。这书库是老字号的商务印书馆租下的，里面堆着历年积累下来的各种滞销书，其中绝大多数是翻译的世界文学名著。荀洪元的年龄，还没到迷恋世界文学名著的地步，他感兴趣的，是堆在书库角落里的一捆捆旧邮包，那上面贴着无数民国初期甚至大清帝国的邮票。

“荀洪元，你又来找邮票了？”体育老师见了他，问道。

荀洪元连忙叫了一声体育老师。体育老师掌管着图书馆的钥匙，没有他的开恩，荀洪元便进不了图书馆。

体育老师说：“刚刚响警报，听见没有，你还到处乱跑？”

“是侦察机。”荀洪元老气横秋满不在乎地说。

“你也懂什么是侦察机？”

荀洪元当然懂，黄桷树边的黑板上，曾经详细介绍过怎么识别小日本的飞机。小城里大大小小老老少少都知道什么是侦察机，什么是轰炸机。荀洪元发现体育老师突然回过头去，对自己黑黢黢的小房间里问着：“蕙，你说什么？对，是荀洪元来了。”

黑黢黢的小房间里，传出一连串细弱的咳嗽声。体育老师赶紧奔进去，荀洪元听见体育老师低声对他妻子说着什么。体育老师的妻子蕙也是学校的老师，但是好像从来没上过课，她得了很严重的肺结核，已经到了晚期。荀洪元曾听见妈妈和别人说过，说体育老师的妻子已活不长。

体育老师搬了一张竹椅出来，又急匆匆钻进黑黢黢的小房间，将妻子蕙抱了出来。蕙是个古典型的美人，生得十分瘦小，脸色苍白，白得没有一点血丝，有一双忧郁的大眼睛。她的娇弱无力正好和体育老师的结实强悍形成了明显的对比。体育老师将她放在竹椅上，柔声细语地说："蕙，多好的太阳，晒一会儿吧。"

强烈的阳光刺得蕙睁不开眼睛，她将一双没有血色绝对纤细的手挡在额头上。过了片刻，她侧过头来，向荀洪元打招呼："你好！荀洪元。"

蕙的身后是一株高高的梨树，新生出来的小绿叶上，忽然翻出了白色，满树的梨花好像都在一夜之间怒放，一片一片，一堆一堆，仿佛是积雪。

蕙和荀洪元一样，都是苏州人。正是因为同乡的缘故，荀洪元才有机会从体育老师那拿到钥匙，溜进图书馆去找邮票。怀乡情绪严重地缠绕着病危的蕙，有一个同乡人和她说几句苏州话，对她来说是最大的享受。荀洪元每次来找邮票，都有义务陪蕙说一会话。大家都是逃难以后，偶然的机缘碰在了一起。他们在苏州的家挨得很近，简直都能算是邻居，因此有许多话可以说。他们可以说那条隔在两家之间的小河，说小河上的石板桥，说桥头的酱园和糕团店。也可以说沧浪亭，说拙政园，说灵岩和虎丘，说王废基的公共体育场和抗战发生前的一次运动会。荀洪元不能想象蕙在抗战前，不仅参加了那次盛况空前的运动会，而且她还是学校的一位排球健将。

“苏州那边，有没有消息过来？”蕙每次都忍不住很悲哀地问荀洪元，尽管她自己也知道绝不可能会有什么消息，“也不晓得现在怎么样了？”蕙出生于苏州的世家，只有她一个人随着体育老师逃难来到内地。也许已经明白自己将不久于人世，她非常想知道一切和苏州有关系的事。

3

坐在满树梨花下的蕙脸上似乎有了点红色。

就在这时候，拉响了连续短音的紧急警报。这警报的意思是敌机马上就要来轰炸或者扫射。很快传来了沉重得令人窒息的隆隆飞机声。体育老师毫不犹豫地抱起蕙，向图书馆冲去。因为有了蕙，行动不便，体育老师用厚厚的木板和装满了书的书篓，在图书馆里搭了一个简易的防空洞。

荀洪元跟着体育老师一起跑进图书馆。轰隆隆的庞大的轰炸机机群，从他们的头顶上震耳欲聋地缓缓而过。体育老师放下蕙以后，跑到窗前，没看见飞机，却看见了阳光照射下，飞机映在学校操场上一排排移动着的阴影。

“不得了，”体育老师跑回蕙的身边，叹着气说，“小日本这次是发了疯了，昨天黑板上说，敌机扬言就在这几天，要派一百零八架飞机去轰炸重庆，看来这就是的。”

一批接一批飞机断断续续地从他们头顶上飞过去。紧急警报短促的呜呜声使得气氛变得非常紧张。荀洪元注意到蕙的脸色又像纸一样苍白。

“蕙，你不要紧张，这是去重庆。”体育老师安慰着蕙，他直起身体，还想到窗口那儿去张望，然而蕙伸出鸡爪一样的手指，一把抓住了他，不让他动弹。体育老师像哄小孩似的，将蕙抱在怀里，笑着说：“这是去重庆，没有事的，我们的飞机会和他们打的。喂，荀洪元，你怕不怕?”

荀洪元看了看躺在体育老师怀里的蕙，孩子气地摇摇头：“我不怕。”

“对，没什么好怕的。”

蕙说：“我不是怕，我只是不想和你分开。”

轰隆隆的飞机声终于没有了，警报还没有完全解除，但是谁都明白，暂时不会有什么事。小城里安静了片刻，突然传出了各式各样的声音。体育老师将蕙放下，拉着荀洪元，一起跑到学校的操场上。阳光灿烂，因为安静而变得喧闹的小城，仿佛从冬眠和昏睡中复苏过来，立刻生气勃勃春意盎然。

“现在是真的没事了，”体育老师站在操场上，看着狮子山宝塔竹竿上仍然挂着的大红球，“你再去陪她说会话，每次你来，你知道，她都特别的高兴。”

体育老师把竹椅搬到图书馆门前，安排蕙坐在那晒太阳。图书馆门前的书架上，堆放着许多没来得及整理的旧书旧报纸，还有一大批学生下学期要用的教材。根据惯例，小日本的飞机不一定会从原路返回，但是体育老师好像已经料到，等一会很可能还会再钻进简易的防空洞，因此没有必要让蕙走远。三个人在图书馆门前说了一会话，体育老师怕蕙着凉，体贴地说："你们在这坐一会，我去拿条毯子。"

体育老师拿着毯子从黑黢黢的小房间走出来的时候，连续短音的紧急警报又一次响起来。他有些惊慌地抬头往天上看了看，拔脚向这边跑来。他对蕙喊着什么，因为噪声太大根本听不见，就听见轰隆一声，紧接着是卜卜卜的机枪声，第一批赶来的敌机，开始对毫无防空能力的小城发动了袭击。

第二章

1

一九四〇年春天，小日本的飞机对小城进行毁灭性的狂轰滥炸，完全是一场意外。庞大的轰炸机群本来要去袭击国民政府的陪都重庆，然而在途中，他们遭到了来自对方空军强有力的阻截。中日双方的战斗机在天上激战，庞大的轰炸机群因为燃料的缘故，不得不掉转方向飞回基地。小城成了小日本飞机出气撒野的地方，顷刻之间，像倒垃圾一样，无数炸弹泻在了小城的头顶上。

体育老师将毛毯往地上一扔，跌跌撞撞跑过来，抱起蕙，用最快速度赶到简易的防空洞。荀洪元摸了摸怀里揣着的集邮册，紧跟在他们后面。巨大的声响，震耳欲聋，他们几乎是扑进了简易的防空洞。蕙喃喃地说："这次是真的轰炸了，这一次，是真的。"

一颗炸弹落在图书馆门前，一道强烈的光闪过之后，声音并不响，很沉闷的，像是深深地钻到地底下去了，地面略略一震，图书馆屋顶上的瓦片，顿时哗啦啦雨点似的直往下落。简易防空洞里的三个人，随着轰隆一声，身不由己地伏在一起，半天也不敢抬起头来。接着又是一颗炸弹，穿过图书馆门前的屋顶，炸开了。

直到灰尘掉得差不多，地面上铺了厚厚的一层土，荀洪元才感到眼前重新明亮起来。体育老师的半边身体上，全是灰尘。飞机还在头顶上来回盘旋，卜卜卜打着机枪。图书馆门前的屋顶上，开了一个脚盆大的天窗，一道强烈的光柱，从天窗口直射下来。透过耀眼的光柱，看见学校操场那头的几间房子，都炸飞了。一眼望过去，整个小城变得出奇的空旷，一个人影从冒着烟的废墟上匆匆跑过。

“蕙，你不要怕，”体育老师镇静下来，很严肃地对妻子说，“我们在一起，就是死，我们也在一起，你说是不是，怕什么?”

蕙说：“我不怕。”

然而荀洪元清楚地记得蕙是怕了，她的眼睛里全是恐怖，瘦骨嶙峋鸡爪差不多的手指紧紧扣住体育老师的衣服。

轰炸持续的时间并不太长，渐渐的，卜卜卜的机枪声也突然中止了。一时间好像非常地安静。“我们还活着，不是吗?”体育老师重重舒了一口气，转过头来看着荀洪元，庆幸地说，“荀洪元，对不对，我们都活着。”

荀洪元觉得体育老师说的是废话。他注意到体育老师和蕙紧紧地搂抱在一起，他从来没见过夫妻之间，会像他们这样恩爱的。

2

那一次能够从火海里逃脱，本身就是真正的幸运。体育老师和蕙紧紧地搂在一起，似乎已经忘记了他们身边的荀洪元的存在。空袭好像已结束，荀洪元听见不远处有人声嘶力竭地哭着。

荀洪元向外爬了几步，刚把头伸出去，一股巨大的热浪，逼得他立刻把头缩了回去。体育老师仍然和蕙紧紧地搂抱在一起，蕙像孩子似的，在体育老师的耳朵边低声说着什么。荀洪元拉了拉体育老师的衣服，吃不准地小声说：“外面好像起火了。”

体育老师没有听见荀洪元说什么，他的注意力还在蕙身上，病入膏肓的蕙受到了足够的惊吓，他必须好好地安慰安慰她。巨大的热浪很快在简易的防空洞里也能感受得到，荀洪元无意中抬起头，只见图书馆门前新炸开的天窗上，闪着火光，再看图书馆门前，就听见轰的一声，大火已经熊熊燃烧开了。一团火舌在门框的上沿冒将出来，随着风势窜来窜去，仿佛大蟒蛇吐信那样一舔一舔。这时候用不到荀洪元再提醒了，因为体育老师和蕙已都明白他们又一次陷入险境。他们目瞪口呆地看着熊熊燃烧起来的火焰。

体育老师放下蕙，爬出洞口，无意中摸到从屋顶上掉下来的碎瓦片，烫得连连甩手。一个难以接受的事实放在他的面前，那就是大火已经无情地封住了他们的出路。体育老师注意到不仅只是图书馆门前那一块在燃烧，火苗正沿着屋顶四处蔓延，很显然，用不了多久，图书馆便将变成一片火海。他转身跑进简易的防空洞，十分仓皇地抱起蕙，让她不要怕，又对吓得不知所措的荀洪元说，让他紧跟在他身后一起往外冲。

“不要怕，我们能冲出去。”

他们很快明白肯定冲不出去。图书馆的前身是库房，小城位于几条重要河流的交汇处，是个出色的水路码头，由于它的特殊地位，小城有许多门面不宽大、专做批发生意的店号。既然做批发，便有很大的库房。抗战以后，许多批发生意做不起来了，库房不得不租给逃难的学校和机关。图书馆这个库房原来是堆放桐油的，修得十分坚固，青石条的门框，几乎没有窗户，墙壁是用特制的青砖砌成。如果小日本的飞机扔的不是燃烧弹，如果图书馆里不是堆满了易燃的书本，也许荀洪元他们一点事也不会有，然而现在坚固的图书馆已变成了一个熊熊燃烧着的大火炉，他们很快就要葬身火海。火势迅速蔓延气势汹汹逼过来，一路沿着屋顶，一路顺着地面，他们不得不连连往后退。

一墙之隔的地方是商务印书馆的书库。转眼间，简易的防空洞也被火舌吞没，体育老师抱着蕙和荀洪元一起，已经被逼到了墙边。他们已经无路可退。蕙紧紧地勾着体育老师的脖子，到了这最后的时刻，她变得出奇的安静。

体育老师突然想到可以钻到商务印书馆的书库里去碰碰运气，他知道荀洪元对里面熟悉，便问他进了书库，有没有办法再逃出去。荀洪元摇摇头。书库唯一的一扇木门，沉重厚实，上面排满了铁泡钉。这扇大门永远是紧锁的，虽然它的外面就是一个水码头。

大火无情地逼过来。荀洪元直感到热得喘不过气来。热浪滚滚，蕙忍不住大声地咳嗽。没时间再犹豫了，体育老师让荀洪元赶快爬过去，叫他在书库里帮着蕙从小窗台上下去。蕙卡在小窗台上动弹不得，体育老师在后面推，荀洪元在前面拉，僵持了好一会，蕙终于从窗台上掉了下去，跌在了荀洪元身上。

尽管窗台很小，而他的身坯很大，但是身体十分柔软的体育老师没费什么事，就钻进了书库。一墙之隔的图书馆立刻变成一片火海。体育老师抱起蕙，二话不说，由荀洪元领着，奔到那两扇排满铁泡钉的大门面前。书库暂时还没起火，然而他们闻到了一股焦煳的味道，仔细一找，发现体育老师身背后的衣服，刚刚已被火点着了。

很显然他们还没有脱离险境。虽然一堵墙可以暂时挡住火势，因为屋顶是连在一起的，所以大火很快就会蔓延过来。沉重厚实的木门被一把铁锁从外面锁住了，他们还是出不去。体育老师将蕙放下，徒劳地去推那两扇对开的木门。从木门的间隙中，可以看见外面不远处的江面。回过头来，透过他们刚刚钻过来的那个窗台，可以看见图书馆里的正熊熊燃烧的大火。火舌已开始在屋顶上出现。

体育老师苦笑笑："蕙，这一次，好像真的有点悬了！"

从一墙之隔的学校图书馆那面，传来了燃烧时特有的爆炸声。蕙瞪大了眼睛，看着体育老师，又看看荀洪元，也跟着苦笑。荀洪元看见她眼眶里的眼泪接二连三地涌出来。体育老师上前替她擦了擦眼泪，说："我们还可以再试一试，就算完全没希望了，我们也可以试一试。"

蕙伸出手，充满柔情地在体育老师的头发上捋了捋，想说什么，却没说出来。她的眼泪很快就止住了，她指了指门，示意体育老师抱她到门那边去。她伏在门缝里，深情地看着外面的江面。

"荀洪元，我们出不去了，是不是？"体育老师苦笑着对荀洪元说，他还有些不死心，"我们真的出不去了？"

3

最后还是体育老师想出了办法。沉重厚实的门外面锁住了，因为这种对开的大门，两侧都有门臼，如果在里面将门抬离门臼，便有可能从侧面隙开一点缝隙。这想法一出现在体育老师的念头里，立刻付诸实施。他蹲着马步，双手托住左边那扇门的底端，一用力，门被抬起来了一小截，再用力，竟然将那扇门抬离了门臼。这一下，门的侧面便有了一个细细的三角形，荀洪元人小，首先钻了出去。接下来是蕙，仍然荀洪元在外面拉，体育老师在里面推。那道缝隙实在太小，蕙的身体出去了一半，卡在那动弹不了。

体育老师不断地叫蕙用劲，她的身体又出去了一截，体育老师借着松动的劲，连忙用力往前送，蕙朝前面一滑，裤子从里到外，像蚕蜕皮一样，全被挡在了门里，蕙赶紧伸手去抢，也来不及，卷起来的裤子已经褪到了脚背上，她慌忙用手捂住自己的私处。

荀洪元全都看在了眼里。这个少年时代留下的深刻记忆，和那次熊熊燃烧的大火一样，多少年来，一直让他难以忘怀。他注意到蕙非常短暂的尴尬，十分笨拙地把缠绕在一起的裤子往上拉，越是急，越是拉不上去。蕙的一双大腿像玉一样洁白，一小撮黑而浓密的阴毛非常醒目。

体育老师太大的身坯却怎么也没办法钻过来。荀洪元奔过去，像拉蕙一样拉他，然而体育老师挣扎了一会，卡在那难以动弹，无望地向他摇了摇手，让他不用白花力气。蕙爬了过来，急得拉住体育老师的手，号啕大哭，不知道怎么办才好。她不能眼睁睁地看着自己的丈夫卡在那，被即将来临的大火活活烧死。

蕙哭着说："要死，我和你一起死。"

"不要说傻话。"体育老师也竟然止不住流起眼泪。

从体育老师身后，传来燃烧时特有的爆炸声，大火已蹿上了屋顶，瓦片开始接二连三地往下落。体育老师连声叫蕙和荀洪元往远处躲。蕙执意不肯，体育老师急得哇哇大叫。

蕙扭转身体，让荀洪元躲到江边去，她自己执意不肯离去："我不走，我和你一起死！”

“蕙，你别说傻话，”体育老师苦苦地哀求着蕙，“听话，你快到江边去。”

“不，不，”蕙大声喊着，“我死也不和你分开！”

正僵持着，沿江边过来了几位从火海中逃生的大学生，都是衣衫不整，其中一位大学生卷起袖子的手腕上，烫了一长串葡萄似的水泡。荀洪元突然大声喊住了他们：“叔叔，叔叔，快过来帮帮忙。”

于是几位大学生停下脚步，推门的推门，拉体育老师的拉体育老师，说好了一齐用力，终于把体育老师从已经燃烧的书库里抢救出来。蕙激动地扑在了他身上，泪流千行，哽咽着说不出话来。等到她想到应该谢谢人家，几位大学生自顾自都走远了。

他们赶紧往江边去，再迟几分钟，体育老师就永远也别想出来。到了江边，再回过头来看，种种奇特和可怕的情景一一展现在他们眼前，到处都在燃烧，往天空看，旋风把无数股黑烟卷成一股极粗极浓的烟柱，像巨龙一样在半空中翻腾起舞。往日情人们散步捡小石子的江边沙滩，这边一簇，那边一堆，布满了火海余生的人群。男男女女老老少少，拖老带小挽包携箱，都是一副惊魂未定不知所措的神情。许多人身上都是挂了彩的，或是皮肉焦烂，或是鲜血淋漓。在一堆鹅卵石上，孤零零坐着个中年男人，他光着上身，一双脚伸在面前的浑水潭里。他的皮肤有很大的一块给火烫掉了，身上东一片西一片的，露出淡红色水渣渣的肉来。他像尊受难者的雕像那样，直挺挺地坐在那，一动不动，眼睛木然地看着江面。

体育老师抱着蕙，沿着江边沙滩走着，不知走向何方。热风中又传来了隐隐的飞机声，随着轰隆声的加强，人群又开始混乱起来。无遮无拦暴露在沙滩上的人们不得不惊惶逃窜，然而实在不知往哪儿躲才好，有的向东，有的向西，大呼小叫乱成一片。体育老师抱着蕙没有动，荀洪元也没有动。离他们不远，一位老太太扑通一声跪在地上，嘴里不住颤颤地念着“阿弥陀佛”。一架小日本的飞机飞得极低地从江边沙滩上掠过，既没投炸弹，也没扫射，它的目的好像只是为了继续吓唬一下神经已经太紧张的老百姓。

体育老师想了一会，决定还是渡江到对岸去安全一些。可是所有的渡船全停靠在江对岸，只有一条小船在江中心划着。体育老师和荀洪元一同大声召唤，让船家把小船划过来。可是船家见想要渡船的人太多，怕翻了船，犹豫着不肯过来。说了一会好话，船家觉得体育老师出的价钱还能接受，便把船停在水浅的地方，让他们涉水过去。

小船行驶在江面上。回过头来，看正熊熊燃烧着的小城，四处都在冒烟。时间是午后，然而耀眼的太阳，这会给烟柱遮得就像披着黑纱的寡妇，是一张惨白惨白的脸。风从中生，是一种很古怪的大风，在空中呼呼地旋转着。火从风威，只见火越烧越旺，不时传来一声爆炸的巨响。

上了岸以后，体育老师付了钱，领着荀洪元登上江边的一座小山，从小山上鸟瞰小城，整个小城，就像一个燃烧着的大火盆。

第三章

那天晚上，他们就在江对岸的小山上坐了一夜。傍晚时分，歇在江边的渡船纷纷出动，将许多小城的难民，送到了荀洪元他们的身边。于是漫山遍野的都是大难不死的幸存者，各人都在谈诉自己的火窟经历，绘声绘色地说着，既不激动也不悲伤，就好像是在说别人的故事。大家都情不自禁地往小城那边了望，隔岸观火，说不出的滋味。小城的大火，东一片西一簇，整整烧了一夜。

半夜里很凉，体育老师怕蕙冻着，向一位熟人借了一件男式的棉袄，裹在蕙身上，然后再把蕙紧紧抱在怀里。蕙一夜都在咳嗽，她老是忍不住要咳。体育老师不停地在她背上轻轻拍打。荀洪元坐在那怎么也睡不着，有点冷，更有点想他的妈妈。荀洪元的妈妈也是学校的老师，和体育老师夫妇是同事。荀洪元的父亲是军官，现在正在前方作战。荀洪元想自己的妈妈一定急得不得了，她一定到处在找他。

天亮时，就像是经过一场噩梦，那座曾经因为一下子接待了大批流亡过来的难民，变得十分繁华的小城仿佛已经不复存在。成片的房子都变成了废墟，大火已熄灭，有的地方还在冒烟。在江边沙滩上，到处都是稀稀拉拉的人群。渡船又开始忙碌起来，将心情十分复杂的幸存者送回小城。在小船上，蕙用苏州话对荀洪元说，他的妈妈绝对不会有事。蕙的安慰反而起到了提醒荀洪元的作用，他突然为自己母亲的安危担起心来。

学校已被大火烧得面目全非，在校门口，校长夫人正在那指挥大家从废墟中，找出一些还能派用场的东西。她突然看见了体育老师夫妇和荀洪元，脸上露出了欣喜之色。体育老师将蕙放下，喘喘气休息片刻。校长夫人摸了摸荀洪元的头，很难过地说："荀洪元，你跑哪儿去了？"

"我妈妈呢？"荀洪元问着。

校长夫人说不出话来，她看着满脸稚气的荀洪元，重重地叹了一口气。

蕙从校长夫人的表情上，预感到了某种不祥的信息。她当时正坐在一个石阶上，喊荀洪元到她身边去。荀洪元又执拗地问了一声，校长夫人拉着他的手，把他送到蕙的面前，示意蕙安慰安慰他。

"我们学校，到目前为止，已发现死了九个人，"校长夫人很沉重地说，"荀洪元的母亲便是其中之一。我说的只是学校范围内的人数，很多学生的情况，我们还不知道。"

蕙将荀洪元紧紧地搂在怀里，荀洪元挣扎了几下，抱着蕙歇斯底里地大叫了几声。体育老师走过来，弯下腰，对荀洪元说："你是一个坚强的孩子，你会挺住的，不是吗？"蕙不让体育老师继续说下去，她流着眼泪，说："你让他哭几声，让他哭几声。"

荀洪元干嚎了一阵，眼泪和鼻涕都流在了蕙的衣服上。他毕竟还是个孩子，好像还有些不相信和不死心，哭到临了，瞪大着眼睛问："我妈妈真的死了？"

蕙说："人都会死的，只是迟一些，或者早一些。"

"我妈妈没有死，你说我妈妈会不会没有死？"

女强人一样的校长夫人流着眼泪，又去忙她的事。空袭时，校长被坍下来的木柱砸断了腿，因此年轻的校长夫人毅然担负起了抢救学校财产的任务。“小日本会为这次轰炸，付出代价的。”校长夫人临走时，咬牙切齿地说，“我们必须振作起来，我们照样还要上课，我们不会屈服的。”

体育老师将蕙和荀洪元送到学校临时搭建的大棚中，他让蕙照顾荀洪元，也让荀洪元照料蕙，安排好以后，体育老师投身到了外面的工作中去。体育老师是学校的强劳力，他立刻成了校长夫人最得力的帮手。

除了荀洪元的母亲，学校里遇难的其他八个人，全是在同一座简易的防空洞里，被大火活活烤死的。防空洞的出口被炸坍了，躲在里面的人出不来，大火熊熊，躲在里面的人估计是先被熏昏了过去，然后像鸭子一样烤熟了。类似的惨状在小城并不罕见，有一个同学的家长在火海中无处可逃，便跳进一大水缸，结果等别人发现时，人已经被煮烂。

荀洪元的母亲死于敌机的机枪扫射。空袭开始时，她正在家里替儿子缝童子军军服。第一颗炸弹落下来以后，她抱着手上的针线活，急急忙忙地奔向防空洞。事实上她已经脱离了危险。因为防空洞离她的家很近，没几步就到了。然而她在防空洞里待了一会，突然把手中的针线活交给了一位熟人，二话没说，又奔了出去。没人知道她跑出去干什么，也许她是不放心自己的儿子，也许她只是想回家拿什么东西，反正她刚出防空洞，便栽倒在地上，从此爬不起来。

荀洪元的那套童子军军服，最后是由蕙帮他一针一针缝出来的。在母亲去世的那段日子里，荀洪元一直和蕙在一起。由于学校的房子全被炸毁，只能搭一些简易的棚子。校长夫人要荀洪元和她住，但是荀洪元更乐意住在体育老师那里。他喜欢体育老师和蕙，他和他们有过生死之交，已经是好朋友。

荀洪元喜欢蕙用苏州话和他说话。在过去，他曾经为了自己的苏州口音，屡屡遭到同学的讥笑而感到难为情。他和那些逃难来四川的孩子一样，用最快的速度学会了四川话，他们很快适应了新的环境。母亲死了以后，蕙温柔的吴侬软语尤其使荀洪元感到亲切。蕙的身体越来越差，她支撑着为荀洪元缝制童子军军服，一边缝，一边咳嗽。体育老师十分心疼，在一旁不停地提醒她要注意休息。体育老师特别疼爱自己的妻子。

荀洪元时常会想到自己的妈妈。妈妈血肉模糊的形象，时常出现在他的脑海里。他觉得妈妈的形象很有点怕人。有一次从噩梦中醒来，他紧紧地搂住了正在一旁安慰他的蕙："我看见了我妈妈，我看见了。"他哆嗦着，像风中的一片树叶子那样摇摆。

蕙说："那不过是梦，你是一个未来的男子汉，不应该害怕。"

"我在梦中看见了我妈妈。"

"你妈妈在梦中，也会看见你的。"蕙在荀洪元的身上轻轻拍着，荀洪元很快又进入了梦乡。这一次，妈妈再也不是血肉模糊的样子，她的气色很好，穿着一件新衣服，笑着和他说着什么。

第四章

1

蕙就是在那一年夏天死的。

荀洪元好像已经习惯了蕙的咳嗽声。学校里很快就恢复了上课，房子都给炸塌了，几乎全城的人都来帮忙，就在学校的旧址上，盖起了好几个大草棚。全校的学生，除了一、二年级，都住校。小城已被小日本的飞机夷为平地，从城东一眼能望到城西。许多幸存者都举家搬到乡下去了，本地人所剩无几，在学校读书的几乎全是来自各地的流亡义民。

荀洪元搬到了大草棚去住，一个班的男生，都睡在一个大草棚里。荀洪元时常去看望蕙，蕙的病情越来越重，已经瘦得没个人样。

“荀洪元，你想不想苏州?”蕙很吃力地问他，和他在一起，谈论苏州依旧是最重要的话题，“真不知道什么时候才能回去。”

“我们会回去的，校长说，我们就要大反攻了。”荀洪元充满了信心，眼睛发亮，“国军现在在前线一直打胜仗，我们人多，我们会胜利的。”

一连串的咳嗽声，蕙挥挥手，让荀洪元往后退。她好不容易止住了咳嗽：“我做梦老梦到回苏州了。我和你不一样，我的全家都在苏州，爸爸妈妈，还有哥哥姐姐，我好想念他们。”

“我们肯定会回去的，”荀洪元想到体育老师一再让他多谈谈苏州，以便能更好地安慰蕙，“回苏州以后，我们一起出去玩，叫我爸爸开车送我们去，我爸爸以前就开车带我们去过。我们去玩虎丘，最后再上馆子。对了，你现在好好地想一想，到时候，你最想吃什么?”

“想吃什么？我不想吃什么。”

“你想想，随便想一想。”

蕙情不自禁地笑了：“乾生元的枣泥麻饼。”说完又是一阵咳嗽，掏出一块白手绢捂住嘴。

“枣泥麻饼?”荀洪元觉得蕙的要求太低，等蕙安静下来，他一本正经地说，“我要吃的话，就吃酱鸭和酱汁肉。”其实他早记不清战前的苏州酱鸭和酱汁肉是什么滋味，他不过是经常听母亲说起苏州陆稿荐的酱鸭和酱汁肉。

2

蕙的死对于荀洪元来说，很突然。那是在长长的夏天刚来临之际，有一天傍晚，一位同学跑进大草棚，对正躺在床板上遐想的荀洪元说，校长让他赶快去一趟，有急事找他。

荀洪元跑到校长那儿，看见校长神情严肃，和学校的几位教师一起商量着什么。校长夫人也在，一看见荀洪元，她迫不及待迎了上来。她告诉他蕙死了，并说希望他能住到体育老师那去，陪陪他。可怜的体育老师，因为爱妻逝世，过度悲伤痛不欲生，他已流露出了不想活下去的意思，学校方面怕他真想不开，决定派人看着他。“他这人太重感情，又认死理，”校长夫人叹着气说，“夫妻两个的感情这么深，也难怪他。我们学校谁不知道他们恩爱?”

校长说："他很喜欢你，你在他那儿，没事陪他多说说话。"

"说什么话呢？"荀洪元不知所措。

"说什么都行，没话就随便找点话说。"校长不耐烦地说了一句，继续和同事商量，"国难当头，个人的事又算得了什么，他应该明白这个道理。一方面，我们必须保护好他，另一方面，也不能太迁就他。我们应该让他明白前方战士正在流血牺牲，让他想想几个月前的空袭，多少人家妻离子散。他应该明白，他这样想，是不对的。"

荀洪元由校长夫人领着，去体育老师那里。还没进门，荀洪元便看见了躺在木板上的蕙。蕙的身上罩着一床雪白的床单。他感到很害怕。门前的空地上，挂着两盏风灯，几位本地的木匠，刨的刨锯的锯，正在赶做棺材。体育老师坐在蕙的身边，低着头，像座黑塔似的。他突然抬起头来，木然地看着荀洪元，好像不认识他。

"我们想，最好让荀洪元陪陪你。"校长夫人声音有些哆嗦，她将目光转向别的地方，"你不要太悲伤了，我们知道你心里很难过，也知道你们小两口的感情不同寻常，但是这毕竟是没办法的事。荀洪元，这几天你就住这。"

"我不要人陪，我说过不要。"体育老师冷冷地说。

校长夫人叹气说："你不要这样。"

"我不会怎么样，我只想一个人，一个人静静地和蕙多待一会。"体育老师的脸上毫无表情，他把目光移向躺在木板上的蕙，发了一会呆，突然很温柔地说，"蕙，荀洪元又来了，你的苏州小同乡又来了。"

校长夫人双手捂着脸哭起来。

体育老师很悲哀地说："她太想家了，她做梦都想回到故乡。"

校长夫人说："这有什么办法，你说我们谁不想家，不就是因为我们不愿意当亡国奴吗?"

这一夜，体育老师一直坐在那守灵。木匠们乒乒乓乓忙个不歇，终于在快天亮的时候，将棺材赶制了出来。体育老师掀起盖在蕙身上的白床单，抱起直挺挺的蕙，小心翼翼地把她放进了棺材。盖棺的时候，体育老师的两个眼睛里流露出一种巨大的疑惑，他木然地看着别人行动，仿佛眼前的一切，和他没任何关系。倒是前来帮忙的女人忍不住，放声大哭起来。

蕙被埋在狮子山上，和荀洪元母亲的坟紧挨着。出殡的那天，学校的老师都去了，校长因为腿不能走，只好雇两个农民用轿子抬着去。细细长长的队伍从田埂上走过，田里是火红火红的海椒，是紫黑色油光光的茄子，然后又沿着一条小河走，小河边长着一丛丛深绿的苇草。河对岸是一棵孤零零的大树，叶子很稀，上面悬着两个灰黑一团的乌鸦窝。再往前走，便看到了一座木板桥，过了木板桥，已经到了狮子山脚下。

体育老师直到棺材完全被土埋没，也不曾流下一滴眼泪来。荀洪元始终在偷偷注意体育老师，他脑子里不停地在琢磨，为什么大家都说体育老师伤心得不得了，可是他为什么竟然不哭呢。

校长在墓前作了简短的致词，他说蕙生前是个可爱的人，大家都忘不了她。他说这笔账应该算在侵略者身上，是小日本的强盗行径，害得大家有家不能回，有好日子没办法过。他希望大家化悲痛为力量，振作起来，狠狠心咬紧牙关，渡过眼前最苦的阶段。

体育老师自始至终没流泪。不只是荀洪元一个人，许多人都用吃惊的眼神打量他。校长由夫人扶着，移到他面前：“男儿有泪不轻流，现在，你痛痛快快地哭几声，你哭吧，哭出来，会好受一些。”

校长催人泪下的话仍然没有打动体育老师。体育老师在一片唏嘘声中，难过地抬起头来，哆嗦了半天，才说出来：“校长，我想哭，我哭不出来。”

3

第二天，体育老师让荀洪元陪他去墓地。他们沿着前一天走过的路，悄悄来到了蕙的坟前。体育老师指着那一堆黄土，伤感地对荀洪元说：“她就在这下面，一个人，你说她会多寂寞。”

过了一会，体育老师又指着荀洪元母亲的坟说：“荀洪元，过不了多久，蕙的坟上，就会像你妈妈的坟一样，长出绿油油的草来。”他愁眉苦脸地看着荀洪元，“你想不想你妈妈？”

荀洪元点点头。荀洪元从来不到他妈妈的墓地来，他有些害怕，然而确实常常想到他的妈妈。

体育老师说他想当兵去，又说不忍心把蕙一个人留在这。蕙生性胆小，她是一个弱不禁风的女子，体育老师一想到她孤零零一个人躺在墓地里，心口就像有把小刀子在割。他一屁股坐在地上，脑袋仿佛犯了什么错误似的，重重地垂在那，半天不吭声。

荀洪元不知道怎么办才好，他想起校长让他找些话和他说，但是根本不知道自己应该说什么。憋了半天，他冒出了一句：“我爸爸可没有你这么喜欢我妈妈，要是我爸爸也像你一样，就好了。”

体育老师似乎没有听见荀洪元的话。

“你为什么不哭呢?”荀洪元终于忍不住了，问着。

体育老师说，他今天来，就是为了来好好地哭一哭。他突然抽搐了几下，将头一扭，像狼嚎那样长啸了一声，放声大哭起来。他一头扑在了新堆起的坟上，一边嚎啕大哭，一边用手去乱抓黄土。

4

经过那次大哭以后，体育老师几乎成了哑巴。他本来是个很活跃的人，荀洪元的记忆中，平时他除了柔声细语安慰蕙，还常常和蕙说一些笑话。每逢“七七”、“八一三”这些纪念日，学校搞宣传活动，从来都少不了他。荀洪元和体育老师曾在自编自导的独幕话剧中，扮演祖孙两个。蕙落葬以后，体育老师变得好像什么话都不愿意说。

他几乎成了一具行尸走肉。荀洪元陪着他，感到说不出的别扭。他常常一个人呆坐在门口，从下午开始坐起，一直到天黑得伸手不见五指，仍然呆呆地坐在那。天黑了，不知道点灯；天亮了，也不知道熄灯。防空警报对他来说已不起任何作用。有时候，他将竹椅子搬到门前的空地上，仰起脖子看天，一看就是几个钟头。

荀洪元觉得和体育老师住在一起，太没有意思。他跑去找校长夫人，要求搬回大草棚，和同学们一起住。校长夫人仔细问了体育老师的情况，荀洪元一一如实汇报。

“他是不是经常自言自语呢?”校长夫人十分担心地问，“他提没提到过蕙，唉，可怜他们这一对夫妻，实在是太恩爱了。他说过些什么?”

“根本就没话要说，他现在是个哑巴。”

“他还有什么古怪的地方?”

荀洪元想了想，说：“他也不洗澡，身上一股臭味。”

于是荀洪元和校长夫人一起回到体育老师处。校长夫人发现荀洪元说的果然是事实。不仅体育老师的身上有一股异味，整个住处也肮脏不堪。体育老师对她苦笑笑，把头低了下去。

校长夫人说：“你这太脏了，也不收拾收拾。”

体育老师低着头，就像没听见一样。

校长夫人又说：“应该振作起来，如果蕙在地下有知，你这样，她能安心吗?你不应该这样。”

体育老师木然地抬起头来，痴痴地看着校长夫人，下意识地点点头。

“荀洪元，你帮着一起收拾收拾，先去打桶水来。”校长夫人捋起袖子，说干就干，要帮体育老师收拾房间，“喂，你还愣着干什么，还有你?”

房子很简陋，也没什么东西，收拾起来很方便。收拾得差不多了，校长夫人又说：“该好好地洗个澡了，你看你那样子，像话吗，丢魂失魄的，像是刚从战场上跑出来的逃兵。你这样，怎么给孩子们上课?”

体育老师依然是苦笑笑，他的眼睛仿佛亮了一下。

“你笑什么，真的，你好好想想，这样多不好。”

体育老师终于开口了，他苦笑着说：“让荀洪元回大草棚，和同学们一起住吧，我很好，我只想一个人待着，一个人多好。”他说到这，陷入了一种迷惘的状态，眼珠子定在半空中，一动不动。

校长夫人看着他的神情，更有些担心：“不行，大草棚里早住满了，天热，住不下的。”她随口扯了一个谎，“你不知道，现在有的同学因为太热，都在要求住回去。”

5

体育老师烧了满满的一大锅水，倒在一个木盆里，准备洗澡，他让荀洪元到外面去玩。

“我是应该洗个澡了，要不然，蕙会说我的。”体育老师神色恍惚，不知对谁说着，“不过，我得先帮蕙洗一洗。”

体育老师把荀洪元推出了门外，他把门关上了，又走到窗前，放下窗户。荀洪元按捺不住好奇心，绕到房子的背后，从窗缝里往里看。他看见体育老师搬了个小竹椅，坐在热气腾腾的木盆旁边发呆，只见他小心翼翼用手摸了摸木盆里的水温，自言自语地说了句什么。发了一会呆以后，荀洪元听见体育老师说：“蕙，现在差不多了。”只见他捞起湿毛巾，在木盆里做替蕙洗澡的动作。

荀洪元不止一次偷看过体育老师替蕙洗澡。蕙是一个有洁癖的女人，即使是在那样艰苦的环境里，仍然保持着勤洗澡的良好习惯。荀洪元怎么也忘不了她赤条条湿漉漉站在木盆里的形象，她像一座塑像那样半举着手，任凭体育老师的摆布。虽然骨瘦如柴，然而蕙的一对奶子结实依旧，十分坚挺地翘在那，像两只要冲出去的小鸟似的。荀洪元知道男孩子偷看女人洗澡很丑，很丢脸，但是他有些忍不住。他觉得蕙不穿衣服更美，尤其是当阳光透过天窗射在她的裸体上的时候。

体育老师的古怪举止，吸引住了荀洪元。他一不留神，差点从窗台上滑下来。好在外面世界的声音，对体育老师似乎没有一丝一毫的影响，他继续用毛巾在半空中撩来撩去，专心致志，自言自语："蕙，你的身上，一点也不脏，你不像我，你容不了一点肮脏，你永远是干净的。"他拧干了毛巾，做替蕙擦干身体的动作，"你不像我，身上又脏又臭。我这就洗了，你等等我。"

荀洪元看见体育老师迫不及待地脱光了衣服。他有一个异常魁梧的身坯，身上到处都是鼓起来的肌肉疙瘩。脱光了以后，他没有立即跨进木盆，而是咚的一下，跪在了地上，做了一件在荀洪元那个年纪暂时还不能明白的事。体育老师的脸部表情突然很有些恐怖，一手抓住了木盆的边，另一手抓住膨胀了的小便的玩意乱动。几年后的一个春天，荀洪元才突然明白那叫自渎，可是在当时，他怎么也想不明白，体育老师为什么要把小便尿在木盆里，而且那泡小便为什么出来那么困难。

体育老师终于一声长叹，像认错似的，伏在了木盆里，然后，不断地捧起水，往脸上泼，泼了一阵，他跨进了木盆，小心翼翼蹲下来。他庞大的身体，使木盆变得太小，不得不把脚放在外面。他的动作显得有些夸张，显得僵硬和滑稽，水不断地从木盆里溢出来。

6

体育老师就在那天晚上，服下了蕙剩下的半瓶安眠药。校长夫人坚持让荀洪元陪体育老师的决策，显然有些英明。因为有了荀洪元，体育老师很快被送到了医院。体育老师自杀未遂。

那天洗过澡以后，体育老师用太多的时间来打扮自己。过分的反常不得不使荀洪元有所警惕。校长夫人的提醒关键时候起了作用，荀洪元发现洗过澡的体育老师不仅刮光了胡子，把头梳了又梳，而且在大热的天，穿上了唯一的那件西装，系好了领带。

天黑了以后，体育老师问荀洪元："你为什么不睡到大草棚去，和你的同学在一起，多好?"

荀洪元说："我得陪你。"

体育老师笑着说："我是大人，干吗要你小孩子陪？荀洪元，要是我硬撵你走，你怎么办?"

荀洪元想了想，说："我还是不走。"

上床以后，荀洪元发现体育老师又搬竹椅子坐门口去了，他常常这么一坐就是很长时间。和以往不同的是，这一次，体育老师显得很慌张，心神不定，老是过来观察荀洪元有没有睡着。荀洪元被他搅得一点睡意都没有，他开始佯装自己已经睡着了。

"荀洪元，荀洪元。"他听见体育老师轻轻地呼唤着他。

时间过得很慢，体育老师慢慢移到荀洪元身边，偷偷地看荀洪元。荀洪元知道他就在自己身边，紧紧地闭上眼睛。后来，时间一长，荀洪元有些坚持不住，迷迷糊糊睡着了，困意蒙眬之中，听见了玻璃瓶在地上跌碎的声响。他惊坐起来，看见体育老师头歪着，坐在门口的竹椅上。荀洪元连叫了几声，体育老师没有任何反应，他跳下床，去摇他，仍然没有一点反应。

体育老师连夜被送进医院，因为灌肠及时，很快就脱离了危险。大家都觉得他这么做，实在太过分。第二天傍晚，体育老师被抬回学校的医务室，由几位高年级的同学负责照顾他。校长由夫人陪着，来看过他一次，狠狠地熊了他一顿。

校长最后说："你下次再要死，我们绝不拦你。"

学校有一位教国文的老先生，能写一手很漂亮的古文，也来看体育老师。他捻着一寸多长的山羊胡子，皱着眉头对体育老师说："你好好想想，这个时候这样的死，叫我的祭文怎么个做法?"

第五章

1

学校加强了对体育老师的监护，荀洪元之外，又派了两位男同学来。体育老师似乎也知道了自己的行为有些过分，他意识到前来陪他的几个孩子心里都很恐慌，他们形影不离，不敢单独和他待在一起。他曾经把荀洪元吓得够呛，这种情绪严重地影响了同学们。

“你们不用害怕，”体育老师不得不安慰前来陪他的几位同学，很显然他的内心深处有一种深深的歉意，“那种事再也不会发生，真的，我不会骗你们。”

体育老师开始用行动来证明自己说的是实话。他的脸上老是露出一种不是很自然的笑容，他的话又多起来，到了晚上，临睡觉前，他向三位来陪他的同学讲过去的事，讲他怎么和蕙认识，怎么相爱，蕙又是怎么会得病的。他一会激动，一会平静，有一次甚至哭了起来。

体育老师终于使他的学生们相信他已经彻底地摆脱了死神的诱惑。他的脸上，终于露出了那种发自内心深处的笑来，他把整个身心都投入到了教学中去，把对蕙的爱都转移到了学生的身上。他成了大家心目中最好的老师，为了讨好他的学生，他索性从自己的简易住房，搬到了大草棚去和学生一起住。无论是体育课，还是童子军课，他上得都十分投入。当他在课堂上讲到“露营”这一章时，同学们的心咚咚咚地跳起来。因为这对孩子们来说，是一个太诱人的章节。

上“露营”这一章时，正是北风呼啸的冬天，坐在简易的教室里，同学们的心被身兼童子军教官的体育老师绘声绘色的叙述，挠得痒痒的，摩拳擦掌跃跃欲试。“露营”是一个多么可爱有趣的字眼。露营意味着能在荒野里搭几个帐篷，同学们一块住在帐篷里，把教科书上讲过的结绳、生火、侦察、偷营，都真正地做一次。露营意味着完全不依靠别人，自己做饭，烧菜，洗衣服，自己管理自己地过那么几天。大家想入非非，激动万分，都盼着露营能够早一天成为现实。

荀洪元他们把搭帐篷的地方都想好了，就在离学校三里多路的那个平缓的山坡上。那座山很高，在山脚上却有一个很好的平坡。有许多参天的高树，可以选两棵光溜溜的白杨来做营门。山坡前是一条现成的小溪，溪水潺潺流过，清得能看见底下的鹅卵石。这样的小溪用来洗脸洗澡洗衣服再好也不过。他们要在小溪上，用木板和童子军棍架起一座小桥，自己架的桥，走起来一定更有味道。也许住个三天，也许住个五天。早上，让初升的太阳把大家唤醒，小鸟叽叽喳喳地叫着，晚上，在帐篷前面燃起一堆熊熊燃烧的篝火，同学们挨个地说那些最有趣的故事。那将是学校生活里最值得纪念的日子。

春天来了，一天天地热起来，露营成了一件大家都在盼望的事。日子先自作主张定下来，四月四日是儿童节，没有比这一天更适合露营的日子。问题的关键是如何才能搞到帐篷。体育老师首先想到的办法，是向他的母校借，那是一所历史悠久的名牌大学，抗战后迁往内地，就驻扎在离他们不远的狮子山下。体育老师领着荀洪元和另外三位学生，兴冲冲地赶了去，可对方以帐篷已旧、容易损坏为借口，死活不肯借给他们。

体育老师领着荀洪元他们去了童子军用品社打听帐篷的价格，那数字是个天文数字，要比他三年的薪水都要多。同学们想到了自己的零用钱，省下来聚在一起，听上去也是一笔不小的数目，但是离买一个帐篷，却相差太远。买帐篷似乎永远也不可能。物价飞涨，大家就算是积攒钱的话，也是离它的距离越来越远。

2

是胖子要人给大家带来了希望。那希望一时间那么强烈，大家都觉得露营的日子，突然之间，近得伸手就能摸得到。胖子要人是学校从未露过面的董事长。据说没有这位董事长，也许就没这学校。据说这位董事长钱多得能把一座城市买下来。儿童节前夕，胖子要人心血来潮，打算亲自到学校来视察。体育老师立刻想到可以让胖子要人捐几个帐篷。

荀洪元在胖子要人来校前的几天，狠狠地忙了一阵。他把写作文的全部本领拿了出来，打了无数遍草稿，时髦的好词都用上了，然而体育老师还是不满意："成不成就在你笔底下了，你要写出这么个意思，就说抗战期间教育学生，童子军的训练特别重要。要写出露营在童子军课程中，有头等的意义。你要用雄辩的理由去说动他，不，是要用心去打动他，教他看了，心痒痒的，简直就想亲自去参加这次露营。"

荀洪元很快就忘了他的请求书写了些什么话，只记得当他最后一次把那篇文章交给体育老师的时候，体育老师的眼光里闪着晶亮的泪花。

荀洪元永远也不会忘了递请求书的那一天。那一天，大家一律穿上了童子军装，比任何时候都干净整齐，左胸前小口袋上横着一条蓝色的布片，上面绣着“智仁勇”三个白色的字。一切都是体育老师事先安排好的，平日不一定系的皮带系了起来，平时不一定系的领巾系了起来，童子军绳扎成雪白滚圆的一段，扣在右腰间的裤子袢上，人手一根童子军棍，神气十足。最显眼的是男孩子们新剃过的光头，白白亮亮的一大片。

体育老师身为童子军教官，他的打扮和同学们如出一辙。唯一不同的是，他的脖子上多了一根带子，系在带子下端的小哨子藏在胸前左边的小口袋里。同学们昂首挺胸地站好了，他们看着体育老师新剃光的大脑袋，想笑不敢笑。体育老师的脑袋实在太大，剃了光头以后，怎么看都滑稽。

胖子要人比原定的时间迟了三个小时才到。但是他终于还是来了，来之前，先是一队荷枪实弹的士兵，刷刷刷跑过来，看得学生们一个个都傻了眼。这队士兵看上去比神气十足的童子军更神气十足，锃亮的皮带，绑腿，黄的翻毛皮鞋，呢制服，隔二十步一岗，脸上毫无表情地夹道站着。随着“立正！——敬礼”的声音一路喊过来，荀洪元总算看清了胖子要人的面目。

早就听说过胖子要人很胖，可荀洪元从来也没见过竟然还有这么胖的人。他产生的第一印象，胖子要人是由两个货真价实的马铃薯叠起来的。他的脑袋大，肚子大，个子却太小。他迈着很小的步子，走到了讲台上，开始训话。

大家根本就不在听胖子要人说些什么，说什么并不太重要。除了反复念叨的“礼义廉耻”，不时地从左耳朵进去，右耳朵出来，大家心里想的全是露营必需的帐篷。胖子要人没完没了地说着，荀洪元觉得他肥胖的身子一堆肉似的堆在那，活像个圆顶的帐篷。

荀洪元在大家羡慕的眼光下，迈着正步走向主席台。他将作为童子军代表，亲手把请求书送给胖子要人。这是一个辉煌庄严的时刻，荀洪元一路走，心口一路咚咚咚直跳，仿佛有一只小老鼠要从那蹿出来一样。因为太紧张，荀洪元忘记了排练了无数次的立正敬礼。他诚惶诚恐地将请求书递了上去，胖子要人笑着接过装请求书的大信封，抽出请求书看了几眼，笑着点点头，又塞进了大信封，转手交给了毕恭毕敬站旁边的随从。

3

胖子要人笑着由校长和校长夫人陪同，去休息室。坐定以后，校长夫人红着脸说：“我们这有一个叫荀洪元的同学，是个邮票迷，听说您也是一个爱好邮票的人?”

胖子要人不屑一顾地说：“一个小孩子，也能有什么好邮票?”

校长夫人又把早就守候在门外的荀洪元叫进休息室，这显然是事先就安排好的，校长夫人拍了拍他的后脑勺，让他不要紧张，让他把自己的集邮册拿出来给胖子要人过目。

荀洪元的集邮册由两块楠木片夹着，那是荀洪元自己设计的，首页是他父亲题的八个篆字：“邮存与存，邮亡与亡。”胖子要人打开集邮册，不当一回事地翻着，很快他被其中的一张邮票吸引住了。

大家都注意到了胖子要人眼睛突然发亮。

隔了半天，荀洪元神情沮丧地离开休息室。守候在门口的体育老师领着一群同学连忙迎上来，问他怎么样。荀洪元心疼自己的邮票，沉默着不肯开口。体育老师说：“你跟他提了帐篷的事?”荀洪元点点头。体育老师又问：“他怎么说，答应了？难道他不答应?”

荀洪元说：“他拿了我三张邮票。”

“那帐篷到底怎么说，”同学们七嘴八舌，“到什么时候能给我们呢？儿童节都快到了。”

“荀洪元，你没看见大家急成什么样子，”体育老师顾不上安慰若有所失的荀洪元，“你快说呀，他到底怎么说了?”

“没说什么，”荀洪元也不知怎么说才好，胖子要人确实没有说什么，“他点点头，他就是点点头。”

第六章

1

儿童节那一天当然没有去露营，大家失望透了。也许是想去露营的愿望太强烈，也许大家都太相信胖子要人，那一年的儿童节是一个最糟糕的节日，因为大家都太失望。荀洪元心疼自己白白损失的几张邮票，一想到胖子要人就生气。体育老师感到有些对不住同学们，是他煽动了大家对露营的激情，是他使大家着了魔。

在一个满天星星的夜晚，体育老师很感慨地说："其实没有帐篷，还不是一样可以露营。"说这话时，同学们已经在大草棚里一个个都上了床，他的话顿时害得好几个同学伸长了脖子。

"再说，如果不是在露天，又能叫什么露营呢？"体育老师忽发奇想，他突然想到了没有帐篷也不妨尝试尝试的可能性，"我们今天是童子军，可是我们的未来是什么呢，我们将投笔从戎，变成一名杀敌报国的军人，你们说难道不是吗？"

体育老师的话很有诱惑力，那年月学校里最常见的情绪，就是自己赶快长大，当兵去。当兵要比在学校里安心读书有趣得多。

"地当床，天当被，我们为什么不能就在露天过一个难忘的夜晚呢？"体育老师发现大家已从被窝里钻出来，都跑到他这边来了，"起码我们男同学可以试一试。天正在热起来，我们可以把这次有意义的活动安排在夏天，到那时候，我们不是连被子也不用带了吗？再说，就一个晚上，我们大家总不至于感冒。"

“晚上要有蛇怎么办?”一个同学冷不丁地说。

“蛇?”体育老师一怔。

“还有，还有蚊子怎么办?”荀洪元补充说。

“要是校长不同意怎么办?”

“正好下雨怎么办?”

大家七嘴八舌，提了一连串的问题。体育老师用手捋捋正在长出来的短头发，不知道说什么好。他一心想讨好同学们，但是这么多具体的问题，他实在回答不出来。

2

天很快热得已经到了可以下河游泳的程度。学校的后面有一条小河，中间隔着一道竹篱笆搭成的围墙，要去游泳，必须从学校的大门走，得绕一个不小的圈子，才能来到河边。同学们嫌费事，便派调皮胆大的，在篱笆上扒开一个洞。先只是一个小洞，刚够一个人虾一样地弯着腰钻过去。随着太阳一天辣一天，篱笆上的洞越来越大，两三个人并排都能挤出去。

校长知道了，通知事务处，让他们立刻找两个工人来修。于是两个工人拿了竹子、竹篾、弯刀，整整忙了一上午，修好了。当天下午，篱笆上就少了两根竹片。第二天篱笆上又有了一个小洞，第三天晚上竟和没修时一样。传到校长的耳朵里，校长又好气又好笑，仍然让事务处派人去修，修好以后，在篱笆上贴了一张布告：“禁止拆毁篱笆，违者严惩。”

过了几天，布告撕掉了，篱笆上又有了个洞。校长真正地生了一回气，临了，不得不听从校长夫人的意见，干脆在竹篱笆上修了一扇可以开启的小门。

体育老师常常在小河边教同学们游泳。他自己也游得不好，小河很浅，像他那样人高马大的身坯，根本游不起来。所谓游泳，更像是在小河里泡着洗澡。会游泳的同学便沿着小河往上游走，走出去很远，走过那个他们曾经想露营搭帐篷的山坡，一直走到一片很大的湖面为止。

有一天，几位觉得老是游泳没意思的男同学从湖里爬出来，往湖边的一座大山上爬。这座山要比离小城不远的狮子山高得多。在半山腰，他们惊奇地发现一个很大的山洞。洞口十分隐蔽，像一张大嘴似的只隙开了一道细缝，风吹雨打，洞口石头上的棱角全被磨掉了，到处都长着一朵朵野菊花似的白霉斑，就好像石头也会生锈一样。爬在山上的野藤蓬蓬松松倒挂下来，仿佛是滋生的人的胡须。

洞里面很凉快，大家气喘吁吁刚爬过山，身上汗津津的，说不出的惬意。才进洞，眼睛一时不能适应，黑咕隆咚，什么也看不清。洞顶上有一滴一滴的水珠不住地往下滴，滴滴嗒嗒响着。洞里面很大，大得大家手拉着手，走出去了一大截，再也不敢继续往前走。

“下次带了火把来。”一个同学这样建议。

“这个洞里也许藏着什么宝贝呢，”另一个同学想到了看过不久的《福尔摩斯探案》，“很可能多少年前，这儿住着一个十分有名的大盗。”

大家的眼睛已经适应了黑暗，隐隐约约地感觉得到灰白色的石壁，突然两三只受了惊吓的蝙蝠，扑打着翅膀迎面飞过，同学们吓了一大跳，掉头便往外跑。跑出洞口，大家格格格笑起来。

大家回去把探险的经过说给体育老师听。体育老师听了，眼睛孩子气地亮起来，他决定过几天和同学们一起去山洞探险。自从露营的事告吹以后，体育老师对太失望的同学们一直存在着内疚。他显然不准备放弃一次讨好大家的机会。大家一听体育老师的话，高兴得大喊大叫。过了几天，一切准备就绪，大家带着风灯、火把，还有童子军棍，出发去山洞探险。

这一次因为又有风灯又有火把，大家终于看清了山洞的真面目。很像一张半张开的大嘴，往里走，说到头就到了头。山洞的顶部形成一个巨大的弧线，像人的上颚一样，靠舌头根那儿是一块平平坦坦的大石头，仿佛是一张天然的大炕，可以睡许多人。

“为什么我们不在这山洞里住上一夜呢？”体育老师发现新大陆一样地大叫起来，“让我们回去好好地准备准备，我们要搞一次真正的露营。”

3

那果然是一次辉煌的露营活动。准备得非常充分，因为山洞里凉，大家都带上了足够的衣服。干粮也多得有些铺张浪费，大家怎么也吃不下。

就在洞口生了一堆火，毕竟是夏天，大家离火远远地坐着。一堆篝火只是一种气氛，好像没有了那种气氛，就不能算是在露营。一位同学把自己家的一条狗也带来了，那狗很瘦小，挤在一群孩子中凑热闹。大家都要体育老师讲故事，体育老师看着孩子们那么高兴，自己也很激动。“说什么故事呢?”体育老师的脸被火光映得通红，显得有些笨拙，“大家知道我最不会讲故事。”

荀洪元让体育老师再为大家说说蕙的故事。多少年以后，荀洪元曾经后悔自己当年太冒昧，不该在那时候重新提到蕙。这是一个满天星星的夜晚，星光闪烁，孩子们一阵又一阵地笑着。荀洪元的请求使得欢乐的气氛稍稍打了些折扣，体育老师怔了怔，半天没说出话来。

体育老师走到篝火边，捡起地上的枯树枝，往火里扔。

第七章

1

有一架小日本的侦察机，大约在空中遭到我方炮火的袭击，或者是机械故障，或者油箱里的油耗尽了，两位飞行员不得不在返航的途中，仓皇弃机跳伞。小城里到处在议论日本飞行员跳伞的事。黄桷树边上那块巨大的黑板上，用粉笔写着如发现了小日本的飞行员，应该向谁去报告的通知。当地驻军派出了几支小部队，在跳伞的区域进行全面搜索。搜索的结果，在悬崖峭壁的一株大树上，找到了一位已在树上挂了一天一夜的飞行员。想象中另一名飞行员也应该就在附近，搜索部队一次一次把那座山像梳头似的清理了几遍，但是仍然没有找到。

那是暑假里的第一天，荀洪元和几位男同学沿着学校后面的那条小河，又一次往上游走，到上游的那个湖去游泳。荀洪元不会游，湖很深，只好老老实实坐在湖边替同伴看衣服。在湖里游泳的都是班上赫赫有名的几个调皮蛋，有一个偷偷爬上岸，趁荀洪元不注意，在他后面狠狠地推了一把，荀洪元猛地翻进湖里，扑通扑通手脚乱打。挣扎了一会，几位同学笑着把他推上了岸。

荀洪元很生气，捞起放岸边的衣服都往湖里扔。这一来，大家的衣服全湿了，便都脱光了，挂在湖边的小树上晒。老在湖里泡着也没意思，荀洪元突然挑起了战事，在那位把他推下湖的男生的屁股上极响地拍了一记，于是大家光着屁股在湖边上追来追去。

一位眼尖的同学突然发现山坡上有个人影子在晃动。大家都不相信，然而看见的那一位坚信不疑，赌咒说：“要是说谎，就是小狗，好不好?”

大家顺着那位同学的手指指的方向看过去，什么也看不见。看了一会，突然大家发现山间小路上，一个人影一晃，没有了。这一次确凿无疑。大家也不争吵了，挂在小树上晒着的衣服一会就干，一个个连忙穿起来，开始爬山。

在山洞里还留着上次露营时没用完的物品。他们最先想到的，是有人会偷他们藏在山洞里的东西。快接近山洞时，他们看见一个身影连滚带爬，钻进了山洞。他们孩子气地追了过去。

“喂，出来，”他们对着山洞大声喊着，“不许碰里面的东西，那是我们的，听见没有?”

山洞回荡着孩子们幼稚的童声。

大家都不敢进洞探险，都憋着嗓子，用大话吓唬躲在洞里的那个人。但是山洞里的人耳朵就跟聋了一样，随他们怎么叫，就是不出来。一个孩子捡起石块往洞里扔，这一带头，接二连三的小石块便仿佛雨点似的直往洞里飞。

“喂，你不出来，你就是小日本!”孩子们对洞里藏着的人发动强大的心理攻势，“再不出来，我们就去报告了，听见没有?”

“打倒日本帝国主义!”一个同学干脆呼起口号来。

没人愿意留下来守着洞口，大家折腾了一气，力气已经用完了，扔下一大堆狠话扬长而去。

2

孩子们去向当地驻军报告，他们夸大了山洞里的人会是日本飞行员的可能性。一名年轻的军官听完了他们的汇报以后，很严肃地问："好吧，都给我说老实话，你们究竟看清了没有，想想好再说。"孩子们七嘴八舌，自己跟自己吵得不可开交，最后不得不承认他们谁也没看清。

年轻的军官说："没看清，你们怎么知道那是小日本的飞行员?"

孩子们没话可说。

难怪年轻的军官会不相信，他们汇报的地点，和日本飞行员实际跳伞的地点相差太远了一些，中间还隔着小城和一条江。

荀洪元气鼓鼓地说："山洞里的东西是我们的。"

孩子们还想说什么，年轻的军官已笑着将他们送出了兵营。年轻的军官告诉他们，山洞里藏着的很可能是当地的农民，要不就是逃跑的壮丁。他让孩子们好好地在家待着，别到山上去乱跑。"真要是日本鬼子的飞行员，就你们一群毛孩子，也对付不了。"年轻的军官伸出手，在荀洪元的光头上摸了摸，笑着说，"喂，你们今年多大了?"

3

孩子们一回去便武装起来，都穿上了童子军军装，系上了皮带，神气十足地拎着童子军棍，准备出发。荀洪元突然想起了体育老师，他是童子军教官，应该喊他一起去。

那一天很闷热，他们找到了体育老师，不由分说地拉着他就走。体育老师十分勉强，但他不想扫孩子们的兴，他完全是很被动地跟着大家走的。

天色正在黯淡下来，气候沉闷得好像是在蒸笼里。为了在天彻底黑之前赶到山洞，大家不得不加快步伐。他们沿着学校的那条小河往上走，走过那个偌大的湖面，开始顺着那道唯一的山间小路上山。天说黑就全黑了，气候更加沉闷，好像随时会下一场大暴雨。他们不得不点上风灯，跌跌撞撞往山上去。荀洪元不小心摔了一跤，童子军棍失手滚出去很远，掉在了一道石缝里。他急得大叫，同伴立刻阻止他，因为这儿离山洞已经非常近。

失去了童子军棍的荀洪元，顾不上手上的伤痛，捡了一块石头在手上，既壮胆也可以当武器。孩子们想得最多的，只是应该夺回那个属于他们的领地。那块领地曾经因为露营而在孩子们的心目中变得有些神圣。他们不愿意自己的地盘被别人占领，他们必须毫不含糊地驱逐入侵者。很快就到洞口的附近，他们就像童子军课上所教过的偷营一样，分散成扇子形，小心翼翼地围了上去。

孩子们听见一连串的脚步声，这是有人在往山洞的深处跑，大家立刻情绪激昂，守住了洞口，大声叫："出来，乖乖地出来，听见没有?"

体育老师做了一个手势，吹灭了拎在手里的风灯，让大家别说话。他轻轻咳了一声，十分严肃地问道："喂，洞里是什么人，请你出来，听见没有?"

山洞里没任何反应，黑咕隆咚什么也看不见。体育老师又喊了一声，仍然不见任何动静。孩子们跃跃欲试，又准备往山洞里扔石头。体育老师连忙阻止大家，他划着了火柴，将风灯点上，拎着风灯，往洞里面照了照，大摇大摆地往山洞深处走去。同学们举着童子军棍跟在后面。

在山洞底部那张天然的大炕上，蜷缩着一个极瘦极小的人。当风灯摇曳的光圈射到他身上的时候，他像困兽似的，对着大家龇牙咧嘴，做着要扑出来的样子。一开始大家都没想到他果然就是那个跳伞的日本飞行员，他的身上又脏又臭，是一张黑乎乎的娃娃脸，仿佛讨饭的孩子。他看上去更像一个十五六岁正上中学的男孩子。

同学们举着童子军棍，向他逼过去。他猛地站了起来，这时候大家才看明白，他身上穿的是军服，是一种大家从未见过的军服。在后方，谁也没见过真正的日本兵是什么模样，不仅同学们如此，甚至对于体育老师也是一样。除了那身没见过的军服之外，大家注意到他还穿着一双笨重的大皮鞋。

体育老师充满疑惑地问："你是哪个学校的？"

那个人叽里哇啦地说了几句，看得出他很害怕，想讨饶或者解释什么的，他突然弯下腰，摸出一把匕首来，在大家还没反应过来，只是出于本能地往后退的时候，那人已经咣啷一声，将匕首扔到了体育老师的面前。

4

没法形容孩子们的喜悦，大家几乎不敢相信他们当真抓到了小日本的飞行员。日本鬼子在他们小小的心灵中，都是青面獠牙的恶魔。他们抓到的这个飞行员看上去可怜兮兮的，和逃难中饥寒交迫的难民看上去没什么区别。在飞行员身边是已经扯得很破的降落伞，他的一条腿显然受了些伤，在膝盖部位，用布条绑了起来，血似乎还在渗出来。他明摆着既不会说也听不懂一句中国话。

最能确定飞行员身份的，是荀洪元在角落里搜出的一个皮包，皮包里有一张很大的军事地图，上面用红笔画了好几个圆圈。地图之外，还有几粒子弹，大家想不明白，为什么有子弹，却怎么也搜不到枪。

体育老师和孩子们一样激动，他亲自扯下一长条降落伞布，将俘虏的飞行员的双手绑了起来。大家欢呼着往山洞外走，就在这时，一道很强烈的闪电，紧接着一声霹雳，铜钱大的雨点子，噼里啪啦砸了下来，来势凶猛的大暴雨，迫使大家不得不等雨停了再走。

倾盆大雨几乎下了一夜，电闪雷鸣，幸好有一块飞出的大石块，像屋檐一样伸出去，挡住了哗哗的雨水。山洞里还有一大堆剩下的枯树枝，于是孩子们曾经熟悉的篝火，又一次熊熊地燃烧起来。又找到了仍然是上次留下来的一个空的铁皮罐头，已经生锈了，擦去锈迹，接了些雨水，放在篝火上烧。因为有了上次露营的经验，这一次做起来十分顺手。

第一罐水快烧开时，一不小心，全翻了，篝火差一点因此熄灭，山洞里顿时烟雾袅袅，一个个忍不住咳嗽起来。好在剩下的枯树枝很多，体育老师让大家注意节约，不要一下子把燃料全部用完。雨哗哗哗一个劲下，到半夜，大家肚子都饿了，便拿出带来的煎饼分着吃。

因为天热，又是焐在身上的包袱里，煎饼已经有些馊，也顾不上了，狼吞虎咽往嘴里塞。

体育老师让荀洪元喂煎饼给他们的俘虏吃。荀洪元起先很不乐意，虽然他在课本上听说过优待俘虏这个字眼，但是他的母亲毕竟是惨死在日本飞机的扫射下，他的父亲还在前方的战壕里指挥着部队和日寇浴血奋战。为了安全起见，被俘的日本飞行员不仅被体育老师捆住了双手，而且两只脚也被紧紧地捆在一起。始终有一位同学拿着缴获的匕首，虎视眈眈地监视着他。看得出这个俘虏也饿得够呛，他绝望的眼睛看了看正在分吃煎饼的同学，咽着口水把头扭向别处。

荀洪元故意到俘虏面前，慢吞吞地吃给他看，待自己完全吃饱了以后，撕下极小的一块，像逗一条小狗似的，扔在了他面前。已经成为阶下囚的日本飞行员看了看掉在面前的那一小块煎饼，弯下腰，很委屈地用嘴去叼，由于手脚都捆着，他花了很大的力气，才咬住那一小块煎饼。煎饼上已沾上了泥土，他一边迫不及待地往肚子里咽，一边往外吐泥土。

体育老师觉得荀洪元不应该这么做，他走过来，从荀洪元手上拿过煎饼，亲自喂给俘虏吃。体育老师的做法让荀洪元稍稍感到有些难为情，因为他看见体育老师一脸的严肃，十分庄严地喂着煎饼。被俘的飞行员眼睛里流露出了感激，跪在那，一口接一口地吃着，噎得喘不过气。同学们都围了过来，用好奇的目光看着他们的俘虏吃。他们的俘虏在孩子们的注视下，显然有些觉得不好意思，目不转睛地看着眼前的煎饼，突然眼眶一湿，滚下了几粒泪珠。那泪水在满是泥垢的脸上，冲出两道明显的痕迹。

荀洪元好像一下子忘了在他面前的应该是敌人。母亲的死对他来说，一眨眼间，已经变得有些遥远。他觉得面前的这一位，起码不像他想象中的日本鬼子那么凶残那么狰狞。他情不自禁端起了铁皮罐头，好像是为自己刚刚的态度感到抱歉，十分友好地喂水给他们的敌人吃。体育老师咧着嘴笑了，他的笑对荀洪元是一种鼓励，荀洪元觉得自己这么对待俘虏很有意思。“你要喝，你就把它全喝了吧。”他还想不太明白面前的这一位根本不可能懂他的话。

大雨是在天亮前才停的，体育老师和他的学生押着俘虏，兴高采烈地上了路。一夜的暴雨引起了山洪暴发，山下的那个湖面陡然扩大了许多。他们来时走过的那条小河，这会汹涌澎湃，成了一条咆哮的巨龙。体育老师意识到他们被困河边，原路返回，显然是行不通的。

体育老师不得不选择另一条路下山。雨后的山路滑得不得了，童子军们斗志昂扬，一路唱着童子军军歌，一路跌着跟头，历尽千难万险，终于在天又一次黑下来之前，将抓到的俘虏押回小城，送到当地的驻军手里。

5

那一年荀洪元最得意的一件事，就是他们在体育老师的带领下，抓到了小日本的飞行员。黄桷树边那块巨大的黑板上，用夸张的文笔，报道了他们智擒顽敌的丰功伟绩。小城的老百姓到处都在议论，说童子军如何如何了不起。

第八章

1

体育老师后来死于缅甸战场，关于他的英勇牺牲有种种传说。一九四四年的夏季，是中国漫长战争苦难的最后阶段。这一年，全球的反法西斯战争取得决定性的胜利，垂死挣扎的日本人发动了历史上最后一次大进攻。攻势在炎热的夏季开始，以排山倒海之势摧枯拉朽，大踏步地向纵深挺进。秋天的第一阵凉风刚刚吹起，日本人已经逼近了当时美国人在华的最大军事中心桂林，对散发着腐败臭气的重庆政府的彻底垮台，形成了最直接的威胁。

当时亚洲战局中，唯一的亮点是史迪威将军亲自领导的在北缅进行的战役。荀洪元已经进了中学，他和他的同学之所以特别关心北缅战场上的战事，是因为前一年体育老师报名参加了远征军，这刻正在沙场上浴血奋战。

体育老师的死讯，是和他一起报名参加远征军的高年级同学抗战胜利凯旋归乡时带回来的。在北缅铺满落叶的丛林中，中国远征军曾经留下了十万具遗骨，体育老师不过是其中之一。关于体育老师的死法，有种种不同，或悲惨，或壮烈，唯一可以肯定的一点，只是他的死亡本身确凿无疑。

体育老师姓殷，黄桷树边那块巨大的黑板上，曾经出过一期纪念抗战胜利的专号，荀洪元小学的国文教师，为体育老师写了一篇很漂亮的祭文。那篇祭文得到了小城众多文化人的一致称赞叫好。正是从那篇祭文中，荀洪元才第一次知道体育老师的全名叫殷铭扬，是东北哈尔滨人。

荀洪元记得最清楚的，却是体育老师临去蓝姆伽兵营参加集训前，带他最后一次去给蕙上坟。

体育老师站在蕙的坟前，默默说着什么。蓝天上飘着白云，有两只小鸟在天上飞着，叽叽喳喳叫。体育老师像一座黑塔似的站着，垂着头。

体育老师说："荀洪元，你知道蕙生前最喜欢什么花？"

荀洪元摇摇头。

"蕙最喜欢的花，是夜来香。你知道不知道什么叫夜来香？"

荀洪元又一次摇了摇头。

体育老师没有关照荀洪元在来年的春天，为蕙献上一束鲜花，献上几枝夜来香。体育老师什么都没有关照，他脉脉含情依依不舍，看着那座已长满青草的坟丘，发呆。体育老师留给荀洪元最后的记忆，就是他站在蕙的坟前发呆。

2

荀洪元最后一次看到蕙的坟是在他离开小城的前一天。凯旋归来踌躇满志的父亲，领着他和他头一次见面的继母一起去向母亲告别。荀洪元漂亮的继母已经有了好几个月的身孕，她很不容易地弯下腰，将一大束鲜花放在荀洪元母亲的坟上。

荀洪元母亲和蕙的坟上都开着一簇一簇的野菊花。荀洪元突然想起了过去的岁月。他觉得自己一下子成熟了许多，他想起了那次毁灭性的空袭，想起了蕙的死和体育老师的殉情，想起了露营的帐篷和胖子要人，想起了那个满是泥垢的脸上淌着泪水被他们活捉的日本飞行员。

荀洪元从母亲坟前的一束鲜花中，取了一部分送到蕙的坟上。他突然发现自己是那样地怀念体育老师，他觉得体育老师正躲在人看不见的地方，用感激的目光注视着自己。他忍不住回转身来，十分执著地问穿着美式军服、胸前挂满奖章的父亲，什么是夜来香。父亲在他的询问下，不知如何回答。荀洪元又问他的继母，继母想了想，十分尴尬地摇着头，说不知道。

荀洪元始终没明白蕙最喜欢的夜来香，是一种什么样的花。多少年以后，他成为一位文章写得很好却一直不曾走红过的作家。为了写一篇纪念体育老师和蕙的文章，荀洪元向许多人打听过夜来香。关于夜来香有种种说法，最后他不得不去向生物学辞典请教。在《简明生物学辞典》的第834页上，有两条关于夜来香的权威记载：

> 夜来香（Telosma cordata）别称“夜香花”。萝摩科。多年生缠绕藤本。叶对生，卵圆状心脏形，脉上有微毛。伞房状聚伞花序腋生，有花多至30朵，夏秋开花，花脚呈高脚碟状，黄绿色，香气浓，夜间尤盛，故名夜来香。我国华东地区和华南常见，热带亚洲和欧美各国亦有栽培。除供观赏外，花可炒茶，也可作馔。根和花供药用，能平肝明目。
>
> 夜香树（Cestrum nocturnum）别称“洋素馨”、“夜来香”。

茄科。直立或近攀援状灌木，高2—3米。茎圆柱状，叶条长而下垂。叶互生，长圆状卵形或长圆状披针形，全缘。花多数组成腋生和顶生的伞房状花序。花冠狭长管状，上部五浅裂，绿白色至黄绿色，晚间极香。原产热带美洲，我国云南、广西、广东、福建都有栽培，作园林绿化树种，供观赏。花可用作芳香原料，商品名“夜香茄浸膏”。

荀洪元知道，也许只有蕙自己，才明白她究竟喜欢什么样的夜来香。也许体育老师是知道的，也许他也根本不知道。“夜来香，夜来香”，沪宁一带的卖花女常常这样叫卖。那是一种叫“晚香玉”的花，属于石蒜科，俗也称夜来香。一种看上去不漂亮而且价格很便宜的花。也许让蕙耿耿于怀的夜来香，只是这种在宁静的夜晚，能给人送去清香的最普通不过的花。

3

一九四四年初秋，体育老师在北缅浴血奋战之际，在沦陷地的上海，有一个化名叫金玉谷的作曲家，有天晚上去唱片公司录制唱片。这一天天气反常的闷热，作曲家的活干得很不顺手，在工作休息的间隙，他打开了录音间的后门，一阵浓郁的花香，随着清凉的南风扑面吹来。万籁俱寂，隐隐传来夜莺的啼叫。面对此时此景此情，作曲家立刻产生了一股不能遏制的创作冲动。录音工作结束以后，作曲家在回家的路上，已经开始酝酿一首后来广为流传的歌曲。到了家，在昏暗的台灯下，作曲家摊开五线纸，在上面尽情地宣泄他的乐思。

这首乐曲便是《夜来香》。尽管参考了中国民歌《卖夜来香》和古歌《夜来香》，但曲调和旋律却充满了欧美风味，有着慢伦巴的轻快节奏。一九四四年的沦陷地上海，《夜来香》是最流行的一首歌。据说在乐曲定稿的一个月内，先后视谱哼唱过的大歌星有王人美、姚莉、龚秋霞等等。据说当时红得发紫、既是影星也是歌星的周璇，看了曲谱也连声叫好。

真正使《夜来香》传遍大街小巷的是李香兰，这是一位叫做山口淑子的日本女人，李香兰是她取的中国名字。在战争结束之前，没人知道红极一时的李香兰会是日本人。商女不知亡国恨，隔江犹唱后庭花。据资料记载，《夜来香》的唱片当时非常畅销，许多人都会跟着唱。很显然，在一九四四年，这首优美动人的乐曲，慰藉了被战争搞得疲惫不堪的人心。

到了一九四五年，小城狮子山蕙的坟头的小树已经长得很高，体育老师长眠在北缅开满野花的丛林中，荀洪元也已是一名初中三年级的学生。日本战败的趋势越来越明显。在大日本帝国无条件宣布投降的三个月前，一台中日合作的交响音乐会《夜来香幻想曲》，在上海的大光明大戏院隆重公演三天。这是上海当年最豪华的戏院，有红色天鹅绒的靠背座席两千个，全都对号入座。这是一次轰动的高水平演出，连日满员，票价加价三倍。担任演奏的上海交响乐团，是由世界水平的外国人组成，号称东方第一，团员以意大利人、德籍犹太人、澳大利亚和白俄人为骨干力量。晚会在李香兰优美动听的歌声中结束。根据日方谍报人员的调查，参加的听众如痴如狂，百分之九十几是中国人和住在租界的白种外国人。感时花溅泪，恨别鸟惊心。音乐常常没有国界，在一个充满痛苦和灾难的时代里，一曲《夜来香》，终于唤起了人们的另一种情感。夜来香香味扑鼻，《夜来香》如泣如诉。

那晚风吹来清凉
那夜莺啼声凄怆
月下的花儿都入梦
只有那夜来香
吐露着芬芳
我爱这夜色茫茫
也爱这夜莺歌唱
更爱那花一般的梦
拥抱着夜来香
吻着夜来香
夜来香，我为你歌唱
夜来香，我为你思量
啊……我为你歌唱，我为你思量
夜来香夜来香
夜来香

1993年3月18日

风雨无乡

第一章

1

火车拉响了汽笛，像一条僵硬的蜈蚣一样，终于动了一下。车窗外的房子向后退去，站台上很空，一盏昏黄的路灯下，一名穿制服的警官毫无表情地站在那里。如韵轻轻地松了一口气。转眼间，火车已驶入夜幕深处。

同行的几个人几乎都松了一口气。尽管老陈一再说这一路绝对安全，大家还是有些七上八下忐忑不安。火车自然是要误点的，原定晚上八点的车，直到过了深夜十二点才开。飞卿不停地摸出怀表来看，他看表，别人便对着他的脸看，看他的表情。老陈说："别看了，火车若是不开，你再看表，也没用。"

一名日本尉官就坐在离他们不远的地方。刚开始的时候，大家很紧张，由于这名日本尉官的缘故，都觉得周围坐着的那几位戴礼帽穿长衫的，是警察局的便衣。张苹本来和如韵一起坐，她借口心慌，一定要和老陈换位子，换了位子，便和飞卿挨得十分紧。火车里的紧张气氛，反而给张苹一个和飞卿亲密的机会。如韵忍住了尽量不对她看，心里酸酸的。飞卿的大姐琼瑶不时地说一句什么，她坐得离那名日本尉官最近，但是由于是侧对着他，反而不去注意他的动静。琼瑶是除了老陈之外最沉着冷静的一位。

火车在一个小站又停了很长时间。车厢里许多人迷迷糊糊地已睡着，火车停在那里老是不走，人们嘀嘀咕咕地议论开了。没人大声说话，那名日本尉官不耐烦地站起来，朝车厢门口走去，不一会，又回到座位上。如韵注意到日本尉官腰间挂着一把刀，那刀从头至尾用一种紫色的花布缠绕着，缠得很紧，给人的感觉是不可能立刻拔出来杀人。如韵听说过许多日本人杀人如何凶残的传说，当日本尉官站起来的时候，如韵的心头一阵抽紧，这是一种不由自主的紧张。事实上，那日本尉官是一张娃娃脸，他十分友好地扫了她一眼。如韵注意到在他的背上，还挎着个像皮包又不是皮包的东西，后来她才知道那就是“王八盒子”，昭和十四年式的手枪。

临时停车带来了各种各样的惊惶和猜想。老陈若无其事地和琼瑶说着什么话。飞卿又一次掏出了在梅城上车时买的一张报纸，又一次把老陈再三关照的吩咐，忘到脑后去了。老陈说，出门在外，别做出读书人的样子。车厢里的灯光很暗，飞卿不得不尽可能地把脸往报纸上凑。张苹也借这机会，把她的头往飞卿脸上靠，那种亲热的样子让如韵感到一种巨大的失落，她有些后悔贸然和他们一起离家出走。一路上，到处都是危险，如韵不时地感到自己的多余。她抬起头，发现那名日本尉官还在偷偷地看着自己。

火车总算又一次启动。车窗外仍然一片黑暗。琼瑶招呼飞卿从行李架上拿一个包裹下来，包裹里面搁着许多好吃的。大家的肚子都饿了，当琼瑶从包裹里拿出牛肉罐头和纸盒装的蛋糕，如韵突然想到自己已经近十个小时没有吃过一口东西。恐惧还没完全离开，饥饿迫不及待地向他们发动了进攻。如韵小心翼翼地把奶油蛋糕往嘴里塞，她忍不住又看了一眼那日本尉官。日本尉官正目不转睛地看着她，他突然有些不好意思了，将目光收回，起身窸窸窣窣从自己的行李中，抽出一个薄木片盒子。如韵看着他十分小心地揭开盒盖，只见那小木盒分成了许多小格，每一格里面放着一个紫颜色的饭团。不知怎么的，那日本尉官手里便有了个一头是连在一起的小筷子，他轻轻将筷子一撕，很娴熟地夹起一个饭团，放进嘴里细嚼慢咽地吃起来。他似乎知道如韵正在注意他，故意不对她看，很斯文地吃完了一个，又吃另一个，吃着吃着，终于忍不住了，他抬起头来，偷偷地看如韵。

2

飞卿的大姐琼瑶是如韵和张苹大学里的老师。飞卿在另一所大学里读书，要比她们低两届。年轻时的琼瑶是学校里有名的校花，数不清的男人追求她。她让男人追烦了，因此打定主意不嫁人。很多女学生在读书时都崇拜琼瑶，崇拜了一阵，还没毕业就嫁人远走高飞。琼瑶是大家心目中浪漫主义的典范。好在不管世事怎么变化，琼瑶都不缺少崇拜者，她是一个有魅力的女人，对男人如此，对女人也如此。

自从日本人进入梅城以后，琼瑶就不停地说要逃出敌占区。她的许多同事和追求者一个个都先她而去。很长的时期内，琼瑶对是去三青团的地盘，还是去新四军的解放区犹豫不决。两边都有人来做她的工作，都说得十分好听，她一会一个主意，直到前不久才决定和老陈走。老陈也曾经是她的追求者中的一名积极分子。他在梅城干了许多年地下工作，三教九流，什么样的人都打过交道。琼瑶先是非常奇怪像老陈这样的人，怎么会和日本宪兵有来往，后来知道了他的确切身份，又对他羡慕起来。搞地下工作既神秘又浪漫，她突然下决心和老陈一起去解放区。

要走，自然得带上她的宝贝弟弟飞卿。琼瑶的母亲生了四个女儿，只有飞卿这么个独养儿子。琼瑶的父亲曾在北洋时期当过财政厅长，多多少少攒了些银子，这些钱一直牢牢地捏在琼瑶的母亲手上。父亲先是失势，以后是没钱，娶不了姨太太，便到妓院里去鬼混，胡闹到四十来岁一命呜呼。母亲是个能干的女人，拖儿带女，临死前，把照顾飞卿的担子，托付给了琼瑶。那时候，飞卿刚刚十岁。琼瑶有个追求者在国民党里当师长，当她毅然决定去解放区的时候，她庄严地宣布，自己所以不想到江西吉安去，就是不想当师长太太。去哪里参加抗日都一样，琼瑶觉得去解放区更刺激。飞卿在学校里不好好念书，念了也没什么用处，还不如带他出去闯闯。

有一大批女学生要跟着琼瑶走，琼瑶衡量再三，最后只挑了如韵和张苹。革命不是请客吃饭，人多了太惹人注目。据说日本人的特务机关已经开始注意琼瑶的举动，又传说女学生中的谁谁谁就是汪伪派来的特务。事不宜迟，夜长梦多，琼瑶委托如韵和张苹买了大量的可可粉和巧克力，作为去解放区时送给首长的礼物。因为老陈说，由于日本人的封锁，解放区的军民特别缺糖。

一路上，通过了许多伪警的“检问所”，老陈是老码头，仿佛和什么人都认识。那些伪警也不是太刁难他们，只要塞点钱就可以。一个伪警认定如韵拎包里的可可粉是西药，飞卿塞了一千块钱给他，那人摇摇头，把钱退给飞卿，认定这是违禁品，要没收。如韵很有些紧张，老陈走过来，笑着拍拍那伪警的肩膀，往他怀里塞了几包大英牌香烟。伪警摇摇头，似乎有些禁不住大英牌香烟的诱惑，他伸手摸出已塞在怀里的香烟，很专注地研究着，突然一挥手，让如韵快走。

在梅城时，如韵听说过许多关于汪伪特务机关的厉害。要是让他们侦察到私通共产党新四军，立刻会抓了去灌辣椒水坐老虎凳。如韵和张苹曾为一名来梅城治病的新四军干部送过信，当时她们觉得这事很刺激，值得做，事后却一直感到害怕。毕竟是日本人的天下。她和张苹送信去的那位新四军干部治好了病，安然无恙地离去了。但是有时的确也很严酷，有一位新四军的女干部就是在医院里被抓，然后押到东门外枪毙的。至于那种以私通敌军为罪名被抓起来的人就更多了。

事先说好，他们这一路人马，假装回老家奔丧。老陈扮姐夫，张苹扮飞卿的二姐，如韵和飞卿扮一对刚结婚的小夫妻。虽然是假的，张苹却为此一路闹别扭，要么故意和飞卿亲热，要么就没完没了地拿如韵和飞卿的假夫妻关系取笑。有一次，如韵也有些急了，离开一个检问所，脸红着对张苹说："到前面还是你们扮小两口算了，你们俩在一起更像。"

张苹让她说得有些脸红，一时竟找不到话反驳。琼瑶说："你们也是的，到这时候，还开这种玩笑。"老陈严肃地说："这种玩笑是不能乱开，万一说漏了嘴，事情就麻烦了。虽然是假的，但一定要跟真的一样。"他和琼瑶果然配合得天衣无缝，如韵知道老陈过去曾经崇拜过琼瑶，一想到这一点，她就觉得好笑。张苹当着伪警喊他姐夫的时候，老陈一点咯噔也没有。一路上，已经一把年纪的老陈不停地献着殷勤。

如韵早就听说琼瑶有一个长得像女孩子的弟弟飞卿，她早就听说飞卿会演戏，是学校剧社的男主角。剧社排演曹禺先生的《雷雨》，飞卿演的是小儿子周冲。如韵没有见到过飞卿在舞台上的模样，她第一次见到他的时候，飞卿已考上了大学，学英文。飞卿后来告诉如韵，他的志愿是去上海读戏剧学校，但是他的姐姐不让他去，怕他独自一个人在上海学坏了。如韵发现飞卿真的很听他大姐的话，他的那张娃娃脸确实有几分可爱。

飞卿大约要比如韵小一岁，如韵和他熟悉起来，是因为琼瑶生腰子病住医院。许多女学生都去医院看望她们的林老师，把个小小的病房搞得十分热闹，琼瑶发现如韵很会体贴人，有一天，一本正经地对如韵说："我们家飞卿，以后要能找到像你这样的女朋友，就好了，我也就放了心。"

如韵说："林老师，你怎么这么放心不下你弟弟?"

琼瑶叹气说："怎么办呢，都是我母亲把他宠的。"

病中的琼瑶想得最多的，也是飞卿。飞卿来医院看她，她总是盯着他一个劲追问，不厌其烦地从他嘴里掏话。如韵正是在琼瑶生病的这段时间里，了解了飞卿。飞卿果然是个被宠坏的大男孩，他跑来看大姐琼瑶，自己空着手来。别人送给琼瑶的香蕉，他一口气能吃六七根，吃完了也不洗手，要琼瑶喊过之后，才在手巾上胡乱擦一下。已经开始有女孩子追求飞卿，不断地有人给飞卿写信，送小礼物。飞卿是贾宝玉一样的人物，就喜欢成天在女人堆里混，难怪他的大姐琼瑶要不放心。从一开始，如韵对飞卿的印象就很特别。

在一个叫三步两桥的地方，他们来到了最后一个检问所。过了桥，往东北方向去，便是新四军的根据地，往西北拐，是国民党控制的区域。三步两桥还在伪警的管辖下，不过两座几乎紧挨着的桥上，全都涂上了白石灰。还没到检问所的时候，老陈就警告过大家，因为这里是好几方势力的交界处，说话千万要注意，弄不好会前功尽弃。事先说好是回老家奔丧，大家还没走近检问所，一个个先哭丧起脸来。一个伪警似乎猜到了他们是干什么的，装腔作势地喝了几句，老陈走上前，笑着把钞票往他手上塞。伪警接过票子，看了看面额，很满意，一边往口袋里放，一边笑着说："怎么这么痛快，好，我就喜欢痛快，这样反而好。"他敷衍了事地检查着证件，随口问如韵和飞卿："你们什么时候结婚的？"

3

老陈在前面的村子里，找到了一个姓尖的保长，这保长和老陈是熟人，老陈让尖保长赶快找个挑夫来。不一会就来了一位年轻力壮的小伙子。老陈让大家把包裹重新调整一下，最重的几个交给挑夫挑。挑夫看看东西不少，红着脸要加钱。尖保长无可奈何地说："真让你们城市里的同志笑话了，乡下人，觉悟就是这么不高。"和尖保长分手，大约走了七八里路，到了一个小镇上。那挑夫将大家送到了区公所，拿钱走人。大家感到有些奇怪，说是已经到了区公所，可门口连个带枪站岗的都没有。

一个身着灰布长衫，留着一个小分头的青年跑了出来。他和老陈说了几句话，笑着跟大家招呼："辛苦辛苦，欢迎你们来。对了，我介绍一下，这里就是招待所，我呢，就是所长。鄙人姓金，都喊我老金好了。"说着，捡最重的行李搬起来，带大家去住的地方。如韵发现区公所转眼间成了招待所，而且这所谓的招待所，其实是一座破庙，等到了金所长说的最好的房间时，大家才知道最好的房间连床都没有。地上铺了一大堆草，不是稻草，是那种看上去硬硬的，仿佛棉花秸一类的东西。张苹情不自禁地伸了伸舌头. 她的眼睛往窗外看了一眼，立刻十分恐怖地瞪大了。

如韵顺着张苹的眼光看出去，正对着门口，齐齐整整放着三口大棺材。飞卿也注意到了这景象，连声说："这房间不能住，不能住。"老陈不当一回事地说："有什么关系，那是空棺材。"琼瑶只顾着想这地铺怎么能睡，听到大家谈棺材，才抬起头来。她是个能干的女人，什么教也不信，但是却怕鬼。当她亲眼看见那三口瘆人的棺材时，惊得从原地跳起来，大叫："换地方，说什么也得换个地方。"老陈没办法，只好和金所长商量。金所长说："跟你们说这地方好，你们非要换，我也只好依你们。"

金所长带着大家从那三口棺材边上绕过去。琼瑶闭着眼睛，差一点摔个跟头。一路上，琼瑶总是最有主意，她大包大揽，指挥着一切，现在她率先怕成这样，别人反而镇定起来。他们走进庙堂侧面的一间小房间，果然是更破，屋顶上有一块地方，连瓦都没有了，白晃晃的能看到天。而且这地方离棺材的距离更近，好在有一面墙挡着，心里的感觉完全不一样。老陈用眼睛问琼瑶，琼瑶苦着脸点点头。

安排停当，金所长提出来是不是大家吃点东西。飞卿摸出怀表看看，是下午四点多钟，肚子已经有点饿了，于是一起表态，要吃。金所长亲自下厨，在伙房里，竟然什么都有，有鱼，有肉，还有蔬菜。除了老陈还能凑合几下，谁也不会烧火，柴禾塞进灶里，不是火灭了，就是弄得一房间是烟雾。大家只好站在旁边傻看。不一会，金所长就忙完了，想不到他那么能干，灶前灶后来回跑着，菜刀和锅铲乒乓乱响，四菜一汤便端到桌子上。最有趣的，是金所长手上的油从来不往抹布上擦，而是不断地往头上抹，难怪他的小分头会那么锃亮。大家的筷子刚举起来，金所长忽然想到地问大家喝不喝酒。琼瑶知道老陈是喜欢喝酒的，因为搞地下工作，平时一直没有机会喝。这一次护送他们，一路辛苦和紧张，总算平安到达了，应该喝点酒庆祝一下。于是，金所长转身出门，抱了一小罐子酒进来，是一种很凶的烧酒，就往碗里倒，倒好了，站起来敬酒："好，欢迎大家到抗日民主根据地来工作。"大家跟着一起站起来，举起碗，碰了碰。老陈和金所长一干而尽，其他人都陪着抿了一小口。酒虽然不好，大家喝得痛快，连日来的疲惫和紧张一下子都没了，喝得高兴时，琼瑶情不自禁地唱起了抗日歌曲。在她的带领下，大家齐声高唱《大刀向鬼子们的头上砍去》。

刚开始吃的时候，天还没黑，等到吃完，已快八点钟。老陈喝多了，刚离席就吐，半夜里又起来吐了一次。这一夜，男男女女都住在一间房子里，琼瑶把地上的棉花秸分成两摊，让老陈和飞卿靠门口睡。门口风太大，琼瑶想想又有些不忍心，又关照把棉花秸连成一片，大家反正是和衣而眠，挨拢一些睡暖和。酒能壮胆，更可以助眠，大家忘掉了一墙之隔的棺材，也不觉得棉花秸硌人，外面凉风呼呼地吹着，一个个倒头就睡。半夜里老陈起来呕吐，只听见鼾声一片，也分不清谁是谁。

4

如韵天亮前，被一泡尿憋醒了，好大的一泡尿，她迷迷糊糊地要睡着，又醒过来。琼瑶也不停地翻身，只有老陈睡得很死，呼噜打得震天动地。从缺瓦的屋顶上，能看到一方灰蒙蒙的天，如韵想自己昨天晚上倒头就睡，否则可以很好地看看星星和月亮。外面传来一阵阵的狗咬。还是在做梦的时候，如韵就梦到自己在被狗追赶。她不敢一个人爬起来去茅房，既害怕外面停放着的三口棺材，也怕有狗。

一直到天大亮，琼瑶才喊着憋不住，领着如韵和张苹一起去茅房。那茅房几乎和露天一样，大家憋急了，也顾不了许多，争先恐后抢着方便。如韵从茅房出来，发现飞卿正在不远处看着她。真不像话，如韵突然想到他很可能看见她在茅房里的窘迫腔调，脸刷地红了。她红着脸从飞卿身边走过，衣衫不整的飞卿迫不及待地也冲进了茅房。大家就此算是正式起床。老陈醒来第一句，是“我昨天晚上喝醉了”，然后草草梳洗一下，带大家去四处看看。

如韵吃惊地发现在破庙里，又出现了许多新的陌生面孔，一看就知道和自己一样，是从城市来的。这是一批从上海赶来的青年学生，是半夜里来的，就住在本来安排给他们住的“最好的房间”里。吃过早饭以后，如韵看见飞卿已和上海来的那些学生熟悉起来，正和一个瘦瘦高高的女孩子说着话。几个男生在空场上玩着排球，如韵想不明白，这些学生是怎么带着排球闯过一道道封锁线的。

开往大集镇的船，一直到快吃中饭的时候，才找到。两条船都很破，一大一小，其中一条还有些漏水，说是要修一下。于是吃中饭，吃完了中饭，金所长抱着一个木盒子来收饭钱，连昨天晚上的那顿，一共三餐。琼瑶有些吃惊，没想到在这吃饭还要付账，怔了怔，问多少钱。金所长报了一个数，老陈抢着要付，琼瑶掏出钱包，从里面抽出一张票子，递给金所长。金所长将木盒放地上，人蹲了下来，挑了几张抗币找零给琼瑶。大家第一次见到抗币，纷纷传着看。金所长捧起木盒子，转身又去问那几个上海来的学生收饭钱。

船磨蹭到下午两点多钟才开。上海来的人坐一条船，如韵他们和金所长还有几名本地的干部坐一条船。飞卿闹着非要和上海人同船，结果琼瑶发了火，他才作罢。张苹酸溜溜地说："刚和如韵结束了夫妻关系，就这么急着要找新的女朋友了。"飞卿不在意地看了如韵一眼，又往紧跟其后的那条船看，嘀咕着说："你不要瞎讲。"后面那条船上，那位瘦瘦高高的姑娘，大眼睛滴溜溜地正盯着他们看。如韵说："飞卿，你看人家的眼睛直溜溜地看着你呢。"飞卿有些不好意思，笑着说："怎么你也会开这样的玩笑？"

一路上，如韵听见金所长和本地的几名干部，反复提到一个叫李怒的人，便向老陈打听李怒是谁。老陈也不知道，问身边一位着灰布长衫、戴顶礼帽的本地干部。那人眼睛瞪多大地说："难道李司令你们都不知道？"他的表情不仅吃惊，而且有些愤怒，"连日本人都没有不知道的，你们也真是！"飞卿说："我们本来就不知道嘛，知道了还会问你们？"飞卿的话引起了又一阵关于李怒的议论。原来今天在大集镇要开一个大会，李怒将要出席，金所长和那些本地干部就是准备去见一眼李怒。老陈曾经去过大集镇，他有些担心地问，大集镇离敌占区那么近，万一敌人突然来一个清乡怎么办。金所长捋了捋锃亮的小分头说："只要李怒在，日本人和伪军不敢来的。"

天黑之前，他们才赶到大集镇。集会早就开始了，如韵心惊胆战地从跳板上走下来，看见黑压压的人群云集在一片空场上。远远地搭着一个舞台，有人正在上面演着什么戏。金所长把人召集齐了，关照大家待在原地不要动弹，他先去找人，不一会，找来一位军人。那军人来了以后，对大家敬了一个礼，便领着大家往密密麻麻的人群里钻。人实在太多，金所长完成了移交任务，对大家摆手再见，又喊大家都把手拉起来，以免走散了。那军人在前面领着路，一路挤，一路喊前面的人让一让。好不容易挤到离舞台一二十米的地方，没办法再往前走了，那军人回过头来，对大家说："这样吧，就先在这看演出，别挤得大家最后找不到人。"

人山人海，如韵被挤得东摇西晃。飞卿趁乱，挤到那位大眼睛的女学生身边，琼瑶还有些不放心他，像关照小孩一样地让他小心一点。一直到乱哄哄的演出结束，如韵都不知道舞台上演的是什么戏。天很快地黑下来，几个身着军装的士兵在舞台上点着风灯，灯全部点好的时候，演出也结束了。一位领导同志走上主席台，做关于形势的报告。他的报告稍稍冗长了一些，整个会场变得更乱。好不容易说结束语了，他似乎也察觉到了大家的不耐烦，非常戏剧性地挥手喊道："下面，让李怒司令和大家说几句。"

会场顿时安静下来，如韵注意到坐在看戏最前排的地方，站起来一个人，对台上摆了摆手。会场太安静了，大家都在等李怒司令出场。那个站起来的人就是李怒，他戴着一副眼镜，没有戴军帽，梳着十分整齐的分头，大约也明白这种场合下，不该伤了大家的希望，于是缓缓地走上台去，举起一只手，声音沉重地说："实在没什么好说的，今天的会开得很好，就到此为止。"话音刚落，下面一阵热烈的鼓掌。

第二章

1

李怒第一次见到如韵是在河边。一群女兵正在洗衣服，骑在马上的李怒路过那里，所有的女兵都抬头看他。“李司令好!”女兵们对他喊着，他笑着对她们招了招手。一位女兵光顾着看他，正洗着的衣服顺流而下漂走了，李怒的警卫兵跳下马，拉着河边的小树，侧身去捞，但是捞不到。女兵们叽叽喳喳乱成一片，李怒一拉马缰，连人带马一起跃入河中。小河并不深，李怒驱马去追那件还在漂的衣服，一个漂亮的侧身，将衣服捞了起来，然后回到岸上，把湿漉漉的衣服还给怔在那里的女兵。那女兵满脸通红，看着李怒，一边的女兵小声说：“还不赶快谢谢李司令。”李怒看着那女兵，等她说话，然而她一句话也不说。旁边的女兵不住地催着，李怒继续看着她，他除了裤腿有些打湿以外，其他部分都是干的。“用不到谢，要谢，就谢我的马吧。”最后，还是李怒先说话，女兵们听了，格格格笑起来。

李怒和警卫骑着马走了，马蹄声脆，女兵们一个个抬头看着他们的去影。走出去一截，李怒突然停下来，很随意地问警卫：“小张，刚刚那女的叫什么名字?”警卫是个愣头愣脑的小伙子，紧紧拉住缰绳，一时摸不着头脑，他怔了怔，说：“我去打听一下。”掉转马头就向河边的女兵们飞奔过去。李怒想喊已经来不及了，转眼之间，警卫已回到了女兵的身边，骑在马上和那些女兵说着什么。

警卫赶回去打听名字的那位女兵就是如韵。在河边洗衣服的都是学习班的学员，转眼已经大半年过去了，如韵这是第二次在学习班里学习。第一次学习的时间很短，学完以后，大家分配了新的工作。飞卿去了某个区的文工团，他一直想当个演员，这次总算圆了演员梦。一起去的还有张苹，如韵知道张苹从来就没有演过戏，她报名去文工团，只是想和飞卿在一起。一个不能演戏的人，站在舞台上有什么意思呢，如韵想到这一点，想到张苹站在舞台上忘了台词不知所措，就觉得好笑。临分手的那天，飞卿凑到如韵的耳边，轻轻地说："其实我愿意你和我一起去文工团，如韵你知道，我更喜欢你。"

从飞卿鼻子里呼出的热气，撩得如韵脖子那里痒痒的，如韵一阵脸红。这时候，琼瑶走了过来，问他们在说什么，接着张苹也走了过来。大家就这么分了手，如韵和琼瑶分在后勤机关，没过多久，琼瑶又调到战地医院。新的生活让如韵感到自己完全变了一个人，她不明白的是，为什么她的工作一直没有正式定下来。当再一次和一些学员进入学习班重新学习的时候，如韵感到有些莫名其妙。她所熟悉的人，都已经走向不同的工作岗位，只有她，像是一名永远不能毕业的学生。

2

李怒派警卫打听如韵的名字一事，成了学习班的重要话题。负责学员生活的朱大姐特地把如韵找去问话。"他为什么会对你的名字感兴趣呢?"朱大姐百思不解，认定李怒过去曾和如韵见过面，"李怒那人我知道，稳重得很，他不会那么冒冒失失就打听你的。"如韵也解释不清为什么，同样的问题，那些女学员已问她很多次。本来这是件很平常的事，所以变得这么复杂，变得这么扣人心弦，也就是因为对方是大名鼎鼎的李怒。

传奇一般的李怒本来就是个话题。其实李怒只是一个支队的司令，手下的人马不过是一个团。学习班的女学员，差不多每人都能讲一两个李怒的故事。有一天，一群活泼的女学员又在河边洗衣服，李怒骑着马和警卫一起经过，大家齐声招呼他。李怒对她们挥了挥手，眼睛似乎是在女学员中找什么人。晚上睡觉时，黑暗中，一个女学员突然大声地宣布："李司令看上我们如韵了。"如韵立刻觉得这玩笑开得有些过分，让她别瞎说。那女学员笑着说："怎么是瞎说，今天在河边，李司令的眼睛，滴溜溜地找谁了？我跟你说，就是找你。你不信问在场的人。"

如韵当时的确不在场，不过她没有傻到去问别人是不是确有其事。女学员在一起开玩笑是常有的事，她不喜欢别人和她开这样的玩笑。李怒是一位大家尊敬的人，在背后开这样的玩笑，是不严肃的。黑暗中，女学员们肆无忌惮地笑着，说着，如韵越是不吭声，大家说得越起劲。如韵没办法，提出抗议也没用，只好用被子把耳朵堵起来睡觉。然而她很久都没有睡着，先睡着的是寝室里说笑话的其他人。有个女学员打起了很响的呼噜。

从此，如韵害怕去小河边洗衣服，尤其害怕和别的女学员一起去。她害怕再一次碰到李怒，又知道迟早会有这一天。这一天终于来临的时候，她丝毫不像想象中的那么慌张，表现得十分自然。那天，她独自一人在河边洗饭盒，身后传来了清脆的马蹄声，那声音就在她身后不远的地方停了下来。她毫不犹豫地回过头去，看见李怒正对着她笑。如韵喊了一声“李司令”，李怒对她挥了挥马鞭子，清脆的马蹄声又响起来，短暂的会面就结束了。如韵目送李怒的背影，若有所思地回过头，看见几名女学员远远地正看着她。

学习班结束以后，如韵被分在县委妇女部工作。有一天，曾经是学习班负责人的朱大姐找到了她，说是有话要跟她谈。正是春暖花开的时候，朱大姐和她闲扯了几句，突然问如韵对李怒的印象怎么样。如韵有些吃惊，红着脸说不出话来。她只和他见过三次面，每次都是匆匆，其中有一次还包括她刚到解放区时，李怒走到主席台上宣布大会结束。朱大姐说：“你不要不好意思，直截了当地说好了。”如韵想了想，眼睛看着窗外盛开的桃花，说自己真的对他没什么印象。“没什么印象?”朱大姐非常吃惊，眼睛审视着如韵，不相信地说，“我可听说过一些事。”

如韵解释说那是别人在瞎议论。朱大姐笑起来，说：“别人瞎议论，也不一定是坏心嘛。对了，如韵，你知道不知道梅艳芳结婚了?”梅艳芳是如韵学习班的同学，朱大姐告诉如韵，说梅艳芳已经和农工部的李部长结了婚。“和李怒同志一样，人家李部长也是老红军了，当然资历和李怒不能比。”朱大姐是个自说自话的人，才不管如韵是否听明白她的话，她终于说出了她来找如韵的真实目的，原来她打算为如韵做媒。如韵的脸顿时红得更厉害，连声说这不行。朱大姐很严肃地说：“怎么不行?”

朱大姐告诉如韵，她已经和李怒谈过了，说李怒也和如韵一样，先是不好意思，后来呢，便同意和如韵熟悉熟悉再说。“你看人家李怒，多大方。”朱大姐用教训的口吻说，“革命就不要恋爱结婚了？真是笑话。我知道你准是脑子里的小资产阶级思想在作怪，是不是觉得人家李怒的年龄比你大？”如韵有些哭笑不得，她根本不知道李怒多大年纪。这事不仅突然，而且太滑稽了，再谈下去便显得多余，如韵很平静地告诉朱大姐，谢谢她的好意，她现在还不想急着嫁人。要急着嫁人，她也用不着出来参加革命。

这事说过也就算了。夏季开始的时候，李怒带着他的部队，进驻到离如韵所在的县委机关不远的地方。敌人的清乡运动正在酝酿，李怒准备带着他的部队，主动出击一下。临上前线前，李怒约如韵谈了一次话，他们走在乡间的小路上，不止一次从刚收割完的麦田里穿过去。夏日的风暖洋洋的，几只喜鹊在田野里飞过来蹦过去，叽叽喳喳地叫个不歇。警卫牵着马，远远地跟在他们后面。大家都没说什么话，李怒似乎有些拘谨，沉默了半天，很严肃地问如韵到解放区有多长时间。如韵回答以后，又是好半天没说活。最后，李怒说：“如韵，你多大了？”

这次见面给如韵留下了良好的印象。如韵并不喜欢那种能说会道的男人，在这种特定的场合里，她知道说什么话都多余。她喜欢这种情调，警卫牵着马远远地跟在后面，自己和一个不是太讨厌的男人在田野里散着步。这样的散步会有什么样的结果，如韵不愿意去想，在妇女部的工作十分枯燥，她需要有些刺激的事情来调剂她的生活。前不久，她收到了张苹的来信，张苹告诉她，说琼瑶终于已和老陈结婚了，而她自己很快就要和飞卿结为伴侣。她告诉如韵，是飞卿主动向她提出来的，她想拒绝，可是没有拒绝成功。

李怒在前线消灭了敌人的三个保安团，凯旋而归。根据地的地盘扩大了许多。如韵有机会又一次和李怒见了面，地点仍然是上次谈话的地方，警卫仍然远远地牵着马。这次说话多的是如韵，她不停地问前线的情况，询问战斗怎么打响，怎么僵持，最后又怎么结束。她似乎存心给李怒一个有话说的机会，但是李怒显然辜负了她的好意。他不停地微笑，心不在焉地回答着问题。

3

就在这年的初冬，如韵和李怒在一座破庙里举行了婚礼。在结婚前，他们又有过几次接触，但是没有一次深谈过。李怒是神话一般的人物，结果如韵常常会向他提出一些非常简单可笑的问题。传说中的李怒刀枪不入，可是在李怒的身上，大大小小起码有十个伤疤。在长征途中，一颗炮弹就在他身后不远的地方爆炸。还有一次，一颗子弹打飞了他的帽子，将他的头皮削掉了一块，血流了一脸。

离洞房不远的侧厅里，寄放着一具棺材。那棺材用乱稻草盖着顶部，这情景和如韵刚到解放区如出一辙。她不明白为什么这地方的人，喜欢把棺材寄放在庙里。棺材总是和死亡联系在一起的，不过举行婚礼的那天晚上，如韵一点也不害怕。闹洞房的说笑声太大了，大家吃着花生和瓜子，地上厚厚的一层花生壳瓜子壳，仿佛是铺的地毯，脚踏上去噼里啪啦直响。风灯里的油用完了，李怒往里面加油。作为介绍人的朱大姐笑着说：“喂，我们该识相地走了，别耽误人好事对不对?”大家说笑着离去，李怒和如韵站起来送客，送完了客，两人踩着花生壳瓜子壳回洞房。

蜜月还没过完，他们就分开了。李怒又一次上了前线，又一次凯旋而归。如韵重新回到了妇女部，就好像什么也没发生过一样。解放区的许多妇女干部都这样，她们的丈夫永远在外面流动着，革命工作是紧张的，一切都必须服从革命工作的需要，有时候近在咫尺，夫妻也不能团聚。如韵和李怒的婚事办得有些匆忙，直到结婚以后，如韵才知道李怒过去结过婚，在老家还有一个年龄已很大的儿子。他的妻子可能还在，那是他母亲给他找的童养媳，比他要大好几岁。在他十六岁的时候，母亲做主让他们圆了房。当时他正在县城的中学里念书，是个很用功的学生。

很多女人都羡慕如韵嫁给了李怒。只要李怒的部队在附近，李怒的警卫常常在天黑之前来接她。他总是骑着马来，然后让如韵坐在马上，自己在前面牵着缰绳步行。刚开始骑马如韵很紧张，怕从马上摔下来，一坐在马上就有些头晕。后来如韵也掌握了骑马的技术，警卫便带一匹马来，两人一起骑马去和李怒相会。如韵骑的是李怒的那匹白马，那白马渐渐和如韵熟悉了，她开始喜欢骑着马在大路上奔跑。有时候她跑得很快，害得警卫一路都要喊她“慢一些，慢一些”，如韵觉得自己既然会骑马，也就和一个正式的军人差不多了。

如韵曾经向李怒提出来，要和他一起上前线，这建议被李怒毫不含糊地拒绝了。有一段时候，李怒的部队离如韵的所在地很远，他为了赶来相会，不得不日夜兼程，在如韵这住一晚上，然后再匆匆赶回去。有一次半夜里，如韵被外面疾驰的马蹄声惊醒了，她隐隐地觉得李怒会来，果然很快就听见他的敲门声。这是她一生中，和李怒最短暂的一次相会，李怒刚进来，就告诉她必须马上就走。李怒必须在天亮前赶回部队，来的时候，他和警卫为了抄近路反而迷了路，因此已经没有时间说话。如韵把李怒送到了大路口，依依不舍地看着他的白马消失在黑暗中，疾驰的马蹄声远远地传了出去。如韵想到他这么大老远地赶来，就只是为了看她一眼，心里甜滋滋的。

那年的春节前后，如韵总算有机会和李怒多待了些日子。李怒去军部开高级军事干部会议，抱了一大堆整风文件回来。李怒向来怕开会，有了这么多文件，想不开会也不行。好在主要由负责政治工作的领导安排，李怒只要在会场上坐坐就行了。有一次会议定在李怒的房间里开，人都来齐了，警卫员还没有把会场布置好，原因是找不到将朱、毛的画像钉在墙上的图钉。李怒说："没有就算了，也不一定非得要。"大家的脸上都露出了为难的神色，李怒又说了一遍，还是没人响应。

最后还是如韵打破了僵局，她让警卫在墙上钉了两根钉子，中间用一根绳子拉起来，将朱、毛的画像用缝衣服的针别在绳子上。大家都盛赞这主意只有女主人才想得到。会议很快开始了，代替警卫给大家沏茶倒水的是如韵，气氛顿时比过去温馨多了。本来应该很严肃的会议很快轻松起来，如韵让警卫去街上买了许多花生瓜子，大家一边开会，一边吃，最后竟然说起了笑话。会议结束以后，李怒对如韵说不出的满意，似乎只是通过了这件事，他才意识到自己有一个很可爱的妻子。他漂泊了多少年，似乎第一次有了一个固定的家。他和如韵商量，干脆多买些肉回来包饺子请客。短短的几天里，只要是开会，李怒便留开会的人吃饭。

4

整风运动大规模地开始了，如韵所在的县委机关，也开始学习整风文件。有一天，有两名保卫干部来找如韵，说是向她了解一些情况，问着问着，把话题扯到了她为什么要来解放区，为什么要那么急着嫁给李怒。据情报部门所掌握的材料，如韵在梅城读书时，有一个最要好的女朋友去了江西吉安，保卫干部想不明白，她为什么不和好朋友一起去江西参加三青团，反而来到条件很差的解放区。如韵出身于小业主家庭，这样的家庭往往带有很大的投机性，要是如韵不能说清楚她为什么参加革命，这里面就有问题。

如韵觉得自己真有些说不清楚。她承认自己早就知道她的那位好朋友，是一名三青团的骨干分子。在她过去的想法中，去江西和去解放区，没有太大的区别，反正是投身抗日救国。保卫干部告诉如韵，有材料证明带他们来解放区的老陈也有问题，事实上，老陈也被隔离审查了，组织上不得不怀疑他和日本人有勾结。如韵一听，吓糊涂了，事情竟然变得这么复杂，保卫干部说的什么话她都相信。

李怒在听到如韵被隔离审查的第二天，便愤然从前线赶了回来。他怒气冲冲地闯进县委机关，又骑马来到关押如韵的地方。“我们在前线流血抗日，你们却好，躲在后方整我的老婆。”李怒和如韵匆匆见了一面以后，对负责审查如韵的保卫干部又吼又叫。保卫干部让李怒冷静一些，说事情总会弄清楚的。李怒说：“那好，等你们弄清楚了，我再回前线。”

如韵的问题很快就弄清楚了。保卫干部认为她太不够冷静，她不该随便乱说，结果反倒害得人家老陈受了不少委屈。一个做地下工作的人和日本人打交道是最正常不过的事，怎么就能因此怀疑他和日本人有勾结呢？如韵发现自己有口难辩，想这些人怎么可以出尔反尔，把一盆脏水全泼在她身上。保卫干部警告她说，有些话题事关机密，不能和别人说，即使是对自己的丈夫也不能说。临了，恢复自由的如韵，只能对李怒哭一场了事。如韵想，幸好李怒赶来了，要不然问题越弄越复杂，越说越不清楚。冲冠一怒为红颜。如韵明白李怒毕竟不是个普通人，他真生气了，别人还是怕的。

敌伪的春季扫荡开始了，大敌当前，整风运动只好草草收场。根据情报，这一次敌人的扫荡来势凶猛，主力部队不得不避实就虚，进行大规模的转移。所有的机关都得精简，许多已经怀孕的妇女干部，纷纷吃奎宁打胎。如韵认识的一位女县长，就是因为打胎引起大出血送了命。大转移前，李怒骑着白马来和她相会，他们似乎已经预感到会有较长时期的分离，都有些舍不得离开对方。如韵说："我不想和你分开。"李怒苦笑笑，伸手捋她的头发，他一遍又一遍捋着，一言不发。如韵又说："你说话呀，别不说话，我不怨你，我知道你不能带我走。"说着，小声哭起来。

天亮时，警卫牵着马来接李怒，李怒依依不舍地看着她，终于对她摆了摆手，翻身上马，消失在浓雾之中。如韵收拾了一下，也在当天，随着县委机关一起转移。她身上已经快两个月没来例假，和李怒在一起的时候，她想告诉他自己可能已经怀孕，但是话到嘴边，又缩了回来。她不想让李怒为她太担心。战争年代，如韵想她不能上前线和敌人真枪真刀地对打，起码有能力自己照顾自己。她觉得自己已经很成熟了。

第三章

1

县委机关是在刘庄被冲散的。这次敌伪的扫荡，和以往的清乡不一样。清乡从来就是雷声大雨点小，这次却是周密计划好的，正面几路同时并进，又从后面狠狠地抄了一下退路。都以为敌人会从西南方向出现，可是一觉醒来，却发现已经陷入到了敌人的包围中。县自卫队和装备精良的日本兵接上了火，不一会，县自卫队就溃不成军。陆县长带领一部分人马逃到了马庄，派侦察员小马出去探路，得到的消息是方圆几十里都被敌人占领了。

陆县长只好召开紧急会议，事到如今，突围已不可能。最好的办法是就地疏散。马庄暂时还没有来敌人，趁敌人进庄以前，大家赶快分散，像鱼一样从敌人的海洋里游出去。在县委机关工作的有许多本地人，他们本来就是便衣打扮，混水摸鱼逃出去并不难。难的是如韵和另一位上海来的姓刘的文化干事，他们的口音，一听就知道从大城市里来的。情况太紧急了，一时也没有更好的办法，陆县长找来了朱甲长，将如韵和姓刘的文化干事托付给他。陆县长知道这些干甲长保长的，都是油子，都有两面性，神情严肃地警告说，革命不过暂时处于低潮，主力部队迟早会打回来的，他希望朱甲长好好地照顾如韵他们，要不然，日后饶不了他。

这的确是能选择的最好办法。陆县长关照如韵，千万不要暴露他是李怒妻子的身份，因为大名鼎鼎的李怒早就使敌人闻风丧胆恨之入骨。万一落入敌人之手，她不过是一个普通的女学生，一个倾向共产党的年青人，敌人未必就拿她怎么样。陆县长在和如韵分手的第二天便牺牲了。他是县长，认识他的人太多，刚遇上敌人就被抓起来。日本人很郑重其事地贴了一张布告，将陆县长押到县城的东门外，执行枪决。一起被枪毙的还有两名其他干部，以及一个不相干的大烟贩子。白色恐怖几乎立刻笼罩起来。

朱甲长提心吊胆过着日子，陆县长留了两个人给他，随着风声越来越紧，他越来越如坐针毡。日本人和伪军就驻扎在刘庄，来马庄一会工夫就到。朱甲长前思后想，决定先将那位姓刘的文化干事打发走，文化干事是深度近视眼，戴着一副酒瓶底一样的眼镜，一眼就能让敌人看出破绽来。朱甲长来到如韵他们藏身的地方，故意把事情说得十分严重。他告诉他们，说日伪军正在挨家挨户严格搜查，凡是敢隐藏新四军或共产党干部的，立刻满门抄斩。他朱甲长自己不会把他们交出去，可是事情如此紧急，大家同舟共济，必须商量出一个对策才行。姓刘的干事说，都到了这一步，还有屁的对策，反正陆县长把我们交给你，你就得负责我们的安全。谈到临了，谈崩了，姓刘的干事一脸愤怒，朱甲长苦笑着说："这位同志，我担了这么大的风险凭什么，又不欠你的。陆县长又怎么样，还不是叫日本人给杀了？"

姓刘的文化干事等朱甲长走了，心事重重地对如韵说："这家伙靠不住，陆县长说得对，你千万不要暴露自己的身份。"文化干事在离马庄八里路远的辛家庄上有个亲戚，既然朱甲长靠不住，与其被出卖，还不如先走人，他便准备天黑以后，一个人溜过去投奔亲戚。文化干事本地话不会说，这一带的路却熟悉。他说着说着，打定了主意。结果害得如韵左右为难，想和姓刘的文化干事一起走，听他的话音，也并没有带着她走的意思。如韵说："你要是走了，我怎么办呢?"姓刘的文化干事说："事到如今，只能各人顾各人了。"

朱甲长看见一个人已经不辞而别，叹着气对如韵说："你看看，就这么跑了，不是害人吗？叫日本人抓住了，一审问，统统说出来，大家一起完蛋。"

如韵叫朱甲长这么一说，更多了一层担心。过了一天，朱甲长对如韵说："这位女同志，外面的风声越来越紧，我这里实在也是不安全，我说个办法，你看行不行?"如韵抬起头来，看着朱甲长，等他的下文。朱甲长吞吞吐吐不肯说，临了，还是把话说了出来。他说就在他老婆的娘家的那庄子上，有个大户人家，家里前前后后有几十间房子，他老婆已和人家说好了，让如韵住到他们家去。朱甲长说："你想想看，几十间房子，能住多少人？日本人再细心，他能查出来?"

2

如韵被朱甲长带到山脚下的一个庄子里，庄子藏在一片树林中，远处看看并不大，真走进去，别有一番天地。一路上，如韵都是冒充新娘子，用一块红布遮着脸。不止一次遇到了盘查。在一个哨口，几个伪军非要揭开头纱看看新娘子，朱甲长赔着笑脸说："新娘子怕羞。"伪军起哄说："怕什么羞，我们又不是新郎官，先看看，又有什么关系?"

一直到被带进张大户家，如韵都没有意识到什么不对头的地方。

自然是有些人围观的，如韵听见耳边叽叽喳喳地没断过议论。她不止一次想揭开盖头偷看几眼，朱甲长总是安慰她说："马上就到，马上就到。"如韵知道现在她只能听从朱甲长的摆布。在一片"到了，到了"的欢迎声中，如韵意识到自己被搀进了一间大房子。朱甲长说："你先坐着不动，我去去就来。"如韵坐了下来，门叽咔一声关上了。

说话声越来越远，很长时间过去了，外面一点动静都没有。到了太阳快要落山的时候，一个丫环模样的姑娘送了些饭菜进来。如韵有些忍不住，问朱甲长到哪里去了，那丫环瞪大着眼睛，看着如韵，露出两颗极大的虎牙，扑哧一声笑了。笑着，又有些不好意思，掉头就走，依然将门关上。如韵走到门口，发现那门已经从外面锁上了，想出去也出不了。这时候，她终于意识到一些不对劲，走到窗口，往外面看。外面是个院子，院子前面是墙，是房子。一道斜阳从西面照过来，将树枝的影子映在墙上。

一头又肥又大的公狗跑进院子，如韵对着院子喊了一声，那狗听见了生人的声音，好一阵狂吠。如韵吓得连连后退，那狗不饶人地叫着，如此一直僵持到天黑。如韵在房间里不敢发出任何声音，一有声响那狗就叫个不歇。到了该睡觉的时候，门咔吱一声开了，一个瘦瘦的留着山羊胡子的老人，由丫环陪着，走了进来。丫环将油灯放在梳妆台上，犹豫着不知干什么好，那老人威严地摆了摆手，示意丫环出去。如韵说不出的奇怪，连声问朱甲长哪里去了。老人笑着说，朱甲长早回去了。如韵点点头。她看了看那老人的脸，看那模样大约六十多岁，身体似乎很不错。他不停地拈着山羊胡子微笑，像看什么稀罕之物似的看着如韵，如韵让他看得有些不好意思。

如韵等老人说话，她不知道他会说些什么，更不知道天都黑了，他跑到她的房间里来干什么。毫无疑问，老人就是这家的主人了，如韵想自己既然是在人家家里做客，自然应该有所敷衍。老人拈了半天胡子，在床沿上坐下，用极重的乡音说："我这么一把年纪了，想不到还有如此艳福。"如韵先是没听明白他的话，待明白过来，腾地一下站了起来，仿佛遭了电击一样。老人接着说："不会让你委屈的，我知道你是个女学生，你放心，这就叫人去给你弄些书来看。都说我命里还会有子，你若是为我生了儿子，你想想——你要是不愿意，生了儿子，你走人好了……"老人看见如韵一把抢过桌子上放的茶杯，直直地指着他，吓得结巴起来，"你，你不要这样!"

"你出去!"如韵面红耳赤。老人没想到会是这结局，狼狈不堪。如韵气急败坏地说："你给我滚出去!"老人结结巴巴地说："你怎么这么说话？我可是花了钱的，又不是白占你的便宜。"如韵仍然大声叫他出去，老人觉得这样僵持下去，有辱自己的尊严，悻悻地说："又没人强迫你，你发这么大的火干什么?"说了，摔门出去。如韵追过去将门从里面闩好，心里怦怦乱跳，坐在油灯下，半天喘不过气来。

这一夜如韵没敢合眼，天亮了以后，一个女人进来劝她吃早饭。这女人是老人的老婆姚氏，因为是小老婆扶正的，年龄看上去大约四十岁光景。从这女人嘴里，如韵才知道自己被朱甲长卖给了老人做小老婆。老人有过一个儿子，儿子快成家时，得了一场怪病，说不行就不行了。老人又讨了个小老婆，努力了许多年，没任何结果。这姚氏扶为正室以后，自己不生，前后张罗着给老人找过好几个女人借腹生子，也一样没戏。这次引如韵进门，算是最后一次尝试了。她推心置腹地对如韵说：“你也就委屈一下算了，赶明儿真生出儿子来，这家里还不是你做主。你就当我是你的一个老姐姐好了，要是你觉得自己是一个城里人，不肯在乡下吃苦，到时候把儿子留下，你走你的。”

如韵不得不告诉姚氏自己是什么人。姚氏听到一半，说：“我知道日本人要抓你，要不然，你怎么肯走这条路。”如韵说：“实话告诉你，我不仅是新四军，我还是李怒的老婆。新四军的李怒你们难道会不知道吗?”姚氏一听李怒的名字，脸刷的一下吓白了。

3

如韵在关键的时候，搬出了李怒，果然起了大作用。姚氏连忙去向老人汇报，老人听了，也觉得这事有些麻烦，恶狠狠地大骂朱甲长害人。立刻派人去喊朱甲长来。去喊的人已经在路上了，姚氏又过来看望如韵，不住地解释，嘀嘀咕咕骂朱甲长不是东西，希望如韵不要因此怨恨他们，要怪只能怪朱甲长丧尽天良。如韵松了一口气，宽宏大量地说，这事当然不能怪他们。又说，等新四军回来以后，绝饶不了朱甲长。

朱甲长几句话就把前去喊他的人打发走了。他也是才听说如韵是李怒的老婆，冷笑着对来人说：“回去告诉你们东家，让他好好想想，不要听见打雷就当着下雨，若真是李怒的老婆，他老人家敢要，我也没胆子敢在中间介绍。”来人说，既然如此，麻烦他辛苦走一趟，自己去对东家说说清楚。朱甲长说：“还要说什么清楚，她说是李怒的老婆，难道就是李怒的老婆，吓唬谁呀?”这朱甲长是最滑头不过的人，事情已经到了这一步，知道伸头是一刀，缩头也是一刀。不管如韵究竟是不是李怒的老婆，朱甲长知道眼下最好的办法，就是躲着不见如韵。日后真有什么事，他可以全部推到人家头上。

朱甲长的一口否认，害得已花了钱的老人进退两难。本来这事都是他老婆姚氏张罗的，因此只好埋怨她。姚氏好心办坏事，摇着一双小脚，风尘仆仆又去找朱甲长，想把付的钱讨回来。朱甲长说："这事也太滑稽了，人都进了你家的门，这又不比买东西，可以退货。"姚氏说："话不能这么说，人是进了我们家的门，可谁也没把她怎么样。"朱甲长说："怎么样我如何知道？这事根本说不清楚，好比你说我拿了钱了，谁看见了？你拿出字据来。"姚氏见朱甲长已近乎耍无赖，拿他毫无办法。朱甲长又说："反正人是交给你了，真有个什么事，你们负责。"

姚氏回到家，一肚子委屈，既心疼那钱，又要继续接受男人的责怪。老人空高兴了一场，比姚氏更心疼那钱，牛鞭之类的壮阳之物已吃了不少，一肚子的恼火，只好拿姚氏撒气，眼睛里只要见到她，便是恶骂。姚氏只要一回嘴，大嘴巴子就不客气地扇上去。姚氏被打急了，把仇就结到如韵身上，她仿佛突然想明白了，什么李怒的老婆，也许压根就是朱甲长和如韵串通好的。大名鼎鼎的李怒的老婆，说什么也不会糊涂得让人给卖掉都不知道。而且真要是的，朱甲长如何敢卖呢？

如韵渐渐地听明白了姚氏的意思。姚氏先只是背后骂骂，后来的声音故意大起来，存心让如韵听见。虎落平阳遭犬欺，如韵只好装着听不见，装着听不明白姚氏的意思，一个人躲在房间里偷偷抹眼泪。姚氏越说越来劲，越说越肆无忌惮。有时候让老人打急了，便跳着脚喊："你个没有用的老畜生，你不敢日她怪我呀。不要说不是什么李怒的老婆，就算是的，你是花了钱明媒正娶的，他李怒能割掉你的鸡巴？"

4

如韵做梦也不会想到自己会被转卖。新四军的主力部队，并没有像预料的那样，很快就打回来，相反，能传来的全是不利的消息。更糟糕的是，她发现自己真的是怀孕了，怀孕反应立刻引起了姚氏的注意。姚氏像捉到了什么把柄一样，对男人大叫："好哇，还想借腹生子呢，她倒好，先借个地方下蛋，不知怀的什么野种。"老人让姚氏这么一提醒，想到孩子一生下来，什么事都说不清楚。他多少年来，一直盼着有个继承人，现在要是让如韵在自己家里生出小孩来，家产说不定莫名其妙地就会被人夺走。这女人很可能就是冲着他的家产来的。

老人一不做二不休，干脆找来了自己的佃户王呆子，对他说，他只要出一半价钱，就把如韵转给他。王呆子是个反应略有些迟钝的光棍，并不是真的痴呆。他娘一直惦记着要给他娶媳妇，因为太穷了，只能老是想着。王呆子做梦都想娶老婆，口吃着说："一半价钱是多少?"姚氏说了一个数，王呆子说："太多了。"姚氏咬着牙说："那就三分之一。"王呆子想了想，说："我回去跟我娘商量。"姚氏说："王呆子，你真是呆子，是你娶媳妇，又不是你娘娶媳妇，还要她同意。这样吧，有多少拿多少，实在不够，先欠着。"

王呆子回去和娘说了，王大娘不相信有这样的好事，怕儿子叫人骗了，去张大户家见了人，把多年积攒的钱全拿出来，又向穷亲戚挪借了一点，欢欢喜喜给儿子娶媳妇。王呆子说不出的高兴，换了一身干净衣服便去接人。姚氏见了王呆子，连连摇头说："回去喊你娘来接媳妇，你呆头呆脑的，你媳妇见了准会不乐意。"王呆子傻呵呵地回去唤他娘去了。

如韵对这一切都蒙在鼓里，姚氏对她的态度好好坏坏，她知道此地不是久留之地，可是现在人生地不熟，一出去就会被抓起来，她也只能赖在这家里不走。心里恨那朱甲长不是东西，想见他当面质问，姚氏说："我们现在都不知道到哪里去找他的人影，你想见，腿在你自己身上，我们又不拦你，只管去好了。"如韵问起外面的情况，姚氏告诉她新四军早不知跑哪去了，又告诉她前两天伪军还到这庄子里歇过脚，捉了几只鸡走了。姚氏说："你在乎什么，担心的是我们，你反正姑奶奶似的吃着现成的，说起来，是我们家窝藏新四军。"

老人是全庄最有钱的人家，一村子都是穷人，就他家有一溜大瓦房，瓦房的窗户上装着防匪的铁栏杆。前后两进房子组成了一个院子，如韵有时候就在那院子里晒晒太阳，一听见有生人的声音，赶快贼似的逃回自己的房间。她和主人家养的那条狗已经熟悉起来，实在闲得无聊，便和狗逗着玩。王大娘来领她的时候，她正在捋狗的脑袋，那狗就喜欢有人捋它的脑袋。姚氏领着王大娘走到如韵面前，将嘴凑在她耳边，神秘兮兮地说："有人去告发了，说我们家藏着人，乡里说派人就派人来捉你。我们也怕，先给你找了个地方躲一躲。"如韵见来接她的是一个老实巴交的老太太，面很善的样子，没有起任何疑心，收拾收拾东西跟着一起走了。

来到自家的破茅草房，王大娘不好意思地对如韵说，家里的条件不太好，委屈她了。如韵说她不在乎，自从进入解放区，农村的一切脏乱差环境她都适应了，什么虱子，什么几个月不洗澡，习惯成自然，她已经不在乎。进到房子里，她才明白站在空场上看着她过来的一个年轻男人，也是这家的，因为那男人傻乎乎地跟了进来，眼睛不时地偷看她。如韵友好地对他笑笑，那男人便乐呵呵地笑出声来。王大娘对那男人说：“别傻站在这，找点活干干去。”那男人瓮声瓮气地说：“干什么？”

“干什么，自己不会找呀，”王大娘笑着对如韵说，“我这儿子，人是老实，就是有点呆。”

如韵笑着不说话，她看见王大娘的儿子走到门口，捧起一个老大的竹匾，竹匾里晒着山芋干，好像一时不知该往哪里放。满满的一大竹匾山芋干，他捧在手上根本不觉得重。如韵注意到他长得很结实，熊腰虎背，仿佛有一身用不完的力气。他不时地回头看她，呆笑着看她，结果还是王大娘赶出去，指了个地方，让儿子将匾放在那里。

到晚上睡觉时，如韵想她自然是和王大娘睡一间房间，没想到王大娘安排她先上了床，自己走了出去，却换了她儿子进来。

5

王呆子听说自己上了当以后，产生的第一个念头，便是冲出去抢了一把镢头进来，嚷着要把如韵活活劈死。王大娘闻声赶了进来，一把抱住儿子。王呆子力气大，用劲将老娘掀开，愣头愣脑地还要动蛮，王大娘见势不妙，扑过去，用身子挡住了如韵。王呆子镢头举起来，要往下落，听见他娘说：“你这个畜生，要劈，你就先劈死我好了。有什么话不能慢慢说？”王呆子一急就要结巴，半天说不出话来，将镢头往地上一摔，指着如韵，要如韵自己说。

如韵早吓得魂飞魄散，好不容易哇地一声哭出来。王大娘说：

“好闺女不要怕，有娘我给你做主，你慢慢说。”如韵只是一味地哭，王呆子喘了一会粗气，咬牙切齿地说：“她是什么东西，肚子都让人日大了，还嫁给我做媳妇。我不要她了，让她把钱都还出来。”王大娘听了，双手在床板上一拍，失声哭起来，大喊自己前世造了什么孽，今世却得到这样的报应。王呆子看他娘哭成这样，劝慰说：“娘，你不哭，我就要她把钱都还出来，少一点点，饶不了她的。”说着，又恶狠狠地威胁如韵。

王大娘哭了一气，叹气说：“我早知道这事有些不对头，要不然，你这么漂亮的女人家，怎么肯嫁给我儿子呢？”

如韵想她有一百张嘴，也没办法解释清楚。王大娘想想又要哭，一边哭一边嘀咕，说自己儿子就算是穷，就算是呆，也不能这么欺负他。王呆子不耐烦了，对娘说：“你跟她废什么话，惹急了我，我劈死她。钱我也不要了，媳妇我也不要了。”王大娘说：“你一口一个劈死她，劈死她，干脆劈死我算了。都到了这一步，你劈死她有什么用？”王呆子叫他娘一训斥，跳脚说：“那怎么办，那你说怎么办？”

一直闹到半夜里，大家都冷静下来。王大娘对如韵说：“好闺女，我也知道这事不能全怪你。有什么事，明天再说吧。”于是王大娘和如韵睡，王呆子睡外头去。如韵还要解释，王大娘不让她再说。吹熄了灯，大家仍然睡不着，各人想着各人的心思。王大娘已躺下了，又摸黑起来，找了根细麻绳将门闩死死缠住，怕自己一不留神真睡着了，让如韵跑了。王呆子躺在外面床上唉声叹气，不停地翻身，床板震得嘭嘭直响。

第二天，王大娘把儿子拉到一边，低声对儿子说：“娃，你就认命吧，咱家这么穷，能有个女人就蛮好了，让她把娃娃生下来，咱譬如娶了个寡妇不就行了?”王呆子不做声，隔了半天，说：“那咱钱就白花了?”王大娘想儿子真有些呆，说：“你实在是不懂事，怎么叫白花呢？看紧了她，不让她跑了不就行了?”她做完了儿子的工作，又去说服如韵，她对如韵说，事情既然都到了这一步，什么话也不要说了，先把肚子里的小孩平平安安地生下来。如韵想自己现在只有让人摆布的份，只好点头答应。

这以后，如韵不止一次想到过要跑。她的肚子一天天大起来，外面的风声依然很紧，敌伪不仅占据了这地区，而且为了巩固所谓清乡成果，在这一带建立了伪政府。到处都是新设的哨卡，王大娘曾带着她去赶过一次集，周围的人都知道她是王呆子娶的媳妇，是花钱买来的。想逃跑几乎是不可能，王呆子母子像影子似的看着她。如韵不是一个有主见的人，她只能徒劳地作出种种设想，没一个设想能正式付诸行动。

6

到了如韵的肚子快六个月的时候，她已经完全放弃了逃跑的打算。挺着的肚子使她感到一种莫名其妙的安全。她觉得自己大腹便便的样子，王呆子不会把她怎么样。刚开始，她总是见王呆子怕，既怕他恶狠狠的目光，又害怕他那带点欲望幻想的眼神。渐渐地，她觉得自己已经不是太怕他了。她为什么要怕他呢。如韵想到了最初想买她的老人，想到了老人和姚氏听说她是李怒的老婆以后惊恐的目光。如韵想自己是大名鼎鼎的李怒的女人，她的肚子里怀着李怒的儿子，没人敢真的伤害她。李怒骑着白马来和她相会的情景，无数遍地重复出现在她的脑子里。担惊受怕的日子也许该到头了，如韵是多么地盼着李怒能够带着人马打回来。

五月里的一天，天气忽然热起来。王大娘要去镇上买粽叶，准备回来包粽子，临走时，关照儿子，别让如韵一不留神跑了。王呆子说："她那么大的肚子，往哪里跑。"他娘没注意到儿子异常的慌张，说："不管肚子大不大，小心一点好。"王呆子心猿意马，先是不吭声，隔了一会，见他娘还不走，说："烦死了，你去好了。"

王大娘前脚走，王呆子后脚便跑到了如韵的房间里。如韵正坐在床沿上，用旧布料做针线，打算做几套小孩衣服。她不知道王呆子来有什么事，敷衍地对他笑了笑。王呆子进来了也不说话，板着脸，看如韵手上做的衣服。看了一会，如韵说："你坐。"王呆子仍然不做声。如韵继续做她的针线，没注意到王呆子已经走到她的身边，他突然十分粗暴地一把揪住了如韵的头发。

霎时间，如韵没有明白过来是怎么一回事，她"啊"的一声，只是出于本能地用手上的针，在王呆子身上用劲扎了一下，王呆子猛地一哆嗦，把如韵的脸向后翻，迫使她朝天躺在床上。如韵用针继续往王呆子身上扎，王呆子对那针似乎已没什么反应。他好像仅仅是因为不耐烦，才抓住了如韵的一只手，然后又去抢另一只手。待抓住了两只手以后，他把它们并在一起，用自己的一只手死死捏住，往边上一按，固定在了床板上。如韵大声叫起来，王呆子一慌张，差一点让她挣脱。他手忙脚乱地重新把如韵的两只手按住，又捡起撒在一边的破布料，不管三七二十一地往如韵的嘴里塞。

在王呆子解开如韵裤带的时候，如韵的两只手终于挣脱开了一次。她抓起手边的针线匾往王呆子的脸上拼命打。一把剪刀从针线匾里飞了出来，如韵扔了针线匾，伸手去够那剪刀。然而就在这关键时刻，王呆子又重新抓住了她的两只手。如韵想抬腿踢他，可是两条腿都让王呆子的膝盖抵住了。混乱之中，她看见王呆子傻笑着露出的一口黄牙，以及脸上划破的血痕，一道细细的血线正像红蚯蚓一样在他脸上游着。如韵已经尽了最大的努力，但是她的裤子已被扯开，王呆子粗糙的手迫不及待地按在了她凸起的肚子上，仿佛怕伤着她似的轻轻摸着，摸了一会，顺着那凸起的曲线滑了下去。

王大娘买了粽叶从镇上回来，一切已经结束。如韵在房间里号啕大哭，王大娘闻声奔进房去，干了坏事的王呆子早就逃之夭夭。到晚上，王呆子蹑手蹑脚从外面摸回来准备上床睡觉，他娘舞着一把扫帚，劈头盖脸地往儿子身上狠抽猛打，打了一气，哭着说："小祖宗，你这不是要闹出人命来吗?"

王呆子瓮声瓮气地说："我日也日了，你打也打了，还要怎么样?"

王大娘见儿子嘴还凶，挥舞着扫帚，劈头盖脸又是一阵狠抽猛打。王呆子结实的身板对这些根本不在乎，打到后来，让他娘打火起来，一把夺过扫帚，使劲一折，扔到了地上。王大娘没别的招，干脆放声大哭，一把鼻涕一把眼泪，一边咒骂，一边诉说自己命苦。王呆子由她去闹，钻到床上去想睡觉。王大娘折腾到临了，见儿子躺在那里没一点动静，好像已经睡着了，叹着气说："非要这么心急，等她生了娃娃都不行?"

王呆子用被子捂着耳朵说："好了好了，我知道了。"

王大娘见儿子没睡着，威胁说："你要是敢再碰她一下，娘这条老命也不要了。"

7

如韵生产的时候，正是酷热的夏天，请了村子东头的古大娘来帮着接生。羊水破了以后，那小孩子的头也能看见了，就是不肯出来。如韵杀猪一般死命叫唤，古大娘忙得浑身是汗，就好像是刚从水里爬出来一样。她喘着气喊王呆子进来帮忙，让王呆子从后面紧紧抱住如韵。如韵有气无力地喊王呆子出去，古大娘说："操，自己家男人你还有什么不好意思的。"

又是一阵强烈的阵痛，王呆子抱住了如韵，如韵身不由己地用起劲来。她这一用劲，古大娘连声喊好。

如韵生了一个儿子。随着刺耳的婴儿啼声，所有的人都跟着长长地松了一口气。古大娘向王呆子祝贺，祝贺他有了一个儿子。王呆子傻呵呵笑着，眼睛直直地看着那小孩。古大娘看看小孩的脸，说："你不要傻笑，你儿子比你漂亮。"王呆子笑得更厉害，他的嘴本来就合不拢，这一笑，嘴更大了。

月子里，王呆子母子像照顾皇后娘娘一样侍候着如韵。如韵发现王呆子人并不坏，他是真心地喜欢那刚出世的小孩，没事的时候，他老是徒劳地逗那毫无反应的小孩玩。小孩哭了，小孩睡着了，小孩天真地笑起来，都能引起他无穷的兴趣。他仿佛把对如韵的欲望，都转移到了刚出世的小孩身上，成天注意着小孩的一举一动。自从发生了那件事以后，如韵对王呆子又恨又怕。她的身上始终揣着一把剪刀，她发誓如果王呆子敢再一次图谋不轨，她就和他拼命。自己竟然被王呆子这样的乡巴佬糟蹋了，如韵一想到就揪心。她觉得自己还不如叫敌人抓去好呢。

月子刚过完，王呆子便又开始纠缠她了。王大娘只装着没看见，如韵用剪刀威胁王呆子，王呆子气急败坏地说："你是我花钱买来的老婆，这儿子我都当他是亲生的，你还要我怎么样?"如韵不依，王呆子怕她真的寻死觅活，不敢霸王硬上弓再次蛮干，只好气得摔东西骂人撒野。王大娘也劝如韵，劝了没用，就说气话："进了一家门，就是一家人，真是如此嫌弃我儿子，你就一剪刀捅死他好了。我们娘俩什么地方亏待过你了？不计较你的过去，你倒反过来看不起我们。"

如韵说："我是有男人的人。"

王大娘气呼呼地说："有男人，你还到我们家来干什么?"

如韵说："钱到时候我还给你们，让你儿子重新再娶一个媳妇。"

王大娘说："不要说了，我知道你就是看不上我儿子。"

好说歹说，说不到一起去。王呆子一不做，二不休，干脆堂而皇之地搬到了如韵的床上去睡觉。到晚上，小孩咿里哇啦地哭，王呆子从床上爬起来，抱着小孩在房间里走来走去，好不容易将小孩哄着。刚放上床板，又醒了，于是再抱着来回走，来回晃。反反复复了许多次，最后小孩终于困了，王呆子也哈欠连天，一头栽在床板上睡着了。如韵抱着剪刀一夜没合眼，到天亮，王大娘高高兴兴跑进来，喊王呆子干活去。

第四章

1

抗战胜利的那一年，有一个文工团在王家埭演戏。王大娘有个妹妹就嫁在王家埭，她老人家喜欢看热闹，带着儿子媳妇还有孙子，浩浩荡荡一起住到妹妹家去。这一年，如韵的儿子王忠宝已经会走路，一撒手就满地乱跑。王大娘的妹妹羡慕外甥娶了一个漂亮媳妇，又有了个神气的儿子，连声说他呆人有呆福。王呆子还是改不掉乐呵傻笑的毛病，笑着笑着，口水便淌下来。

如韵混在人群里看戏，她的心情很矛盾，在这喜气洋洋的日子里，她不能不想起自己初到解放区的日子，她不能不想起李怒。现在谁都知道她是王呆子的媳妇，她确实也就是了，她觉得自己再也没脸见李怒。她不想因为自己，给李怒光辉的形象抹上黑影。临时搭起的舞台上正演着戏，如韵无心看戏，眼泪止不住地就流下来。她的手上还抱着儿子忠宝，害怕让别人见到她在哭，便不住地往忠宝的衣服上抹。王呆子怕她抱着累，将忠宝一把夺了过去，让他骑在自己的脖子上看戏。人群挤过来，挤过去，像波浪一样起伏，如韵趁别人不注意，从人群中挤了出来。

新四军的一个师部就驻扎在王家埭。如韵怕在这欢天喜地的日子里遇到李怒，专捡人少的地方走，突然发现自己竟然找不到去王呆子阿姨家的路。人们都拥去看戏了，街上稀稀落落见不到什么人，见到的都是当兵的。这样的场面如韵曾经很熟悉，她仿佛是在做梦，情不自禁地往前走去。迎面过来几个头发湿漉漉的女兵，手上端着一盒换洗下来的衣服。如韵一看就知道她们是刚洗了澡出来，其中一个女兵叽叽喳喳地正说着什么，女兵的眼睛无意中扫了一眼村妇打扮的如韵，不当回事地从如韵身边走过去。

如韵突然意识到自己的身体很脏，她已经记不清多少时候没有洗过澡了。记得刚到解放区的时候，如韵和张苹多次向琼瑶抱怨没有澡洗，说身上早就发臭了。好不容易有机会洗澡，她们有说有笑，毫不害羞地互相替对方搓着身上的污垢。洗澡永远是个大问题，有澡洗是女兵们的节日，这样的机会实在来之不易。如韵忍不住想象着一盆清水从头上泼下来的滋味。要是能有一盆清水把那些不堪回首的往事都冲洗干净多好。

如韵不知不觉地已走到离临时搭建的浴室不远的地方。门前竖着好几口大锅，几位当兵的正在劈柴烧热水，三个年轻的女兵端着搪瓷脸盆在等水。如韵茫然地看着眼前的情景，这熟悉的场景，完全是旧日时光的重现。她像根木桩一样竖在那。一位烧水的士兵向如韵走过来，他大约是过来取柴的。如韵发现那当兵的有一双她十分熟悉的眼睛。当兵的抱起一捆柴禾，转过身去，又缓缓回过头来，不敢相信自己眼睛似的看着如韵。如韵听见他完全是试探地喊了一声“如韵”，那声音绝对的轻盈，好像是害怕认错了人。

正在烧热水的士兵是飞卿。如韵犹豫了一下，扭头就走。这是她做梦也不会想到的事情。那士兵确确实实就是飞卿。自从飞卿和张苹一起去了文工团以后，她就没有见过他。天底下真会有这么巧的事。如韵心慌意乱地跑出去了一截，飞卿将手中的柴禾往旁边一扔，追了上来。如韵一边走，眼泪已经哗哗地流下来了。飞卿追到了她身边。如韵哭着说："你追我干什么，我不认识你。"

飞卿说："如韵，我的老天爷，你怎么在这里？"

如韵脚下仍然不停。

飞卿仍然在后面追，十分悲哀地喊着："如韵，我是飞卿！"

2

如韵在前面走，飞卿在后面追，他们的举动已经要引起别人的注意。如韵停了下来，有些心慌地往周围看。幸好是在人生地不熟的王家埭，没有什么人认识他们。如韵说："你不要追我，人家都看着呢！"飞卿不依不饶地追问："看着就看着吧。如韵你告诉我，这到底是怎么回事？你怎么跑到这来了，怎么会是这样子？"如韵发现不远处一个女人正瞪大着眼睛看她，她看着有些眼熟，突然记起曾在王呆子的阿姨家见过这个人。那个女人见了如韵的目光，连忙把头掉开，隔了一会，又回过头来，见如韵还在看她，傻笑着离去了。

王家埭是一个大镇子。因为驻扎着新四军的师部，加上正在演戏，到处都是人。人一下子又多了起来，显然是戏散场了。如韵心头咚咚直响，好像揣了一面小鼓，她果断地抹了抹眼泪，说："飞卿，许多话，一时也说不清楚的，太阳落山的时候，你到村头的那片小树林里等我。"说完匆匆就走，她害怕认识的人看见了，会去告诉王呆子。

乡下人都喜欢热闹，王呆子的阿姨家还住着别的亲戚。在一栋瓦房前面，如韵首先遇到的，是那些亲戚，紧接着又遇到了看戏归来的王呆子。王呆子的脖子上还扛着如韵的儿子。王呆子见了如韵，瓮声瓮气地问她跑哪去了，害得娘到处找她。如韵只当没听见，伸出手去，要把儿子抱下来。儿子觉得还是骑在王呆子的脖子上有意思，闹着不肯下来。如韵只好由他去。这时候，王大娘摇着一双小脚也到了，如韵装着和儿子说话，故意不看她。王大娘见媳妇好好的，也没什么话说。

太阳落山的时候，如韵来到了村头的小树林。她好不容易才找了个借口溜出来。飞卿已经到了，他身影单薄地站在斜阳里，一副潦倒落魄的样子。如韵想不明白，一向风流倜傥的飞卿怎么也会变成这模样。看见了如韵，飞卿迫不及待地向她迎过来。他关切地看着如韵，一下子仿佛有许多话要问。如韵不知道自己的故事应该从何说起，她看着飞卿，恍如隔世。究竟如何对飞卿说，说了飞卿恐怕也不会相信。

飞卿想不明白如韵如何也会落到这种地步。他早就听说如韵嫁给了大名鼎鼎的李怒。两人都想知道对方的事，都不肯谈论自己。飞卿见如韵不说自己的事，叹气说："如韵，我混到了这一步，反正是没脸见人了。不像人家张苹，现在可是大红大紫，是剧团的大明星。"如韵勉强笑着说："我听说你们不是结婚了吗?"飞卿哑然，半晌才说："她怎么会看上我?"如韵知道飞卿的话里面藏着什么故事，过去张苹一直在追着飞卿。张苹争着要去文工团，也完全是为了飞卿的缘故。如韵不敢想象，时过境迁，从未演过戏的张苹现在反而成了明星。如韵记得张苹确实写信说过，说她就要和飞卿结婚。

红色的夕阳像血一样，天正在黑下来，飞卿看着村妇打扮的如韵，说："我知道你不是和那个叫李怒的结了婚——"

如韵很轻易地就把这个话题扯开了。她不想在这时候提到李怒。

大家都吞吞吐吐地说着话，像交待问题一样小心翼翼谈论自己。飞卿羞羞答答地说起自己犯了些小错误，说不过是看上了别的女孩子，后来又对一位首长年轻的妻子有了些好感。他说张苹当然不会再喜欢他，在革命队伍里，谁也不喜欢一个犯生活错误的人。他说自己眼下正在接受改造和锻炼，但是他以后再也不想回文工团去，他已经明白自己不会是个好演员。

天完全黑了，借着黑暗的掩护，如韵也简短地说起了自己的遭遇，太简短了，简短得让人都没办法明白。说完了，她恳切地问："飞卿，你能不能帮着我从这逃走?"

3

如韵从王呆子家逃走，并没有什么惊险可言。飞卿第二天正好要去县城购货，说好了在码头见面。如韵的儿子是山里的小孩，没见过船，成天闹着要到河边去看船。王家埭码头是全镇最热闹的地方，王呆子的阿姨家聚集了许多亲戚，如韵借口人多了太嘈杂，抱着儿子去了码头。王呆子不放心，也要跟着一起去。如韵怕他疑心，也不拒绝。码头上，许多小船都在拉客，因为这一带是水乡，人们去什么地方，都习惯以小船代步。和战时不一样，现在的船主尤其喜欢和军人做生意。如韵到码头的时候，飞卿已经雇了两条小船在那等她。

码头上很乱。如韵若无其事地看着热闹，飞卿屡屡向她做手势，她只当没有看见。王呆子毫无警惕地站在她身边，他做梦也不会想到马上就要和如韵在此告别。这位浑身有着用不完力气的乡下人，自从成为如韵的丈夫以后，一改过去懒惰的坏毛病，变得出奇的勤快。他的脑子里似乎还绷着一根弦，那就是漂亮的老婆弄不好就会跑走。可惜他的这根弦绷得还不够紧。码头上，人来人往，王呆子不会想到如韵将在他眼皮底下溜之大吉。

飞卿对如韵做了一个手势，坐着那条小船先走了，如韵凑在王呆子耳边，让他去小店里为儿子买几粒糖。在王呆子离开的一瞬间，如韵抱着儿子，以最快的速度上了留在那里的另一条小船。飞卿显然是和船主说好的，如韵摇摇晃晃刚上船，那小船便箭一般地冲了出去。王呆子买了糖回来，找不到如韵和小孩，傻乎乎地到处看，等他看到船上的如韵，那小船已驶出去了很远。王呆子急得在岸上跳脚，语无伦次地喊着。待别人明白过来他是跑了老婆，如韵的小船已经没有踪影。

如韵没有去想王呆子会不会找了船追上来。她心里很平静，她镇定自若的样子，使得船主根本就没有疑心发生在码头上的混乱，和自己的这条船有什么联系。河网四通八达，水面上来来往往的船很多，如韵坐在船上，十分木然地想着王呆子的一些好处。他自然是喜欢她的，作为一个土头土脑的乡下人，王呆子能娶上如韵这样漂亮的城里女人，用王大娘的话来说，实在是前世修的福分。如韵不愿去想人财两空的王呆子母子如今会怎么样，她懒得去想这样的问题。她和他们之间的关系，非常轻易地就可以割断。如韵知道自己现在所以这么匆匆出逃，绝对不仅仅是因为想离开王呆子。如果仅仅是想离开王呆子，她早就可以逃走了，根本不需要等到今天。

小船拐了一个弯，向东南方向驶去。这是个阳光灿烂的日子，战争的阴影已经消失，到处一派和平气象。船主是个年龄不大的后生，搭讪着想和如韵说上几句话，见她不太乐意理睬自己，便自顾自地唱起了当地船民爱唱的小曲。这种小曲都是带些色情意味的情歌，船主自得其乐地唱着。如韵的儿子出奇的乖巧，他瞪大着眼睛听船主唱歌。

船主扯足了嗓子唱着，如韵无意中发现飞卿坐的船，正在前面不远处慢慢吞吞行驶着。飞卿探头探脑地不住往如韵的这条船看，他显然也发现了她。如韵奇怪飞卿为什么不让自己的船停下来等她，而且从表情看，他似乎也不想招呼她。他尽量装着若无其事的样子，可是一眼看上去就有些鬼鬼祟祟。如韵想也许是飞卿穿着制服的缘故，一个军人和一个抱着小孩的女人在一起，别人看了可能会生出拐带良家妇女的疑问。

如韵坐的这条小船渐渐赶上了飞卿的那条船。河道很宽，两条小船并驾齐驱。既然飞卿装着不认识如韵，如韵也不便和他招呼。倒是两位船主没有禁忌地说起话来，插科打诨说着荤话。两位船主心里都觉得奇怪，两位客人显然是一起的，干吗硬装出不认识的样子。

4

船在一个有座古塔的小镇停了下来，飞卿跳下船来，付了两条船的钱。船主接了钱，不住地偷眼看如韵。如韵抱着儿子，毫无表情地站在码头上，看着飞卿付钱。飞卿付完了钱，走到如韵身边，轻声地招呼她跟着他走。他神秘兮兮的举动，让如韵感到不自在。穿着制服的飞卿自顾自地在前面走着，如韵犹豫了一下，抱着儿子跟了上去。走出去了一截，如韵猛地回头，发现那两名船主正冲着她和飞卿的背影说着什么。

虽然是穿着制服，飞卿仍然没有个当兵的样子。他急匆匆地在前面走着，不时地回头看如韵一眼，看她是否跟着自己。他们走到了街上，路过一家裁缝店，飞卿迫不及待地一头扎了进去。如韵没有跟进去，她就站在门口，看着里面正和裁缝说话的飞卿。飞卿向裁缝买了一件长衫，又买了条西式的裤子，立马就在裁缝店里对着镜子把衣服换了，一边换，一边回过头来，对站在门外的如韵笑了笑。

从裁缝店里出来，飞卿的精神面貌已经完全变了。他把脱下来的制服，卷成一团，很潇洒地扔进裁缝店。走到如韵面前的时候，他原先的那种鬼鬼祟祟的神情再也不复存在。他笑着逗了逗如韵手上的儿子，说这下好了，再也不怕别人看出什么破绽来。如韵问他怕看出什么破绽。飞卿一路走，一路神秘地笑着，走到无人处，停下来，油腔滑调地说："当了逃兵，这还不是破绽。"如韵怔了怔，飞卿继续说："我早就想跑了，要不是这次为了救你脱离虎口，还下不了这个决心。"如韵又一怔，她终于明白自己原来只是希望飞卿帮助她逃走，现在的事实是，她的这一要求，真的让飞卿当了逃兵。

飞卿手上似乎很有些钱，他们找了一家馆子，美美地吃了一顿。如韵后来才知道这是飞卿带在身上准备替公家购物的一笔公款。上完馆子，飞卿又领着如韵去找住宿的地方，居然找到了一家叫做"美庐"的小旅馆。从外表看，就不像是个干净的地方，好在飞卿和如韵都是吃过一番苦头的人，也不太挑剔。两个打扮得花枝招展的妓女，好像是在故意斗气，当着如韵的面，堂而皇之地就拉飞卿的客，一边拉客，一边互相谩骂。飞卿躲躲闪闪的，很有些不好意思，最后还是旅馆老板走出来，轰跑了两个妓女才算完事。

如韵注意到飞卿只开了一个房间，旅馆老板拿着钥匙替他们开门，飞卿大大咧咧走了进去，满意地点点头。旅馆老板开了门，傻站在那等候吩咐，飞卿说："没你的事了，你去吧。"旅馆老板笑呵呵地不肯走，说："二位想吃些什么，我这就叫人准备去。"飞卿不客气地说："我们已经吃过了，你呢，该干什么，就干什么去。"旅馆老板讨了个没趣，赔着笑脸走了。如韵这时候已将儿子放到了地上，小家伙到了陌生的地方，有些认生，拉着如韵的裤子不敢离开一步。飞卿走到窗前，用力把窗子推开，回过头来，一本正经地说："今天好好歇歇，明天又得辛苦一天。"

天黑前，飞卿说是要到街上去走走，顺便再打听一下明日的行程。他出去以后，如韵叫伙计送热水来，十分认真地洗了洗。洗完了，又让伙计将竹壳的热水瓶灌满，以备飞卿回来使用。老式的竹壳热水瓶，让如韵感到一种久违的亲切。自从离开梅城以后，热水瓶竟成了稀罕之物，用热水都是随烧随用。记得过去在梅城读书时，常常嫌乡下来的女学生不爱干净，如今如韵已成了地地道道的土包子，因为她当年的女同学虽然来自农村，但都是有钱的地主家的千金，而她成了王呆子的老婆之后，和村妇已没有任何区别。

如韵住的房间在二楼，梳洗完了，如韵抱着儿子站在窗口，看着窗外的街道，百无聊赖地等待着飞卿的归来。夕阳下的街景很好看，仿佛都涂上了一层金黄的颜色。旅馆门前，那两个妓女徒劳地走来走去，守株待兔一样等着客人到来。伟大的抗日战争的胜利喜悦，在这座已经有些历史的古镇上，并没有什么特殊的表现。空荡荡的旅馆里，似乎也只有她和飞卿住的这个房间有人。刚住进这房间时，如韵就闻到这房间里有一股很不好闻的气味。那是一种夹杂着残存在空气中的脂粉气和臭鸡蛋的味道。联系到墙壁上画的那些淫乱不堪的字画，如韵立刻就明白那怪味是怎么一回事。

飞卿并没有立刻就回来，天说黑就黑下来。如韵点上了灯，她的儿子已经习惯了陌生，十分调皮地在两张小床上爬来爬去。无事可做的如韵便端着油灯去欣赏那些画在墙壁上的字画，全是非常色情的东西。其中最醒目的，是一幅用口红画的女人体，就只有中间的那一截，画得十分夸张，旁边有钢笔写的注解，大意是某某女士和日本人睡过觉，因此要画出来曝光。如韵不知道这某某女士是否就是楼下两名拉客的女士中的一位，一边看，一边苦笑。这时候，门外传来了脚步声，飞卿回来了。

如韵放了油灯，急忙去开门，飞卿抱了一大堆吃的东西在手上，一进门就说，明天的一切都安排妥了，他已经雇好了两顶轿子，没想到这里轿子这么便宜。如韵说："你跑哪去了，怎么到现在才回来?"飞卿很严肃地说："我没出去多少时间呀!"说了，突然笑起来，又有些轻薄地说："怎么，你怕我把你扔在这不管了，你想想看，我舍得吗?"如韵让他说得不好意思。飞卿也察觉到了，他若无其事地将吃的东西分给如韵母子，一边分，一边笑着说："真倒霉，进旅馆时，又碰到那两个妓女，这里的妓女真是厉害，一不留神，便被她们抢去了一包吃的东西。我看看，她们抢走的是什么?"如韵听了，忍不住笑起来。

飞卿洗脸的时候，如韵的儿子已经睡着。洗完了脸，飞卿又将洗脸水倒在脚盆里，再兑上一些热水瓶里的热水洗脚。如韵看着坐在床沿上洗脚的飞卿，他的影子印在墙壁上，黑黑的大大的，不时地动一下。两人无话可说，此时此景，同是天涯沦落人的孤男寡女，彼此都感到有些别扭。飞卿洗着脚，突然将头扭过来，一本正经地说，他所以安排两人住一个房间，完全是本着节约的原则。如韵听了，也不去戳穿他，因为飞卿一路上花钱一点也不像节约的样子。她只觉得飞卿这时候说这样的话，反而有些做贼心虚。飞卿自己也觉得这理由不能让如韵心服，在擦干脚的时候，笑着说，他如果是一个人开了一个房间，那两名妓女也就真的不会放过他了，“到时候，我想清白，怕是也清白不了。”

这一夜，如韵是和衣而睡的。她还是觉得那被子太脏，一股臭烘烘的味道直往鼻子里钻。飞卿只是和她调了几句情，并没有做出什么过分的举动。夜深人静，如韵有些睡不着。外面传来一阵阵狗吠，如韵忽然想到自己已经很久没听过夜里的狗叫声。不是她生活的地方不养狗，而是她已经习惯半夜里此起彼伏的狗吠。只有在不眠的夜晚里，人们才会用心地去听外面的动静。如韵想起了自己初到解放区的那几个晚上，她想到了凡事喜欢做主的琼瑶，想到了憨厚的老陈和善用心计的张苹。儿子的呼噜声在她耳边轻轻地响着，如韵情不自禁地用手去抚摸儿子，儿子突起的脑门，让如韵想起了她不愿想到的李怒。李怒是促使她逃离王呆子的最直接的原因。她害怕李怒会去找她，害怕李怒又一次找到自己。自从抗战结束，她一直在避免想起他。她实在不敢去回忆那些已消失的情景，她不敢又不能不回忆起逝去的往事，她和李怒初次在小河边相遇，她第一次被朱大姐提及婚事，有些尴尬和茫然的新婚之夜，骑着白马一次又一次的相会，有时候是她去，有时候是他来，白马在灰色的夜幕中驰骋着，嘚嘚的马蹄声划破了夜空。

第五章

1

如韵和飞卿几乎是沿着他们去解放区的原路返回梅城，一路都是庆祝抗战胜利的喜庆气氛。交通仍然很不方便，许多地方不通车，通车的地方，不是一天就一班车，就是干脆没完没了地晚点。好在飞卿身上的钱足够，到一个地方，先捡好旅馆住下，然后称心如意地吃一顿。飞卿又成了潇洒的公子哥儿，大把地花钱，眼睛都不眨一下。如韵有时候提醒他一声，飞卿说：“用了再说，要不，这钱留着也没用。”

他们在一起出走的第二个晚上，睡到了一张床上。一切发生得都很自然，就好像他们已经是夫妻，就好像事前已经约定好了，飞卿没有施展阴谋诡计，如韵也没有拼命抵抗，两人既不热烈也不冷淡地就把事情办好了。飞卿显然是这方面的老手，不该说的话，一句也没说。大家都意识到这样的事迟早会发生，晚发生，还不如早一些发生来得自然。如韵在事后流了半夜的眼泪，眼泪情不自禁地就淌下来，她想自己连王呆子那样的男人都接受了，还有什么理由拒绝飞卿。飞卿曾是第一个让她心动的男人，她当年跟着琼瑶去解放区，不能不说这里面没有为了飞卿的缘故。她如今和飞卿这样，只不过是绕路兜了一个大圈子。

不少过去的情景，在返回梅城的途中，又一次次再现。没有那么多的检问所和封锁线，可是当他们进入国统区时，仿佛又回到了战时状态。宪兵对解放区来的人反复盘问，甚至对如韵刚会走路的儿子也进行了搜身。国共之间的对立，并没有因为抗战胜利而消失，恰恰相反，一种潜在的剑拔弩张正在凸现出来。终于坐上了火车，如韵发现离她不远处坐着两位年轻的国军军官，穿着美式军服，卖弄地和邻座的两位年轻小姐说着笑话。如韵听不见他们在说什么，只听见那两个年轻小姐格格格笑个不停。两位年轻小姐打扮入时，细细的手指在空中舞着，嘴上抹着血红的胭脂，身上旗袍两侧的衩，开得要比如韵身上那件高出许多。飞卿的眼睛不时地盯着她们看，毕竟是离得远了些，要不然他早就和她们说上话了。飞卿对女孩子永远是特别地注意。

火车驶进梅城车站的时候，如韵有一种如入梦境的恍惚。她仿佛又见到了那些早已经消失了的场景。梅城火车站曾经是城市中最繁华的地段，如韵不由得想起了十多年前，女校的学生列队站在站台上，欢迎从“一二八”淞沪战场上撤下来的伤员。那时候的如韵还是个小姑娘，她只记得自己跟着别人使劲地挥舞着彩色纸做成的小三角旗，不停地挥着，大声地喊着什么口号。火车站总是最能体现出时代特色的地方，如韵记得，日本人进入梅城的第二周，就在火车站附近最显眼的一道长墙上，写上“日中亲善”四个大字，大字底下画着一群拿着小旗子作舞蹈状的小人。这幅巨大的宣传画如今刚刚涂抹掉，因为出了火车站，如韵的第一印象，就是有两名工人正站在脚手架上重新绘画，青天白日的国民党党徽已经有了个轮廓。

如韵抱着儿子站在出口处发怔，飞卿找黄包车去了，他跑错了方向，前脚走，后脚便有几辆黄包车过来兜生意。耽误了一会，如韵和飞卿终于一人坐了一辆黄包车离开火车站。黄包车穿过如韵熟悉的街道，直奔飞卿的三姐家。在一个十字路口，如韵所坐的黄包车慢了一步，结果一支庞大的送葬队伍把她和飞卿隔开了。飞卿已发现她掉了队，正歇在街对面等着她。如韵慌乱的眼光找到了飞卿，心烦意乱地盼眼前的队伍快些走完。肯定是什么有钱的人家在出殡，近乡情怯的如韵越是心焦，那声势浩大的送葬队伍越是不肯爽快地就走过去，那口巨大的棺材仿佛总是在如韵的眼前晃悠。

2

早在到达梅城的前一天晚上，飞卿就和如韵说好，到了梅城，他们直接去飞卿的三姐家。飞卿的三姐夫在银行里做事，是一个本本分分的老实人，自然十分欢迎他们的到来，由于飞卿在介绍时，把如韵说成是他的妻子，飞卿的三姐夫丝毫没有产生什么疑问。倒是飞卿的三姐梅朵一眼就看出了破绽。她憋了两天，到了第三天，把飞卿叫到一边审问。飞卿禁不住她连哄带骗，很快就从露馅到彻底交待。梅朵掌握了确凿证据，在吃饭桌子上，故意轻描淡写地说："其实你们只管住在这好了，根本用不着扮演假夫妻这出戏。"

如韵感到无地自容，飞卿没想到梅朵会这么说，当时就要和她急。三姐夫一个劲地在中间做老好人。梅朵索性撕破了脸，说她的眼睛里掺不了沙子，说飞卿的脾气完全是让大姐琼瑶给宠坏了。她说这是她的家，自己想怎么说，就怎么说。如韵很平静地等姐弟俩吵完了，一个人带着儿子躲进房间里去垂泪。飞卿赶进去劝她，如韵平静地说："你三姐也是为你好，你别说了，求求你为我在外面租一间房子，行吗？算是我求你了，求你今天就去办。"

于是飞卿在外面租了一间房子。如韵的父亲有一家小铺子，她的生母早就死了，后母的一张刀子嘴远比飞卿的三姐梅朵厉害。如韵不想回家去领教后母的讽言冷语，她害怕她，惹不起躲得起，还是不见面为好。飞卿要和如韵一起住，如韵先是不答应，飞卿一定要坚持，如韵只好打开天窗说亮话。她告诉飞卿，他要是真想待在她那里，尽管待下去，什么时候腻了，想走就走。他已经为她做了许多，如韵不想再拖累他。飞卿说："如韵，你不要说这样的傻话，我是真喜欢你。"如韵说："我说的不是傻话，不管是不是真喜欢我，你这样对我，我已经心领了。"飞卿急得要发誓，如韵上前捂住了他的嘴，不让他说下去。

如韵和飞卿便算是正式同居。飞卿很快就在公路局找到了一个工作，这工作是通过三姐夫一个朋友找的。那朋友名叫许浩，是梅城最大的一家医院住院处的处长，门道广路子粗，很随便地打了个招呼，飞卿便去上班了。等拿到了第一个月的薪水，飞卿在天然居宴请许浩以示谢意，让三姐梅朵夫妇作陪。梅朵不愿意见如韵，找了个借口推托了，结果到时候坐车来的只有三姐夫和许浩两个人。三姐夫替梅朵圆场，飞卿板着脸说："好了，不说了，她不来拉倒。没她一样喝酒吃饭，用不着求她。"这天然居仍然是许浩的熟人开的，老板一见客人中有许浩，忙不迭地过来敬酒。许浩待老板走了，轻声对飞卿说，一会付账由他去付。飞卿说："说好是我请客的，怎么你来付钱。"许浩说："不是我付钱，是我帮你付钱，你知道，我有办法让老板便宜一些。”果然便宜得几乎是白吃。吃完回家，飞卿羡慕地对如韵说，想不到许浩有那么大的能耐。如韵不想谈论这话题，她心里还残存着对梅朵不来赴宴的不痛快，对许浩也没什么好感，因为他总是色迷迷地偷看她。飞卿在外面也喜欢盯着别的女人看，可是他从来不流露出那种猥琐的色迷迷的神态。

也许是以往的日子不安定的缘故，如韵和飞卿对他们开始一起同居的日子十分满意。飞卿虽然刚去公路局上班，薪水却不算少，物价已经涨了，但是足够家用。如韵对飞卿的要求本来不高，他能够对自己好，就已经千恩万谢。飞卿在讨女人喜欢方面是个天才，他时常用些小手段逗如韵开心，如韵也就逐渐把他当做自己可以依赖的男人。一切都安置停当以后，如韵让飞卿陪着，去了一趟自己的家。开小铺子的父亲在她离开家的日子里已经病故，后母唠唠叨叨对她说了一大堆父亲病故前后的故事。如韵听了，悲伤不起来，她陪着后母一起被动地流眼泪。父亲是她和这个家还有必要保持联系的重要契机，既然父亲已不存在，如韵明白她和这个家的关系，也就彻底完了。

如韵的后母不停地说着，她的思路随时随地都在改变。她夸奖如韵找了一个很体面的小白脸，这种说法叫如韵哭笑不得难以忍受。飞卿也有些受不了这位不讨人喜欢的丈母娘，他跑到门外，和如韵的异母兄弟聊起天来。如韵的后母见飞卿出去了，轻声对如韵说：“你不知道，自打你离家以后，你爹就知道你是投了共产党。唉，后来呢，日本人不知道来找了多少次麻烦，真是把你爹急死了，你想象不出来我们是多操心。”如韵知道后母一向言过其实，由她去说，无动于衷。果然，说到临了，如韵的后母又更正说，来调查如韵下落的自然不会是日本人，而是替日本人办事的汉奸。“日本人又不会说中国话，他们非要派中国人来不是吗?”如韵的后母自说自话地说着。

3

如韵直到后来才想明白，一次次去她家打听她下落的，是李怒派的人。自从回到梅城，如韵最怕向飞卿说起李怒的事。飞卿不止一次问过她，都被她支支吾吾搪塞过去。如韵说：“这事你不用打听了行不行，你问了，也白问，我不会告诉你。”飞卿无可奈何，不甘心地说：“你不想说，当然算了，我可是把和张苹的事，都一五一十地告诉你了。”如韵说：“那是你自己想说，我又不想听。”飞卿不吭声，很委屈的样子。如韵觉得自己有些过分，发自肺腑地对他说：“反正我和李怒已经没有一点关系，你放心好了。”飞卿笑起来，说：“我放心什么，再说，我有什么不放心的。”飞卿似乎明白，如韵如果真能忘掉李怒，她就不会那么怕提起他了。

有一天，飞卿下班回来，告诉如韵他大姐夫到梅城养病来了。如韵先是没有反应过来飞卿的大姐夫是谁，怔了一怔，才想起来琼瑶的丈夫是当年带他们去解放区的老陈。因为是熟人，第二天，如韵便和飞卿一起去医院看望老陈。老陈已经知道飞卿和如韵的事，但是当他见了如韵以后，仍然按捺不住吃惊。他是隐瞒了自己的身份来这里养病的，有许多话，在病房里不便说，只好半开玩笑地说：“想不到现在我们都成了一家人了。”他的眼睛无意中落在如韵的肚子上，发现那里已经高高地隆了起来，显然是有了身孕。

老陈最初的病因只是阑尾炎，在解放区缺医少药，这病就耽误了，差一点把命送掉。手术后并发了腹膜炎，活生生地把他折磨得够呛。于是组织上决定送他到梅城的医院里治疗。经过一段时间的治疗，老陈的病情果然大大好转，脸色红润了，人也胖了。有一次，如韵去看他，老陈说："今天我感觉不错，你陪我到院子里去走走，怎么样？"如韵看老陈的表情，就知道他有话对自己说。两人来到病房外面，老陈心不在焉地说了些别的，然后突然话锋一转，问她和李怒之间，究竟是怎么一回事。

"老实说，我很难过，因为我不敢相信，你和飞卿，都会成为革命队伍里的逃兵。"老陈看看四周没什么人，皱着眉头责怪说，他注意到如韵把头低了下去。外面很阴冷，这是一个十分潮湿的冬天，没有太阳，老陈一边说，一边警惕地注意着周围的动静。如韵静静地听老陈说着，不说一句话。老陈说着说着，话题离李怒越来越远，终于又回到了李怒的身上，他谴责如韵不该不辞而别。他告诉她，她失踪以后，李怒为了找她，不知受到了多少次批评。他一次次越过封锁线，孤军深入钻到敌占区去，为了寻找如韵，李怒无谓地受了一次伤，还差一点把命搭上。老陈告诉如韵，因为她的失踪，李怒完全被个人的感情左右了，他所带领的队伍，因此遭受到了重大的损失。一个使敌人闻风丧胆传奇般的英雄人物，为了她如韵，竟然丢魂失魄到了让人不能相信的地步。

如韵感到内心里仿佛升起了一盆火。她感到一种从未有过的温暖，在这之前，她的心灵深处，一直有一种说不出的麻木。那种遭人遗弃的感觉顿时不复存在，她几乎立刻就原谅了李怒。李怒骑着白马穿过夜色一次次前去和她相会的情景又出现在她的眼前，她似乎又听见了嘚嘚的马蹄声。这时候，老陈说什么已无所谓，如韵十分平静地站在那里，任凭刺骨的寒风吹在她微微发烫的脸上。她知道自己和李怒的缘已经完全断了，正是因为断了，一想起他，千万种滋味都涌上了心头。她面带笑容地把脸扭向一边，眼泪止不住地淌了下来。

老陈又说了些别的什么。如韵忽然低声问李怒现在怎么样。老陈一时不知道她问的是谁，待明白过来，说自己也是很长时间没有听说过他的消息了。老陈埋怨如韵，说像她们那样的知识分子，都有太多的小资产阶级情调，她们总是嫌那些久经战火考验的老革命太土头土脑，不懂得温柔，不会照顾女性。老陈说，其实男人对女人有着不同的表达爱的方式，他以他自己和琼瑶的故事为例，理直气壮地说了半天。

如韵是在回家的路上，想明白了那件事的。她后母说不断有人去打听她的消息，如果真像她后母所说的那样，是日本人或者是日本人派来的汉奸，早就应该找她家的麻烦了。这样的事并不难推理，李怒既然能冒着生命危险，一次次穿越封锁线到敌占区去找她，他一定也会派人来梅城打听她的下落。谁能知道他们当初的分手会有那么严重的后果，在那战火纷飞的日子里，她和李怒之间有过无数次的分手，他们怎么可能想到这次分手会和以往截然不同呢。他们怎么能想到这一次分手就等于永别。

4

在一个秋雨连绵的日子里，如韵突然意识到自己可能是又一次怀孕了。这想法让她感到深深的担心。“怎么会，你真的是怀孕了?”飞卿脸色很难看，他显然感到十分意外。怀孕的时间很有些可疑。如韵和飞卿同居的时间很短，短得只是刚刚开了个头，迈出去了第一步。飞卿自然是缺乏这方面的知识，但是本能会有的疑问起了作用。“这是我们的小孩?”他吞吞吐吐地说着。这样的提问让如韵感到不高兴，他注意到她的脸红布一样通红。

飞卿会有些疑问一点也不奇怪，事实上，如韵自己也有些疑惑，尽管她一口咬定了飞卿。她知道自己并不能完全排除王呆子让她受孕的可能性。这种想法让如韵感到十分心虚，她觉得真要是这样，太对不起飞卿。她已经无脸再见李怒。短短的几年中，如韵的生活中经历过了三个男人，对于这三个男人，无论对于其中的哪一个，如韵都感到有些歉意。好在飞卿也不是十分计较，也许他是相信了如韵的话，也许他觉得自己反正只是和她同居，根本就没什么长久的打算。就好像如韵前面已有个儿子那样，多一个少一个都一样，要不在乎就干脆都不在乎，飞卿不是那种小肚鸡肠的男人。

老陈是在如韵即将临产的日子里，离开梅城的，临走时，专程去看了一趟如韵，他问如韵有没有什么话要带。很难说他能不能见到李怒，他不过是随便问问而已。如韵的心咚咚咚跳起来，她请求老陈千万不要向李怒提起自己。过去的事就让它过去，伤口已经结了疤，没有必要再撕开来，重新去欣赏那血淋淋的痛苦。“大家就当我已经死了好了，”如韵痛苦万分地说，“怎么说都是我不好，李怒是个好人，你让他忘掉我吧。”老陈心中暗暗好笑，如韵不让他向李怒提起她，又要他带信让李怒忘了她，两个想法显然冲突。他似乎也看出了如韵和飞卿之间有些地方不对劲，笑着安慰如韵："现在这样也好，你和飞卿还是很般配的，大家好好过日子，这比什么都重要。革命迟早会成功的，革命为了什么？还不就是让大家好好过日子。"

如韵在医院里又生了一个儿子，飞卿找了辆车，把她从医院里接了回来。家里已经事先找好了女佣人，收拾得比如韵在家时还要干净。飞卿对新出世的小孩，谈不上喜欢，也谈不上不喜欢，因为他自己常常表现得就像是个淘气的大孩子。如韵不知道他从哪弄来的那么多钱，反正他从来不缺钱花。除了琼瑶之外的三个姐姐都时不时地送些钱给他花，他手上阔绰时，用钱完全是公子哥派头。他常常去参加别人的宴请，自己也是动不动就上馆子请客，一喝酒就醉，醉了就胡说八道。

飞卿最初还说说要和如韵结婚的话，渐渐地就把结婚的事忘到了脑后。有一次他带着如韵一起去上馆子，席间，飞卿向别人介绍她是某某小姐，如韵的脸色顿时就变难看了。连续多少天，如韵都没有再理飞卿，飞卿不知道自己怎么得罪她了，钉在她后面追问，也没问出什么名堂。几天以后，如韵自己熬不住了，冷笑着说："以后你介绍我时，也没必要叫某某小姐，你直接和别人说这是我姘头好了。"飞卿没想到她会为这句话动这么大的肝火，笑着说："那你叫我怎么说，说这是我老婆——不觉得这太俗气了吗？"如韵还是冷笑，眼睛看着飞卿，说："是俗气，不过，我现在的确也是个俗气的人，怎么说，都一样俗气。"飞卿让如韵说得有些不高兴，他觉得如韵为了这么点小事，闹这么几天别扭实在没意思。他这一生气，如韵又觉得过意不去，安慰他说："你放心，我可不是变着法子逼你娶我，我们早就说好的，你什么时候想走都行，我不会缠着你不放的。”

如韵最初知道飞卿有别的女人时，产生的第一冲动，就是自己的疑虑终于成为事实。她没有大吵大闹，既然答应给飞卿自由，如韵不想食言。她不想重复像许多蠢女人做过的傻事，大吵大闹有什么用呢，男人真要是有了异心，成天系在裤腰带上也没有用。如韵记得在她小时候，自己的母亲屡屡要和父亲大闹，父亲自然是外面有了女人，母亲闹，父亲便像打贼一样揍她。父亲未必就是真喜欢外面的女人，不好的男人都这样。后来母亲死了，后母进了门，父亲仍然在外面寻花问柳，后母也不跟他闹。她对付父亲的办法是拼命攒私房钱，扣住了钱，父亲想风流也难，而且手里有了钱，后母做人也硬气。如韵不知不觉就学会了后母的一套。她开始偷偷地自己存钱，故意夸大生活的开支，飞卿每回一发薪水，如韵便恨不能把他身上的最后一分钱都榨光。

飞卿在外面越来越不像话，起先还瞒着如韵，后来索性明明白白地胡搞。他因为人生得漂亮，甜言蜜语一张口就来，在外面和女人打交道并不需要多花钱。每勾搭上一个新女人，他便把故事说给如韵听。如韵把他身上的钱几乎都拿走了，他憋了一肚子不快，就变着法子报复如韵。也许他知道她其实内心是嫉妒的，她越是要装出不在乎，他便越是要让她嫉妒。公路局的差事是个美差，承包商为了做生意，少不了要讨好巴结飞卿。有时塞些红包什么的，也不告诉如韵，如韵发现他身上有钱，问他钱从哪里来的，飞卿嬉皮笑脸说是别的相好的女人给的。如韵没想到飞卿会在这么短的时间里变得如此厚颜无耻，越骂他越来劲，越说他越疯狂。

一个人要是堕落的话，什么下流的事都做得出来。飞卿的身上开始有不同的女人的香水味，衣领上残留着不同的女人留下的口红痕迹。这还不够，他甚至就在如韵的鼻子底下，和女佣人小张调情。天知道他和小张之间有没有真出事。不能想象一个男人竟然会如此明火执仗地不要脸。如韵预感到她和飞卿的关系已到了尽头，她知道他这么做，目的是想让如韵撵他走。飞卿对她已经厌倦了，他想从她的这张网里逃出去。

5

飞卿是在如韵下决心要和他断的时候出事的。他搞女人搞昏了头，竟然和戏班子的穆桂英睡到了一张床上去。日本人统治时期，作为头牌花旦的穆桂英曾经下嫁过公安局长。抗战胜利，公安局长被当做汉奸枪毙了，穆桂英只好又出来挂牌唱戏。她的戏唱得不怎么样，要在舞台上抛头露面地混，必须靠一点戏外的功夫。自然有一班轻薄的少年捧她的场，被枪毙的公安局长的徒子徒孙还在，不是地痞就是流氓。情场得意的飞卿在小巷深处，被狠狠地揍了一顿。有人用刀在他身上上上下下捅了七刀，每一刀都是不致命的要害部分。捅完了就派人送医院，还留下了厚厚的一叠子钞票算是让飞卿治病。

如韵通过许浩找到了病床上的飞卿。飞卿的身上到处都缠着纱布，纱布上渗出了红色的血迹。医生告诉如韵，捅刀子的人，实在是职业高手，他没有轻而易举地要飞卿的命，却让他变成终身的残废。他十分巧妙地让飞卿变成了一个生理上的废人。飞卿成了一个有脚不能走、有手不能用力的瘫子，他只能在房间里扶着东西移动，躺在床上听收音机，坐在角落里吆五喝六乱发脾气。过去，如韵和他吵架的时候，动不动就撵他走，那时候的飞卿常在外面夜宿，到处拈花惹草。那时候的飞卿确实有地方可去，但是他每次被如韵撵走了，又厚着脸皮回来。现在的飞卿已无地方可去，没有人愿意接受他，因此他无论怎么闹，无论如何不讲道理，如韵都不忍心撵他。

分手的事因为飞卿的出事而告吹。在这之前，如韵把自己的两个小孩，托付给了一个远房婶娘照管。她自己请许浩帮她在医院的财务科里找了个差事，这事曾经为了飞卿出事耽搁了一阵，待飞卿出了医院，自己开始能凑合着照料自己，如韵便正式去医院上班。许浩的老丈人是医院的董事，有了这么个大后台，他在医院里的气派，就好像这医院是他开的一样。有了许浩的关照，如韵在财务科的工作一切都还算顺利。每天早晨，如韵做了早饭和中饭，然后带着两个小孩上班去，在中途，如韵还要把小孩送到远房婶娘那里。

飞卿成了如韵不得不照看的大孩子。一切好像都是注定的，他们满怀着一腔热情去了解放区，走向不同的工作岗位，绕了一个大圈子，最后又走到了一起。如韵觉得对飞卿是有责任的，要不是为了她的缘故，飞卿也不可能离开解放区，更不可能挪用那笔公款。甚至飞卿的出事，如韵觉得自己也难逃其责，要是他们早一些分手，要是他们像开始同居时那么恩爱，飞卿说不定就能躲过这场横祸。天底下的事情实在难说得清楚。飞卿帮着她从危难中走了出来，如韵不能把他丢在危难中不闻不问。

“你和许浩之间有什么勾搭，我怎么知道？”飞卿不知忧愁的潇洒劲儿，早不知道到哪里去了，他的心眼变得比针眼还小，许浩多来了几次，他便钉着如韵闹。如韵被他闹急了，气得用话噎他，说自己真和许浩有了什么，又怎么样。飞卿失态地说："我能怎么样，你明知道我现在不能怎么样。"说完了，孩子一般捂着脸大哭。他哭得是那样的伤心，结果如韵也只好陪着他一起哭。两个小孩都还小，被他们的阵势吓得不轻，瞪大着眼睛看着他们，可怜巴巴也准备要哭。如韵流着眼泪说："都到了这一步，太太平平过日子好不好？"飞卿仰躺在床上，叹息说："到了这一步，怎么太太平平过日子？"

如韵和飞卿都明白许浩常来的目的所在。从一开始，如韵就感觉到了他眼睛中对自己的那种欲望。如韵不想得罪他，许浩似乎也不想强迫她。尽管两人都不想互相利用对方，事实上有意无意地正在这么做。结局大家仿佛都已经能看到。对于飞卿来说，他不能忍受的，已经不是如韵和许浩之间可能会有的结局，他感到让他掐住脖子似的喘不过气来的，是到达这结局前的漫长过程。这漫长的过程煎熬着飞卿的心。一个男人被一个拖着两个小孩的女人豢养着，这滋味不好受。如果这中间还要掺和着另外一个男人，还要依靠另外一个男人，这滋味更不好受。

飞卿说："如韵，我要是许浩的话，早把你弄到手了。"

飞卿又说："我告诉你，许浩这人，实在不怎么样！"

6

如韵做梦也不会想到，李怒最后会到梅城来找她。她毫无抗拒地接受了现实。现实中的如韵已经放弃了一切不合实际的浪漫想法，将近三年的内战，以国民党军队的全盘失败而告结束，解放军在一片欢呼的秧歌声中，浩浩荡荡开进了梅城。梅城像节日中一样热闹。已经成为废人的飞卿趴在窗台上观看入城仪式，看入了神看傻了眼，如韵知道他是在后悔当年离开解放区。

李怒坐着一辆军用吉普出现在如韵住的那条大街上。时间是在入城仪式后的好几天，李怒从遥远的另一座城市匆匆赶来。他所带领的部队和进入梅城的部队是两个系统。他是专程请了假日夜兼程赶到的，他来梅城的愿望很简单，仅仅是为了看一眼如韵。从老陈那里，他已经知道了如韵的一些事，时过境迁物是人非，李怒没有别的奢求，他只是想看看如韵。曾经沧海难为水，好多年过去了，和如韵的分别好像还是昨天的事。李怒忘不了如韵，无论是在战火纷飞的前线，还是在休战停顿的营地，只要一想到如韵，便感到牵肠挂肚。无情未必真豪杰，惦记着心目中的女人又如何不丈夫，李怒觉得他必须去一趟梅城。

会面是在一种十分尴尬的气氛中进行的，李怒的突然造访，害得如韵有些束手无策晕头转向。这情景只应该在梦中出现，如韵想这一定是梦。李怒一直到最后，都没有弄明白房间里的两个男人，究竟哪一位是如韵现在的丈夫。他掩饰着自己的感伤，微笑着逗两个小孩玩。两个小孩似乎也感受到了周围不同寻常的气氛，呆呆地站在墙角，局外人一样地看着房间里的大人。没人记得清自己说过些什么，这时候，说什么都不重要，说什么，都跟没说一样。时间静止了一会，李怒站起来告辞。他很艰难地继续笑着，十分留恋地扫了一眼房间里的摆设，扭头向外走去。

如韵没有跟出去送李怒。李怒听见身后有脚步声跟着他下楼，一直忍着没有回头，终于发现自己身后的只是代表如韵送他的许浩，他说不出的失望。两人来到了大街上，许浩说："这位同志，难得来的，其实一起吃顿饭多好。"李怒没有理睬许浩，若有所失地向军用吉普走去，他的司机已经看见他了。许浩又说："你这是去哪里呢?"李怒回头看了一眼许浩，胡乱报了个地名，然后拉开车门，往车上跨。他没有抬头往楼上看，他根本不知道这时候二楼的窗户里，如韵正搂着两个小孩，眼泪汪汪地看着他。他只是顽固地相信一点，那就是如韵事实上根本就不喜欢他，她早就忘了他的存在。他的到来打破了如韵原有生活的平静，他是一个多余的人，根本就没必要来。军用吉普的发动机响起来，李怒看着反光镜中自己痛苦不堪的面孔，出于礼貌地对许浩摆了摆手，喇叭刺耳地叫着，军用吉普猛地向前方冲去。

李怒死于第二年的春天。本来安排他的部队进驻一个大城市，进驻这个城市以前，上级指示团级以上干部凡是没有结婚的单身汉，应该尽快解决个人问题。已经是师长身份的李怒奉命去军部开会，到了军部的礼堂里，一个副军长指着坐在下面的一排妇女，让李怒从中间挑一个中意的做老婆。副军长说："你若是不挑，组织上便为你挑。"副军长本来只是半真半假地开开玩笑，没想到李怒勃然大怒，说了一句很难听的话，拂袖而去。副军长也有些生气，回去和军长说。军长说："找老婆是组织决定，他李怒不肯找，就是不听组织的话。"副军长说："李怒过去曾找过一个女学生，他这人，就喜欢那种读过书的女人。"军长说："什么读过书的女人，是资产阶级的女人。他一定是想到花花绿绿的大城市里去找个洋学生当老婆。李怒这人，就是思想有问题，要不然，凭他的资历，早就可以当军长了。”

李怒的部队继续南下，深入到崇山峻岭之中追击国民党的残余部队。大家注意到胡子拉碴的李怒情绪一直不好，常常几天不说一句话。国民党的残余部队已经不堪一击，变成了到处流窜的土匪。有一天，李怒坐军用吉普去下面的一个连队视察，途中遭到了土匪的突然袭击。转眼之间，车上所有的人都牺牲了，包括李怒自己，他的警卫员，机要员，还有参谋人员。等到大队人马闻讯赶到，车上的物品已被洗劫一空，枪支、望远镜、军事地图和电台，甚至身上穿的衣服都剥光了，大家被眼前的惨状惊得目瞪口呆。这是一幕完全可以避免的惨剧，因为类似的视察去不去都可以，而且李怒不让满满一卡车的警卫排跟在他后面走，他的死实在有些冤枉。

李怒的尸体被运往省城安葬，在后来建造的烈士陵园中，可以找到他的墓碑。关于他后来的故事，远在梅城的如韵并不知道。

1995 年 1 月 30 日

古岭事件及其他

缘 起

这篇小说是我打算要写的一部长篇小说的副产品。我的那部长篇小说名叫《一九三七年的故都南京》①，毫无疑问，应该是部历史小说。在积累资料的过程中，我偶然遇到了这篇小说要写的内容。所以说它是个副产品，因为故事发生在故都南京之外，在空间上，它和我要写的那部长篇小说似乎没有关系，在时间上，更是已经过了将近两年。这篇小说要说的是一九三九年的故事，这一年，这个故事很不显眼地发生了，然后呢，又带来了一连串无法预料的小故事。

今年是抗日战争胜利五十周年，是一个整数，按惯例都应该很好地庆贺一番。报纸上已经够热闹了，电视上也在频繁地播放着节目。就在昨天的《服务导报》上面，还用大字标题十分醒目地写着：

牢记历史，不忘国耻

大批导演鏖战“抗日前线”

抗日题材成了抢手货，许多出版社纷纷出版与此有关的书籍。电影导演吴子牛所拍摄的《南京大屠杀》在本地报纸上已不知道报道过多少次。再现日寇当年暴行成了人们再次津津乐道的话题，书摊上常常可以看见那种封面上印着被污辱女性的通俗读物，有的是历史照

① 小说正式出版时更名为《一九三七年的爱情》。

片，有的是后人画的，裸体或者半裸体，标题大都不离“强奸”、“兽行”这类不文明的字眼。仅仅是关于“慰安妇”的书就有好几本，过分的热点，给人留下的印象就是所有日本兵都是性饥渴者，他们饥不择食地寻找着女人，然后肆无忌惮地发泄。

我不得不老老实实地承认，对自己手头要写的这篇小说有些犹豫。我想我无论怎么解释，也不能摆脱自己正在赶时髦涉足这个热门题材。抗日战争对于中国人来说，是个永恒的话题。虽然是以胜利而告结束，但是它毕竟是我们民族躯体上的一块伤疤，揭开这块伤疤永远不会感到轻松愉快。我不喜欢凑热闹，正是基于这样的原因，我延缓了《一九三七年的故都南京》的写作，也由于同样的原因，我对自己手头正要写的这篇小说显得信心不足。我自然是不会忘记国耻的。“国耻”是一个很难说清楚的话题。我想提到国耻，不应该仅仅理解成为我们打不过别人，理解为我们的人民被别人屠杀，理解为我们的女人被别人蹂躏。如果仅仅是这样，那么我们去屠杀别人，去蹂躏别人的女人，便成了直截了当的报仇雪恨。国耻可以牵涉到方方面面，可以从不同的角度观照，可以从不同的入口进入。

古岭事件也许就是这样的一个入口。我最初接触到古岭事件，是因为阅读了一本回忆录。事情非常偶然。为了写作《一九三七年的故都南京》，类似的回忆录我已经看了许多本。在最初，古岭事件并没有给我留下太深的印象。它无非记载了这样一个事实：这就是在一九三九年的秋天，一个由爱国青年组成的慰问团去前线慰问，一名女团员在经过古岭时，被国民党的宪兵以汉奸罪拘留，在拘留期间，这名女团员被一个副排长强奸了。结果这件事闹得很大很大，副排长被枪毙，连长被撤职，整个部队被提前送上前线。

刚开始，我并没有想到这个没有太多戏剧性的事件，可以演绎成一篇小说。我写小说，通常是靠虚构。现成的故事对我往往不太重要，而且我最害怕受到现成故事的束缚。小说如果只是对号入座，弄不好就会索然寡味。有一天，一个我并不是太熟悉的朋友，无意中又对我提起了这个故事，她是我小说的热心读者，非常热情地认为我应该把古岭事件当做小说写出来。我发现她所说的那个故事，和我从回忆录上见到的，显然是同一件事的两个不同版本。故事的核心当然没什么区别，有区别的只是它的结局。除此之外。就是她比我知道得详细得多，她知道许多故事之外的事情。故事本身很简单，它却引发了不同人物的不同命运，正是这种不同的命运让人感慨万分。老实说，故事之外的故事，让我浮想联翩久久不能平静。我获得了许多前所未知的细节，这些附加的细节使一个简单的故事，有了不少新的意义。经过一天的长谈，我突然产生了那种激情，觉得自己应该把这故事写出来。写作往往是这样，能不能写好并不重要，我只是觉得真应该写下来。

我记得当时正是黄昏时分，我们坐在公园的一条长凳上，离我们不远，有几位老人在草地上做一种流行的健身操。夕阳西下，老人缓慢地动作着，毫无美感地挥动着他们僵硬的胳膊。树杈上挂着一架老式的单声道录音机，正播放着一首十年前极为流行的歌曲。如今，这首流行歌曲实在已经老掉牙了，给我的感觉似乎是比那些行将入土的老人更苍老。古岭事件发生的年代里，眼前这些老人还是少年或者青年。面对这些生命即将走到尽头的老人，我情不自禁地想起了多少年以后，人们会怎么看待今天。后之视今，犹今之视昔。一九三九年的秋天，对于今天来说，已是一个太遥远的过去。人们总是很好地忘记过去，过去本来就应该过去，当我们今天重新思索，一本正经地回忆过去，我们真正想做的，也许还是为了忘了它。

一九三九的秋天

一九三九年的秋天，是一个漫长的雨季，这时候的上海已经成为孤岛。繁华依旧，只是多了些亡国的气氛。在孤岛一个犹太人开的舞厅里，有个叫范一声的年轻人，因为酒喝多了，隐隐地感到有些头昏。他坐在角落里，心不在焉地看着别人跳舞。舞厅的弹簧门不时地被进出的人撞开，然后像扇子似的摇摆半天，门外高楼上的霓虹灯一闪一闪，映照着昏暗的舞厅。没有几个人在跳舞，一个浓妆艳抹的舞女走到范一声面前，很矜持地坐了下来。她偷偷地打量着范一声，感觉到他似乎很有些紧张。舞厅里那种见了舞女会显出紧张来的男人很多，这舞女对付初涉舞场的男人，自然是有经验的，她守株待兔地等着，也不说话，从侍者手里接了一杯红葡萄酒，轻轻地抿了一口。范一声终于忍不住了，他转过头去，发现那舞女正对着自己微笑。

多少年以后，谈起这段经历，范一声在那篇万把字的自述中描写了自己的心情。他承认自己当时的确很紧张。慰问团约好了在这家舞厅集合，然后在天亮的时候，直奔十六铺码头。范一声是慰问团的副团长，是这次慰问活动的实际组织者，也是慰问团中唯一的共产党员。他担负着一个极其秘密的任务，这就是把慰问团带到新四军的驻地去。团员们陆陆续续已经赶来了，许多人都是文艺积极分子，三三两两的，都装作互不认识，有的坐那里喝起酒来，有的跟着音乐跳舞。

慰问团成员的构成很复杂，大都是进步的青年，但是也不能排除其中已经混进了日本人的特务，而且还有几个人明显是倾向国民党的，那个叫贺宗盛的就是一个众所周知的国民党党员。当舞女坐在范一声面前默默喝酒的时候，范一声首先想到的，就是他们的行动可能已暴露。他觉得那舞女是故意派来监视他的，所以迟迟不动手抓人，是想等人都来齐了才动手。大多数的团员已经如约前来，范一声发现只有汪南窗和他的女友宋小姐还没到。

汪南窗和宋小姐姗姗来迟，他们走进舞厅的第一个发现，就是范一声正搂着舞女在舞场跳狐步舞。范一声娴熟的舞步，使在场所有的慰问团团员都感到震惊。在进步青年的眼睛里，跳舞是一种不健康的情绪在作怪，在这种抗日救亡的大时代里，年轻人怎么能把自己有限的生命，消耗在无限的醉生梦死中间。整个舞场成了范一声和那舞女两个人在表演，大家都瞪大了眼睛在看，一曲终了，人们稀稀拉拉地鼓着掌。

也许受到了范一声的感染，上场跳舞的人渐渐多了起来。有人会跳，有人并不会跳，大家都不想干坐一夜。诱人的前景正吸引着大家，因此年轻人都显得特别的兴奋。自从上海成为孤岛以后，很多人都向往着通过封锁线去前线，参加自己的队伍，和日寇真枪真刀地干。关于日寇如何残暴的故事他们已经听得太多，现在他们就要有机会去前线了，想到就要和自己的队伍在一起，他们不可能不激动。在这样激动人心的夜晚，是应该很好地庆贺一下。在范一声后来的自述材料中，他承认自己作为这帮青年人的领头人，显得太不成熟。开始的时候，担心舞女是日本特务，后来一旦打消了怀疑，又完全放松了警惕。

大家本来都是装作不认识的，可是到了后来，谁也不愿意继续装腔作势地演戏。范一声既然已经和舞女跳了舞，他很自然地邀请了宋小姐。在做完了邀请手势后，范一声很潇洒地问了一下汪南窗，征求他对自己邀请宋小姐跳舞的意见。这是一个很多余的问候，汪南窗怔了怔，有些尴尬地笑了起来。范一声和宋小姐随着音乐声在舞场上翩翩起舞。宋小姐轻声说："这地方，看来你是经常来的。"范一声笑着说："怎么可能经常来，不过偶尔来过几次吧。"宋小姐不相信，说要不然你不会跳得这么好。范一声凑在宋小姐耳朵边说："你也跳得不错，难道这地方也是经常来?"

没人注意到舞女是在什么时候离去的。由于演奏的都是软绵绵的音乐，大家都觉得这情调不对。慰问团的成员中有会乐器的，便自告奋勇混入小乐队中演奏。于是跳舞又变成了音乐欣赏会，下面的人胡乱点，点到什么演奏什么。夜越来越深，对面高楼上的霓虹灯仍然闪个不歇，那个舞女大概明白这些人不是她的生意对象，已不知在什么时候溜走了，犹太老板也趴在柜台上打起了瞌睡，舞厅里现在剩下的差不多都是慰问团成员。大家更加肆无忌惮，宋小姐举了举手，从位子上站起来，让乐队演奏《义勇军进行曲》。范一声和贺宗盛同时摆了摆手，都觉得这时候，演奏这样的曲子是不合适的。但是演奏的人根本不理睬他们的反对，一时兴起，吹小号的已经雄赳赳地吹了起来。自从上海变成孤岛以后，所有的年轻人都感到精神上的压抑，一曲《义勇军进行曲》顿时使大家的热血沸腾起来。

范一声不得不站起来干涉，他提醒大家要注意自己现在的处境。在孤岛中潜伏着大量的日本特务，他们要想平安地到达目的地，此时此刻必须有所克制。事实上，他们现在仍然处在极度的危险之中。范一声的话仿佛一盆冷水，泼在了大家头上，人们立刻感到不知所措。宋小姐很激愤地喊道："我们怎么办，难道我们一整夜，就在这醉生梦死的靡靡之音中度过?"

立刻有人响应宋小姐的号召，说宁愿站着死，不愿跪着生。都是些热血青年，七嘴八舌地要求继续演奏抗日歌曲。范一声见事态发展得越来越不像话，走到乐队那里，脸色沉重地说："我是这次行动的负责人，你们如果不听我的话，我没办法继续领导你们。"大家七嘴八舌地还在议论，范一声又说："谁乱出主意，就是存心破坏这次行动。如果你们还要这样，我宣布立刻取消这次行动。"

宋小姐见范一声是真的发急了，知道自己的行为有些过分，但是她并不肯轻易认错，不服气地说："凭什么取消这次行动，谁给你的权力?"

一直没有开口的贺宗盛站出来打圆场，他的年纪在慰问团中是最大的，戴着一副度数很深的眼镜，看上去非常像一名学者。他觉得现在是自己说话的时候了，以折衷的口吻说："演奏一些外国曲子嘛，说老实话，今晚根本就不应该在这集中，既然来了，就高高兴兴，没必要弄得谁不愉快。这儿毕竟是租界，日本人奈何不了我们。不过小范说得也对，我们过于锋芒外露，让日本特务侦察到了，我们就说不定真的通不过封锁线了。”

乐队于是演奏起了慷慨激昂的《马赛曲》，接着又演奏《斗牛士之歌》。演奏完了，熟悉宋小姐的人，又起哄让她独唱。宋小姐学过美声唱法，她也不过多推辞，大家一定要她唱，她亮了亮嗓子，毫不含糊地就唱起来。她的嗓子很好，唱的是比才歌剧《卡门》中卡门的一段女中音，用的是原文。在唱歌的时候，她看见范一声正目不转睛地盯着自己，脸上露出有些吃惊的样子。他显然没有想到她会唱得这么好。

范一声

范一声的哥哥是国民党军队中的中将。早在南京中央大学读书的时候，范一声就和共产党的组织，有过非常不一般的接触。他是学生运动的积极分子，地下党的负责人多次找他谈话，想把他吸收到组织里去，但是每次都被他拒绝了。范一声最初拒绝加入组织的理由是，他这人有些自由散漫，虽然他很赞成共产党的许多观点，但是他不愿意受到党组织的约束。在学生运动中，范一声表现出了非凡的领导才能，他是一个才子型的人物，能文能武，在学生中有很高的威信。和许多进步学生一样，在整个大学时代，他把自己的全部精力都投身到了日渐高涨的抗日救亡运动中。

范一声曾率领学生北上声援过一二·九学生运动。他是当年南京学生会中最著名的人物之一，由于他的名气太大，就在即将毕业的那一年，被中央大学除了名。除名对他来说，实在算不了什么，因为他根本就不想好好地读书。他进了一家戏剧学校当教师，一边教书，一边参加各种各样和抗日救亡有关的文艺演出。范一声自编的一台独幕剧在当时产生过很大的影响，不仅是他所带领演出队的保留节目，而且到处都有人在演。范一声是在被大学除名以后，正式加入共产党的，那是在一个小酒馆里，他的介绍人、也是他的老朋友李俊民笑着告诉他，说他想入党的请求，已经被组织批准了，从即日起，他就是共产党中的一员了。范一声开玩笑地说："想不到我还是加入组织了，要是我一开始就入党的话，也许该我是你的介绍人了。"

那天，范一声和李俊民都喝醉了。范一声有些贪杯，他的酒量并不是特别大，因此有喝酒的机会，一不留神就喝醉。范一声的父亲知道自己的儿子加入了共产党，也没提出什么异议。老人家是生意场上的人，自己两个儿子，一个是国民党，一个是共产党，无论谁得势，对他的家产都没有什么坏处。范家也是梅城中可数的有钱人家之一，范一声的哥哥很年轻的时候就已经晋升中将，在梅城的人看来，这是光宗耀祖的事。五十年代初期，范一声当了省城的公安局副局长，人们都说范老太爷了不得，生的儿子全是人物。

范一声的哥哥死于湖南战场，他是抗日战争中战死的许多国军将领之一。他哥哥死的那一年，范一声已经到了苏北的新四军军部，在军部政法处工作。他从一张过期的报纸上，看到了哥哥阵亡的消息。

经过皖南事变，范一声对国民党已经充满敌意，他的哥哥既然也是国民党中的一员，范一声因此产生了一种很复杂的感情。哥哥是战死的，在这一点上，他无负于国家。但是他哥哥曾参加过剿共，而且在剿共中建立过辉煌战功。他们是亲兄弟，然而却是在两个不同的战壕里作战。在以后的若干年里，范一声一直把记载着哥哥阵亡消息的报纸带在身边。到了解放战争时期，国民党在军事战场上节节败退，范一声庆幸自己的哥哥是死在抗日前线，要不然，他们弟兄就只有在战场上杀个你死我活。这显然是他们弟兄两个不愿意看到的一个场面。

范一声不能不承认自己对哥哥有一种特殊的感情。没有哥哥的提携，就不会有范一声的前途。哥哥是在读大学的时候，毅然投考黄埔军校的。他没有按照父亲的愿望去学经济，而且也不让弟弟走这一条路。范老太爷在大儿子投身军界以后，一度不想再让小儿子去上大学。他希望小儿子能继承自己的事业，维持住自己日益壮大的生意。他希望小儿子成为一个实业家，以后的事业最好是能在上海发展。范一声在哥哥的支持下，进入了文学系，有一度他所有的生活来源，都是他哥哥赞助的。范老爷子想用经济卡住他，因为他觉得从事文学，也就是弄一些淫词艳曲，其实要比大儿子当兵还要不对自己的口味。

范老爷子似乎更喜欢范一声的哥哥。范一声不能想象身处沦陷地的父亲，得知长子阵亡会如何悲伤。这个打击对老人家来说，肯定是太大了。范一声忘不了北伐成功以后他哥哥第一次回乡，一身戎装的哥哥就是在那一次成为他心目中的英雄和偶像。那时候他正上初中，亲眼目睹了人们是如何热烈地欢迎凯旋而归的哥哥。范一声记得在饭桌上，哥哥一边喝酒，一边谈起了未来的对日作战问题。作为军人，范一声哥哥向父亲讲述了中日冲突的不可避免，他对九年以后的中日全面开战似乎早就有了心理准备。基于这种心理准备，哥哥也不是真心地赞同范一声后来去读文学系，他觉得弟弟也应该报考军校，在未来的中日战争中可以更好地为国效力。

范一声最后一次和哥哥见面，是在他率领学生北上声援一二·九学生运动前夕。这时候，兄弟间的思想已经开始背道而驰。哥哥的军衔越来越高，弟弟的思想越来越左倾。范一声去哥哥的公馆告别，其实他找他的目的，只是为了跟他要钱。兄弟一起吃了顿饭，哥哥说：“你不好好念书，怎么专跟政府作对？都像你们这样，我们怎么和日本作战？”

范一声说：“算了吧，你们根本就不敢和日本人作战。再说，怎么能说是我们和政府作对呢，明明是政府要和我们作对。”

弟兄俩没有吵架，他们毕竟是情同手足的兄弟。哥哥显然对自己效忠的国民政府也有不满，明知道弟弟已经成人，说什么也没有用，仍然只好不停地关照他用功读书。天气转凉了，哥哥把自己的一件皮大衣给了范一声，范一声转眼就把皮大衣送进了当铺。为了北上声援北京的同学，范一声把能找到的钱全部捐了进去。分手时，哥哥送弟弟出门，在门口替他要了辆黄包车，并且预付了车钱。范一声上了黄包车，对他哥哥摆了摆手，他们便就此永别。

北上声援一二·九运动，是范一声政治生涯中很重要的一笔。由于他当时还不是党员，所以冲锋陷阵出头露面的事，都是他一马当先。他们在沿途遭受多次堵截，最初是在徐州，他们的车厢被拦了下来，从南京赶来的各大学校长副校长纷纷登上火车，苦口婆心地劝大家立刻回校。教育部的官员和学生代表进行了谈判，双方分歧很大，谈到临了，愤怒的学生把官员们轰走了。学生们连夜开会，会上一致决定趁着天黑，爬上别的火车继续北上。他们买通了一位同情学生的司机，偷偷地爬上一列向北开去的货车。为了不让别人知道行踪，他们决定不在车厢上打旗子，路经车站的时候也不呼喊口号。

在这次北上的途中，范一声的组织才能充分地显现出来。根据范一声的倡议，学生们采取了分兵北上的策略。结果沿途的警察根本就分辨不清谁是那些闹事的学生。学生在一个地方被拦截下来，很快就换上别的车次继续往北。学生不断地被警察和宪兵扣留下来，又不断地继续北上，等到范一声他们历尽艰辛，一个个都是蓬头垢面地赶到丰台车站集中的时候，从北京赶来的学生代表告诉他们，轰轰烈烈的学生运动已经告一段落。他们北上声援的目的已经达到，为了维护取得的成果，也为了大家的安全，他们已经没有必要再进入北京城。北上的同学和北京学生代表在丰台举行了一个小小的庆祝会，大家高唱抗日歌曲，口号喊得震天动地。警察和宪兵似乎也被学生们的行为感动了，他们在一旁维持着秩序，有的甚至挥舞胳膊跟着学生一起喊口号。

范一声回到南京时，发现自己已被校方除名。再过几个月，他就可以大学毕业。国难当头，大学文凭没任何用处，范一声丝毫也没有感到可惜。文学系一位教授出于对弟子的爱护，把自己在戏剧学校兼课的课时让给了他，这样，范一声为自己换了一个名字，很快成了戏剧学校的正式教师。他同时也成了正式的中共党员。由于范一声对戏剧有着浓厚的兴趣，能编能导又能演，到抗战爆发的时候，他在演艺界已经很有些小名气。

去古岭的路上

慰问团的活动是地下党一手安排的。抗战爆发不久，南京便沦陷了，范一声没有追随戏剧学校一起迁往陪都重庆，而是避难去了梅城老家，然后转道上海，在孤岛上又一次和组织接上了联系。当时有许多进步的文化人被围困在上海孤岛，组织上打算将其中一些人送到新四军去。刚刚组建不久的新四军正好需要文化干部，组织上决定，先组成一个由进步青年组成的慰问团去浙西。这是一次试探性的活动，和新四军接上关系以后，慰问团中的年轻人，愿意的可以留下，另外一些人重新回到上海。来者欢迎，去者欢送，新四军绝不会勉强什么人。

范一声当时公开的身份是演艺界名流。这头衔范一声自己并不喜欢，然而此行要通过国民党的好几道防线，不这么包装一下不行。再说，慰问团中也就数他的名气最大。范一声担任的是副团长，正团长由上海商会的王秘书兼任。王秘书弄到一份海上闻人杜月笙的亲笔信，有了这份信，就等于有了一道护身符。慰问团成员主要是来自文化界，王秘书和这些人都不熟悉，他其实只是一个挂名的团长。

那天天亮的时候，大家都上了船。王秘书昨晚住在家里，天亮前自己坐着小车赶来的。他一上船，就连声喊着自己来迟了，大家也懒得理他。他这个团长从一开始就是摆摆样子的。这是一条英国人的轮船，开船前，日本人却气势汹汹地上来检查了。日籍检查员在英国海关人员的陪同下，对范一声他们那个舱进行了彻底的搜查。自然是有许多违禁品，汪南窗和宋小姐他们几个冒充是红十字会的人，带了一些西药纱布棉花，日籍检查员咬定这是军用物品，坚决要把他们带走审问。英国海关人员不同意带人，因为按海关的规定，只管违禁物品，不管政治。一方面坚持要带人，一方面坚决不同意，正僵持着，范一声挺身而出，说开船的时间已经到了，为什么不开船。他走到脸色苍白的宋小姐面前，以打抱不平的口吻说："凭什么让他们随便带人，要带人，让他们把我们所有乘客都带走好了。"

日籍检查员怔了怔，不知道范一声是什么来头。范一声自称是孤岛一家美国人办的报纸的记者，他巧妙地利用帝国主义之间的矛盾，很刻薄地问："我真的想弄明白，今日上海租界的海关，是不是已交给日本人管理了。"日籍检查员被他问得哑口无言，最后只好听从英国海关人员的处理决定，货物扣留，人放走。

船终于驶出了吴淞口，大家轻轻地松了一口气，纷纷离舱到甲板上去看大海。驶出去不久，船上铃声大作，这一次是抛锚铃，船又一次地抛了锚。人们扭过头来，看见两艘打着日本旗的汽艇正高速驶过来，而且天上还有两架日本飞机低空掠过来，然后围绕着船来回盘旋。慰问团的人从来没见过这阵势，现在已离开租界管辖的范围，一个个的心都拎了起来。汪南窗跺脚说："糟了，这是来捉我们的。"他已经埋怨过宋小姐，说他们根本就不应该假扮红十字会的人，慰问团有那么多人，凭什么让他们来干这危险的差事。

从汽艇上上来了许多人，有日本海军，有日本宪兵和特务机关的浪人，还有伪军的巡江人员。一上船，就吩咐大家在甲板上集中。范一声若无其事地对汪南窗和宋小姐招招手，让他们到他身边去。汪南窗有些犹豫，宋小姐毅然走到范一声身边，范一声用微笑鼓励宋小姐，他的镇定对她确实是一个安慰。这一次搜查非常彻底，很快又查出了问题，一名日本宪兵在放消防品的木箱子里，发现了一台手摇的油印机，这显然是违禁品，一看就知道是用来印传单的。日本宪兵大声叫着，把翻译喊了去，咿里哇啦说了一通。那翻译于是跑过来，让人们承认这油印机是谁放的。没人理睬他，翻译说，谁只要老老实实承认这油印机是他放的，皇军只是没收油印机。如果不承认，查出来，立刻枪毙。

很长时间过去了，也还是没人肯承认。搜查继续着，突然所有的日本人都向船舱跑去，原来有三名受伤的藏在船舱底部的游击队员被搜了出来。对于日本人来说，这是一个激动人心的发现，他们兴高采烈，如获至宝地把三名游击队员押到了甲板上，对天上盘旋着的飞机频频挥手，也许是向飞行员报喜，也许是告诉飞行员任务已完成，用不到飞机的配合。两架飞机掉头飞走了。那三名游击队员中有一名已不能走路，他是被抬上甲板的，他们在甲板上并没有耽搁很久，在前呼后拥中被押上了汽艇。那名躺在担架上的游击队员，支撑起身体，喊了一声什么，一名日本宪兵在他头上狠狠地打了一下。

日本宪兵的暴行冲淡了人们心头的恐怖。宋小姐看见范一声情不自禁地捏紧了拳头，其他的乘客也用愤怒的目光注视着汽艇离去。大家的心情有些复杂，既庆幸日本人没有继续追究是谁藏匿了那台油印机，又为被日寇抓去的游击队员的命运担心。王秘书吓出了一身冷汗，作为团长，他没想到这一路刚开始就如此凶险。要想在日本人的眼皮底下，把那么显眼的油印机带出去，显然是在开玩笑。回到船舱里，他很慎重地对范一声提出：“我这个团长，实在是挂名的，小范，你可要对这些年轻人的性命负责。真出了事，我回去如何交待?”

范一声在事后，不能不承认自己有些莽撞。地下党只是大致地说新四军缺乏哪些物资，并没有让范一声冒险带这些东西。除了违禁的西药纱布棉花、油印机，一名慰问团团员还带了一副汽车用的轮胎，这轮胎所以没有被查出来，是因为检查人员把它当做是船上的了。实在是太显眼了，正因为太显眼，反而让检查人员忽视了。在范一声的皮箱夹层，藏着一封上海地方协会致三战区长官的公函，一封上海民众致新四军叶挺军长和项英副军长的信，一块印刷用的马克思像的铜铸版。这些东西真被搜查出来，后果将不堪设想。好在自从经过了那场风险以后，后来却是一路平安，轮船到达温州的时候，大家发现他们已经进入了三战区控制的地盘。

一群荷枪实弹的国军士兵在码头上迎接他们。国民党永嘉县党部的一个姓王的委员看了他们的公函以后，对他们的来临表示欢迎。他说他知道大家辛苦了，先好好地休息一下，然后由他带领参观当地的名胜遗迹。范一声立刻提出是否能在当地慰问演出一次，王委员说：“这自然是好事，本地的抗日空气，很需要你们来轰一下，不过要演出，先必须经过城防司令的同意。”

于是在第二天去见城防司令。在传达室门口足足等了三小时，范一声和王秘书终于被允许进入司令的办公室。城防司令正用一支毛笔批阅着文件，冷冷地看了他们一眼，也不打招呼，继续用毛笔在文件上打钩，一边打钩，一边叽里咕嘟地就文件内容骂娘。在一旁陪同的王委员有些尴尬，插了一句嘴，城防司令抬起头来，不高兴地问：“你是谁？”王委员更加尴尬，知道城防司令是故意装作不认识自己，涎着脸说自己是谁。城防司令一本正经地说：“原来是王同志，怎么换了一件衣服，鄙人就不认识了。”

王委员哭笑不得，这位城防司令一直喜欢和县党部的人闹别扭，总是故意出他们的洋相。范一声说明了他们的来意，王委员在一旁暗示城防司令不要同意演出，可是喜欢闹别扭的城防司令，竟然心血来潮地同意了，他板着脸先熊了一通人：“演什么戏，你们演演戏，日本人就完蛋了？要是白天演的话，日本人的飞机来轰炸怎么办？晚上演戏，违反戒严令。再说，要是汉奸捣乱怎么办？不过你们大老远地赶来，不让演也不好，本司令成全你们，就演一场，演完了就给我走人，听见没有？”

第二天正式演出之前，请城防司令先说几句话。时间是在黄昏时分，城防司令多喝了些酒，红光满面站在露天舞台上，语无伦次地说：“本司令是个粗人，戏子演戏，我一向是不同意的。这些都是受过高等教育的人，我呢，就同意了。操，快点演，演完了老子还要戒严呢！这儿是国防最前线，其实做戏的没什么好人，汉奸会捣乱的，你们知道不知道？委员长给我这个责任，让鄙人守在抗日的最前线，这是对鄙人的器重……要是日本人的飞机来了怎么办？”

城防司令演说完毕，没有到舞台下面去看戏，而是酒气冲天地一头钻进了后台，兴致勃勃地看女演员化妆，手在女演员的肩膀上乱拍。后台因此大乱，一名团员不得不跑下台去，把范一声和王秘书叫到后台来。

宋碧云

宋碧云小姐是演出队的台柱子，她祖父是一名老同盟会会员，她的父母也都在国民党军队里做事。抗战爆发前，宋小姐是师范学校的学生，战争开始以后，宋小姐随同祖父一起到了上海的租界。她祖父可以说是党国的元老了，各方面的人都熟悉。宋小姐转学到一家专供贵族子女上学的教会学校继续念书。国难当头，书也没什么好念的，生性好动的宋小姐很自然地就投入到了抗日救亡运动当中。

慰问团在三战区控制的地盘中兜着圈子。范一声想把慰问团拉到新四军的驻地演出，各地的国民党党部横加干扰，结果不可避免地引起了一次次冲突。慰问团带的一些捐款，在上海时就注明其中的三分之一必须捐给新四军，因为这些捐款是打着给新四军的名义募捐的。由于新四军就活动在三战区，隶属于三战区的统一领导，三战区的行政长官觉得如此分配捐款是不合适的，他们指出，在三战区的驻军中，新四军的人数并不占三分之一，如果要给三分之一，显然是多了。有关捐款的分配基本上是王秘书在谈判，王秘书说，如果按照捐款人的心愿，这笔捐款中，将近二分之一是应该给新四军的，所以提出三分之一，是上海地方商会想起的折衷办法。

没人知道这笔捐款最后是怎么处理的。当然最后要委托三战区当局转交，可是因为慰问团提出了具体的分配方案，弄得双方都很不愉快。各地的国民党党部已经察觉到了这是一个倾向于新四军的慰问团，他们开始处处刁难，故意不发通行证。慰问团陷入了一种莫名其妙的敷衍中，他们到处被人宴请，而几乎所有的演出要求，都被各种借口推辞掉，违反戒严令、汉奸捣乱、动摇军心和泄密等等。慰问团始终都是在国民党军队的地界打转，每到一处，便把正副团长和主要演员拉去赴宴。为了争取演出的机会，有些宴会还不能不去。

慰问团内部因此产生了矛盾，宋小姐对一次次赴宴感到非常愤怒。这里虽然是抗日前线，实际上到处都是歌舞升平的气象。民众死气沉沉，官僚们醉生梦死。在酒席上，不是互相斗酒，便是开一些低级趣味的玩笑，而且动不动就让宋小姐唱歌助兴。忍无可忍的宋小姐，终于在一次国民党某军长出席的宴会上，唱起了悲愤的《铁蹄下的歌女》。她唱得很投入，听者无不动容，某军长是广西人，宋小姐唱完以后，他猛地拍了一记桌子，动情地说："国家都到了这种地步，我们却在这喝这无谓的酒，真正是罪过！"

宋小姐说："我们能不能就此向军长提个建议，酒席招待我们实在不乐意奉陪。我们到三战区，是想用我们的节目，激励前方战士，希望我们的演出不要再受到干扰。"

某军长于是下了一道命令，在他的驻地，慰问团可以通行无阻，而且所到之地，必须为演出提供相应的服务。范一声表扬了宋小姐的所作所为，宋小姐十分尖刻地说："你是真表扬还是假表扬？看你挺能喝酒的，我这么一捣乱，你是不是觉得有些扫兴？"范一声说："我喝酒，是因为觉得自己无能为力，是喝的气愤酒。不过，你说得很对，下次，我再也不喝酒了。慰问团的同志们并不相信我是因为苦闷没办法，他们会觉得我和这些人沆瀣一气。”宋小姐回头看看周围没人，神秘地说：“我知道一个秘密，你是共产党！”

范一声一怔，不否认也不承认：“你看我像吗？”

宋小姐说：“我看你像，王秘书也像。我知道，你们想把我们带到新四军去。三战区屡屡刁难我们，就是因为我们中间有共产党。”

范一声笑着说：“宋小姐真会开玩笑，实话告诉你，我不是，王秘书也不是。你怎么会有这些奇怪的念头？”

宋小姐告诉范一声，这些话是贺宗盛告诉她的。范一声早就知道贺宗盛的国民党党员身份，他显然是慰问团中的一颗钉子。贺宗盛对范一声的身份一直有怀疑，为了迷惑住他，范一声不得不经常装出一种佯狂的名士气来。抗战期间，国共表面上处于合作状态，其实尖锐的斗争从来也没有停止过。范一声知道自己为了平安地把这些想参加新四军的进步青年送到目的地去，很重要的一条就是不能过早暴露自己的身份。当时的斗争形势很复杂，如果自己的身份暴露，国民党的特务很可能会绑架他。宋小姐似乎有些失望，也许她觉得范一声应该是共产党，她这样的进步青年，往往是倾向于共产党的。“那好吧，实话告诉你，”宋小姐有些冲动地说，“我们几个已经商量好了，只要有机会，我们就参加新四军。我们早在上海时就做好准备了。”

范一声很高兴，已经不止一位团员向他流露过要参加新四军的愿望。宋小姐的表态，更加坚定了他要把慰问团带到新四军驻地去的信心。在戏剧学校教书的时候，他曾经有过一位恋人，范一声对她爱得几乎发疯，他们都到了谈论婚嫁的程度，但是恋人知道了他的政治身份以后，在家人的干涉下，竟然和他提出了分手。失恋给范一声带来了极深的痛苦，他的一部感人肺腑的独幕剧就是根据自己的故事改编的。爱情和政治理想发生冲突的时候，范一声选择了政治理想。他从来没有为这种选择后悔过。多少年后，他蒙难身陷图圄，被诬陷为国民党特务，他仍然坚信自己的选择是正确的。

宋小姐不仅是演出队的台柱子，她还是许多男青年注意的目标。她的男朋友汪南窗是一个对政治并没有太多热情的年轻人，完全是因为她的缘故才参加慰问团的。但是他很快就发现形势对他不利起来。宋小姐是那种太有个性的女孩子，爱情对她来说是一首诗，是一团燃烧着的火，她不喜欢自己被谁独自拥有，她喜欢有许多男孩子围着她转。进入三战区不到半个月，她就和一个来自北方的青年一起在月光下散步，她的出格行为引起了一些人的非议，汪南窗为此和她吵了一场。宋小姐说："汪南窗，我郑重地告诉你，我是自由的，谁也没有权利干涉我的自由！"

宋小姐似乎故意要和汪南窗闹别扭，汪南窗一度显得非常窝囊，他总是偷偷地跟踪宋小姐，到处向别人显示他和宋小姐的特殊关系。大家注意到他们俩动不动就像小孩子似的吵个不歇。年少气盛的汪南窗也不是一味地老让着宋小姐，他有时候也会很厉害，说上些带威胁的气话。有一次气急了的汪南窗站在河边，对着正在河边洗衣服的宋小姐跺脚道："宋碧云，你不要太得意了，当年可是你先看上我的。"一起在河边洗衣服的还有好几位女团员，宋小姐只当做没听见他的话，继续洗着衣服。洗完了衣服，汪南窗站在岸边气鼓鼓地还不肯走，宋小姐直起身子，冷笑说："当年是我追求你的，现在我看不上你了，行不行?"

汪南窗被她这么一刺，反而无话可说。宋小姐说："这样也好，你给了我一个把话说清楚的机会，反正我们俩的事就算完了。"

"怎么就算完了?"汪南窗不甘心地问。

所有在河边洗衣服的女孩子都盯着他们看。宋小姐说："我们不是还没结婚吗，就是结婚了，也可以离婚。"

这一次他们真的吵翻了。汪南窗使出了最后也是最蠢的一招，他告诉别人说他并不在乎分手，自己恋爱一场，也没吃什么亏。谁都可以从他的话里面，听出那种暗示，就是他和宋小姐之间，已经有了性的关系。这种暗示对宋小姐其实没什么伤害，大家都觉得汪南窗这么做有些过分，太庸俗了，都认为这样的男人，宋小姐应该跟他断。宋小姐丝毫不在乎别人会怎么想她，她依然和过去一样活跃，慰问团的男孩子索性公开地追求起她来。

三战区的官员寻找种种借口，不让他们去新四军驻地慰问演出。一部分不准备参加新四军的团员，因为出来的时间已长了，向范一声提出要返回上海。有的团员想反正是投身抗日，既然去新四军那里那么困难，便在贺宗盛的热烈鼓动下，决定去上饶参加国民党的军队。范一声意识到继续拖下去不利，于是约了几个积极分子商量对策，一致决定要打破现在被变相软禁的局面，摆脱国民党的控制，从鸟笼子里冲出去。

于是慰问团在范一声的导演下，演出了一幕非常精彩的双簧戏。根据事先的安排，计划应该是去上饶，一位姓叶的国民党副官前来接应他们。临出发前，以宋小姐为首的团员开始起哄，坚决不愿去上饶，理由是慰问团已经去过一次上饶，完全没必要再去。此外，起哄的团员说，据可靠的情报，三战区当局已委任王秘书和范一声等人留下来做官。“我们是来宣传抗日的，有人想做官，就让他们做官好了，我们不想当别人做官的资本。”宋小姐带头大骂慰问团的正副两位团长是小人，是官迷，大家都跟着一起又吵又闹，说让想做官的去上饶，不想做官的去安徽境内的川军慰问。川军的驻地和新四军驻地紧挨着，只要到了川军那里，去新四军驻地就有办法。范一声不急于表态，王秘书有些发慌，连声说他王某人和大家一起出来生死患难，怎么会丢下大家不管。慰问团团员根本不听他的解释，盯着范一声死吵。范一声做出没办法的样子，摊开手说：“既然你们这么说，我跳到黄河里也说不清，那你们说怎么办？我不管了。反正跟着你们一起走。”

王秘书也连忙表态：“我这个当团长的，自然也是和大家在一起的。”

贺宗盛想阻止大家，他当然能看出范一声的用心。可是他刚开口，就有人十分愤怒地指责他是特务。贺宗盛很恼火，大声说：“我是国民党党员。但我不是特务！”

“你就是特务，你他妈就是特务！”有人骂了起来。

那位姓叶的副官很尴尬，连声好言相劝：“大家有话好商量，千万不要伤了和气。”

范一声在事先已经探好了路，他们知道有一条小路，翻过几座山，便可以到达川军的驻地。贺宗盛坚持要去上饶，另外有几名年轻人也决定跟着他走。叶副官想了想，还是准备跟大家一起去川军那里，他说他是联络副官，没有他的带领，他们通过不了检查站。慰问团拥有的只是去上饶的通行证，现在他们向反方向运动，没有他出来打交道不行。范一声知道叶副官的目的，是想继续监视他们，但是也不能拒绝他。毕竟是在三战区的地盘里活动，有这么一位联络副官，可能也是好事。

汪南窗跟着贺宗盛去了上饶。临分手前，他酸溜溜地对宋小姐说，自己作出这样的选择，是因为宋小姐既然不想再看见他，他也就没必要死皮赖脸地跟着。宋小姐眼睛有些红，冷笑说："你还算明白，我是不想再看到你了。"这对相好了两年的恋人就此分手各奔东西。汪南窗后来成了国民党中有些名气的军旅作家，他的小说以反共闻名，曾在台湾有过一定销路。多少年以后，汪南窗在写回忆录的时候，承认自己当年所以反共也只是意气用事。他始终忘不了宋小姐，他没想到自己在情场上会那么惨败。关于宋小姐后来的遭遇他一点也不知道，他想象中，宋小姐一定已经成为中共的高级干部。他承认自己在做梦时，常常梦到昔日的恋人。

古岭事件

古岭是慰问团去川军驻地的必经之路。慰问团在三战区慰问演出期间，这一带山多，而且都是崇山峻岭，爬山涉溪已经成为行军的重要项目。范一声雇了一名本地农民做向导，穷山恶水出刁民，不到目的地是不能付钱的，由于没有这方面的经验，范一声预先付了钱，结果向导在半路上溜之大吉，害得大家在山坡上树林中打转转，不知该往哪里去。想找人问路，可是方圆几十里路却找不到一户人家。

队伍因此走散了。因为迷路，原定一天就可以走到的路程，花了两天半时间才到。范一声他们几个人最先到达古岭，以后才陆陆续续地有人赶到。守卫古岭的是宪兵第七团的一个排，叶副官把范一声他们交给宪兵以后，自己便告辞回去述职。很显然，叶副官临走时和宪兵打过什么招呼，那些宪兵对范一声他们从一开始就很不友好。

古岭是当地很重要的一条交通要道，宪兵在这设卡，检查来往行人，严格控制违禁物品的携带。战时物资短缺，走私十分活跃，此外，汉奸的活动也十分猖獗。慰问团在三战区已经遇到过很多类似的哨卡，从来也没有遇到过像古岭哨卡那样的麻烦。为了等掉队的团员，先到达的不得不在哨卡歇下来等人。在哨卡的东面，有一个叫东溪的小村子，村子背后是大山，古岭哨卡就设在出村的唯一通道上。慰问团在小村子里住了下来，和宪兵们居住的大院是邻居。

有两名掉队的团员一直到第五天，仍然没有赶到。范一声组织了几个小分队，在古岭附近搜索，由于害怕再一次迷路，大家都不敢走得太远。两名掉队的队员迟迟不来，范一声发现这样等下去不是事，和王秘书商量，王秘书说："这等到猴年马月，说不定原路返回去了上饶，这事难说的。"

范一声打算留两个人下来等，可是留谁也不合适。商量来，商量去，宪兵团的刘副排长跑来告诉他们，说是他们已经接到上峰指示，让慰问团立即原路返回。团员们立刻吵起来，那刘副排长凶横得很，眼睛一瞪，说：“吵什么，让你们原路返回，就给我乖乖地原路返回！”

王秘书说：“我是团长，你有什么话，跟我说好了。”

刘副排长说：“你是团长，我还是军长呢，老子和你们这帮戏子，没什么话说。这里是抗日前线，谁敢违抗老子的命令，谁就是汉奸。”

慰问团自从进入三战区，从来也没受过这么大的委屈。王秘书说：“你是革命军人，如何这样说话？”

刘副排长蛮不讲理地走了，大家开会研究对策。仍然决定采取老办法，从宪兵的眼皮底下冲过去。范一声说，那个姓刘的副排长说是上峰的命令，不让他们继续往前走，这地方天高皇帝远，三战区的官员怎么会知道他们已经到达这里？显然是那位姓叶的副官捣的鬼。姓叶的副官匆匆地走了，无疑是害怕团员们的质问。俗话说，秀才碰到兵，有理说不清。不过学生并不是传统意义上的秀才，自从五四运动以来，学生已成了很厉害的角色，学生真闹起来，当兵的有时候也会束手无策。

第二天一早，慰问团准备出发，来到哨卡，宪兵拦住了不让走。范一声和王秘书站出来交涉，一些团员乘机想冲过去。站岗的哨兵一拉枪栓，恶狠狠地喊着：“谁要是往前再走一步，就开枪。”

团员们不听，继续往前走，哨兵也是火爆脾气，立刻朝天鸣枪。大家一见动真格的，有些发慌。范一声怕真出了事，连忙让大家不要乱动。王秘书没想到事情会这样，悄声问范一声怎么办。那边团员们先是被枪声吓懵了，待清醒过来，一个个都非常气愤，说是我们冒着风险千里迢迢地赶来慰问你们，你们却对我们开枪。范一声冲到那个朝天鸣枪的士兵面前，激动地说："我是带头的，你要开枪，先打死我好了。"他的话音刚落，团员们一个个争先恐后地都大声喊起来："开枪打我们呀，你们不抗日，却开枪打自己人。"

正僵持着，李排长听到枪声，带着手下赶来了。问明了情况，李排长说，他们确实得到上峰的指示。这里的情况很复杂，离敌伪控制的地区又近，他们昨天还抓到过一个汉奸。日本人的飞机，随时随地会过来轰炸。

慰问团被带回了村子，一起拥进宪兵居住的那个院子，要和宪兵辩是非。刘副排长从一间房子里跑出来，骂骂咧咧地说："你们这些该死的戏子，活得不耐烦了是不是？老子开枪把你们一个个地都崩了。"他跳手跳脚，还要说更难听的话，李排长制止了他。慰问团的团员们不肯善罢甘休，钉着宪兵们吵，七嘴八舌，慷慨陈词。刘副排长把衣服撩了起来，趾高气扬地说："妈的，竟敢说老子不抗日，你们睁开眼好好看看，老子这是什么，这是叫小日本的子弹打的。"在他的腰部，果然有一个黑乎乎很难看的子弹孔。李排长不让刘副排长再说下去，他挥了挥手，示意他离开。

范一声注意到那个李排长要比刘副排长好说话。眼前现在是两条路，一条是原地返回，这显然是大家不乐意的，一条是斗争，和宪兵们磨蹭，最后迫使他们放行。他和王秘书低声地商量了几句，又把几名喜欢出头露面的团员叫到面前关照一番。安排妥当，范一声走到李排长面前，口气生硬地说："那好，我们哪里也不去，我们就住在这了。"慰问团的团员们异口同声："我们就不原地返回，你们把我们抓起来送集中营好了。”

李排长皱着眉头说：“你们在这住下去有什么意义？”

范一声说：“怎么是我们想住下来呢，是你们迫使我们这样做的。”

李排长没办法，叹气说：“你们就是住下来，也没用。”

大家又回到了原来住的地方，又一次商量对策。王秘书说：“我看这事就算了，我们已经尽心了，真不让我们走，原路返回就原路返回。”他的话音刚落，便遭到大家的一致反对。王秘书有些感叹，苦笑说：“我这个团长真是做做样子的。你们怎么一点也不肯听我的话。老实说，日后追究下来，替你们担罪名的还是我。”刚出来的时候，大家都有些看不起王秘书，在一起时间待长了，发现他是一个很好的人，虽然遇事有些犹豫不决，却非常讲义气。王秘书的话果然成真，慰问团到达新四军驻地以后，王秘书在回上海的途中，被几名国民党特务绑架了，关进了上饶集中营，从此再也没有他的消息。

有人提议，既然又住下了，干脆为宪兵们演出一场，给他们来一次软的，看他们怎么样。这提议立刻得到大家的赞成，反正闲着也是闲着。李排长没办法拒绝这一请求，宪兵们听说有戏看，都很乐意。于是在村口的祠堂临时布置了一下，敲锣打鼓地让村里人都出来看戏。没有多少人，都是看热闹的，演出前，照例要演说一通，那些宪兵不耐烦，一个劲地叫着戏快开演。这是慰问团出来以后，最糟糕的一次演出。因为秩序太乱，演员的情绪受到干扰，怎么也进入不到戏里面去。

刘副排长带了两名手下到后台去捣蛋。前台在演戏，刘副排长却在后台对一名管服装的女团员小吴动手动脚。小吴喊了起来，一名男团员看不过去，冲过来指责。刘副排长朝他面门就是一拳。这位男团员是学体育的，咽不了这口窝囊气，虚晃一下，然后拳脚一起上，顿时把刘副排长的一颗牙给打落下来。后台这么一乱，戏也演不下去了，都拥到后台来看。范一声赶到时，双方已经被拉开了，刘副排长吃了亏，嚷着要去取枪。宪兵在这一带称王称霸惯的，从来也没听说竟然有人敢动手碰他们，这刘副排长是兵痞出身，眼见着围观的人多了，而且都在指责他，便要无赖说在慰问团里藏着汉奸，他是在奉命搜查，不让搜查就是妨碍公务。

几名宪兵不由分说，便在后台乱翻起来。他们搜到了一件日本兵的军服，立刻像抓到什么罪证一样叫起来。他们根本不理睬这服装是用来演戏的，接着又搜到了一个手电筒，刘副排长如获至宝，说："好了，这一次，我看你们往哪里跑?"他一口咬定，在几天前，有人向夜里空中飞行的日军飞机挥信号，这目的显然是为了让敌机来轰炸。半个月前，日本人的飞机确实在这一带扔过一颗炸弹，炸死了一头牛。范一声看到这位刘副排长蛮不讲理，是存心找碴，便站出来交涉。刘副排长恶狠狠发话："少跟我废话，这电筒是谁的，我就把谁带走。"他看了一眼那位把他牙打落的团员，威胁说，"你小子有能耐，你等着!"

范一声挺身而出："我是负责人，你要捉人，把我捉了去好了。"

王秘书犹豫了一下："还有我，我是团长，我也跟你们走。"

"枪打出头鸟，那好，我就把二位给抓起来，"刘副排长冷笑着说，"不和你们动真格，诸位也不知道马王爷几只眼。"

宪兵当真就把范王两个人拘留了，演到一半的戏只好作罢。谁也不会想到事情到了这一步，大家七嘴八舌地议论，统一不了意见。宋小姐提议干脆冲到宪兵住的院子里去，把两位团长救出来。大家都觉得这意见太鲁莽，根本没什么可能性。最后终于达成了统一的意见，这就是集体去宪兵那里静坐，宪兵不是要抓人吗，让他们把整个慰问团都抓去好了。于是集体出发，不顾拿枪的宪兵的阻挠，闯进了宪兵住的院子。这时候天已经黑了，刘副排长不在乎地说："来得正好，一个是抓，两个是抓，一群也是抓。都给我统统关起来。"那些宪兵也觉得这么做有些不妥，但是不得不执行命令。

所有的慰问团团员被关进了一间黑屋子。那屋子黑极了，没有天窗，过去是堆柴草的地方，很潮湿。大家起先还拼命喊叫，叫了半天，没任何反应，只好作罢。到半夜的时候，刘副排长带着几个宪兵拎着一盏风灯走了进来，很严肃地说："你们闹够了没有？没闹够的话，尽管闹。老子闲着也是闲着，正好有时间陪你们玩玩。"他用风灯在大家的脸上挨个地照着，吩咐手下的人将男女慰问团团员分开，然后让男的都跟他走，带到院子的另一头的一间小房间里去。"我不能让你们男男女女地关在一个房间里胡闹，不是吗？"他不怀好意地笑着，手中的风灯不停地摇晃着，突然照到那位将他牙打落的团员脸上，"你慢慢走，我有话跟你说。"

那团员还有些迟疑，刘副排长等别的人差不多都走进房间，朝他小肚子上就是一脚。紧贴在刘副排长身边的宪兵手脚很快，连忙将门关上。这时候，只有这名团员被留在外面。大家就听见门外噼里啪啦打人的声音，屏住呼吸听了一会，一起高呼："不许打人，不许打人！"外面打人的声音继续着，关在黑屋子里的团员们咚咚咚捶门，徒劳地喊着："打人是军阀，是法西斯！"喊得越凶，门捶得越响，门外仿佛呼应一样，那打人的声音也越激烈。终于那名被打的团员忍受不住了，哇哇哇痛苦不堪地喊起来。

挨打的团员被带走了，慰问团成员们被关在不同的黑房间里，十分气愤地说着话。在这样的黑夜里，嗓子喊哑了也没用。大家都说，我们出来宣传抗日有什么罪，宪兵如此迫害我们，这是无法无天的行为。天高皇帝远，这些宪兵实在太肆无忌惮。有人说，我们明天就回上饶去，去找三战区的长官，要求严惩打人的宪兵。有人立刻就反对，说我们回上饶，不是正好中了敌人的奸计。现在的事实证明，国民党军队根本无心抗日，就因为这一点，我们更应该克服困难，突破重重障碍，到新四军那里去。

天亮以后，李排长来到了关押着正副两位团长的小房间，为昨天晚上的误会表示歉意。李排长说自己昨天晚上有事，刘副排长的脾气有些急躁，结果发生了一些不应该发生的事情。王秘书说："你光这么说说就行了？你们对我们这是非法拘禁。而且我们的人也挨打了，你们当宪兵的怎么可以随便打人？"

李排长沉着脸不说话，他抬起头来，看着王秘书，又看看范一声。范一声说："我们的团员，不能白白地就被你们打了。"李排长不耐烦地瞪着眼睛："我已经说了，这是误会。"王秘书红着脸说："这么轻巧地说一声误会，事情就算完了？我们冒着生命危险，穿过日寇的一道道封锁线，跑来慰问你们，你们却这样待我们？"李排长更加不耐烦，说："别跟我唱这种高调，你们慰问了我们，我们就打日本人，你们若不慰问，我们就不打日本人了？好了，话多说没用，这事就到此为止怎么样，给我李某人一个面子。你们不好说话，实不相瞒，我的手下比你们更难说话。”

范一声和王秘书不知道自己的团员被打成了什么样子，他们只是听见了昨晚的惨叫声。既然李排长已把话说到这一步，他们便郑重其事地向李排长提出如下几点要求：一，立刻放人，打伤者验伤治疗。二，打人者赔礼认错。三，让他们去川军驻地。

李排长听完了这几点要求，脸上显现出很失望的表情。他显然觉得这些文化人有些不识抬举。他苦笑了笑，也提出他的条件。一，立刻放人。二，立刻回头，返回上饶。

双方都觉得对方提出的条件不可能接受。李排长嘟嘟囔囔地离去，就此不再露面。到中午，两名宪兵来提王秘书问话，问完了，又提审范一声。询问是在宪兵私设的公堂里进行的，方式差不多，都是威吓，由刘副排长亲自审讯。王秘书仍然理直气壮，刘副排长冷笑说：“别跟我说什么打了你的人，老子连你一起打了，你又能拿老子怎么样?”说了，真打了王秘书一记耳光。一记耳光顿时把王秘书打懵了，在被押回去的时候，他苦着脸对即将被带走的范一声说：“小范，他们打人，他们打了我。”

宪兵们开始大打出手，他们本来就是专横跋扈惯的，慰问团团员们的傲气早就惹得他们不高兴，一旦开打，打谁都一样，打谁他们也无所顾忌。见谁不顺眼就打，谁嘴凶就扇谁的耳光。对女士们还算客气，只是吓唬吓唬。这些来自城市的女青年嫩得很，想吓唬她们易如反掌。刘副排长知道事情不可能轻易结束，他必须抓住一些把柄才行。唯一能抓得住的把柄也许就是那只手电筒了，刘副排长决定在这只手电筒上大做文章。于是手电筒的拥有者小吴就成了重点威胁的对象。到了第三天，宪兵突然宣布了一条惊人的重要消息，说是在小吴一件衣服的夹缝里，发现了微型的军用地图。大家都不肯相信，都认为这绝对不可能。刘副排长咬牙切齿地说："不可能，什么叫不可能？证据这么确凿，还有什么好说的，现在的问题是，未必就她一个女流之辈是汉奸。"

这时候，一直不肯露面的李排长又出现了，他叹着气对范一声说："怎么样，事情麻烦了吧。现在好，你们想走也走不了。"范一声说这肯定是栽赃，小吴是个完全可以相信的同志，在她的衣服里，不可能会藏有军事地图。李排长板着脸说："这地图可是日本人的，不是我们的地图，不相信的话，你仔细看看，难道我们宪兵会有这种日本人用的军用地图？"范一声和王秘书仔细研究了那张地图，地图确实是日本人的，但是他们仍然不相信是从小吴身上搜到的。范一声提出来要和小吴面谈，他们想听听小吴是怎么说的。

"你们那位小吴已经供认不讳，这还有什么可怀疑的？"李排长脸上显现出无可奈何的样子，"起初我也是不相信，可是你们那位小吴同志，确实是招认了。现在已经弄清楚了，为什么一个星期前，日本人的飞机，会光顾我们这里。这不已经很清楚了？"

吴　茵

小吴当年的名字叫吴茵。在军用地图这件事情发生以前，戴着一副深度近视眼镜的小吴，一直是慰问团里一个最不引人注目的女孩子。她是上海一家文具店的售货员。早在两年前的八·一三淞沪抗战中，她就跟着店老板一起去战场慰问过国军。她有些喜欢凑热闹，但不是那种有主见的女人，到什么地方去都是跟着别人起起哄。这次参加慰问团，名义上是商会派出的代表，其实她本人和商会毫无关系。她只是个普通的思想进步的售货员。慰问团成员中有许多文艺积极分子，小吴既不能唱，也不能跳，所以一到有演出任务的时候，小吴总是在后台管理服装。

小吴的衣服夹层中被搜出军用地图的消息，一开始就在慰问团中引起了两种截然不同的意见。大多数人不相信，觉得这是无稽之谈，觉得是宪兵故意陷害小吴。一部分人却信以为真，因为像小吴这样的人，似乎完全没必要参加慰问团，她在慰问团中几乎不起什么作用。关于日本特务的传说很多，持相信态度的人认为宪兵素质再不好，也不至于用这种可怕的帽子，去陷害一个无辜的女孩子。再说，为什么他们不去栽赃陷害别的人？

宪兵并没有因为发现了军用地图就对大家穷凶极恶，恰恰相反，他们似乎只是希望事情赶快结束。李排长突然松口，只要同意将小吴扣下，他就可能放行，让慰问团去川军驻地。范一声立刻意识到这里面有问题，他重申在小吴的事情没有查清楚之前，他们什么地方也不会去。“我们是一个整体，我们一起来了，就得一起走。”如果小吴真的是汉奸，范一声表示，他们可以将她交给宪兵。但是一定要有确凿的证据。他们要求和小吴见面，听一听小吴自己是怎么说的。“要是你们不让我们见到小吴，这就说明你们心里有鬼!”范一声很快就断定宪兵是在栽赃。因为宪兵一听说他们要和小吴见面，就掩盖不住地有些慌张。

事实的真相就是那么简单，事实果然像范一声预料的那样，就是一种最简单不过的栽赃。不过，刚开始，范一声并没有想明白宪兵为什么要这样栽赃。也许是因为动手打了人，如此这般，便可以有个交待。范一声绝对没有想到小吴会被刘副排长强暴。宪兵横行霸道蛮不讲理，然而范一声没想到他们竟然敢干那么出格的事。军用地图确实是宪兵不久前从一个汉奸身上搜到的，三战区因为和日本人控制的地盘接壤，经常有汉奸混进来搞破坏活动。那汉奸早已经被镇压了。宪兵栽赃小吴身上藏着军用地图，其实是想掩盖住刘副排长强奸小吴的罪行。

那天白天，在公堂里一个接着一个审讯完女团员以后，刘副排长意犹未尽，对手下的一位小弟兄说："我们找个女学生来消遣消遣。"小弟兄知道刘副排长的心思，犹豫地说："这些都是大城市里来的小姐，别弄出事来。"刘副排长不在乎地说："出什么事？老子又不真操她。"

小吴是在晚上又一次被带到公堂上的。刘副排长喝了些酒，兴致很好。本来也没什么可审讯的，无非是在小吴随身携带的那支手电筒上做文章，结果是刘副排长向小吴炫耀自己参加淞沪抗战的光荣历史，他又一次撩起衣服，让她欣赏身上的伤疤。"像老子这样，和日本人那是有血仇的，还用得着你们宣传什么狗屁的抗日。"刘副排长一定要小吴伸手摸一摸他身上的伤疤，小吴不肯。他立刻有些愤怒，"怎么了，这儿难道就是老虎的屁股，摸不得？"小吴没办法，只好伸手去摸。她的手哆嗦着碰到刘副排长的那块伤疤时，刘副排长格格格地怪笑起来，一旁的两名宪兵也跟着笑。小吴闻到了刘副排长嘴里喷出的强烈酒气，很快地把手缩了回来。

刘副排长一把捉住了小吴的手，用劲把它按在自己腰眼上，很色情地来回揉着。小吴想把手缩回去，但是刘副排长抓得很紧，根本挣脱不开。她的脸红得发紫，呼吸也变得有些困难。刘副排长嘴里喷出的臭烘烘的酒气直往小吴脸上扑，用另一只手摘去了小吴脸上戴着的眼镜，笑呵呵地说："我就喜欢女学生戴着眼镜的模样，让我看看，没有了眼镜，你又是怎么一副模样。"

摘了眼镜的小吴两眼一片模糊，公堂里的光线本来就暗，一盏风灯搁在案桌上。刘副排长后来承认，小吴眯细着眼睛的天真样子，让他产生了不可遏制的邪恶念头。他哈哈大笑着逗着小吴，迟迟不肯把眼镜还给她。"你不戴眼镜的样子更有意思，我看看，嗯，不错。"这时候大约是晚饭过后两小时，小吴终于又一次戴上了眼镜，她嚷着要放她回去。刘副排长板着脸说："我怎么能让你走呢，我答应，弟兄们也不肯答应。"他的手下立刻笑着说："刘排长不要开玩笑，自然是你舍不得答应。"

刘副排长正色说："舍不得答应，我为什么舍不得？"

小吴见过上海滩上的流氓，她不敢想象，作为执法人员的宪兵也会这么流里流气。她忍受着宪兵们的下流话的骚扰，在接下来的两个多小时里，几位宪兵总是在这些话题上兜圈子。他们询问她的家庭，对她的未婚身份表示怀疑。刘副排长说："我看你年龄也不小了，怎么会是未婚？"那些宪兵便起哄，说要知道她是不是未婚其实很容易。

"很容易?"刘副排长色眯眯地看着小吴，装作想不明白的模样，"容易吗?"

两个多小时的审讯终于结束了，刘副排长似乎还有什么遗憾，关照先把小吴押送回去。女团员都被关在最东头的一间房间里。就在小吴要被送到同伴那里的一瞬间，刘副排长从后面追了上来，在一个宪兵的耳朵边轻声地嘀咕了一句什么，那宪兵怔了一怔，顿时心领神会，对另一个宪兵使了个眼色，又将小吴押到后院的一间小房间里。小吴还没有明白过来是怎么回事的时候，小房间的门已经被从外面用粗铁丝销上了。

刘副排长是在天亮的时候，偷偷溜进关着小吴的小房间的。在后来的军事审判中，刘副排长交待说，出事的那一夜他都没睡好。他交待说，整整一夜，他都在想这么一个百思不解的问题，这就是日本人来了，会怎么样。日本人强奸中国妇女是宪兵们常常议论的话题。刘副排长交待说，由于老是在想日本人会怎么样糟蹋中国妇女，这一夜他翻来覆去有些亢奋。天亮前，他做了一个梦。在梦中，他梦到自己死守的一个阵地叫日本人攻破了，日本人叫喊着冲了上来，他看见日本人照他身上捅了一刀，大皮靴从他身上踩过去，然后到处找花姑娘，花姑娘在阵地上乱跑，日本兵就在他的眼皮底下强奸了一个戴眼镜的女学生，他注意到那个女学生就是小吴。

刘副排长交待说，他差一点梦遗，因为就在觉得自己快梦遗的时候，他突然醒了。这时候天正蒙蒙亮，他爬了起来，不知不觉地就来到关押小吴的房间门口，他犹豫了片刻，冲着房门撒了一泡尿，就不计后果地拔开了门上销着的粗铁丝。进了房间以后，他喊醒了坐地上正靠着墙睡觉的小吴。慌乱中的小吴连忙摸着眼镜戴上。刘副排长走上前，一把摘下了她的眼镜，然后用手捂住了她的嘴。小吴在急忙中咬了他一口。

古岭事件的善后处理

小吴拒绝了宪兵们向她提出的讲和条件。她宁愿自己被他们当做汉奸就地正法，也不接受所谓私了。自从被刘副排长强暴以后，死对于小吴来说已经算不了什么。她已经被一个肮脏的男人玷污了，她一定要这个男人为他所做的事付出代价。小吴毕竟是来自上海大城市的姑娘，她绝不会像那些从古岭路过，被宪兵占了便宜不敢声张的小媳妇一样，吃了个哑巴亏，忍气吞声，事情就算完了。她不是个很有主见的姑娘，然而她也不是一个可以任宪兵摆布的姑娘。知道慰问团的团员们不会放弃斗争，他们会成为她不是汉奸的最好证人。宪兵们对小吴的顽强无可奈何，除非他们杀人灭口，要不然这件事迟早也会暴露。小吴已经铁下一条心，她坚决不承认那张军用地图和自己有任何关系，她要和宪兵斗到底。

事实上，宪兵们一开始并没有打算硬栽赃小吴身上携带了军事地图。在那天晚上的审讯中，他们也没有过多地用奸细这个词吓唬小吴。刚开始，他们只是拿小吴开开心。他们并没想到事情会真的出格。一口咬定小吴是汉奸完全是后来的事。因为刘副排长强暴了小吴，大家觉得娄子捅大了，不用一顶大帽子压着，摆平不了这件事。慰问团手里毕竟捏着三战区长官盖了印的通行证，这些人并不好惹。

刘副排长在事后才逐渐意识到情况的严重性。宪兵在三战区为非作歹横行霸道已经引起公愤，他们借盘查行人之口，大肆勒索，动不动就用汉奸的帽子吓唬人。在三战区设立宪兵，最初的目的只是为了协调各部队之间的关系，维护治安缉拿走私，严防汉奸的破坏。由于隶属于三战区管辖的，既有蒋委员长的嫡系部队中央军，也有远道而来的广西部队和川军，以及共产党领导的新四军，这些番号不同的部队互不买账，常常会有些磨擦。宪兵的存在本来是件好事，但是事实上宪兵已经成为三战区的公害，大家都是怨声载道，老百姓提到宪兵就咬牙切齿，有的部队甚至扬言要对宪兵动武。

小吴被强暴的消息终于传开了，愤怒的慰问团团员们立刻行动起来，展开了英勇的绝食斗争。范一声搞学生运动时积累的那一套经验，又开始派上了用场。他通过做思想政治工作，让一名有进步思想的宪兵悄悄地替他们做联络员。虽然团员们被关在不同的房间，然而他们的行动达到了惊人的一致。很快他们就占据了上风，刘副排长一开始仍然十分凶蛮，他虚张声势，想用小吴是汉奸的罪名，掩盖住自己的恶行。他的这一招很快失灵，只要他在团员们的眼皮底下一出现，大家便齐声痛骂他。

集体绝食急坏了李排长。他没有和学生打交道的经验，眼见着事情越闹越大，不得不把同样惶惶不可终日的刘副排长找来商量对策。刘副排长知道李排长找他的真实用心，一咬牙说：“事情到了这一步，我认栽了，你先把我扣起来，然后向上头汇报吧。”

李排长苦着脸，叹气说："实在是这些学生娃子难打发。"

刘副排长说："我也是一时昏了头，你说上头会怎么对我？会枪毙吗？"

"这事实在是瞒不过去。"

"我知道，你别说了。"

在这次谈话的第二天，宪兵团一个姓陈的团长赶来处理此事，在这之前，慰问团全体成员都被释放，刘副排长被五花大绑关押起来。对刘副排长经过简单的审讯以后，陈团长召集大家开会，在会上他大骂刘副排长是衣冠禽兽。慰问团又一次成为贵宾，陈团长向慰问团表示最诚恳的歉意，代表做错事的宪兵向大家公开道歉。会议结束时，刘副排长被带了上来，陈团长杀气腾腾地说："姓刘的，你死到临头，还有什么话说？"刘副排长闭着眼睛不说话，陈团长又说："国家怎么就出了你这样的败类呢，你也是抗日有功的人，怎么可以这样！你还有什么话要说？"

刘副排长摇摇头，他耷拉着脑袋，有些不服气地看着怒目瞪着他的慰问团团员，嘴角哆嗦了一下。陈团长挥了挥手，刘副排长便被带到远处墙角边就地正法。就当着大家的面，刘副排长被带到墙边站好，他冷冷地看着端着长枪向他瞄准的宪兵，满不在乎的样子。慰问团的许多团员都把眼睛闭了起来，他们还是第一次看杀人，害怕那血肉溅起来的情景。枪声响了，刘副排长应声倒地。枪声在院子里显得很响，而且有回音。过了一会，陈团长拍了拍手，说他希望这件不愉快的事，就算彻底结束了。让人痛苦的一页已经翻了过去，他希望大家把这件事忘掉。

王秘书的脸色十分苍白，他结结巴巴地向陈团长的执法如山表示谢意。陈团长有些闷闷不乐，他很痛心地说：“作为一个军人，不死在抗日战场上，最后是这么一个不光彩的结局，真太让人气愤。”

宋小姐从会场里站了起来，自从小吴恢复人身自由以后，她一直陪伴着小吴。在刘副排长执行枪决的时候，她搂住了浑身打颤的小吴，一个劲地让她坚强一些。她完全是凭直觉，觉得事情不应该就这么轻易地算结束。她犹豫了一下，问陈团长是否可以让她发表一下自己的观点。陈团长笑着说当然可以。宋小姐尖刻地问道：“我想知道这个人是真的死了吗?”在场的人都吃了一惊，小吴的眼睛瞪得老大。

“这位小姐的意思是——”陈团长脸上的笑容凝固了。他转过身去，看了李排长一眼，李排长连忙把眼睛挪开。大家都注意到了陈团长和李排长的不自然表情，“难道小姐你还有什么疑问?”陈团长十分勉强地挤出笑容，“我们一起过去看看。”

所有的人都没想到美丽的宋小姐会接受这一邀请。宋小姐伏在小吴的耳朵边，悄悄地说了几句话，然后她们俩从座位上走了出来。事后，宋小姐说，她所以觉得事情有诈，是因为她对国民党的宪兵已经毫无信任感。宪兵们之所以如此为非作歹，显然和当官的纵容有关。他们狼狈为奸沆瀣一气，再下流的事也可能做出来。小吴跟着宋小姐一起去，只是想最后看一眼那个对她干坏事的下流坯。和宋小姐的想法不一样，小吴在当时并没有想到有诈。随着那刺耳的枪声响起，小吴的心里产生了一种说不出的滋味。

是李排长领着她们去的，还有几位既害怕又好奇的团员跟在后面，大家走到已被罩上破被单的尸首面前，宋小姐出乎大家意料地上前将那层破被单掀开了，人们不由自主后退了一步。李排长想阻止，可是已经来不及了，眼尖的早已看见那一枪不过是打在右边的肩胛骨上，这地方显然不可能致命。经过短暂的犹豫，愤怒的团员们意识到他们是又一次受到了愚弄，纷纷指责从后面挤到前排来的陈团长。王秘书红着脸，看着表情极度尴尬的陈团长，要他解释这究竟是怎么一回事。

陈团长装作什么也不知道的样子，恼羞成怒地训斥李排长，让他赶快回答大家的提问。李排长有嘴难辩，面对暴跳如雷的陈团长，不知说什么好。这时候，假死的刘副排长也憋不住了，他捂着受伤的肩胛，从地上跳起来，咬牙切齿地喊着："老子是还有一口气，来吧，这次来他妈真的好了。"

在场的人都被刘副排长的气焰惊呆了。陈团长从一名宪兵手中夺过步枪，一拉枪栓，杀气腾腾地向刘副排长走过去。刘副排长知道自己这一次肯定逃脱不了，他骂骂咧咧地喊着："再过二十年，老子又是条好汉。来呀，对我开枪好了。你们这些婊子养的，你们这些臭婊子，就等着日本人来收拾吧……"

旁边的人纷纷让开，陈团长走到刘副排长面前，用步枪指着他的脑袋，扣动了扳机。随着一声枪响，脑浆和血污溅得到处都是。

汪　南　窗

多少年以后，汪南窗在自己的回忆录中，又一次写到了古岭事件，由于他并没有亲身经历，他的回忆录中间有关事件的描述和事实真相有很大出入。写回忆录时的汪南窗已经步入晚年，他的反共立场有了很大的改变。他曾经用小说的形式，写过古岭事件，那是在他最反共的年头里，他把古岭事件写成一个由共产党一手造成的政治事件。在回忆录中，汪南窗试图心平气和地重新谈论古岭事件。他承认强暴慰问团团员是国民党军队中的腐败造成的，然而又认为和国民党的嫡系部队没有关系。

> 抗战初期，三战区有许多不同番号的队伍，其中以川军的纪律最坏。我们慰问团中有一名女团员，就是被川军的排长强奸的。这件事在当时引起了很大反响，三战区当局为了掩盖事情的真相，结果事情弄得反而很被动。最后，干坏事的川军排长被军事法庭审判，判处了死刑。

这件事和川军根本没有关系。川军的纪律不好，是众所周知的事情。抗战开始的时候，各战区都以这一借口，不欢迎川军。汪南窗的回忆中，有一点是真实的，这就是三战区当局，确实因为古岭事件，陷于非常被动的境地。胡作非为的刘副排长虽然被处以极刑，但是这一事件在人民群众心目中造成的极坏影响，却久久也不会消逝。人们不可能就此原谅宪兵的所作所为。通常都是在军队被打溃打散的情况下，才会出现一些违法乱纪的扰民现象。溃不成军的逃兵和伤兵变成土匪，洗劫有钱人家，搜刮平常人家的钱财，这是非常中国特色的战争场景，因此一旦战争打响以后，中国老百姓最担心的往往不是谁胜谁负，而是战事结束以后，来自胜利者和失败者两方面的抢劫。

古岭事件使得作为天之骄子的宪兵威风扫地。许多部队都提出希望解散宪兵的要求。既然宪兵并没有维持好什么治安，既然宪兵做出了那么多骚扰老百姓的不法行为，它自己就成了害群之马，这样一支队伍还有什么必要让它存在下去。古岭事件成为大家反对国民党特务统治的一个突破口，使得许多积蓄在那里的不满和怨恨像火山一样喷发出来。范一声根据古岭事件写的一场独幕剧，在最初的几场演出中，引起了空前的轰动。结果，为了不破坏抗战的大气氛，独幕剧被禁演了。范一声去了新四军以后，不久就发生了震惊中外的皖南事变，范一声九死一生逃到了苏北，从此这场独幕剧，便成了由范一声亲手创建的一个文工团的保留节目。

汪南窗在政治上的反共，向来显得很幼稚。他永远无法摆脱的一个情结，这就是他和共产党有夺妻之恨。宋小姐后来成为范一声的妻子，这结局，在汪南窗决定去上饶的时候就预感到了。事实上，自从范一声出现，他就有了这种不祥的预感。慰问团中有许多男人追求宋小姐，但是汪南窗从一开始就意识到了范一声潜在的优势。汪南窗在爱情上是个失败者，他总是忘不了宋小姐。为了彻底斩断情丝，汪南窗不得不采取远离宋小姐的办法。古岭事件发生的时候，他还没有离开上饶，后来他听说范一声带着宋小姐等人真的去了新四军那里，便告别了三战区，独自一人去了湖南。在湖南，他报名参了军。汪南窗曾参加过国民党正面战场上许多著名的战役，甚至还立过军功。而他成为著名的军旅作家，是随国民党军队去了台湾以后的事。

撰写回忆录之前，汪南窗唯一的一次知道宋小姐的消息，是在抗战胜利之后。在当时的国民党首都南京，汪南窗有一次从街上走过，很偶然地遇到一位当年的熟人。这熟人告诉他，听说宋小姐已经和范一声结婚，而且成为共产党中一名很优秀的女干部。事实上，宋小姐在成为范一声妻子不久，就在日伪联合的一次清乡中牺牲了。可是这熟人并不知道宋小姐已经牺牲，他所以向汪南窗提起宋小姐，是因为他知道汪南窗和宋小姐曾经有过的关系。

在回忆录中，汪南窗倾诉了他对宋小姐的眷恋。由于不知道宋小姐已经不在人世，他希望这本书随着大陆的改革开放，最后能流传到宋小姐手里。他以一种哭笑不得的口吻写道：

> 就像国民党在战场上不是共产党的对手一样，我在爱情生活上，也和当年国军的全面溃退如出一辙。在最关键时刻，我失去了竞争的勇气。宋是一个喜欢强者的女性，她喜欢的是作为一个胜利者的男人。宋是卡门一样的女性，她的身上永远散发着青春和健康的活力。在和宋分别的日子里，我是那样地不能忘情，那样地想念她，以至于发现自己竟然不可能再爱上别的女人。

汪南窗的晚年生活十分寂寞。他的书不再畅销，大家只记得他是一个反共作家，对他作品中的艺术性评价非常低。随着台湾政局的不断变化，他越来越觉得自己在台湾是一个多余的人物。多少年来，他一直过着单身汉的生活。虽然他的经济很宽裕，他的书畅销的时候，曾经狠狠地捞了一笔，这一笔钱用于做生意得到了惊人的回报，但是他的精神生活，越到晚年越空虚。他在政界的朋友，不是老死了，便是在政坛上郁郁不得志。对于台湾本土的人来说，他们这些跟着老蒋来台湾，叫嚣着要反攻大陆的人，都是些过了时的老厌物，他们永远是不受欢迎的外省人。

在写回忆录的时候，汪南窗没想到自己还能重新回到大陆去。他知道自己是著名的反共作家，一旦落到共产党手中，后果将不堪设想。他没想到后来回大陆竟然那么容易，大陆竟然会那么不计前嫌。汪南窗做梦也不会想到，大陆不仅接待了他，而且非常热情，热情得让他愧对过去。历史被画上了一个很大的句号，几十年的恩恩怨怨在向前看的前提下，一切似乎都可以忽略不计。省里面一位官员在招待汪南窗的宴会上，曾很诚恳地说过："汪先生过去对我们有过许多误会，这些事都过去了嘛，过去的事，就让它过去好了。"

汪南窗完全是出自真心地觉得自己当年反共有些幼稚。在他的那些胡编乱造的小说中，他把共产党写成了杀人放火的强盗，"共匪"成为一个固定的词组，不断地出现在他的文章中。他终于明白自己的一生其实毫无政治理想。晚年的汪南窗如鱼得水，成了来往于台湾和大陆之间的常客，他在大陆投资了两家工厂，在家乡捐钱办了一所小学。这所小学曾打算以他的名字命名，然而他坚决不肯答应。他强调自己所以捐钱办学，只是为了表达他当年盲目反共的内疚。如果可能的话，他希望这所小学，可以命名为"碧云小学"，他没有说穿这是为了纪念他所不能忘怀的宋小姐。尽管已经步入黄昏，只要一想到宋小姐，他的心仍然会像初恋时那样剧烈跳动。

和宋小姐分手以后，汪南窗和许多女人有过短暂的露水情缘。他一度是个很风流的花花公子，有名有钱还有地位，他的单身汉身份让许多女人动心，却没有一个人成为汪太太。汪南窗的脑海里怎么也摆脱不了宋小姐的倩影。什么样的女人都医治不了他在爱情上受的伤。晚年成为大陆的常客以后，有不少热心人提出要为他找一位老伴来照顾他的生活，他们考虑到了各式各样的人选，可是都被他婉言谢绝了。在这些人选中，有已经退休的中学教师和即将退休的大学教授，有刚毕业的博士生，有小有名气的地方戏演员，还有来自贫困地区的小保姆，丧偶的离婚的，甚至包括老处女，什么样的人都有。

最终成为汪太太的是省城医院的一名女医生。这位女医生丧偶已经许多年，起因是汪南窗住院割除疝气。疝气这玩意纠缠了汪南窗很多年，晚年的一次发作，终于让他下决心割除。手术前的那天晚上，那位闲着没事干的值班女医生看护士长忙得不亦乐乎，便越俎代庖地帮忙干些事。她把汪南窗叫到了治疗室，让他把裤子脱了，替他剃下身的阴毛。汪南窗有些羞答答的，女医生十分干脆地喊他快一些。对于外科医生来说，这是太简单的一件事。在剃阴毛的过程中，刚开始，汪南窗只感到有些疼，好像一层皮要被硬揭去一样。为了分散注意力，他把头扭过去东张西望，女医生的手很重，重得他不得不喊起来。女医生只好轻一些，可是真的轻一些，麻烦却来了。汪南窗松了口气，笑着对女医生说："这还差不多。"

汪南窗是望着女医生的眼睛说这话的，女医生似曾相识的眼睛引起了他的一种别样的感情。疼痛减弱了以后，他反而有些控制不住自己。他刚想到自己这么一把年纪，不应该再出什么洋相的时候，他的男人的玩意，不听使唤地昂然勃起来。这是一个很尴尬的场面。汪南窗想请求女医生原谅，但是立刻想到这种请求完全多余。他们的姻缘似乎是事先注定的。女医生在这之后，和汪南窗成了熟人，而且越来越熟，很快就成为了汪太太。在蜜月里，汪南窗总算找到了解释的机会。他告诉女医生，自己绝不是那种轻薄的男人，他猜想自己所出的洋相，很容易让她产生误解。女医生很爽快地笑起来，她说这根本算不上什么，她说这只能说明你的心还不老。

汪南窗一直试图让女医生相信，他所以看中她，是因为她的一双美丽的眼睛，很像自己年轻时的恋人宋碧云小姐的。他说她说话的口气也像，那种傲慢是与生俱来的。还有走路的背影更像，干脆利索，给人的感觉仿佛总是急着要去赶什么事。宋小姐永远是风风火火，宋小姐永远青春荡漾。他不止一次地向女医生叙述经过美化加工过的初恋故事。他告诉女医生，自己已到了力不从心的年龄，这个年龄再结婚，对他来说，也许已是一件很荒唐的事情。床第之欢对他已经失去了往日的意义，他毕竟已经年过花甲，而且一想到他们之间的年龄相差了将近二十岁，他便信心全无。到了他这样的年纪，精神的东西更重要。

事实上，汪南窗并不像他说的那么糟糕。他只是摆脱不了被宋小姐抛弃的阴影，摆脱不了自己在爱情上的失意。宋小姐是他生命中的第一个女人，结果他便把所有的女人都当做了宋小姐。女医生很快就看出了症结所在，她觉得年龄不可能是个问题。“六十岁不安分守已的老男人多的是，你不用老是觉得自己不行。”女医生以对待病人的口吻开导他，“问题是，你必须弄明白我是谁，你得想清楚你是和谁在干这种事。我可是一个实实在在的女人，不是替代品，你得把我当做我才行。你想想，要是我老把你当做我死去的男人，你会怎么想呢？我不是你的宋小姐，你也不是我死去的男人。”

“可是你的确像她!”汪南窗近乎执著地说。

“不，我不是她!”

为了缅怀历史的聚会

一九八九年的春天，古岭事件已经过去了将近半个世纪，当年的慰问团团员举行了一次隆重的聚会。聚会的地点是在上海的一家星级宾馆。要想找到五十年前犹太人开的那家小舞厅显然是不可能的，然而为了有一点相同的气氛和情调，聚会最热闹动人的一幕，有意选在宾馆的小舞厅进行。汪南窗是这次活动的主要出资人，这次活动由几名热心人筹备了很久，到处联络当年的慰问团团员，历尽千辛万苦，终于由空想变成现实。

参加会议的代表中，年龄最大的是贺宗盛。他已经是一位九十岁的老人，步履蹒跚，所有的活动都得由他的小孙子照料。当年在慰问团里，由于他是公开的国民党党员，而且又很保守，慰问团的年轻人都不喜欢他。大家常常故意和他作对，动不动就叫他是特务。半个世纪过去了，贺宗盛已成为一个非常世故和蔼的老先生，他是全国政协委员，省政协的常委，著名的爱国人士。虽然在“文化大革命”中吃过一些苦头，但他的晚年显然过得不错。人们都尊称他为贺老，电视上甚至放过他的专题片。

贺宗盛在聚会中带头发言。大家都说：“贺老，你年纪大，你先说。”他当仁不让地就说起来，一说就是一大通，头头是道。和当年的懒得开口不同，晚年的贺宗盛能说会道，很难让人相信他已经九十岁了。他简短地回顾了抗战的历史，诚恳地承认自己在年轻时不应该参加国民党。他说他后来终于想明白了，为什么当年大家都不是太喜欢他：“这事很简单嘛，因为我是国民党，而国民党不抗日，专门搞磨擦。譬如制造了皖南事件，又譬如发生在古岭的那件事。还有，唉，难怪当年的年轻人都愿意参加新四军。大家好好想想，国民党抗战时都干了些什么？”

汪南窗违心地点着头。他参加过无数次对日作战，想不明白贺宗盛为什么要完全抹杀国民党在正面战场上作战的事实。有人插话中断了贺宗盛的演讲。“贺老，话也不能这么说，我们都是过来人，不能说国民党就一点不抗日。”说这话的是一位当年随着范一声一起参加新四军的团员，现在已经离休，离休前是某省文化厅的副厅长，“皖南事变这件事，是国民党的不对，可还有台儿庄大战，还有缅甸战场。汪南窗你在国民党军队里待过，你说是不是？”

贺宗盛不乐意自己的话被打断，他在等待汪南窗的回答。汪南窗有些尴尬地笑着，他注意到大家都在等他表态，便说：“当然，当然。”大家不明白他说的“当然”是指什么，因为这“当然”两个字，已成了他在大陆周旋的口头语，他动不动就用这两个字。关于汪南窗有过种种传闻，大家都知道他的反共历史，在今天这样的场合里，很想听听他会说些什么。然而聪明的汪南窗什么也没说，他仿佛知道在今天这样的场合里，最好是少说话。

由于汪南窗是这次聚会的出资人，无形之中便造成了这样的局面，这就是他成了会议的中心人物。来参加聚会的慰问团团员，并不会因为他出了钱就尊重他，恰恰相反，大家还是像过去一样不喜欢他。大家气不服的是，怎么过了半个世纪以后，像贺宗盛和汪南窗这样的反面人物反而吃香起来。当年的慰问团团员大多数都参加了共产党阵营，有的当时就参加了新四军，成为老资格的共产党干部，有的参加共产党晚了一些，同样谋到了一官半职，还有的虽然从来没有成为共产党的一员，可是多少年来所接受的教育，使他们对国民党没多少好感。也不一定就是有什么个人恩怨，反正大家不喜欢贺宗盛和汪南窗表现出神气活现的样子来。

聚会的重要议题，除了说说自己的现状，就是说一下那些不能到场的团员们的故事。真正参加聚会的毕竟是一小部分人，不少人已经死了，不少人从来没有过音讯。譬如宋碧云小姐，汪南窗在最近的三个月中，起码听到了四个不同版本的故事。已经牺牲是无疑的，如何牺牲的，却有几种说法。又譬如说是古岭事件的受害者小吴，大家为她的名字争论不休，当时都叫她小吴，年头久了，大家已记不清她的原名。还有当年的团长王秘书，大家同样是连他的名字都回忆不起来。事实上，在当初就没弄明白过。大家都习惯叫他王秘书，王秘书在称呼自己的时候，总是喜欢说王某人怎么样怎么样。

王秘书是在回上海的途中遭绑架的，当时还有两名团员和他同路。那天他们在一个县城里吃饭，吃完饭出来，上来几名便衣特务，不由分说地把王秘书揪住了，往停在路边的小汽车里一塞，开了就跑。慌忙中，王秘书的一只鞋子掉了都没来得及捡。两名团员连追带赶，眼睁睁地看着小汽车没了影子，只好跑去向当地驻军报告。驻军让他们去找县党部，县党部的人说，他们知道有这事，但这事不是他们干的，是省党部派人干的。再后来，王秘书的家人收到一封从上饶集中营里带出来的信，从此就再也没有他的消息。

谈话的中心后来总是停留在范一声身上，因为在当年的团员中，真正带有传奇色彩的是他，这并不仅仅因为他是慰问团的实际负责人，因为他很快就和慰问团中最吸引人的宋小姐结了婚，也不是因为他创建了一个在新四军中很有影响的文工团。范一声成为大家津津乐道的话题，是因为他在解放初期成为中共的高级干部，他是负责省城的肃反工作的二号人物。一九五九年夏天，范一声突然被捕，罪名是潜藏的国民党特务。刚开始谁都不相信，可是经过深入的审查，他的罪名不但成立，而且被判处十年徒刑。熟悉范一声的人都觉得这是无稽之谈，然而随着他被判刑，大家不相信也相信了。范一声是国民党特务的故事被一位作家写成了一篇小说，这篇小说曾经轰动一时，成了当时最畅销的一部作品。

聚会快结束的时候，话题又一次回到了小吴身上。大家重新谈起已快被忘记的古岭事件。没人知道小吴后来的下落。来聚会的团员，有的是自一九三九年以后，第一次见面，像汪南窗，大家都知道他后来去了台湾，此外，由于他当年没有去古岭，汪南窗的记忆中，对古岭事件的中心人物小吴的外貌一点印象也没有。不仅是小吴，就连今天到场的几位团员，其中有两个人，汪南窗对他们也毫无印象。这是一次非常热闹的聚会，到场的当年的慰问团团员，远没有非慰问团团员多。在这些非慰问团团员中，有陪同老慰问团团员的家属，有本地报纸和电台的记者，还有上海政协的两位工作人员。汪南窗只好根据年龄大小，来判断参加聚会的人是否是当年的慰问团团员。毕竟过去了半个世纪，当年慰问团的团员如今还有幸健在的，都已经成了老态龙钟的老人。到聚会快要结束的时候，老人们的脸上一个个都显露出了疲倦相。贺宗盛由孙子搀着，率先离开会场。

舞厅的经理事先就为大家准备好了一些老歌，两名慰问团团员在掌声中，引吭高歌《五月的鲜花》。他们似乎有些不适应卡拉 OK 的演唱，伴奏的节奏太快，唱词和以前也有些不一样，唱着唱着，实在追不上了。几首老歌唱罢，话筒便固定在了参加会议的青年人手上。老歌唱不来，于是便唱流行歌曲，唱风行于大陆的港台流行歌曲。年轻人的歌声震耳欲聋，脸上露出疲倦相的老人开始有些吃不消。汪南窗提议年轻人最好还是唱些老歌，在这缅怀历史的日子里，应该唱老歌。

年轻人在自己的记忆中，寻找会唱的老歌。唱了一曲《大刀向鬼子们的头上砍去》，又断断续续唱了一首《游击队之歌》，最后，在汪南窗的要求下，全体到会者高唱起《义勇军进行曲》。

结尾：第一部分

我最初接触到古岭事件，是通过阅读汪南窗的回忆录。在全书中，这是一个很不重要的小章节，我当时并没有想到自己会根据这一事件写小说。由于在回忆录中，汪南窗常常提起宋小姐，我曾设想过利用汪南窗和宋小姐的爱情故事构思小说。对于能不能写好这种爱情小说，我毫无信心，事实上我只是心动了一下，就把他们的故事忘到脑后去了。

战争年代的爱情故事太多，劳燕分飞，有情人各奔东西，这样的故事都变成小说的话，小说也就太多了。毫无疑问，今天的小说已经嫌多。从一开始，我就对汪南窗的回忆录持有戒备心理。回忆录中总是有太多的虚构，回忆录读得越多，就越知道该怎么对待它们。虽然汪南窗在回忆录中写得情意绵绵，我始终怀疑他不过是单相思。他们之间有过一小段缘分，但是通过从其他途径得到的消息证明，汪南窗并不是一个可爱的人物。我所以会屡屡提到汪南窗，只是因为我引用了他的一些材料。此外，在他的回忆录中，我第一次见到了这些名字，譬如范一声，譬如宋碧云小姐，还有贺宗盛和小吴。其实，我知道许多关于演剧队的故事，抗战初期，不少文化人士，有著名的剧作家和著名演员，也有因为参加了演剧队逐渐变得著名的，纷纷走上抗日前线，慰问与日寇血战的将士。有关演剧队的记载很多，能写的东西也很多。

古岭事件只是一个非常偶然非常孤立的事件。当我决定重现这一事件的时候，我感到很犹豫，除了资料方面的问题之外，我担心在今天纪念抗战胜利五十周年的日子里，重提这一事件很可能会吃力不讨好。它显然是主旋律之外的一个小插曲。不仅如此，事实上，我这篇小说中涉及到的人物，像范一声、宋小姐、贺宗盛和汪南窗，他们的命运曾经和古岭事件连在了一起，但是并没什么太大的关系。

宋碧云小姐的故事比较简单，她和范一声一起参加了新四军，不久又和范一声结婚，然后牺牲在苏北滨海县境内。我曾在县志上查阅到有关她的记载。

宋碧云，女，（1920年9月—1943年5月23日），江苏南京人。祖父是国民党左派元老，父母亲是国民党军队中的文职人员。从小聪明伶俐，深得祖父喜爱，两岁时便由祖父教识字，四岁时已熟读《三字经》、《千字文》，以后入小学、中学，接受新式教育。抗战爆发，和祖父一起去上海租界，转学入教会学校。具有文艺天赋，在校期间，积极参与抗日救亡运动。一九三九年秋天，参加了由地下党领导的慰问团，前往三战区慰问演出，随后参加新四军，皖南事变后到苏北抗日民主根据地，被分配在盐阜区党委工作。后随民运工作队奔赴临近敌伪、背靠黄海，不仅日伪势力猖獗，而且常有海匪登陆为患的华成区开展工作。她和其他队员一起，冒着随时可能被绑架杀害的危险，走村串户，访贫问苦培养骨干，和反动势力开展针锋相对的斗争，建立起一个个乡民主政权。一九四三年初夏，在日伪的清乡中，她身受重伤，虽经抢救，终因伤势过重，环境险恶，缺医少药，不幸于五月二十三日凌晨逝世，年仅二十三岁。上海解放以后，市军管会批准宋碧云为烈士。陈毅市长在百忙中，接见了宋碧云的祖父，赞誉这位辛亥元勋有一位好孙女，赞誉烈士为国捐躯，是党的光荣和骄傲。

编县志的时候，范一声尚未平反昭雪。因此在介绍宋碧云的条目时，一字也未提她的丈夫。然而我之所以会去翻阅那本县志，却是因为要写范一声的缘故。是因为有了范一声的传奇遭遇，我才下决心要把他的故事写出来。范一声才是古岭事件这篇小说中的关键人物，没有他，便不会有慰问团，便不会走到古岭去，没有范一声，我也不会写这篇小说。

范一声的故事曾引起了我深深的感叹，有一段时期，我的手头有过一本笔记本，这是那个建议我把古岭事件写成小说的人借给我的。刚开始，我不知道她是怎么获得这本笔记本的，当我问起时，她只说以后我就会知道。她让我好好地读一读这本珍贵的笔记本里的东西。我仔细地阅读了这本因为年代太久，因为气候潮湿已经字迹模糊的笔记本。记载的东西很乱，从一九三九年的秋天开始，一直到解放军进入上海前夕，断断续续，各种各样的文体都有，有写给别人的信的底稿，有新诗和旧体诗，有日记，有往事回忆片段，有没写完的独幕剧，还有一篇数万字的自述。同样让我感到遗憾的是，在笔记本上，对他和宋碧云的婚事，竟然只有寥寥数语。在自述中，仅仅只有这么一句："到了这时候，我和宋小姐的感情已经成熟，于是我们就决定结婚了。"

根据这本笔记本，尤其是他的那篇自述，我对范一声有了一个较为全面的了解。范一声的生平不是用几百字就能概括的。他的悲惨结局没一个人会预料到。一九五九年的夏天锒铛入狱，使他从此变为一个常在人们口头流传的神秘人物。他的故事被人们反反复复讲，越讲越离谱，越说越不像话。从专门抓国民党特务，变成和国民党特务有关系，又变成自己就是国民党特务。天知道他的罪名怎么糊里糊涂地就成立了，在后来的平反昭雪的通知中，有关部门为范一声的一生重新作了结论：

> 范一声同志是我党的优秀党员。他长期从事革命保卫工作，对党是忠诚的，对革命事业有杰出贡献。解放后，在省公安厅任职期间，出色地完成了党赋予的各项保卫任务，在打击敌人保卫人民方面作出了显著成绩。过去认定范一声同志是内奸、反革命分子等问题均不是事实，应予否定。一九五九年对范一声同志的逮捕、判刑都是错误的。范一声同志蒙冤二十年，应予彻底平反，恢复名誉与清除影响。

范一声没能活到为他彻底平反的这一天。他死于一九七六年，据说在死前的那一两年里，他的神智已经有些恍惚，精神也有些失常。由于近二十年里不是在监狱，便是在劳改农场度过，等到范一声平反的时候，他几乎没有能够留下任何遗物。他是真正的一无所有，连名字也换了。在劳改农场，他的名字叫王保涯，死了以后火葬，也是用的王保涯这化名。那本唯一的笔记本所以能够保留下来，是因为它作为罪证，保存在档案中。范一声平反以后，有关部门将这本笔记本还给了他的遗孀。

在范一声留下来的旧笔记本上，有两件事讲得比较仔细。一是古岭事件发生以后，他领导广大团员如何和宪兵斗争，写得绘声绘色，一是皖南事变后，他赶到苏北新四军军部，上级领导考虑到在新四军的文化人逐渐增多，有些人比他更有才能，名气也大得多，于是让他放弃自己所喜欢的文艺活动，改行搞军队的保卫工作。对于这两件事，范一声都直抒自己的看法。他认为古岭事件本身，充分暴露了国民党军队不会真心抗日的本性，他们是法西斯，是国家中的合法土匪；而让他改行从事军队的保卫工作，他感到很意外，同时也有一些委屈，因为他十分热爱文艺活动，他所领导的文工团非常出色。

范一声服从了组织的分配，走马上任，成了新四军军法处的地方科科长。军法处就是保卫部，因为保卫部隶属于军政治部，为了适应国民党的编制，就用了军法处的名义。范一声最初的任务，是负责了解新四军驻地周围的地方情况，联系驻地附近的地方关系。他显然干得非常出色，很快便升职为专门负责部队保卫工作的副处长。考虑到保卫工作的保密性，在笔记本上，没有任何这方面的记录。在负责军队的保卫工作期间，利用空隙，范一声诗兴大发，既写新诗也写旧体诗。他的旧诗有一定功底，这从他的集唐人名句便可以看出，因为作诗难，集句更难，集句能做到天衣无缝是难上加难。

飞书走檄如飘风　（李白：《送程刘二侍御兼独孤判官赴安西幕府》）

时难年饥世业空　（白居易：《自河南经乱，关内阻饥，兄弟离散，各在一处。因望月有感，聊书所怀，寄上浮梁大兄、于潜七兄、乌江十五兄兼示符离及下邽弟妹》）

汉兵奋迅如霹雳　（王维：《老将行》）

胡危命在破竹中　（杜甫：《洗兵马》）

由于范一声从事的是保密性质的保卫工作，即使他后来被平反了，我对他所做的工作仍然没有太多的了解。有些材料，我是不可能看到的，就算是看到了，可能也不能公开。并不是什么东西都可以拿过来当小说胡写的，对于范一声所做过的事，除了用“出色”这样空洞的字眼之外，我不知道还能再说什么。他和文艺工作越来越没有什么关系。解放初期，他是肃反工作的负责人之一，保护了一些人，为防止肃反扩大化尽了力。在被捕前，他是省公安厅的副厅长，曾经领导破获了几起国民党特务案。他的罪名在不可能成立的基础上成立了。在这篇小说已经到了结尾的时候，我对于为什么会产生范一声这样的冤案仍然云里雾里。

结尾： 第二部分

那个竭力让我把古岭事件写成小说的女人，是上海一家星级饭店的公关部经理。她最初只是我小说的热心读者之一，我不知道她是怎么弄到我的电话号码的。有一天，她挂了长途电话过来，说是要为我提供一个精彩的小说素材。刚开始的对话都是在电话里进行的，她滔滔不绝地说着，根本就不在乎长途电话费，我带着敷衍性质地不断“嗯”着，以表示我还在听她说。

后来她来南京出差，带来了范一声的那本笔记本，让我好好地读一读。两天以后，她便约我在一个公园里，整整谈了一天。在这天谈话结束的时候，她告诉我一个秘密，说她的姑妈就是范一声的遗孀。我丝毫没感到吃惊，因为不是和范一声有特殊关系的人，不可能得到这本笔记本。

“要是你真答应写小说的话，我还可以告诉你一个更惊人的秘密，我告诉你，你知道我姑妈是谁?”

我说：“你不是已经告诉我了，你姑妈是范一声的遗孀。”

结果她告诉我她姑妈不是姓李，而是姓吴。她告诉我她姑妈没有小孩，她事实上就是她的养女。她告诉我她姑妈也是当年的慰问团团员之一，“你想想看，在慰问团里，有一个姓吴的女团员会是谁?”我至今也忘不了她说这话时的神情，她的眼睛茫然地看着我，好像并不在乎我会有什么样的反应。我有什么样的反应都是正常的。毫无疑问，我真的吃了一惊，因为我不可能想到她的姑妈就是古岭事件中的受害者吴茵。吴茵这个人早就失踪了。吴茵竟然成了范一声的遗孀，这也太戏剧化了。

然而事实就是如此。几年前，在上海举办的那次为了缅怀历史的聚会上，大家谈到当年的小吴时，都以为这个自从古岭事件以后就销声匿迹的人，像泡沫一样永远消失了。没有人会想到这两个人最后竟然成为夫妻。大家只知道范一声一九五九年被逮捕以后，他的妻子不久便和他离了婚，带走了三个小孩。有人见过那位离了婚的妻子，也是一位高级干部，人长得很漂亮，而且工作能力和原则性很强。妻离子散是范一声人生悲剧中很重要的一环，这也是大家提到范一声时，必定要谈起的话题。在筹备聚会的过程中，热心的召集人不仅在报纸上登了预告，而且给范一声生前所在单位发过函，希望能让范一声的亲属来参加这次聚会。所谓亲属当然是指他的小孩，他的小孩现在肯定已经成人，而范一声离婚的妻子当时还年轻，很可能已经又结婚了。她大概是不太可能来参加会议的。

无论是报纸上的预告，还是那封请转家属的信函，已经改名李明珍的吴茵全见到了，但是她没有去参加聚会。她不想缅怀历史，缅怀历史不能给她带来什么欢乐。在那几天里，李明珍仅仅是注意报纸，留神电视里的新闻动态。她终于看到电视里播放的短镜头，看到了正在发言的贺宗盛，看到了一头白发的汪南窗，汪南窗那张娃娃脸的模样还在，其他的人她已经认不出来。聚会就在离她家不远的星级宾馆里进行，她的侄女儿提议带她偷偷地去看看，她像受了什么惊吓似的，一个劲地摇着手，半天说不出话来。

侄女儿说："为了姑夫，你也应该去一趟。"

李明珍红着脸说；"你姑夫叫王保涯，我叫李明珍，我们和他们没什么关系。"

侄女儿始终不太明白姑妈为什么不愿让人家知道她是范一声的遗孀，她也不想让人知道她就是当年的小吴。"自从那件事以后，那个叫小吴的人就已经死了。"李明珍有一次和侄女谈起往事，流着眼泪这么说过。事实也正是如此。古岭事件以后，李明珍拒绝了范一声让她参加新四军的请求，她一个人悄悄地离开了慰问团，离开了三战区，闷闷不乐地回到上海。她大病了一场，从一个胖姑娘变成一个瘦女孩，并且从此之后也没有再胖过。

在重新遇到范一声之前，李明珍没有和任何一个男人有过交往。她的脾气变得很古怪，对任何男人都采取回避态度。多少年来，她一直是一家医院的护士，谁要是想给她介绍对象，谁就一定会讨一个老大的没趣。病房里有一位姓张的护士长偷偷地对她说："我跟你说一句没出息的话，你要是知道男人是怎么一回事，你就会知道还是有一个男人好。晚上从梦中醒过来的时候，有一个男人在你身边打着呼噜，你心里就踏实多了，你就再也不会胡思乱想。"李明珍板着脸说，她讨厌男人打呼噜。护士长笑着说："你真傻，你以为男人光会打呼噜？"

李明珍重新遇到范一声是在一九六四年初，有一天，她在为一个叫王保涯的病人送药时，吃惊地发现他竟然是范一声。她认出了范一声，范一声却没有认出她来。有关范一声被逮捕的消息，李明珍从报纸上早就知道了，她做梦也不会想到他会出现在医院里。范一声患有严重的肺病，被化名送到这家医院保外就医。有一名年轻的警卫负责护理和监视他，范一声的一举一动都没有什么自由。他去上厕所，那位警卫便在门口守候着，一个劲地催他快一些。警卫是山东人，好大的脾气，动不动就用山东话骂娘。有一次，忍无可忍的范一声和警卫吵了起来。

从一开始，李明珍就不相信范一声会是国民党特务。多少年以后，李明珍和侄女谈起往事时，仍然为自己的准确判断感到得意。她告诉侄女儿，范一声就算是到了身陷囹圄那一步，身上依然还有共产党高级干部那种不屈不挠的精神。他和警卫大吵，然后便是拒绝吃药治疗。那警卫不仅脾气大，声音也特别大，在走廊上骂骂咧咧，用狠话威胁范一声。这场争吵引起了整个病区的注意，最后却不了了之，就像什么事也没有发生过一样。

李明珍最初只是和警卫搞好关系。那警卫人并不坏。病房里的伙食要贵一些，为了省钱，那警卫便托李明珍在职工食堂里买饭菜。来来去去次数多了，警卫和李明珍成了熟人。李明珍告诉警卫，她知道这个所谓的王保涯就是范一声，并说出自己当年曾和他是同一个慰问团的。警卫把这话又告诉了范一声，范一声立刻想起了她是谁。有一天，李明珍去送药，范一声说："李护士，我早就觉得你像当年的小吴，不过我怎么会想到你会改名换姓呢?"范一声一点也不像个服刑的犯人，他始终没有认过错，坚信自己是被冤枉的。多少年来，他从来没有失去过信心。"当然，改名换姓有时是可以理解的，我不是也这样做了吗?"

有一个在市委负责政法工作的领导，过去和范一声是患难战友，悄悄来看过几次范一声。他仿佛并不太在乎要避嫌疑，尽一切可能为范一声提供一些帮助。他成了范一声和李明珍的媒人。有一天，他找李明珍谈话，希望她能很好地照顾范一声。范一声被判处十年徒刑，已经差不多五年了，再有五年，他就会恢复自由。这位领导语重心长地说："我觉得你们还是合适的，现在结婚，对你们并不是太迫切，但是为了你们彼此的未来，也许这样挺好。"李明珍对于这次谈话毫无心理准备，这位领导又说："我已经和老范说过了，他没什么意见，他说他对你印象一直很好，只要你同意就行。"

李明珍已经记不清自己当年是怎么同意这桩婚事的，她迟迟不肯表态。领导笑着说："你不反对，那就算是同意了。"李明珍急了，说："我没说我同意。"领导叹了一口气，说："你当然应该慎重地考虑一下，你是不是看不上他？这话也许我不应该说，李护士，为什么你就不能拉老范一把?"

婚事很草率，根本就不合法。他们从来没有登记过，甚至也没有在病房里举行什么婚礼。刚开始他们只是在名义上结了婚，没有同居，也不可能同居。因为这婚事刚敲定下来，范一声便离开医院继续服刑，临分别，范一声感伤地说："要是你能来看我，给我带些书来，就太好了。"

李明珍红着脸说："你放心，我会的。"

此后的几年里，李明珍经常以妻子的身份去监狱看望范一声。范一声在监狱里的情况好好坏坏，由于他始终不肯认罪，管教人员开始越来越讨厌他。他们把他和普通犯人关押在一起，他因此常受到犯人的虐待。有一次，李明珍去看望他，发现他的眼角被打了一个一厘米长的小裂口。还有一次是在冬天，他只穿着一件毛线衣，人冻得索索直抖，他的棉袄被管教没收了，理由是他不听从管教的安排。"文化大革命"开始了，监狱里的情况没什么太大的变化，随着刑期快要结束，范一声似乎变得越来越急躁。到了一九六九年的秋天，范一声并没有刑满释放，而是被送往安徽的一个劳改农场监督劳动。李明珍得到消息以后，连夜赶到农场，在一间很破的黄泥小屋里，这对名义上的夫妻，过了第一次真正的夫妻生活。

李明珍辞去了上海医院里的工作，去劳改农场和范一声共同生活。尽管范一声在监狱里坚持锻炼，每天打坐，一有放风的机会就跑步，但是恶劣的伙食和非人的精神折磨，他的身体终于垮了。由于没钱治疗，他的老肺病后来可能已经转成了肺癌。在生命最后的日子里，范一声仍然坚持向中央写信，自从他被逮捕以后，一有机会他就写这样的信，事实上，这些信在寄出去之前就被没收了。当过护士的李明珍只能尽一切力量照顾他，不仅是在生活上，而且在精神上也一样。在范一声拿不动笔的日子里，为了安慰范一声，李明珍自告奋勇地帮他写那些永远也寄不出去的信。

范一声死于一九七六年。他的苦日子终于要熬到头了。临死前，他还在口述要写的一封信。一阵阵剧烈的咳嗽使他说不出话来，他忽然意识到自己大限就要来了。他忽然意识到自己注定看不见平反昭雪这一天。

“我要死了?”他睁大眼睛，茫然地问着。

从李明珍涌出的泪水中，他意识到这一天真的就要来了。在晚年，范一声事实上有过心灰意懒的时光，他的神志有时也不是太清醒，但是他曾对李明珍说过无数遍，他这一生中，最大的幸运，就是能和她有缘分在一起，而他最放心不下的，就是自己死了以后，已经辞去工作的李明珍如何生活。这一点让他死不瞑目。他得到的太多，他欠她的也太多。他们在一起的日子太短了，正是因为短，才显得格外的珍贵。范一声示意李明珍不要再写那封口述的信了，他向她招招手，让她到他身边去。李明珍走到范一声身边，范一声哆嗦着抓住她的手，越抓越紧，想说什么话，永远也没说出来。

第二天天亮的时候，范一声咽了气。整整一夜，他都是这么抓着李明珍的手，眼泪断断续续地流下来，像一粒粒珍珠一样留在他的脸颊上。李明珍陪着他流泪，一遍遍地替他抹去泪珠。男儿有泪不轻弹，范一声是一个硬汉子，这是李明珍唯一一次也是最后一次见他流眼泪。太阳从窗外的地平线上升了起来，李明珍实在不忍心看范一声那么痛苦，她伏在他耳朵边，轻声地哭喊着，她说你放心地去吧，她说你在那个世界等着我，我会来找你的。在李明珍令人心碎的哭喊中，范一声终于闭上了眼睛。

1995 年 7 月 27 日

后 记

三十多年前不明白什么叫中篇小说，印象中只有长短之分。有人问高尔基，长篇和短篇哪个更容易，他说长篇是大炮，短篇是手枪，都属于武器，都可以用来杀人，都不容易，无论长短，把它们货真价实地写好，这个才是最重要。

刚开始写小说，我对怎么写，写多长，全无心计。想写就写，无知必胆大，短篇中篇长篇，一口气写很多年，写了一大堆文字，转过头来往前看，总结回顾，发现自己最多的还是中篇。两年前短篇结集，收在一起勉强三本。这次出版中篇小说，轻而易举就是五本。还有一些因为版权，暂时未收入这个系列，如果照单全收，差不多又可以五本。

这套书的责任编辑杜晗来信，问能否将余华和苏童写过的两段文字印在封底，我立刻回信拒绝，理由是不能一而再，没完没了地让人家受累。当年拉大旗做虎皮，已经沾光太多，现在还要人家亮相站台，明显有些欺负老朋友。

然而在最后，我还是忍不住，要把杜晗转来的两段文字写在这里：

兆言的故事总是引人入胜，我想这是来自于他写作时令人尊敬的诚实，正是这样的诚实让他的才华和叙述中的人物故事熔于一炉，让他的故事张开了，让我们的阅读迅速投入进去，并且不能自拔。

——余华

叶兆言近年来的写作彻底放下了架子，越来越多地考虑小说的可读性和耐读性，经过多年的摸索和调整之后，其小说空间更显明朗而宽大，俗中见雅，对人性的探索也抵达了令人满意的深度。

——苏童

引用这两段文字，已不仅仅是做广告，而是怀念过去的美好时光。按年龄，我比余华苏童略长，文学辈分上却是同一拨人。一起成长，一起度过写作青涩期，我们的名字常放在一起，荣辱与共，既是互相提携的好友，更是良性竞争的对手。坦白说，羡慕他们的才华和成绩，想追上并且超过他们，一直是梦想，是我持续不断写作的动力。

因此，在这个后记中，首先要感谢中篇小说，它丰富了我的写作人生，让文学梦想变得如此充实。其次要感谢一起打拼的战友，感谢所有批评过我的人，感谢那些近乎客套的鼓励和督促，感谢我们拥有的共同岁月。

最后，当然更要感谢读者，没有读者阅读，我们曾经的蹉跎，曾经的风风火火，可能什么都不是。

2012 年 5 月 2 日于南山